菊の剣《つるぎ》

天津佳之

PHP

菊の剣《つるぎ》

目次

装丁　芦澤泰偉
装画　大竹彩奈

序

神器なき〝すめらぎ〟

夢を見ていた。

見たはずもない、目にできたはずもない光景だ。

逆巻《さかま》く波濤《はとう》と、雲のごとく飛び交う矢《や》の群れ、慌《あわ》てふためき右往左往《うおうさおう》する女官《にょかん》どもと、舟板《ふないた》を蹴立《けた》てて行き交う兵《つわもの》ども。

舟の舳先《へさき》が波を割って進む音、時雨《しぐれ》にも似た矢戦《やいくさ》の音、そして喊声《かんせい》と断末魔《だんまつま》。

何故《なぜ》か、いつ、どこなのかさえ分かる。

元暦《げんりゃく》二年（一一八五）三月二十四日、長門国赤間関壇《ながとのくにあかまがせきだん》ノ浦《うら》。

行き交う船には平家《へいけ》の赤旗と源氏《げんじ》の白旗が入り乱れ、潮と風のなかでもがき合う。もはや戦《いくさ》は大詰め、互いの船に乗り込んでの斬《き》り合いとなっていた。

そんななか、この船だけが場ちがいな色彩に満ちていた。激しい船戦《ふないくさ》のなかでも女官たちの引く袿《うちき》は鮮やかに色を競い合い、船内には引帷《ひきもの》が掛けまわされ、豪奢《ごうしゃ》な二階厨子《にかいずし》や棚が据《す》えられて、御簾《みす》まで掲《かか》げられている。

その奥に、我が兄がいた。美しい女に抱きかかえられ、幼い面《おもて》を不安げに歪《ゆが》めて、御簾の向こうをじっと見つめている安徳帝《あんとくてい》。諱《いみな》は言仁《ときひと》。

確か、このとき八歳であったか。帝《みかど》の色である黄櫨染《こうろぜん》の衣に角髪《みずら》、何が起こっているかも分からずに浦の荒波に揺れる姿は、憐《あわ》れといえば憐れだった。

だが、私にとって幼い兄のことなど、どうでもよかった。大事なのは、そのかたわらの棚に置かれたふたつの箱である。三種《みくさ》の神器《かんだから》を収めた、神鏡剣璽《しんきょうけんじ》の箱が。

戦の喧騒《けんそう》が一層近づくなか、大鎧《おおよろい》をまとった男がひとり、船の内に顔を見せると何事か喚《わめ》き散らす。夢のなかだからか、何を言っているのかは分からない。ただ、それを聞いた女官たちが一斉《いっせい》に泣き崩れて、床に打ち伏した。

ただひとり、白帽子《しろもうす》に墨衣《すみごろも》の老尼《ろうに》を除いて。尼《あま》は硬い表情と強剛《きょうごう》な目で、御簾の向こうを見据えていた。

そして、この老尼が、全てを決したのだ。

御簾をくぐって内に入った老尼が口を開き、兄を抱えた女は驚きに目を見開く。打ち震えてかぶりを振り、しかし食って掛かるような老尼の言葉を聞くうちに、その目には諦《あきら》めの色が広がっていく。そうして、それでも躊躇《ためら》いながら、女は頷《うなず》いたのだ。

それに満足げに頷き返すと、老尼は女から兄を抱き取った。幼げに首を傾《かし》げる兄へ何事か言い聞かせながら腰を上げると、御簾の外の女官に玉と鏡の入った箱を持たせ、自《みずか》らは剣《つるぎ》の箱を開くと、なかの神剣を取り出した。

――何故か、私にはその剣が見えなかった。

茫洋《ぼうよう》とした影としか見えないそれを、老尼は腰に差した。そしてそのまま、兄を抱えて御簾の向こうへ、そして船室の外へと出ていく。

舳先に立った尼は、私に聞こえよがしに言ったのだ。

「波の下にも都《みやこ》はございます。そちらでご即位なされますよう、御璽《みしるし》もございますれば」

兄が、不思議そうに尼を見上げた瞬間だった。高い陽《ひ》に影法師《かげぼうし》となっていた老尼の姿が消えた。高く水柱《みずばしら》を上げ、墨染《すみぞ》めの衣を広げながら海に沈んでいった。

水面《みなも》から、沈みゆく尼の老いた顔が見えた。まるで嘲笑《あざわら》うかのような目で、私を見返していた。


目を開けると、闇《やみ》がある。

それが水底《みなそこ》の暗さなのか、夜のものなのか、にわかには分からなかった。

額《ひたい》に手を当てれば、この寒さのなか、脂汗《あぶらあせ》が浮いている。それを軽く拭《ぬぐ》うと、私は闇のなかで身体《からだ》を起こした。

炭櫃《すびつ》の火はすでに絶《た》え、冬の夜気が夜御殿《よるのおとど》のなかに満ちている。珍しくひとり寝をしたのがいけなかったか、しばらく見ることのなかった夢がいまさらながら甦《よみがえ》って、ただ不快だった。

——平家の女どもめ。

何とも忌々《いまいま》しかった。ただでさえ、本朝《ほんちょう》を騒がせ、皇統《こうとう》さえ揺るがせにした挙句《あげく》、伝国《でんこく》の御璽をも一時《いっとき》の気の迷いで失わせようとは言語道断《ごんごどうだん》。その不心得《ふこころえ》ゆえに、平家は滅びるべくして滅んだのだ。

思ううちにも、沈んでいった二位尼《にいのあま》……平時子《たいらのときこ》の嘲笑《ちょうしょう》が闇に浮かぶ。

『御璽のない帝など、聞いたことがございませぬ』

無論《むろん》、それは時子の声ではない。そもそも私は時子に会ったことさえない。兄にさえも、会った記憶はなかった。物心つく前に、あの者たちは都から落ちていったのだから。

それは、二十年近い昔のことである。

寿永《じゅえい》二年（一一八三）七月、平家追討を掲げた源義仲《みなもとのよしなか》が京に迫るなか、平家一門は見苦しくも、兄・安徳帝と三種の神器を持ち出して西国《さいごく》へ逃《のが》れた。帝の不在は朝廷の政務を滞《とどこお》らせ、慌てた祖父・後白河《ごしらかわ》院と公卿《くぎょう》どもは朝議《ちょうぎ》の末、新たな帝を立てることとした。

それが、私だった。

皇位を顕《あきら》かにする三種の神器もないままの即位が何を意味するか、分別もない四歳の童《わらべ》に分かるものではない。だが、祖父も公卿どもも都合の良い理屈を振り回して、私を位《くらい》にあてがったのだ。

〝正統な天子《てんし》なれば、神器は必ず帰る〟

そんな理屈は、その場しのぎの詭弁《きべん》でしかなかった。そのうえ、理屈をつけてしまった以上、この皇位は、神器が帰らなければ正統なものではなくなるのだ。何より、こんな馬鹿《ばか》げた理屈を背負うのは祖父でも公卿でもない、私自身だった。

そして結局、神器は帰らなかった。いや、玉と鏡はもどった。だが、神剣だけは、どうしてももどらなかった。

『これにて、神剣探索の議はすべて済みましてございます』

憤懣遣《ふんまんや》るかたないのは、祖父も公卿どもも、たった二年の探索で探すのを勝手にやめたことだった。

見つからぬものは見つからぬ、そうかもしれぬ。所詮《しょせん》は他人事《ひとごと》、そうかもしれぬ。だが、物心もつかぬ童にその詭弁の責任を押し付けて、まるで無関係であるかのように私の皇位を疑う公卿どもの身勝手さこそが、指弾《しだん》されるべきではないのか。

何故、私にはどうにもならぬことで、これほどに後ろ指を差されねばならぬのか。十一歳で元服《げんぶく》し、それはますます酷《ひど》くなっていた。

『見よ、虚器《きよき》の帝がゆくぞ』

『所詮は御璽もない、院のお飾りよ』

『ほれ、あのように横紙破りをなさる。やはり正しき即位ではなかった』

『然《しか》り』

『然り』

どこにいても聞こえる、私を誹《そし》る声。

いったい、私に何ができるというのかと問い返したかった。

政《まつりごと》の実権は祖父の後白河院に握られ、祖父院の死後は関白《かんぱく》・藤原兼実《かねざね》に朝政《ちょうせい》を仕切られ、その兼実を追い落とした権大納言《ごんだいなごん》・源通親《みちちか》に頭を抑えられた。皇位さえ、通親の独断で第一皇子《いちのみや》の為仁《ためひと》に譲らざるを得なかったのだ。

建久《けんきゅう》九年（一一九八）一月十一日。十九歳で私は院となり、治天《ちてん》となった。院となり、治天となっても、通親は院庁別当《いんのちょうべっとう》に居座って権勢をほしいままにした。何のための御位《みくらい》か、何のための治天かと問うても、誰も答える者はない。

そして、聞こえるのだ。

『やはり、あの院には道理があらぬ』

『あの御気性《ごきしょう》では、御位に収まるはずもない』

『新帝にも、親王宣下《しんのうせんげ》せずにお譲りしたというぞ。先例もお守りになれぬ』

公家《くげ》どもの勝手な道理、先例など知ったことではない。通親が強行した譲位の責を、何故私が負わねばならぬ。道理がないのはどちらか。

結局、御位も治天も、公家たちにとっては野辺《のべ》に咲く小菊《こぎく》のように、取るに足らない花にすぎぬのだ。咲いていれば見もするが、踏《ふ》み散らしても気にも掛けない。

――必ず目に物を見せてくれる。

そう思い、治天となって四年。通親の奴はもういない。建仁《けんにん》二年（一二〇二）十月、あの男は不意の病《やまい》でいなくなった。もはや、私を縛《しば》り、抑えつけるものはなくなった。

――虚器の治天に何ができるか、見せてやろうぞ。

正統たる天皇、正統たる治天、正しき〝すめらぎ〟が何たるかを、必ず知らしめてくれよう。まずは帝が修《おさ》めるべき学と芸を、すべて修めてくれよう。延喜《えんぎ》・天暦《てんりやく》の御聖代《ごせいだい》にも並び立つほどの盛事《せいじ》を、すべて執《と》り行ってやろう。

あの忌々しい祖父院が今様《いまよう》にかぶれたなら、私は古来の和歌の道を修めてやろう。いや、修めるだけでは飽き足らぬ、華々しく歌合《うたあわせ》も催《もよお》そう。寛平《かんぴょう》・建久の歌合を超える、古《こ》今無双《こんむそう》のものとしてやろう。勅撰《ちょくせん》の歌集も編んでやろう。それも、延喜の御代《みよ》にまとめられた『古今《こきん》和歌集』に匹敵《ひってき》するものを。

『あれほどの歌狂い、そのうえ古今の例も逸《いっ》しておるではないか』

帝王の楽《がく》たる琵琶《びわ》も修めてやろう。歴代の帝も知らぬ秘曲を習い、宮中伝来の名器「玄象《げんじょう》」の音を響かせてやろう。

先例というならば、宮中儀式の習礼《しゅうらい》も興《おこ》そうではないか。摂関家《せっかんけ》ばかりが独占する故実《こじつ》を公《おおやけ》のものとして学びなおし、治天としてまとめてやろうではないか。

無論、それだけでは足りぬ。武家がこれほど世に出てくるならば、文事はもちろん武芸も修めてみせよう。蹴鞠《しゅうきく》は流行《はや》りものとはいえ、天智帝《てんじ》も修めた芸ぞ。世の名足《めいそく》たちを集めて、長者を決める鞠会《まりかい》を催そう。

『政務を投げ打って、連日、芸を専《もっぱ》らにするとは』

武家の道は弓馬に止《と》めを刺すという。ならば競馬《くらべうま》に賭弓《のりゆみ》などと小さなことは言わぬ、笠懸《かさがけ》に流鏑馬《やぶさめ》もこなしてみせよう。刀剣などの打物《うちもの》の類《たぐい》を自在に扱う兵法《ひょうほう》も修めてみせようぞ。舞も相撲《すもう》も水練も、融通無碍《ゆうずうむげ》にしてやろうではないか。

『仮にも治天が、自ら打物を振るなど、あさましや』

文武の諸芸を修めるには、この京は狭すぎる。いずれ我が意を自在になす神仙郷《しんせんきょう》を築いてみせよう。そして、そこには家格を問わずに有能な者、志《こころざし》ある者を院近臣《いんのきんしん》として取り立ててやろう。

先例と家格で身分を決めるのではない、皆が平等に集《つど》いて政道を成し、諸芸を練り楽しむのだ。そうだ、あの水無瀬《みなせ》がよい。通親に譲られた別業《べつぎょう》であるが、存分に手を入れて、我が離宮《りきゅう》として建て直そう。

そこに掲げるのは、もちろん菊だ。これまで陰口《かげぐち》を叩《たた》いてきた者どもに、菊の咲くさまを見せるのだ。小さくともいくつもの花びらを咲かせていけば、やがて野菊も大輪の大菊として咲くやもしれぬ。

そう思えばこそ、私の心は躍《おど》った。

――だが、ひとつだけ、どうしても欠けているものがある。

神剣。

長門の浦に沈んだそれだけは、我が手に触れることさえなく、永遠に失われたままだった。たったその一事が、つねに私を駆《か》り立てた。

『神剣が波間に消えたのは、その神徳《じんとく》を武家に譲り渡したからにございます。ゆえに、武家の棟《とう》梁《りょう》である源氏をよく用いるべきにございましょう』

我が護持僧《ごじそう》であった前大僧正《さきのだいそうじょう》・慈円《じえん》は、そんな理屈を口にした。確かに保元《ほうげん》・平治《へいじ》の乱よりこちら、世に武家が台頭《たいとう》して久しい。平家を滅ぼした源氏は、東国《とうごく》の鎌倉《かまくら》とやらに政所《まんどころ》を開き、棟梁として本朝の武家を統率するに至ってさえいる。

だが、そんな理屈は、他の公家どもには関わりのないことだった。むしろ、神剣を失った私の不徳ゆえに武家の権勢が増したのだと、陰口を叩きさえした。

ならば、その武家も我が掌中《しょうちゅう》に収めてくれよう。源氏が神剣の代わりというならば、鎌倉に我が威光を示し、我が新たな剣として自在に用いてくれよう。

そうして、私は気づいたのだ。なければ、新たに作ればよいのではないか、と。

神剣とて、無から生まれたわけではない。誰かが作り、伝えてきたからこそ、あるのだ。それだけではない、皇室に伝わる壺切《つぼきりの》御剣《みつるぎ》や坂上《さかのうえの》宝剣《たからのつるぎ》、平家伝来の小烏丸《こがらすまる》、源氏の髭切《ひげきり》・膝《ひざ》丸《まる》、藤原九条《くじょう》流の小狐丸《こぎつねまる》……伝来の御剣や霊刀もまた、誰かが鍛えたからこそ、いまの世にある。

世に数多《あまた》の鍛冶《かじ》がいるなかで、それらに並ぶ剣を打つ腕を持った上手《じょうず》が、必ずいるはずである。天下の上手に競い合わせ、互いに磨きつづければ、いつか神の作り給《たま》いし剣に手が届こう。

いずれ、文武のすべてが整い、誰もが我が正統たることを疑わぬようになったとき、彼らの手を借り、新たな神剣を作ればよい。我が剣を今後の皇統に伝来させていくならば、もはや私の正統たることを疑う余地すらあるまい。

そのとき、私は虚器の治天ではない、無闕《むけつ》の〝すめらぎ〟として、本朝に君臨《くんりん》するのだ。

早速、備えをはじめなければならぬ。ただいま、鍛冶の上手といえば、備前国《びぜんのくに》福岡荘《ふくおかのしょう》の者ども、そして京の粟田口《あわたぐち》の者どもであろうか。

神剣を作り上げるのだ。

ほかならぬ、私の手で。

異形《いぎょう》の治天《ちてん》

備前国則宗《びぜんのくにのりむね》

真金《まがね》吹く　吉備《きび》の中山《なかやま》　帯《おび》にせる
細谷川《ほそたにがわ》の　音のさやけさ

『古今和歌集《こきんわかしゅう》』に採録された「神遊びの歌」の一首である。承和《じょうわ》の帝《みかど》と呼ばれた第五十四代仁《にん》明《みょう》天皇の即位のときに催《もよお》された、大嘗祭《おおなめまつり》で詠《よ》まれたものという。

〝鉄づくりの国、吉備の中山がまとう細谷川のせせらぎが明朗なように、この帝の御代《みよ》も澄み明るいものでありますよ〟

大意《たいい》としては、そのようなものであろうか。

吉備の国は、本朝《ほんちょう》の歴史に古くから登場する。御肇国天皇《はつくにしらすすめらみこと》と尊称された第十代崇神《すじん》天皇の御代、四道将軍《よつのみちのいくさのきみ》の一角として遠征をまかされた吉備津彦命《きびつひこのみこと》は、この地に本拠を構え、大和《やまと》朝廷にまつろわぬ者どもを平らげて、西海《さいかい》を平定する基《もとい》を打ち立てた。

その地が、〝真金吹く〟という美句を与えられるほどの鉄の産地であったことは、決して偶然ではないだろう。

かの将軍を神として祀《まつ》った中山から流れ出る細谷川をはじめ、吉備の河川は豊富な砂鉄の産地として知られた。そして、この豊富な鉄の源を活《い》かした、冶金《やきん》や鍛冶《かじ》の技が発達したのは必然だった。

なかでも、備前《びぜん》と備中《びっちゅう》の狭間《はざま》を南北に貫く吉井川《よしいがわ》の砂鉄は、質・量ともに日《ひ》の本《もと》一と名高く、流域には鍛冶師や鋳物師《いもじ》が多く在した。そのなかから、やがて独自の工夫により、見事な刀剣を産み出す者たちが現れたのであった。

「則宗《のりむね》」

名を呼ばれた老爺《ろうや》もまた、そういった刀鍛冶のひとりである。備前国邑久郡福岡荘《おくぐんふくおかのしょう》に住する則宗。鍛えた刀剣に〝一〟の文字を銘《めい》として刻むことから、福岡一文字《いちもんじ》とも呼ばれる匠《たくみ》であった。

「よく出てきてくれたな。偏屈者《へんくつもの》のお前が」

「一大事と言ったのはそっちだろうが」

そう言われた老爺、延房《のぶふさ》も、福岡の刀鍛冶のひとりである。ふたりは同じ時に同じ師の門下《もんか》へ入った兄弟弟子《でし》であり、ともに切磋琢磨《せっさたくま》した友であり、技を競う好敵手《こうてきしゅ》であり、かれこれ四十年も付き合いのある腐れ縁でもあった。

「おう、まさにそれよ。一大事じゃ」

「勿体《もったい》つけるな。だいたいわしは忙しいのだ、公家《くげ》に納める太刀《たち》を揃《そろ》えねばならんでな」

「そんなことは息子どもにまかせておけ。こちらの用事は治天《ちてん》さまの宣旨《せんじ》によるのだぞ」

「宣旨、だと？」

思いがけない言葉に、則宗は金壺眼《かなつぼまなこ》を瞬《しばた》かせた。

「院使《いんし》が参られてな、わしとお前に声が掛かったのだ。福岡の延房と則宗は、ただちに京の院の離宮《りきゅう》に出向くようにと仰《おお》せだ」

「は……？」

先ほどから驚いてばかりの己《おのれ》が間抜《まぬ》けに思えながらも、則宗はやはり呆《あき》れるしかない。

ただいまの治天にして太上《だいじょう》天皇——後代に後鳥羽《ごとば》院と呼ばれるこの貴人が、度を越した刀剣好きであることを、則宗はよく知っていた。この福岡が、そもそも院の荘園《しょうえん》だからである。

もとをたどれば、福岡荘は累代《るいだい》の平家《へいけ》の所領であった。しかし治承《じしょう》・寿永《じゅえい》の乱、いわゆる源《げん》平《ぺい》の合戦で平家が没落すると、その論功行賞《ろんこうこうしょう》の過程で崇徳院法華堂《すとくいんほっけどう》に寄進されて皇室のものになり、後鳥羽院の荘園となった。

以来、福岡の刀剣に対する院の惚《ほ》れ込みようは、尋常《じんじょう》のものではなかった。税として納める分はもちろん、個別に注文してまでさまざまな鍛冶の作刀を求め、その良《よ》し悪《あ》しをいちいち知らせてくるほどである。

なかでもお気に入りなのが、則宗と延房だった。彼らが己の作刀に〝一〟の銘を入れるようになったのも、後鳥羽院の命《めい》によるものだった。

『天下第一鍛冶の証《あかし》とせよ』

形式上、それは正式な院庁下文《いんのちょうくだしぶみ》であったため従わざるを得ないが、則宗としては複雑である。

世に刀の産地といえば、古くは大和《やまと》や山城《やましろ》、伯耆《ほうき》、豊後《ぶんご》、あるいは陸奥《むつ》など、吉備以外にも数《あま》多《た》あり、それぞれに上手《じょうず》がいた。いずれの作刀にも無二《むに》の良さがあり、どれが第一などと序列をつけるものではない、というのが則宗の考えだった。だから、そこに敢《あ》えて順があるとすれば、見る側の好みでしかない。

そんな己の好みの話を優劣に置き換えて順を定め、わざわざ公《おおやけ》のこととして命じるのは、筋《すじ》がちがうのではないか。治天に対して不遜《ふそん》とは思うが、そうした積み重ねがあったために、則宗は院とは気が合わないだろうと感じている。このうえ謁見《えっけん》するなど、考えられたものではなかった。

「嫌そうだな」

則宗の内心を見抜き、延房は目をすがめて言った。

「院の勅《ちょく》とあらば行くのみよ。どういうおつもりかは知らぬが」

「それはわしにも分からんさ。だが考えてもみろ。刀鍛冶の分際《ぶんざい》で治天さまに謁見するなど、前代未聞の誉《ほま》れではないか」

「そうかも知れんが、わしはどうにも……分《ぶん》に過ぎる」

「わしもそう思うがな。伝え聞く限り、院は気さくな御方《おかた》のようだぞ。御所《ごしょ》ではまだしも、件《くだん》の離宮では身分の別なく人に接されるそうだ」

楽しげに言う延房に対して、やはり則宗は気に入らない。かれこれ四十年向き合ってきた鉄や火、刀剣を相手にするほうがよほど気楽だった。

「で、いつまでに上洛《じょうらく》すればよいのだ」

ほとんど自棄《やけ》になって、則宗は延房に訊《き》いた。

「如月《きさらぎ》までだな。というわけで、旅支度《たびじたく》を急げよ」

調子のいい兄弟弟子は、にやりと笑って部屋の隅《すみ》に置いた旅装を指差した。

時は建永《けんえい》二年（一二〇七）一月二十日。晴れの国と呼ばれる吉備も、まだ寒さの厳しいころのことであった。

摂津国島上郡水無瀬《せっつのくにしまのかみぐんみなせ》。北に天王山《てんのうざん》、東には満々と水を湛《たた》える淀川《よどがわ》が流れ、対岸には石清水八幡宮《いわしみずはちまんぐう》を頂く男山《おとこやま》がそびえる、風光明媚《ふうこうめいび》な地である。

険しい山々からは豊富な水が湧《わ》き、それは、土地の名前ともなっている水無瀬川の流れをつくり、淀川に注《そそ》ぐ。清らかな水の恩恵《おんけい》を受けて、この一帯には沃野《よくや》が広がり、古く皇室の狩場や御牧《みまき》となってきた。

なかでも鵜殿《うどの》の葦原《よしはら》は見事なもので、見渡す限りの葦《よし》の枯《か》れ穂《ほ》が、黄金の海のようにうねるさまは、船で川を上ってきた則宗たちの目を楽しませた。

備前から出てきたのは、則宗と延房だけではない。老齢に差し掛かった彼らの付き人として、則宗の四男で弟子でもある小四郎助重《こしろうすけしげ》、延房の三男の信三郎《しんざぶろう》二代目信房《のぶふさ》が加わっている。

都合四人、正月の末に備前を船で発《た》つと、そのまま播磨灘《はりまなだ》から和泉《いずみ》灘へ、さらに淀川を遡《さかのぼ》り、途中の風待ちもあって、二月三日に鵜殿の宿《しゅく》へとたどり着いたのだった。

「随分とまあ、人の多いところですね」

船着き場から宿の喧騒《けんそう》を眺める助重ののんびりとした声には、少なからず呆れた色がある。

実際、この一帯は山城と摂津の国境に位置し、陸路では京から西国《さいごく》へ下る街道と河内へ向かう道の分岐に、水運では桂川《かつらがわ》・宇治川《うじがわ》・木津川《きづがわ》の合流点に近い。山崎《やまざき》から桜井、芥川《あくたがわ》、鵜殿と宿の整備も進んでおり、引っ切り無しに人が往来する水陸交通の要衝《ようしょう》となっていた。

そして、それ以上に彼らを驚かせたのが、後鳥羽院の離宮・水無瀬殿《みなせどの》だった。船着き場の桟橋《さんばし》から見れば、宿場の向こうに築地塀《ついじべい》で囲まれた邸宅がいくつも連なり、まるで長城のように、果てがあるかさえ分からない。

近づいてみると、宿の北を横切る水無瀬川から水路が縦横に引かれ、壁と壕《ほり》を備えたさまは、まるで武家の屋敷のようでさえある。その向こうには神社《かみやしろ》に似た、檜皮《ひわだ》を葺《ふ》いた入母屋《いりもや》の大きな屋根がいくつも見える。

それらがすべて院の離宮であるというから、一行はただただ度肝《どぎも》を抜かれて、壮麗な建築の数々を見上げるしかなかった。

「朝日の宮より大きいのではないか」

延房の感嘆は、ほか三人の実感でもあった。朝日の宮とは、備前・備中の境にある吉備津彦神社のことだ。吉備を切り開いた英雄神の社だけあって、備前・備中では最も大きな建物である。が、水無瀬殿の大きさは、則宗たちの想像を超えていた。

「まずそなたらは、馬場《うまば》へ向かえ」

案内の衛士《えじ》に付き従って則宗たちが門をくぐったのは、本御所と呼ばれる離宮の中核である。宮殿とおぼしき巨大な母屋《おもや》以外にも大小の殿舎《でんしや》が並び、式典を行う庭や院庁舎はもちろん、厩舎《きゆうしや》や馬場まで備えられている。何故《なぜ》か、壕は塀の内側にまで引かれており、馬場に沿って流れながら、降り注ぐ陽光を照り返していた。

（まるで国衙《こくが》のようだな）

則宗の連想の通り、これに工房でもあれば、国府《こくふ》そのものである。そのうえ風雅《ふうが》な佇《たたず》まいの宮殿もあるとなると、帝のおわす内裏《だいり》とはこういうものかと則宗は想像する。門や殿舎に掛けまわされている幔幕《まんまく》に輝くのは、八弁の菊花紋《きつかもん》。皇室の紋といえば日月紋《じつげつもん》か桐《きり》紋《もん》だが、ここ水無瀬の主は、敢えて別の紋を掲《かか》げているようだった。

「そなたらはこちらで待て」

感心しきりの四人をよそに、衛士は馬場に面した舎殿の庇《ひさし》に彼らを通すと、さっさとどこかへ行ってしまった。これからどうするという話もなく、則宗たちは思い思いに縁に腰を下ろすと、手持ち無沙汰《ぶさた》に辺りを眺めるしかない。

「則宗よ。これは、どうなるんだろうな」

いつもは調子のいい延房が、不安そうな声を出した。

「知らぬ。だが、来意は伝わっておるようだし、待てばよいのではないか」

「そうなんだろうが、こう、なんだ」

場ちがいだと延房が言いたいのは、則宗にも分かる。

いま居る庇にしても、厚い床板に白木の柱の、しっかりとした造り。たっぷりとした縁もあり、どこかの貴族の釣殿《つりどの》と言われても分からないほどである。

「だいたい、ここは院の離れみたいなもんなんじゃろ。だったら、お内裏はどんだけ広いんじゃ。のう親父」

一行で一番の年若である信房が、落ち着きなく周りを見回して父の延房に向かってがなり立てたが、ほかの三人も思いは同じである。

目の前に広がる馬場は、よく整えられて砂利《じゃり》の目も細かく、そこを走る馬たちは、いかにも精《せい》悍《かん》な良馬ばかりである。競馬《くらべうま》でもするのか、五頭ほどの馬が、水干《すいかん》姿の男たちを背に馬場をまわっているのを、則宗は何となく目で追った。

若い者、年かさの者もいる。冬の日差しが男たちの顔を白く照らし、それがいかにも彼らを貴族然と見せた。なかでも目を引くのは、深い緋色《ひいろ》の水干を着た青年だった。

遠くに居て細かな面相は分からないが、たくましい体つきときびきびとした動作に勢いがあり、馬腹《ばふく》を蹴るさまがなかなか堂《どう》に入《い》っている。周囲の者たちへ鷹揚《おうよう》に笑い掛けるさまを見るにつけ、年の割に身分の高い男のように思われた。

と、そんなことを思って見ていると、不意に青年はこちらに目をくれた。そして、そのまま殿

舎の前に馬を乗り付けると、

「そなたらが備前鍛治であるな。誰が則宗じゃ」

おもむろにそう尋《たず》ね、四人の顔を順に眺めた。咄嗟《とっさ》のことに固まってしまった一行であったが、最初に我に返ったのは則宗である。しっかりと姿勢を正すと、両手をついて丁寧《ていねい》に頭を下げた。

「わたくしにございます」

「よい。顔を上げよ」

いかにも人に命じ慣《な》れた口調で、若者は言った。そのときになって、ようやくほかの三人も座り直して平伏したが、青年は目もくれずに馬を下りた。

あとから追い掛けてきた中年の男に手綱《たづな》をまかせて縁に腰を掛けると、半身《はんみ》のまま覗《のぞ》き込むように則宗を見つめる。それは同時に、則宗が青年の顔を見返すことにもなる。

近くで見れば、体つきとは不釣り合いなほど、男の顔は秀麗《しゅうれい》だった。化粧でもしているのかと思うほど白い面《おもて》に、切れ長の目。顔の骨がやや広く、しっかりと整えられた眉《まゆ》や、顎《あご》の下の肉付きの良さもあって、豊かな暮らしをしていることが伺《うかが》えた。

「なるほど、さすが天下第一鍛治よ。いい面構《つらがま》えをしておる。それでこそ、此度《こたび》の任に相応《ふさわ》しい」

「……仰せの意味が分かり兼ねますが」

「そうであろうとも」

くつくつと笑うと、青年はようやくほかの鍛治たちを見まわした。

「ということは、そなたが延房か。若い者どもは何と申す」

いまだ成り行きに追い付いていない助重と信房は、助けを求めるように則宗へ視線を遣《や》った。仕方なく、則宗はそれぞれを指し示しながら、

「こちらは延房の弟子、信三郎信房。またこちらは、我が弟子の小四郎助重と申します」

そう紹介した。

「おお、そなたらの太刀は勢いがあると思ったが、なるほど若さのゆえだったか」

上機嫌な若者はひとりで納得すると、手綱を握る男に目配せした。

そのやり取りのあいだに、則宗はひとつ得心《とくしん》すると、もう一度頭を下げた。ほとんど床に額《ひたい》をつけるほど深く。

「下賤《げせん》の我らにこのように直答《じきとう》をお許しいただき、大変恐懼《きょうく》しております。院」

「な、なんと！」

驚きの声を上げたのは、終始怪訝《けげん》な顔をしていた延房だった。そして、その驚きの声にこそ青年――ただいまの治天、後の後鳥羽院は、満足げに笑った。

「い、院、で、おわしましたか」

この辺り、延房は素直な男である。ものの見事に狼狽《ろうばい》すると、慌《あわ》てて床に這《は》いつくばった。それに倣《なら》おうとする若い衆を院は留《とど》めると、延房に顔を上げさせた。

「いかにも、朕《ちん》である。とはいえ、この身は存外に不自由なものでな、あちらの宮に無位無官の者を上げることができぬのよ。それで、まずはここでそなたらの顔を見ておこうと思ってな」

くだけた言葉遣いのまま、院は楽しそうに一同の顔を順に眺め遣る。その表情は、悪戯《いたずら》に成功した子どもそのもの。延房たちの狼狽ぶりが楽しくて仕方ないように、笑《え》みを絶やさなかった。

「そなたらへの話は宮でするつもりだが、先ほども申した通り、このままでは謁《えつ》も叶わぬ。ゆえ

に、手ごろな官職でも与えようと思うのだが、長房《ながふさ》」

院が声を掛けたのは、先ほど手綱をまかせた男である。この男は藤原長房。参議として朝政《ちょうせい》に参画し、さらに院庁を差配する権勢の人であったが、備前の鍛冶たちがそんなことを知る由《よし》もない。

「差し当たり任官したいと思うが、何がよい」

「はい。でしたら、則宗どのには刑部丞《ぎょうぶのじょう》、延房どのには中原権守《なかはらのごんのかみ》はいかがでございましょう。すでに大隅《おおすみ》権守を授与されました、久国《ひさくに》どのとも釣り合いますれば」

「よし、では決まりだ」

「おふたかたとも、氏《うじ》は藤原でようございましたか」

「はっ、その通りにございますが」

困惑気味に返す延房を確かめ、長房は浅く顎を引いた。

「お弟子のおふたりはこちらでお待ちいただきますので、また必要なところで任官なされませ」

付け加える長房に機嫌よく頷くと、院は則宗と延房を交互に見比べた。

「京鍛冶の粟田口《あわたぐち》久国は存じておるか」

「はい。昔馴染《むかしなじ》みにございます」

「先に来ておる久国とそなたらの三人、のちほど宮へ参れ。別して話があるゆえな」

楽しみにしておるぞ、と言い置いて院は長房から手綱を受け取り、ひらりと軽やかに馬の背にまたがって走り去った。

その背中を見送りながら、則宗は顎先をわずかにさする。何とない後味の悪さを覚え、彼は院の用件に思いをめぐらせた。

「これは、備前のおふたり。お久しぶりでございます」

本御所の控えに通された則宗と延房を、ひとりの白髪《はくはつ》の翁《おきな》が迎えた。さらりと頭を下げてふたりに応じる所作《しょさ》が洒脱《しゃだつ》で、気負いなく礼装の水干を着こなすさまは、いかにも京人《みやこびと》らしい。

その点、則宗たちは礼装に着られている自覚があり、己の野暮《やぼ》を感じざるを得なかった。

翁の名は久国。京の東の入り口、三条《さんじょう》粟田口の辺りに住する刀鍛冶である。彼を含めた六人の兄弟全員が揃って鍛刀《たんとう》の達者で、西国の刀鍛冶で〝粟田口の六兄弟〟の名を知らぬ者はなかった。

「こちらもご無沙汰《ぶさた》をしまして」

「妙なところでお会いしますなぁ」

福岡と粟田口の関係は、あるいは兄弟弟子に近い。

粟田口にはもともと摂関家《せっかんけ》の工房が置かれ、朝廷や権門《けんもん》に献上するべく、美観に優れた刀剣を作っていたが、武家の台頭とともに実用性も備えることを迫られた。そのとき粟田口鍛冶は、古来の刀剣の産地である福岡鍛冶を頼り、技術を学ぶことにしたのである。

福岡の鍛冶もそれを快《こころよ》く引き受けた一方、粟田口鍛冶が追求してきた見た目の美しさを取り入れ、鉄そのものの美しさを引き出す工夫を学んだ。以来、福岡と粟田口の交流はつづき、それぞれ独自の作風を追求しつつも、互いに鍛刀の技を切磋琢磨する同輩となったのだった。

則宗と延房、そして久国もまた、若き日に互いの鍛冶場を行き来した仲であり、いまも互いの弟子を預け合っていた。

「それにしても、院は我らに何をさせるおつもりなのでしょうな」

旧交の挨拶《あいさつ》もそこそこに、久国が口にした話題はやはりそれである。

「久国どのもお聞きでは」

「それが、院使の方にお伺いしても、院御自《おんみずか》らお伝えいただくの一点張りで。おふたりもお聞きではないと」

久国は、備前のふたりより少しばかり歳上である。それでも、彼らに対して腰が低い。

「じつは、先ほど馬場でお顔を拝《はい》したのだが、なあ、則宗よ」

延房はいまだに戸惑《とまど》いが収まらないらしく、言葉を濁《にご》すと、伺うように則宗に目を遣る。

「気安いごようすでお声掛けをいただき、宮殿に上がるには仮にも官職が必要だからと、私には刑部丞、延房には中原権守をお与えになられましたが」

「私も、大隅権守とのことで」

「ご叡慮《えいりよ》はありがたいが」

「歯切れが悪いな、則宗。お前らしくもない」

口の重い則宗に対して、延房はずけずけと言った。

「はじめからそうだ。宣旨をいただいてからこちら、お前はどうも不服そうだな。なんだ、院が嫌いか」

「馬鹿《ばか》を申すな。治天の御一人《ごいちにん》を、好きだ嫌いだと論じるものではなかろうが」

「それがお前らしくない。このたびの次第、気に入ってはおらんのだろう。何故じゃ」

延房の言葉に、則宗は何も言わずに腕を組んだ。見かねたのか、久国が則宗をかばうように口を開く。

「いずれにしても、院のお考えをお伺いせねば、腰が落ち着きませぬ。こう格式張っては、私も居心地《いごこち》が悪い」

その言葉に延房は不承々々《ふしようぶしよう》の体《てい》で矛《ほこ》を収めたが、納得していないことは丸分かりである。とはいえ、則宗自身も言葉にできないのでは仕方がなかった。

則宗が院に恩義を感じているのは事実である。たび重なる作刀の注文は福岡を豊かにしたし、名声を上げることにもつながっており、恩を感じないはずがなかった。

だが、それを超えたところで、則宗は院に対して違和感があった。

「藤原刑部丞、同じく中原権守、大隅権守、院のお召《め》しである。御前《ごぜん》に参上せよ」

そのときようやく声が掛かり、三人は院の御座《おまし》へと導かれた。滅多《めつた》に使わない氏の名と、急遽《きゆうきよ》つけられた官名で呼ばれることに据わりの悪さを覚えながら、則宗たちは庇から内へと入る。

南庇に面した御座は万事に広く、奥には畳が一段高く置かれて御簾《みす》が掛けられている。もちろん、治天の龍顔《りゆうがん》を直接見せないための配慮だが、すでに面と向かって言葉を交わしている三人には、然《さ》して意味のあることとも思えなかった。

案内のまま、三人は御簾の前に進むと、それぞれに腰を下ろして院のお出座《でま》しを待つ。調子のいい延房も、このときばかりは緊張の面持《おもも》ちで不動の体である。

「楽にせよ。儀礼は儀礼だが、ここは離宮ゆえな」

御簾越しに、奥の間から現れた人影から声が掛かった。随身《ずいじん》する近臣の姿もなく、ただひとりで現れたのは、もちろん院その人であった。

鍛冶の三人は、言葉通りに気兼《きが》ねなく緩《ゆる》むわけにもいかなかった。相手は、本朝に君臨《くんりん》する治天なのである。

「まあ、無理にとは言わぬ。しかし、朕の近くに侍《はべ》るのには慣れてもらわねばな。のう、長房よ」

「誠に」

いつの間に現れたものか、例の参議長房がするすると御簾を巻いていく。院はそれをくぐると、三人の前にどっかりと腰を下ろした。

「では、用を申し伝えよう」

そう言う院は、ほとんど舌なめずりするようで、これから告げる命《めい》を聞いた三人の反応が楽しみで仕方がない、といった風だった。

一方の長房は、ほとんど表情を変えない。細い垂れ目と口髭《くちひげ》を動かすことなく、紙を開いて読み上げはじめた。

「藤原刑部丞、同じく藤原中原権守、同じく藤原大隅権守。従三位《じゅさんみ》参議藤原朝臣《あそん》長房が宣《の》る。勅を奉《たてまつ》るに、件《くだん》の人ども、治天に侍り師徳《しとく》となりて鍛冶奉授《ほうじゅ》のこと、これを行わしむるべし。また、在地《ざいち》より鍛冶の達者を召し、月ごと輪番《りんばん》において御所鍛冶を奉仕するべしと言えり」

「つまりは、朕に鍛冶の業《わざ》を教えよ、ということだ」

長房が院宣《いんぜん》の伝奏《てんそう》を終えると、堪《たま》らずといった風に付け加えた院の顔には、期待がみなぎっていた。

院宣は、則宗たち三人に、院への鍛冶の技術の伝授を命じるものである。合わせて、それぞれの郷里から上手を選び、月ごとに院御所へ出仕《しゅっし》させて鍛冶の業を披露《ひろう》しろ、との内容であった。

「め、滅相《めっそう》もございませんっ」

真っ先に声を上げたのは延房である。こちらも堪らずといった風だが、形相《ぎょうそう》は院と真逆、困惑と恐縮で震えていた。

「院にそのようなっ、御無礼をするなど、もっての外《ほか》にございますっ」

「朕から頼んでおるのじゃ。何も不都合はあるまい」

「火も鎚《つち》も使う、危険な仕事なのでございますぞ。御身《おんみ》に万が一のことがあっては」

「そうならぬよう、そなたらに心の持ちようや身構えから、しっかと伝授してもらいたい」

「輪番での御奉仕に、よもや加わられるということはございますまいな」

それまで黙っていた則宗が、不意に横から口を挟んだ。

単に、鍛冶の作業をかたわらで見て学んでいただくだけなら、まだ危険は少ない。しかし、実際に鍛刀の作業に院が加わるとなれば、話は別である。

言われた院のほうこそ見ものだった。切れ長の目を笑みの形に歪《ゆが》めて、懐《ふところ》から取り出した扇《おうぎ》で口もとを隠した。それでも笑いがこみあげて収まらないのだろう、肩を震わせてわずかに俯《うつむ》くと、改めて則宗を見遣った。

「そうさな、焼刃《やきば》の土置きくらいは指図したいところじゃ」

(嘘だな)

則宗は即座にそう見切った。

彼が確かめたのは、鍛冶場において鎚を握る鍛冶師は、そこで起こる一切の責任を取らなければならないからである。

鍛冶の仕事は危険で厳しく、火を浴びて、あるいは鎚を食らって、命を失うことさえある。だから、相手が治天であっても、無用なことは無用と言わねばならない。そこまで備えたとて不測の事態が起き、その玉体《ぎょくたい》に傷をつけてしまうこともあり得る。

それらをすべて呑《の》み込む覚悟のある者でなければ、この御所鍛冶は到底務まらないと思えたからだ。

もちろん、院の浮《うわ》ついたようすを見れば、本人はそんな可能性を露《つゆ》ほども考えていないと、則宗でなくとも見て取れようものである。はじめから作業に加わるつもりなのだろうし、嘘をついたつもりもなく、単なる諧謔《かいぎゃく》といえば、その通りなのだろう。

(だが、その心持ちでは剣《つるぎ》は打てぬ)

則宗が見切ったのは、そういう性根《しょうね》である。

できれば面倒を避けたいのは、則宗も延房と同じである。その一方で、引っかかりを覚えているのもまた事実だった。それは、刀剣に対する院の強いこだわり、自ら作刀をしたいと言い出すほどの尋常《じんじょう》でない思いが、どこから来たものか、という疑問である。

(もしや……)

心当たりはあった。が、則宗はそれをこの場で尋ねるわけにはいかなかった。

「輪番の人選は、そなたらにまかせれば、まちがいなかろう。どうじゃ」

院の問い掛けに、やはり延房は低頭したまま頭を振った。

「勿体《もったい》なきお言葉にございますが、わしらにはとてものこと、荷が重すぎまする」

「できぬ、と申すか」

そのとき不意に、院の声色《こわいろ》が変わった。太く低い声のもとをたどれば、先ほどまでの上機嫌はすでに消え、引き締まった目もとに険しさを湛えて、院は延房を凝視《ぎょうし》していた。

「いっ、いえっ、決してそのようなことは」

「備前国延房ともなると、技を惜しんで秘すと申すか。治天の、この朕に」

「滅相《めっそう》もございませぬっ。やつがれはただ、御身のためを思うて」

「差し出口を叩《たた》くな、延房」

「畏《おそ》れながら」

院の高い声にかぶせるように、則宗は声を張った。

「畏れながら、延房が申し上げておるのは、鍛冶の心得《こころえ》にございます。鍛冶は、鍛冶場にいる者すべての命を預かり、そこで起こる一切の責を引き受けまする。しかし、院の御身に何かあれば、我ら一介《いっかい》の鍛冶の命では、とても贖《あがな》うことができませぬ」

「それは殊勝《しゅしょう》な心掛けだな」

「別の言葉で申します。院には、鍛冶場で御身を自ら守っていただかねばなりませぬ。それができぬうちは何の役にも立ちませぬし、鎚を握るどころか、鍛冶場にいるのさえ相応しくありませぬ、と申しておるのです」

則宗の突然の直截《ちょくせつ》な物言いに、先に目を丸くしたのは延房のほうだった。彼は何か言い掛けたが、兄弟弟子の思慮に思い至り、何とか口をつぐむ。そして院のようすは、と見れば、切れ長の目が据わっていた。

「朕に、刀剣の扱いは相応しくないと、申すのだな」

「ただいまのままでは。その心得を修められるか否《いな》かは、院次第にございます」

則宗の直言のあとを引き取り、久国もまた執《と》り成す。

「畏れながら、延房殿と則宗殿のおっしゃる通りにございます。卒爾《そつじ》にあらず、時を掛けて奉授させていただくのが筋。そのうえで、輪番鍛冶のことをお決めになられてはいかがでございましょう」

黙ってそれを聞いていた院は、据わった目のまま三人を順に見遣った。そして最後にもう一度、則宗を見た。

「相応しくないかを、そなたが判ずるのか」

底冷えするような声で、院は尋ねた。

「判ずるは、剣そのものでございます」

則宗は躊躇《ためら》いなく返した。

「よく分かった。では、輪番のことは別として、まず鍛冶を学ぶとしよう。手配もすべて、そなたらに従う。よろしく頼むぞ」

たっぷりと則宗の顔を見つめ、院は嚙《か》み締めるように言った。

「御意《ぎょい》っ」

延房の上《うわ》ずった返答を聞きながら、則宗もまた深く頭を下げた。


水無瀬殿を一旦《いったん》辞した備前鍛冶の一行と粟田口の久国は、院司《いんし》の手配で鵜殿の宿に留まることとなった。淀川に面した旅籠《はたご》からは、風に波打つ黄金の葦原が見え、大河の水音とともに客に供する趣向と思われた。

が、この客たちに、それを楽しむゆとりはない。

「院も御無体《ごむたい》なことを言われるものよ」

離宮の門を離れてから、延房の愚痴《ぐち》は止《とど》まることを知らなかった。悪《あ》しざまに言わないまでも、院の無茶を延々と並べ立て、事情を知らない弟子たちを困惑させること頻《しき》りだった。

「お前もだぞ、則宗。院を煽《あお》りおって」

「あぁでも言わねば、お主、罰《ばっ》されていたかもしれんのだぞ」

「それはそれよ。お前のおかげで言い逃《のが》れができなくなったんじゃい。のう、久国どの」

「いずれにしろ、院が言い出したら聞かない御方というのは、真《まこと》でございましたな。院宣まで賜《たまわ》ったとなれば、鍛冶奉授のことは最早《もはや》避けられないものと」

「久国どのは則宗の味方なんじゃな」

延房の矛先が向き、久国は白い頭を撫《な》で付けて、困ったように目尻を下げた。

「いえいえ、じつは以前、院が御自ら鍛冶をなさりたいごようすがあると、九条の二位さまがおっしゃっておったのです。ただの戯《ざ》れ言《ごと》と思っていたのですが、まさか真とは」

「則宗、お前も知っておったのか」

「院のお話しぶりからの当て推量よ。それに」

「それに、なんだ？」

「院の刀剣に対するこだわりようは、とても物好きに収まるものではなかった。あれは」

則宗は言い掛けてやめた。

――仇《かたき》のようであり、恋慕《れんぼ》のようであり。

言葉を選ばなければ、彼が見て取ったのはそういう感覚である。ただ、刀剣に院がそんな意趣《いしゅ》を抱《いだ》く理由とは何か。心当たりがないわけではない則宗だったが、それも直感に過ぎない。

「久国殿は、何かお聞きでは？」

則宗の問いに、久国は珍しく苦《にが》い顔をした。

「口にするのは憚《はばか》られます。殊《こと》に、院の前で言おうものなら、どんな処罰をいただくやら」

久国の言いぶりに、延房はちらりと若いふたりに目配せした。

院に謁見した三人は老い先が見えているが、助重も信房もまだ若い。鍛冶としての腕は一人前と言っていいとして、世事《せじ》にはからっきしである。

このたびの上洛に同行させたのには、彼らの見聞《けんぶん》を広めたいという親心もあった。本人たちだって、あわよくば院や近臣の覚えを得ようという欲があっただろう。

そんな若い芽が不用意に摘《つ》まれるのは、延房たちの望むところではなかった。

「お前たち、聞けば、わしらの巻き添えを食うぞ。覚悟がなければ耳を塞《ふさ》いでおれ」

話を向けられた助重と信房は一瞬、互いの顔を見合った。が、ふたりともすぐに目もとを引き締めると頷く。

「こうなりゃ、親父どもと一蓮托生《いちれんたくしよう》よ」

「身を滅ぼすにしても、治天さまの勅勘《ちよつかん》をこうむってとなれば、箔が付くってものです」

威勢のよい言い振りの信房と、声を硬くする助重。双方の顔を確かめた延房は、わずかにため息をついた。

「お前らなあ。知らんほうがよいことも、世のなかにあるもんだぞ」

「けんど、親父たちは知ったうえで治天さまに付き合おうというのじゃろ。だったら俺たちも、なあ小四郎」

「信三《しんざ》の言う通りです。親父に考えがあるんであれば、俺も手伝います」

信房と助重は、互いを励《はげ》ますように声を張った。その若さに不安を覚えつつ、救いでもある則宗たちである。

「であれば、少しお寄りください。あまり大きな声では話せぬゆえ」

そう言って声を潜《ひそ》めた久国が語りはじめたのは、後鳥羽院と三種の神器の因縁《いんねん》であった。

「福岡は平家のご領地でありましたから、福原の帝のお最期《さいご》の話は、聞いておることと存じます」

福原の帝とは、後鳥羽院の異母兄《いぼけい》で、先々帝にあたる安徳《あんとく》天皇のことである。

治承・寿永の戦乱で源氏と平家が争うなか、平相国清盛《へいしょうこくきよもり》の外孫であった幼年の安徳帝は、落ち延びる平家とともに京を離れた。流転《るてん》の末に壇《だん》ノ浦《うら》で入水《じゅすい》し、平家一門とともに、宝算《ほうさん》八というその短い生を終えた。

「法師が語っておるのを聴いたことがある」

このころすでに、平家鎮魂《ちんこん》のため、その栄枯盛衰《えいこせいすい》を弾き語る物語が、琵琶《びわ》法師などの口に上るようになっていた。治承物語などと呼ばれるこれらがまとめられ、後の世に『平家物語』となっていく。

「院が登極《とうきょく》されたのは、じつはまだ福原の帝がご存命のとき。しかも、三種《みくさ》の神器《かんだから》は福原の帝がお持ちだったため、御璽《みしるし》のないご即位だったと」

代々の天皇が受け継いできた三種の神器、あるいは御璽は、鏡、玉、剣の三つからなり、皇御《すめみ》祖神《おやのかみ》である天照大御神《あまてらすおおみかみ》が天より下《くだ》した神宝《かんだから》である。それらは皇位継承の証《あかし》として、天皇と不可分のものと考えられていた。

もっとも、三種の神器のうち、鏡と剣は崇神《すじん》天皇の勅により、宮中から出て外で祀《まつ》ることとなった。鏡は伊勢神宮の内宮《ないくう》に、剣は熱田《あつた》神宮に、神体《しんたい》としてそれぞれ祀られており、宮中にあるものは後に作られた形代《かたしろ》である。

「どうも、それが院のご勘気《かんき》のもとのようでして」

久国は、主筋《しゅうすじ》である藤原摂関家の贈答用に刀剣を作ることが多く、貴人との付き合いも多い。そういった客たちが運んでくる噂話のなかには、院の即位の経緯を露骨《ろこつ》に揶揄《やゆ》するものもあった。

曰《いわ》く、神器のお渡りもない即位など、正統なものでない、と。

「しかし、御璽はもうお内裏にもどっておるのじゃろ？　今上《きんじょう》へのご譲位も済んでおるし」

「それが事の発端《ほったん》なのです。じつは、いまの神剣は伊勢の神宮から新たに献上された御神刀。平家が持ち出した宮中伝来の神剣は、壇ノ浦に沈んだままとのことです」

それは、則宗たちも初耳である。琵琶語りでは、神剣が波間に失われたと伝えてはいたが、その後のことは何も語っていなかった。

「だとしても、新たな神剣は立てられ、今上のご即位にも使われたとなれば、何も差し支えはないのでは。伝来の神剣ではないということでは、今上も、今後の帝も同じことだろうし、そもそも形代の剣なのだし」

「然様《さよう》、結局は口さがない者の陰口に過ぎないのでしょう。それでも、そう陰で言われている院ご自身が、どう思《おぼ》し召しか」

久国にそう問われれば、四人の鍛冶には答えようがなかった。治天の内心を推《お》し量《はか》るなど、当人以外にできるものではない。ただ、院の刀剣に対する強いこだわりの根がそこにあるのは、誰しもが連想するところだった。

「いずれにしても、鍛冶奉授のことは進めるほかないな」

則宗は嚙むように言った。今回の件は、院宣による。院自身から沙汰止《さたや》みの声がない限り、やらざるを得ないものである。それが備前鍛冶と粟田口鍛冶にとって吉となるか凶となるか、それこそ誰も分かるはずがなかった。

「まず、わしが大本を奉授して差し上げるとしよう。その後、延房が備前の鍛えを、久国どのが栗田口の鍛えを、それぞれお伝えするのではどうだ」

ただ、やるとなれば赤心《せきしん》で当たるのが、刀鍛冶に共通する心得だった。でなければ、刀を鍛えるどころか、鉄さえもまともに溶けないことを則宗は知っていた。

「承知しました。鍛冶場を興《おこ》すのに必要な手配は、粟田口で整えましょう」

久国は頷くと、そのまま延房を見た。院に向かってさえ否と言ってのけた男は、胸を叩いて笑ってみせた。

「頼みましたぞ、久国どの。そしたら、わしは吉備の衆に声を掛ける。胆《きも》の据わった奴を推挙《すいきょ》せんとな、則宗よ」

「そうだな。お前たちには、小間使《こまづか》いから相鎚《あいづち》から、何でもやってもらうゆえ、覚悟しておれ」

若いふたりを見た則宗に、助重は神妙に、信房は勢いよく、頷いた。

こうして前代未聞の、治天その人への鍛冶伝授がはじまったのだった。


翌日、ふたたび水無瀬殿に上がった則宗たちは、鍛冶奉授の手配と鍛冶場の創設、そして輪番の鍛冶たちを推挙する旨《むね》を院に奏上《そうじょう》。輪番の開始は、院の上達を確かめてからとした。

「一年だ」

それに対する、院の返事が振るっていた。

「一年で、仕上げてみせよう。ゆえに、つぎの正月から輪番をはじめるとするぞ」

そう言って譲らない院の強情に、さすがの則宗も感心するほかなかった。この種の頑固さもまた、鍛冶には必要なことである。

とはいえ、何しろ本朝の貴人中の貴人である院に鍛冶の業を奉授するのだから、則宗たちも戸惑うことは多い。

鍛冶の修業は鎚の素振《すぶ》りからはじめて、鍛錬《たんれん》の工程なども師が弟子にやってみせ、やらせてみせて、身体《からだ》で覚えさせるのが普通である。最低限の心得は口伝えするが、所詮《しょせん》、言葉で教えられたことは身にならない。が、さすがに院を庶人《しょじん》の弟子と同じ扱いとするわけにはいかなかった。

だから則宗は、久国たちが鍛冶小屋を整えるまでのあいだ、院に鎚の振り方を教えるのと同時に、鍛冶と刀剣に関する知識を講義した。

「院には、鍛冶の言葉を覚えていただきます」

事のはじめ、則宗は院にそう告げた。

「言葉、とな？」

「鍛冶の仕事は、刹那《せつな》の間《ま》が成否を分けまする。ゆえに、剣の部位や姿、あるいは一連の仕業《しわざ》などを、端的《たんてき》に言い表す言葉を用います」

「歌に似ておるな」

和歌に造詣《ぞうけい》の深い院は、そう連想したらしい。歌の道、鍛冶の道、いずれの道にも独自の概念があり、言葉があるということだと。

「あるいは、剣の見方にも鍛冶が目を付けるところがございます。それらを知れば、鍛冶の業もお伝えしやすいかと存じまする」

「相分《あいわ》かった。じつのところ、朕が剣を学んだのは北面《ほくめん》・西面《さいめん》の武家からでな。あの者らは武具としての剣を見る目こそあれど、作り手には及ばぬだろう。この機会に、剣について余すところなく学ばせてもらうとしよう」

刀剣好みを自認し、一家言《いっかげん》あるかのような院ではあるが、学びに対しては謙虚《けんきょ》だった。素直に自身の無知を認めると、期待に満ちた目を則宗に向けた。

「まず剣は、姿、地鉄《じがね》、刃文《はもん》を以《もつ》て見るとお心得くださいませ」

「それはさすがに分かるぞ。剣の妙味《みようみ》とは、まさにその三つじゃ」

「なかでも、はじめに目に入るのは姿にございますが、剣はその必要があってこそ姿が決まりまする。刀、剣、長刀《なぎなた》、それぞれに、振るわれるべき時処位《じしよい》がございます」

「ほう。剣の時処位か」

「戦場にあっても、馬上か徒歩《かち》か、あるいは、遠間《とおま》か組み討ちかで適した剣が変わることは、院であればお分かりでございましょう」

「確かに。弓に短刀《みじかがたな》で挑む者はおらぬ」

さすがと言うべきか、武人でもある院は、則宗の意をすぐに理解した。

「また、剣が使われるのは戦場ばかりではございませぬ。寺社にお納めすることも、あるいは舞《ぶ》楽《がく》に伴われることも、枕元に置いて夜の護《まも》りとすることもございます。それぞれにおいて、剣には必要な姿があるとお心得くださいませ」

「同じ剣であっても、然様に多くの役割を持ち得るのじゃな」

「御意」

頷きながら則宗は、水無瀬の刀蔵《かたなぐら》から拝借《はいしやく》した太刀の鞘《さや》を払い、柄《つか》を外して刀架《とうか》に掛けた。刀剣好きの院の離宮だけあって、蔵には多彩な良刀が揃っており、見本には事欠《ことか》かなかった。

「まず見るべきは長さにございます。刃長《はちよう》を以て太刀、脇差《わきざし》、短刀などと分け、それぞれに役目がございます。あるいは反《そ》りの深さ、切先《きつさき》の大きさ、身幅《みはば》、厚みなどは千差万別《せんさばんべつ》。そうした姿の案配を体配《たいはい》と申します。

そして、時処位に相応しい剣の姿を思い描き、それに必要な鉄を揃えるところから、鍛冶ははじまりまする」

刀剣とする鉄は、川や山、海浜《かいひん》などで採れる砂鉄を、踏鞴《たたら》と呼ばれる製鉄炉で溶かすことで得る。が、ただ踏鞴で吹いただけの鉄は純度が低い銑《ずく》で、溶けやすいが脆《もろ》く、剣には向かなかった。だから鍛冶は、銑を再溶解して改質させる〝銑卸《おろ》し〟を行って、剣に相応しい鉄とするのである。

「鉄も、得る場所や卸しの加減によって質が変わります。そこから、剣となるに相応しい鉄を選ぶのでございます」

「所によっても然程《さほど》に変わるものか、鉄とは」

意外の面持ちで言う院に、則宗は神妙《しんみょう》に頷いた。

「同じ花でも、所により咲きぶりがちがいましょう。鉄にも同じ機微《きび》がありまする」

「そうした自然の働きにてできた鉄を、人の手で鍛えるわけか」

「御意。鍛えると、ひと口に申しましても、ただ鉄を叩くのではございませぬ。相応しい鉄を選び、組み合わせて火によって沸《わ》かし、練り、より鋭く、より強く、鍛えるのです」

その工程は、銑の卸し鉄から余分な成分を剝《は》がし落とす「水圧《みずへ》し」、鉄を質ごとの小片《しょうへん》に割っていく「小割《こわ》り」、そうしてできた鉄片を組み合わせて熱し、ひとつに鍛着《たんちゃく》する「積《つ》み沸かし」、ひとつとなった鉄の塊を、さらに熱しながら幾度も打ち延ばして折り返すことで練り鍛える「折り返し鍛錬」、鍛え上げた鉄をまずは棒状に打ち延ばす「素延《すの》べ」、刃や切先など剣の姿を打ち出し整える「火造《ひづく》り」、刃文を描くため焼刃土《やきばづち》を置く「土置き」、そして仕上げとして熱した鉄を急冷して仕上げる「焼き入れ」と、複数の段階を経て行われる。

「ゆえに、鎚で力まかせに打てばよいわけでも、火を煽り立てて熱せばよいわけでもございませぬ。鎚遣いにも、火の加減にも時処位があり、それらが合わさってはじめて、鉄の佳《よ》きところが現れ、剣となるのでございます」

鍛冶の大まかな工程を一気に説明した則宗だったが、もちろん院がそのすべてを理解できるとは思っていない。ただ則宗には、目の前で思案げな眼差《まなざ》しで自身を見返す院に、知ってもらいたいことがあった。

「さほど細心に扱ってこそ、というわけか」

そして院は、則宗の意を正確に汲《く》み取っていた。

「御意。そもそも鉄は、鋭く硬いものほど脆《もろ》く、逆に粘《ねば》り強すぎるものでは刃が付かず鈍《なまく》らにしかなりませぬ。その相反するものをまとめ上げ、折れず曲がらず、よく切れる剣とするのが鍛冶の仕事にございます。そのためにこそ、鍛冶は心を砕き、手を尽くしまする」

「それほどの機微があるとは」

言われてみれば、というふうに院は納得の顔を見せた。その表情は、どこか子どものような好奇心に満ちており、則宗の説明も真っ直ぐに咀嚼《そしやく》しているようだった。

（こうしてみれば、素直なかたなのだが）

例の偏執《へんしゆう》さが顔を覗かせなければ、院は誠実な弟子にちがいなかった。

則宗の院への講義は、この調子で数日にわたってつづいた。ある日は、則宗はひと振りの脇差を見せると、

「姿を見るうえでは、剣の部位の名も知る必要がございましょう」

そう言って、刀身のみとした剣の各所を指差していった。

剣の鞘に納まる部分を「上身《かみ》」、柄に収まる部分を「茎《なかご》」として、上身ならば、先端部の「切先」、物を切る「刃」、刃の反対側で背にあたる「棟《むね》」、刃の下端を「区《まち》」、側面の山高くなった筋を「鎬《しのぎ》」と、ひとつひとつを示していく。

「さらに、それぞれの部位においても、細かく名が設けられておりまする」

「何とも果てのない話だが、鍛冶はそれを使い分けておるのだな」

純粋な知識欲からか、則宗の長々とした説明にも、院は退屈なようすさえ見せない。むしろ嬉々《きき》として、則宗の話すにまかせた。

また別の日。則宗は院へ地鉄――剣を形作る鉄そのものについて説いた。

「姿のつぎに見るべきは、地鉄にございます。剣はさまざまな鉄を組み合わせ、折り重ね、鍛え上げることによって形を成します。地鉄の肌には、その鍛えのようすが紋様《もんよう》となって現れまする」

言いながら太刀の表面――肌を指し示すと、そこには木材の木目にも似た様相が浮かんでいる。実際、これらの文様は木目に倣《なら》って板目肌《いためはだ》、柾目肌《まさめはだ》などと呼ばれる。

「こちらの目はよく詰まり、丁寧《ていねい》な仕事と言えましょう」

「ほう、天下の則宗が褒《ほ》めるとは、その剣を打った者は果報《かほう》じゃな」

面白がるような院の声に、則宗はわずかに微笑《ほほえ》むと、太刀の茎を見下ろした。そこに、鍛冶の名を刻んだ銘はない。

「その鍛冶は大変な頑固者にございますゆえ、鉄と我慢比べをするよう鎚を振るうのでしょう。そのうちに、鉄と打ち合うのが楽しくなってきたのでしょうな。それが目となって現れたものかと」

則宗は、そう己の見立てを述べた。まるでその仕事ぶりをかたわらで見ていたような口ぶりに、院は目を丸くした。

「そこまで見て取れるものか。では、そなたはそれが誰の作かも見極めておるな」

「さて、いかがにございましょうや」

「ははっ、勿体ぶるものよ」

院は終始にこやかである。心から刀剣を好み、その知識が得られることを喜んでいるのが伝わり、則宗もやわらかな心持ちのまま講義をつづけた。

あるときには、粟田口から鍛冶道具を借りてきて、院に握らせた。鉄を打つ鎚から、熱した鉄を摑《つか》むための金箸《かなばし》、鉄を彫る鏨《たがね》など。使い込まれた道具の手擦《てず》れに、院は素直に感心の声を上げた。

またあるときは、刀蔵からいくつもの剣を並べて、刃文を比べもした。

「姿、地鉄と並んで見るべきは、刃文にございます」

「いよいよそこじゃな」

身を乗り出すような院の声に、則宗はつい苦笑しながら、用意した太刀の刃に目を落とした。黒く深沈《しんちん》とした刀身の縁《ふち》を白く真っ直ぐに流れる刃文は、川の流れのようにも雲間に射す光のようにも見える。

「剣を鍛えたのち、焼き入れすることにより刃が生じまする。その紋様を刃文と申します。そして院もご存知の通り、刃文にはさまざまな形がございます」

刃に沿って真っ直ぐに引かれた「直刃《すぐは》」。波を打つような「のたれ刃」に、植物の丁子《ちょうじ》の実に似た細長い房が連なる「丁子刃」、水滴のような半円が連なった「互《ぐ》の目《め》刃」など。鍛冶ごとの工夫が生み出す多彩な刃文に、院は熱心に見入《みい》った。

「院のお好みは、いずれにございましょう」

ふと、則宗はそう問う。院の口もとに浮かぶ笑みを見ているうちに、尋ねたくなったのだ。

「好みといえば丁子、豪壮《ごうそう》かつ華がある。なかでも福岡の丁子は出色《しゅっしょく》の出来よな」

「勿体なき仰せ」

「近ごろの工夫は特に良い。丁子の房が花びらのようで、じつに美しい」

確かに、丁子刃は備前の鍛冶が得意とする焼刃だった。近ごろは、これにさらなる工夫を加え、いくつもの丁子を重ねて花弁のように仕立てた、重花《じゅうか》丁子の乱れ刃を焼く者もいた。

そのさまは確かに豪壮かつ華やかで、院の評がまちがっていないことは則宗も承知している。福岡の努力を天下の御一人《ごいちにん》が認めてくれていることを、備前の鍛冶として嬉しくも思う。だが同時に、刃文の本義はそこにないとも、則宗は考えていた。

「刃文は、見た目の美しさだけを求めて焼くわけではございませぬ。それによって刃を鋭く、地鉄を強くしようという工夫にございます。そしてそれは、刃文だけではございませぬ。これだけ多くの言葉を費《つい》やし、名づけるということは、そこに意味と働きがあるということにございます」

浮かれたようすの院に対して、則宗は声に厳《おごそ》かささえ滲《にじ》ませてそう説いた。

「剣をより強く、鋭く、軽くするために、鍛冶はひたすらに工夫を積み重ねて参りました。そこにこそ、剣の美しさが宿りますこと、ゆめゆめお忘れなきよう」

鍛冶小屋が整い、鍛冶開きが行われたのは翌三月のことだった。

小屋は、離宮の馬場を望《のぞ》む一角に据えた。久国が指図を引いたもので、広く取った土間《どま》の中央には細長い窪《くぼ》み――火床《ほど》が掘られている。その正面、鍛冶が座る横座《よこざ》から見れば、奥行は四尺《しゃく》(約百二十一センチ)、幅七寸《すん》(約二十一センチ)。上等な粘土《ねんど》で堅く築かれたこの窪みに炭を積み、脇に置いた箱鞴《はこふいご》で風を送って火を熾《おこ》し、鉄を熱する。火床は、言わば鍛冶場の中枢である。

箱鞴は、木製の四角い箱に把手《にぎりて》が飛び出した形をしており、把手を動かすことで内部の空気を押し出して、吹き出し口である羽口《はぐち》から火床に風を吹き込むものである。

この箱鞴は、当時最新の仕掛けだった。従来の革鞴《かわふいご》とちがい、把手を押しても引いても風を起こせるため、連続して火床へ風を送ることができ、高熱を得ることも、その熱を保つことも容易である。

横座の脇には鉄を打つための台である鉄敷《かなしき》が据えられ、壁には数種類の鎚や金箸、藁《わら》を束《たば》ねた手箒《てぼうき》などの道具が並ぶ。鉄を入れておく箱や炭箱《すみばこ》、桶《おけ》や盆《ぼん》の類《たぐい》も用意した。また、小屋の奥には鉈《なた》と丸太の台を置き、炭切り場とした。

そして、鍛冶場を見下ろすように神棚《かみだな》を据え、社《やしろ》を模《かたど》った宮形《みやがた》を置いた。祀るのは金屋子神《かなやこのかみ》、天照大御神、建御雷之男神《たけみかづちのおのかみ》である。

なかでも金屋子神は、吉備の鍛冶にとって守護神と言っていい。鍛冶神である天目一箇神《あめのまひとつのかみ》をはじめ、鉄を育《はぐく》む山の神である金山彦神《かなやまひこのかみ》と金山姫神《かなやまひめのかみ》、鉄を溶かす炎の神である火之迦具土神《ひのかぐつちのかみ》など、鍛冶に関わる多くの神が習合した神格との謂《いわ》れがあるという。

そして、皇祖神である天照大御神、武の神であり剣の神である建御雷之男神を祀り、無事なる鍛刀と、健《すこ》やかなる剣が生まれることを祈るのである。

鍛冶開きの神事には鍛冶師たちだけでなく、院とともに近臣たちも参列したが、その院の様相が振るっていた。古式の最高の礼装である白の束帯姿《そくたい》だったのである。

「これより、我が鍛冶を神々にご照覧《しょうらん》いただくのだ。最上の礼を以てするのが当然であろう」

とは本人の弁で、その顔にはみなぎる気迫がほとばしっていた。

ただ、それがゆえにちょっとした騒ぎも起きた。列を成《な》す近臣のひとりが、束帯でなく水干をまとっていたからである。鍛冶師ならばまだしも、貴族の水干は礼装ではない。

「痴《し》れ者がっ、時処位《ほ》を弁《わきま》えよ」

院はほとんど吠《ほ》えるように言い捨てると、その近臣を自ら足蹴《あしげ》にして馬場から追い出した。

「どうぞ、お心をお鎮《しず》めください。怒気《どき》は鍛冶を歪めまする」

直答を許されている則宗が取り成したが、院はそれでも気が収まらないらしく、何事か言いつづけた。それほどに鍛冶への思い入れを持っていることには、鍛冶師としてありがたいと思う則宗であったが、この癇性《かんしょう》には閉口《へいこう》するばかりである。

鍛冶場には注連縄《しめなわ》を張り、例の菊花紋の幔幕をめぐらせて神事の場を整えた。最前列では、久国と延房をはじめとした鍛冶師たちが頭《こうべ》を垂れ、その後ろに院が、則宗を伴って並ぶ。

鍛冶開きは、そのまま奉授のはじまりでもある。神事に伴って行われる工程は、実際の鍛刀と同一であり、その意義を説明するのが則宗の役目であった。

「……天目一箇大神《おおかみ》と讃《たた》え祀る、金山彦・金山姫大神と讃え祀る、金屋子の大神さま。皇御祖神と讃え祀ります天照大御神さま。鹿島《かしま》の神と春日《かすが》の神と讃え祀る建御雷大神さま」

柏手《かしわで》の音につづき、久国の朗々《ろうろう》とした声が鍛冶小屋に響く。

「これが摂津国水無瀬離宮に、新たに金屋《かなや》を開き、鍛冶《かぬち》の業を修め奉る。何卒《なにとぞ》御守り御導き下しませと祈《ね》ぎ奉る……」

鍛冶の神祭《かみまつり》は格式ばったものではないし、祝詞《のりと》も平易なものである。だが、良い刀剣を生み出すために至誠《しせい》を尽くすという誓いにおいては、他の神事に引けを取らない。

そうして拝礼を終えた工人たちは、鍛冶の支度《したく》をはじめた。作業を統括《とうかつ》する主鍛冶の久国が火床前の横座につき、動きに滞りがないよう道具の類を程よいところに配していく。

則宗があらかじめ院に言ったとおり、鍛冶では一瞬の間が成否を分ける。火床で鉄を熱するにも、熱した鉄を鉄敷に据えるにも、それを鎚で叩くにも、ひと呼吸の差で失敗することがあった。だから、事の初めに十分に備えておくのである。

久国が火床を向いて自身の右脇に鉄敷を置き直すと、それを挟み、大鎚《おおづち》を携えた延房が相対した。

鉄の鍛えはじめは、まず強い力で鉄を打ち延ばす作業が多いが、金箸で鉄を押さえながら鎚で十分に打つのは、ひとりでは難しい。それを補助するべく、大きく重い鎚を振るう者が大鎚である。相鎚、あるいは向こう鎚とも呼ばれるのは、横座の主鍛冶と相対する謂《い》いだった。

延房が舞鑽《まいきり》――軸棒と台木《だいぎ》を擦《す》り合わせて浄火《じょうか》を熾すと、焚《た》き付けに移して久国に渡す。そこに久国は、神名《しんめい》を書いた紙を折って燃やし、火床にくべた。

続けて久国は、左手で箱鞴の把手をしっかりと握ると、確かめるようにそれを押しはじめた。たちまち吹き上がる風が火を煽り、炭を赤くなめる。さらに風を送りながら炭を足し、火を育てていく。火床そのものが息づくように明滅し、白髪の老鍛冶の姿を薄暗い鍛冶場に浮かび上がらせた。

十分に熱が火床にまわったことを確かめると、久国は素木《しらき》の三方《さんぼう》に捧《ささ》げた鉄塊を金箸で取り、静かに火床の炭のなかへと埋めた。炭掻《か》きでさらに炭を掛け、ゆっくりと風を送っていく。

「あれは、備前の銑の卸し鉄にございます」

このたびの鍛治開きのために、則宗は太刀数振り分の銑の卸し鉄を用意してきた。

「鉄を赤めるには、まずゆっくりと熱を行き渡らせます。急《せ》いて火を当てれば熱に耐えられず、鉄が粉々に砕けますゆえ」

久国の手もとを見つめる院に、則宗は抑えた声で作業の意味を説いた。院はそれを聞きながら、わずかに口を開けたまま火床を覗く。

普通、鍛治が作業の最中《さなか》に無駄口をきくことはないが、今回ばかりは則宗も特別扱いせざるを得ない。院には、せめて勘所《かんどころ》だけでもこの場で体得してもらわねば、一年での伝授など間に合いようもなかった。

火床では、炎が曼珠沙華《まんじゆしやげ》のような赤から朱《しゆ》へ、さらに山吹《やまぶき》色へと変わっていく。この色によって鍛治は火の温度を計り、頃合いを見て自在に変えていく。

ただ高い熱を作ればいいというわけではない。それでは、鉄の肝心《かんじん》な部分まで蕩《とろ》け出し、だらしのない鉄に成り果ててしまう。工程によって必要な熱を確実に保ち、それでいて余計な炭を使わないのが鍛治の上手であった。

「いま、鉄は少しずつ沸きはじめております」

高温に曝《さら》され芯《しん》まで熱された鉄は、表面が蕩けて、湯が沸いたようにふつふつと泡立つ。これが、鍛治において鉄の加熱を〝沸かし〟と言う所以《ゆえん》である。

「炭のなかにあるのに、分かるのか」

「目だけで見るのでは足りませぬ。目、耳、鼻、そして手で鉄を観《み》まする。観るべきは鉄だけではありません、炭、炎、風、すべてを観て、鉄のようすを捉えます」

「すべてを観る、か」

つぶやく院の目に、最初の謁見時のような浮つきはない。真っ直ぐな眼差しで久国の手際《てぎわ》を見る真摯《しんし》な姿を、則宗は意外な思いで見遣った。

その久国は、額に汗を浮かべつつ、一心に火床を見ている。やがて、炎が青く輝き出したころ、わずかに目を細めた。

「花が咲いております」

久国の集中を乱さぬため、則宗の声は囁《ささや》くようだった。

「花、だと?」

「鉄に絡《から》む汚泥《けがれ》が燃える姿にございます。これより、それを祓《はら》いまする。少しずつ、細心に」

闇に溶けるような則宗の声に合わせたか、久国は金箸を手に取り、小鎚で軽く鉄敷の脇を叩いた。呼応して、延房が大鎚を中腰に持ち上げた。

藁の手箒で鉄敷の表面を払うと、久国は炭掻きで火床の炭を掻き除《よ》けた。黄白く輝く鉄塊が、火花をまとって顔を出した。

これは、余分な炭素が燃えて放つものである。当時の鍛冶たちは、元素としての炭素を当然知らない。が、鉄が〝炭を食う〟ことで、その性質を変えることは経験的に知っていたし、風と火、炭、水でそれを操る術《すべ》を身につけていた。

「押さえを」

「応《おう》」

延房の太い答えとともに、久国が金箸で鉄を取り出し、鉄敷の上に乗せた。そこへ、大鎚が静かに乗った。とん、とん、と確かめるように、鎚は鉄を押さえる。さながら雪を踏み締めるような調子で、延房は丸くずんぐりとした鉄の形を少しずつ整えていく。

「これも、急いては鉄が砕けるためじゃな」

「御意」

院の耳打ちに返しつつ、則宗は密《ひそ》かにその勘の良さに感心した。自ら考える意志と力を持つ者ほど、上達は早い。

鉄の輝きが陰り出すと、すぐさま火床にもどす。ふたたび熱を加えて赤らめ、さらに鎚で押さえる。数度繰り返すうちに、やがて延房の大鎚は、押さえる動きから軽く叩く調子に変わっていった。丸かった塊は少しずつ打ち延ばされ、平たい姿になっている。

久国の目が鋭さを増した。ふたたび鉄塊を火床にもどし、念入りに火を熾していく。そうしながら、手箒を水桶《みずおけ》に浸《ひた》した。たっぷりと含ませた水を鉄敷に広げ、小鎚で合図を送る。延房に加え、久国の弟子も大鎚を構えてそれを待つ。

「水圧しをいたします」

則宗の厳かな声に、院も食い入るように久国の技を見つめた。

炭から取り出した鉄は山吹色から白に色づき、凄《すさ》まじい熱気を放つ。それを素早く鉄敷の上へ据えた瞬間、久国の手にあった小鎚が翻《ひるがえ》った。

「鋭《えい》っ！」

あくまで軽やかに、小鎚が白熱する鉄に触れた。その小鎚の位置を正確になぞり、延房の大鎚が全力で振り込まれた。

瞬間、爆発に似た轟音《ごうおん》が一同の耳をつんざき、赤熱《せきねつ》した鉄滓《かなくそ》が盛大に飛び散る。それは延房や久国はもちろん、院にも振り掛かって袖《そで》を焦《こ》がした。

鉄が白むほどの高熱と鎚の衝撃で、鉄敷に撒《ま》いた水が瞬間的に膨張《ぼうちょう》、蒸発したのである。その勢いは鉄から滲み出た不純物を弾《はじ》き飛ばし、それが鉄滓となって辺りに降り注いだ。降り掛かる鉄滓が玉体《ぎょくたい》を焼くのを恐れ、近臣たちが前に出る。

「下がれっ」

が、それを留めたのは、院自身であった。鍛冶の邪魔にならぬよう低く抑えた声で言うと、振り掛かる鉄滓も構わずに、鎚の運びを凝視する。

延房のつぎは久国の弟子と、代わる代わるに大鎚が翻り、鉄を叩く。そのたびに力強い音が響き、鉄敷の上で鉄は薄く広く、板餅のような形へとまとまっていく。

「肯《よ》しっ」

頃合いと見たか、ひと声上げて久国は鉄を取り上げ、水桶に突っ込んだ。盛大に泡を噴きながら甲高《かんだか》い音を立て、鉄は水のなかで、さらに余分なものを剝ぎ取られていった。

「水圧しは鉄から不要なものを打ち出し、鍛えるに相応しいように整えまする」

こうして打ち延ばした鉄を、久国は丁寧に水を拭《ぬぐ》って三方に載せ、神前に供えた。そのあいだにも、延房たちは鎚や金箸を整え、火を鎮めていく。

そして、鍛冶たちはふたたび柏手を打ち、深く拝礼した。則宗もまたそれに倣《なら》いながら、横目に院のようすを覗く。

その白い顔をわずかに煤《すす》で汚しながら、院は感に堪《た》えぬようすで鍛冶場を見つめ、次いで神棚を見上げた。やがて、わずかに緩めていた口もとを引き締めると、おもむろに一礼した。

「天神地祇《あまつかみくにつかみ》よ、我が真心こそご照覧あれ」

ほとんど口のなかでだけ転がすようなつぶやきが、則宗の耳へかすかに滑《すべ》り込んだ。

則宗の鍛冶奉授は、三月から六月までかけて断続的に行われた。治天たる院ともなれば、政《まつりごと》にまつわる多くの責務を負っており、鍛冶の修業だけにすべての時間を振り向けることはできない。則宗もそれを承知で、弟子を連れて数週間ごとに福岡と水無瀬を行《い》き来《き》した。

初めは、大鎚の振り方からだった。

「大鎚は主鍛冶のすることを察し、先んじて備えるものにございます。まず大鎚の達者となられますれば」

「おのずと鍛冶の理法を解せるというわけじゃな」

「御意」

大鎚は重いもので二十斤《きん》（約十二キロ）ほどあるが、力まかせに振り回せばよいというものではない。それでは狙いが定まらず、正面の主鍛冶や、肩を並べるほかの鍛冶の頭を割る危険もある。だから鎚頭の重さに腕の振りを乗せ、腰で落とすのが骨《こつ》だった。

これが、院は上手《うま》かった。鎚を振り回すこともなければ、振り回されることもない。則宗でも安心して見ていられるほどである。

「鎚の扱いは兵法《ひょうほう》に似ておる」

文武に旺盛《おうせい》な覇気《はき》を見せるこの貴人は、頑健《がんけん》な見た目通りに武芸の達者でもあった。乗馬、弓、長柄《ながえ》、打物《うちもの》とひと通りの業を修めていたし、腕も道に達しているという。

実際、水無瀬殿に滞在しているあいだに則宗は、近臣とともに武芸の腕を比べる院の姿を見ている。

水干姿で近臣たちと競馬、笠懸に興《きょう》じ、わざわざ鞍馬山《くらまやま》から呼び寄せたという僧兵どもから、剣術や杖術《じょうじゅつ》、長巻《ながまき》などの手解《てほど》きを受けている。

その腕のほどを伝えるものとして、則宗はこんな話を聞いた。

あるとき、畿内《きない》に跋扈《ばっこ》する強盗の張本《ちょうほん》が、今津《いまづ》の辺りに潜伏しているとの報を受けた院は、西面の武士に捕縛《ほばく》を命じるとともに、自らも内密に船を仕立てて捕物《とりもの》見物に向かった。しかし、この強盗はなかなかに手強《てごわ》く、西面の者どもも容易に近づくことができなかった。

そんな事態を打開したのは、院の蛮勇《ばんゆう》であった。一進一退の歯がゆさに業《ごう》を煮やしたのか、院はおもむろに船の長大な櫂《かい》を摑むと、それを小枝のよう振り回して捕り手に指図し、自らも櫂を武器に盗人《ぬすっと》どもに打ち掛かったのである。

院の活躍で召し取られた強盗の頭《かしら》は、のちに水無瀬殿に引き出されたとき、「西面など物の数ではないが、院御自《おんみずか》ら重い櫂を扇の如《ごと》く振り回すさまに、もはや命運尽きたものと観念した」と述べたという。

武芸のみならず、院がその肉体を活かしたのが蹴鞠《しゅうきく》である。

このころ、蹴鞠は月卿雲客《げっけいうんかく》のあいだで大いに流行《はや》っていたが、その熱を煽ったのが院自身であった。この道の達者として知られる藤原権大納言泰通《ごんだいなごんやすみち》、その孫弟子らである前陸奥守宗長《さきのむつのかみむねなが》と左《さ》近衛少将雅経《こんえのしょうしょうまさつね》の兄弟を取り立てて技を磨き、京でも屈指《くっし》の鞠足《まりあし》と呼ばれるまで上達したという。

肉体的な芸はもとより、文事に関しても院は並々ならぬ情熱を傾けた。

特に和歌については、天暦《てんりゃく》年間以来絶えて久しい和歌所《わかどころ》を復興させ、勅撰集《ちょくせんしゅう》を編纂《へんさん》するに及んだ。編まれた『新古今和歌集《しんこきんわかしゅう》』は、これまで七度にわたる勅撰和歌集の集大成として、後世に金字塔《きんじとう》を打ち立てることになる。

あるいは管弦《かんげん》。なかでも琵琶への思い入れは強く、藤原中納言定輔《ちゅうなごんさだすけ》を師徳として秘曲『石上流泉《せきじょうりゅうせん》』『啄木《たくぼく》』の伝授を受け、わずか数ヶ月で弾きこなすに至っている。そのうえ、皇室伝来の「玄象《げんじょう》」や「牧馬《ぼくば》」、摂関家伝来の「元興寺《げんごうじ》」などの名器を甦《よみがえ》らせ、琵琶芸道の好士《こうし》と自ら嘯《うそぶ》くほどであった。

旺盛《おうせい》な覇気の赴《おもむ》くまま諸芸に手を伸ばし、そのすべてを修めていくさまは、まさに才気煥発《さいきかんぱつ》。文武に優れたる治天、と呼ぶに相応しい活躍ぶりだった。

一方で、その横溢《おういつ》する覇気が、時に癇気《かんき》となって余人《よじん》に振り掛かることもある。例えば先の鍛冶開きのときの、水干を着ていた近臣に対する振る舞いがそうだった。

水干はもともと庶民の服であったものを、やがて貴族に日常服として取り入れられたのであり、神事に相応しくないのはその通りである。だが、敢えて足蹴にしてまで排除したのは、この治天の偏執な気質ゆえだった。

そもそも、水無瀬殿での服装を水干に統一したのは、院自身だった。

「この離宮は、位《くらい》の上下を超えた交友の園《その》である」

そう定め、格式張らない交流を象徴する装束《しょうぞく》として、水干を着ると取り決めた。院自身が率先して水干をまとい、席次も自由として近臣と闊達《かったつ》に交流したものである。

もっとも、そうした取り決めも、院の胸三寸で変わるのが実際だった。位の上下を超えた交友と言いながら、院に差し出口を挟んで不興《ふきょう》を買い、処罰された者は数知れず。席次は結局のところ、院の寵《ちょう》の順となった。

則宗もまた、狭苦しい水棚の下に押し込められる近臣を、たびたび見ている。これは召籠《めしこめ》といわれる罰で、本来は内裏などで官人の怠慢《たいまん》や失錯《しっさく》に対して行われるものである。が、水無瀬殿では、座興《ざきょう》の歌会を所労で早退したとか、勝手に院の寵臣の上座《かみざ》を占《し》めたとか、そんな些細《ささい》なことで罰せられる者が後を絶たなかった。

あるいは、院司たちが壕の前で衣を脱がされ、つぎつぎと水面に蹴落とされていくのを見たときには、則宗も目を疑った。

「この者らは未熟でな、まずは水に慣れさせておるのじゃ」

こんな調子だから、建前《たてまえ》は別として、水無瀬殿を包む気配は、決して自由闊達とは言い難《がた》い。むしろ、院の勅勘を恐れ、畏縮《いしゅく》しているようである。

ただ、それでは良い作刀はできないと、則宗は思っている。鍛冶場は澄明《ちょうめい》、鍛冶師は清廉《せいれん》。観念的な話ではない。そうでなければ、鉄を扱うことは難しいからである。

鉄は、ある意味で素直な素材だ。鍛冶の心技の不心得が、そのまま形に出る。心映《こころば》えだけ、業前《わざまえ》だけで、どうにかなるものでもない。心技を十全《じゅうぜん》に練り、それでも最後は天に運をまかせるしかないのが、鍛刀というものだった。

だからこそ、鍛冶師は予断を持つことなく、鉄に、火に、風に、水に、土に、天地のあわいにあるすべてに頭《こうべ》を垂れる。それは決して卑屈《ひくつ》ではない。孤高とさえ言える折れぬ芯を立てながら、なお自然《じねん》の働きへの畏敬《いけい》からおのずと頭が下がってしまうのが、鍛冶というものだった。

(あのような屈託《くったく》があるにもかかわらず、鎚などまかせてよいものか)

則宗の見る限り、院の独善にして驕傲《きょうごう》な気質は、決して鍛冶に向いていない。鉄を己の意のままにしようと鎚を振るい、鉄を殺してしまうと思われた。

その一方で、鍛冶開きのときに見せた院の真摯な顔つきも、則宗は覚えていた。

――どちらが、院の本性《ほんしょう》なのか。

老鍛冶は思案を顔に出さぬよう努めながら、楽しげに大鎚を振るう院の背中を見つめた。

則宗の懸念の一方、鍛冶奉授は思いの外《ほか》に順調だった。ひと月ほどで大鎚の振り方を覚えた院に、則宗は習作の短刀づくりを手伝わせた。

「水圧《みずへ》しした鉄を小割りして参ります」

小割りは、水圧しで薄く打ち延ばした鉄を、小鎚で細かく割っていく工程だ。一塊に見える鉄も、部分によって炭素の量や不純物の混じり具合などで質がちがう。それを割って断面のようすなどを見定め、選《よ》り分けていくのである。

「朕にはちがいが分からぬ」

則宗が小割りした鉄片をすがめて見、陽に当てて見るのを繰り返していると、横合いから眺めていた院は諦《あきら》めたように言った。

「これればかりは、数をこなすしかございませぬし、私どもにも、確実に見抜くのは至難《しなん》の業にございます」

「そなたほどの鍛冶でも、か」

驚きの声を上げた院に、則宗は厳かに頷く。

「だからこそ、鍛冶は祈るのでございます。良き鉄を育み給《たま》え、健やかな剣を打たせ給え、と」

「健やかなる剣、か」

「はい。剣は武器であるとともに、理《ことわり》の器にございます」

「理の器、とな」

則宗の言葉に、院は思ってもみなかったのか、聞き返した。

「御意。武家の武芸といえば、まず弓箭《きゅうせん》や長柄の打物にございましょう。あるいは、唐土《もろこし》で武威の象徴となるは斧鉞《ふえつ》と申します」

「確かに」

「斯《か》くの如く、剣は決して、武具として特別に優れたるものというわけではございませぬ。しかし、本朝では神代《かみよ》より剣を尊《たっと》んで参りました。それは、剣がなにがしかの理を顕《あらわ》すからにございます。だからこそ人は、ときに剣に誓いを立て、あるいは祈り、願いを掛けまする」

「剣は、理を盛る器となり得るということか」

「御意」

「では、剣に盛るに相応しい理とはなんじゃ」

「さて。それは鍛える者、あるいは向き合う者次第かと」

則宗の言い方に、院はわずかに目を見張ると、それから吹き出すように笑った。

「また則宗の勿体ぶりじゃな。よかろう、いずれ聞かせてもらうぞ」

その快活な声に、則宗は密かに安堵《あんど》した。無用な怒気《どき》や癇気を持つ者に、鎚をまかせることはできないからである。

そのまま則宗は、積み沸かしをはじめた。小割りした鉄片を組み合わせて火床《ほど》で沸かし、蕩けたところを鎚で鍛着《たんちゃく》するのである。

「まるで、菊のようじゃ」

沸かしを見ていた院が、不意につぶやいた。何のことかと訝《いぶか》る則宗の目の前で、火床から花が咲いた。その弾けるさまは、確かに菊に似ていた。決して大輪ではない、野辺に咲く野菊である。

そういえば、と則宗は思い出した。鍛冶開きのとき、祭場を覆《おお》った幔幕にも菊紋が染められていたはずである。

「鉄とは、菊を生むものなのじゃな」

うっとりとして言う院の姿を、則宗は意外な思いで覗き見た。

（お好きなのか、菊が）

意識の端にそれを留めながらも、老鍛冶の手が止まることはない。院の手も借りながら三度の沸かしを終え、十五度にも及ぶ折り返し鍛錬ののちに、剣に姿を与える工程である素延べ、火造りへと進んでいく。

小鎚を振るって打ち出した剣は、小振りで細身の、品の良い短刀である。鎬《しのぎ》を立てないすっきりとした平造《ひらづく》りで、凜《りん》とした立ち姿が美しい。これに焼刃土を置いて焼き入れをするのである。

「刃文は、土を置いたままに描かれるわけではありませぬ。ですから、最後は鉄と火と水に願うのです」

院に土の置き方を伝えながら、則宗は自身の心得を端的に言葉にした。事程《ことほど》然様に、鍛刀とは鍛冶の思い通りになるものではないのだと。

「そうは言いながらも、そなたは思うままの剣を鍛えられるのだろう。あまり謙遜するものではないぞ」

院の返事は気楽な諧謔さえ含んでいたが、則宗は改めてかぶりを振る。

「いいえ、鍛冶はただ、こうあってくれと願うのみにございます。その願いが叶うかは、やってみなければ分かりませぬ。この剣の焼き入れもこれからにございますゆえ、予断を持つは禁物にて」

土が完全に乾いてのちの晩、則宗は焼き入れを行った。刀身全体を均一に赤らめたうえ、水を張った「舟」に沈めて急冷する。この工程で刃文が生じるとともに熱膨張《ねつぼうちょう》し、刀に独特の反りが生まれるのである。

そうしてでき上がった短刀を、院は惚《ほ》れ惚《ぼ》れと見つめた。刃の表裏に直刃から互の目、丁子、のたれなど数種の刃文を試しに焼いたため、いかにも習作といった風情《ふぜい》である。が、それがいかにも珍妙に見えるらしく、

「何とも面白いものよ」

院は子どものように喜んだ。

「奉授のための習作にございます。他の鍛冶から見れば笑いものになりましょう」

「そうか。では、つぎに会うときには、これぞ則宗畢生《ひっせい》の作、という剣を鍛えて参れ」

機嫌よくそう言うと、院は則宗の奉授に謝した。その素直な姿は、初めての謁見のときに見せた強剛なものとは程遠い。だが、それでも則宗の胸には一抹《いちまつ》の不安が残った。

（杞憂《きゆう》であればよいが……）

そう思い、奉授のことを延房に引き継ぐと、則宗は水無瀬を後にした。

「何とも、錚々《そうそう》たるものですね」

「宮仕えだ、心映えも技も揃った匠でなくば務まらぬ」

感に堪えぬような声を漏《も》らした助重を見向きもせず、則宗は目の前に広げた名書きを見下ろす。

延房、久国、そして則宗自身が推挙した、輪番鍛冶に奉職する面々の名がずらりと並び、すで

に月番の順も当ててある。

正月　備前国則宗
如月　備中国貞次《さだつぐ》
弥生《やよい》　備前国延房
卯月《うづき》　粟田口国安《くにやす》
皐月《さつき》　備中国恒次《つねつぐ》
水無月《みなづき》　粟田口国友《くにとも》
文月《ふみづき》　備前国宗吉《むねよし》
葉月《はづき》　備中国次家《つぐいえ》
長月《ながつき》　備前国助宗《すけむね》
神無月《かんなづき》　備前国行国《ゆきくに》
霜月《しもつき》　備前国助重
師走《しわす》　備前国助延《すけのぶ》
閏月《うるうづき》　粟田口久国

無論、これは主鍛冶を務める者の名前であって、相鎚を務める弟子なども同行することになる。そこに、各人が一門の上手を充《あ》てるとなれば、本朝鍛冶はじまって以来の盛事《せいじ》と言っても過言ではなかった。

「そなた、ここに名がある意味は分かるな」

「俺の腕を、親父が見込んでくれたってことでしょう」

「何を、了見《りょうけん》の狭いことを」

「承知していますよ。何しろ治天さまのお側に仕えて、鍛冶をするんですから。腕はもちろん、立ち居振る舞いから言葉づかい、衣の着こなしに……」

自分を励まそうとしたのか、柄《がら》にもなく調子のいい口を叩く助重だったが、その勢いは次第に衰え、最後には萎《しぼ》んでしまった。

「親父。この件、そんなに難しいものなのですか」

「ああ、小四郎。お前にも、院の御気性をよく含んでおいてもらいたい」

わずかな躊躇いとともに、則宗はようやく名書きから目を離し、顔を上げた。

「行儀のことはよい。どうせわしらは吉備の田舎鍛冶、それ以上でもそれ以下でもない。だが、鍛冶としての振る舞いは曲げられぬ。たとえ、院が相手であってもだ。それがあの御方の意に染まぬとしても、通さねばならぬ筋はある」

「治天さまは、そんな無理難題をおっしゃるのですか」

「あるいは、そういうことも考えておかねばならぬ、ということだ。何しろ、横紙破りで知られた御方だしな」

予断を持つのは鍛冶としては禁物だったが、この四ヶ月のあいだ、院とともに過ごした則宗の結論は、変わらなかった。

「あの御方には危《あや》うさがある。追われている、と言えるかも知れぬ」

「何に、でしょうか」

我が子の問い返しに、則宗は口を閉じた。

言葉にはできるかもしれないが、いまここで口にしたところで、助重に妙な思い込みを与えるだけに終わる。何より、院に届かないのでは意味がない。叶うものなら、院にこそ伝えたい思いが、則宗の胸にはあった。

ただ、それを単に言の葉《ことのは》とするわけにはいかないことも、則宗には分かっている。語って伝わるものではないし、そもそも、たかが鍛冶の言葉など、治天に届くものではない。

（物実《ものざね》が必要だな）

逡巡《しゅんじゅん》の末、則宗はそう腹を決めた。物実とは形代や象徴――意思や理念を形とした物証である。神話では神でさえ、己の意思を明らかにするときに、物実を以て証を立てた。

「親父、どうしたのです？」

「いや、言葉にするものではない、とな。お前も、実際にお会いして考えよ」

「は……」

「その前に、わしは院に剣をひと振り、所望《しょもう》されておる。それを手伝ってもらおう」

代わりというわけではないが、則宗は息子にそう言って顔を引き締めた。

（いまのあの御方に、相応しい剣を捧げねばならぬ）

諸芸を修め、古来の和歌をいまの息吹《いぶき》でもって中興《ちゅうこう》し、文武に確たる才を示し、水無瀬に理想の園を作ろうとする院。治天らしからぬその振る舞いは、覇気に満ちた英主というよりも、独善的で驕傲な暴君に近い。気分ひとつで臣下を足蹴にし、召籠にするようでは、国を平らかに治める〝すめらぎ〟に相応しい、とは決して言えないだろう。

だが、則宗の目には、それとはちがう院の姿が映っている。剣を前にして子どものように素直で、直向《ひたむ》きに鍛冶へ向き合う姿が。いや、ふたつの姿は表裏ではないか。強引さは直向きさの、癇性の強さは素直さと懸命さの裏返しではないかとさえ思えた。

だが、決定的に足りないものが院の心根にあり、あがいてもあがいても届かないからこその危うい焦燥《しょうそう》が、院自身の佳きところを歪めてしまっている。

その原因もまた、則宗は気づいている。

(やはり、神剣のことが院の瑕疵《かし》となっておるのだな)

則宗自身、一度は考えたことではある。

本朝を治める天下の御一人として、院はほかのすべてを思いのままにしてきた。ただひとつ思い通りにならなかったものといえば、それしかない。鏡と玉とともに〝すめらぎ〟の証であり、不可分の宝とされる神剣――。

院は、ただの一度もそれとともに在ったことがない。そのうえで、剣を知り、自ら剣を生み出す業を修めようというのである。そのふたつが結びつかないはずがなかった。

本朝と皇室の長い歴史を鑑《かんが》み、〝すめらぎ〟という存在の重みは、恐らく当事者にしか分からない。しかも、事の初めから決定的に欠けている者にとって、それがどんな意味を持つかなど、余人にはうかがい知れるはずはないと、則宗は思う。

ただ、それでも院は励んできたのだ。神剣がないのなら、その瑕疵を埋めて余るほどの〝すめらぎ〟になるべく、万事に励んできた。懸命に、直向きに、努力をつづけるその姿が、則宗には好もしく見えた。

(結局、わしはあの治天さまが好きなのだ)

観念したように、そう思った。

危うさも、焦《あせ》りも、偏狭《へんきょう》も、独善もある。だが、それは高い理想を抱き、それに届いていない己を知っているからこその、余熱のようなものである。激しすぎる余熱に、院自身が焼かれている。

（まるで、素戔嗚尊《すさのおのみこと》だ）

銑卸しの鉄を積み沸かす則宗の脳裏《のうり》に浮かんだのは、神話の荒ぶる神の姿だった。皇祖神・天照大御神の弟神でありながら、高天原《たかまがはら》では吹き荒《すさ》ぶ神でしかなかった素戔嗚尊は、その罪を指弾《しだん》され、篠突《しのつ》く雨のなかを天降《あまくだ》り、地上では八岐大蛇《やまたのおろち》を退治する英雄神となった。

そして素戔嗚尊は、蛇《へび》の尾から生まれた剣を天照大御神に献上した。その剣こそが、のちに三種の神器のひとつとなる天叢雲剣《あめのむらくものつるぎ》だったのだ。

鍛冶である則宗には、その成り行きが納得できる。神話の含蓄《がんちく》などは想像もつかないが、剣が生まれる過程は連想できる。荒ぶる風と火に身を焼かれ、鎚に鍛え上げられて汚泥《けがれ》を払われ、水に研《と》ぎ澄まされて鎮まり、剣となる。

剣は理の器であると則宗が思うのは、その神話があるからだ。荒ぶることしかできなかった神が、己の有りさまを省《かえり》み、自身の本分《ほんぶん》を自覚して、その役割を果たした。それをこそ神々は尊び、そこから生まれた剣を宝として、地上にもたらしたのだ。

ならばこそ、神剣はただの宝ではない。そこには理、国の象徴足り得る理がある。それにこそ、則宗は院に気付いてほしかった。剣という物を求めるのではなく、そこに盛られた理を求めてこその神剣なのだ、と。

いまから打つべきは、そのための物実だった。

「姿は太刀、刃は直《なお》く」

積み沸かし、さらに鍛練を重ねる。叩くほどに鉄から不純物は出ていく。鉄の不思議は、ときにこの不純物も、刀に良い作用をもたらすことである。だから、鍛冶はそれすらも活かして剣を鍛える。

刀を鍛えるときの則宗は、ほとんど空《くう》と言ってよい。則宗ほどの達者でも、鍛冶の合間にはさまざまな想念、雑念といったものが浮かぶのが常である。だが、ひとたび鉄に向かえば、瞬時に無心となる。それまで心に渦巻《うずま》いていたものを肚《はら》に収めながら、なお空なる心で鉄に向かう。

そこに、鍛冶個人の信念や意図などというものを籠《こ》めれば、途端に刀剣は作為《さくい》の臭《くさ》みをまとう。そもそも、鍛冶ひとりが籠められるものなど、たかが知れていると則宗は思う。だが刀剣は、そんな鍛冶から生まれ出《い》で、はるかな時を超えて、なにがしかの理を後世に伝え得る。だからこそ、鍛冶は鉄に、火に、風に、土に、水に、謙虚になるのだ。

「親父、これは……」

素延べ、火造り。打ち出された太刀は、全長およそ三尺三寸（約一メートル）。反り高く踏ん張りがあり、剣先にかけて身幅を細くしながらも伸びやかな姿は、助重に古《いにしえ》の横刀《たち》の風格さえ感じさせた。

「珍しい姿になったな」

古風で堅牢《けんろう》な造りに、則宗は焼刃土を置く。その篦《へら》の捌《さば》きは巧《たく》まず自然のまま、刀身の導きに沿うままである。

焼き入れは暁《あかつき》に行った。まだ日が昇る直前の、最も暗い夜の終わりの闇で刀身の色を確かめ、未明の冴《さ》えた吉井川の水で冷やす。軋《きし》む音とともに刀身が深い弧《こ》を描き、生まれた反りは高く、古風でありながら今様《いまよう》の姿となった。

焼身《やけみ》を研いで現れた地鉄は、よく詰んで豊かな板目肌——鍛錬で積み重ねた鉄が細密に圧縮されて、美しい模様を成している。まるで、闇夜の空を流れる天《あま》の川《がわ》のように、星辰《せいしん》を秘めながら、なお深沈とした様相だった。刃文はと見れば、すっきりと澄み渡った直刃に、丁子乱れがわずかに交じり、清冽《せいれつ》で凛としながらも、決して窮屈《きゅうくつ》でなく心地よい緊張感がある。

虚心坦懐《きょしんたんかい》に打った太刀を前にした則宗は、妙な感覚を味わった。まるで、鏡に映った己が、そこに立っているような気さえした。それも、ただの己ではない。無駄を削ぎ落とし、正味《しょうみ》のままとなった己である。

（己を映し、鑑《かがみ》となる剣とはなったか）

丹念に研いだうえで、茎《なかご》に〝則宗〟と二字銘を切った。則宗は滅多に己の銘を入れないが、この太刀には入れてみたくなった。

折よく、奉授の勤めを終えた延房が備前に戻っていたので、則宗はこの太刀を兄弟弟子に見せた。

この男には珍しく、黙りこくったまま太刀を眺めて固まった。たっぷり四半刻《しはんとき》（三十分）は見つめて、丁寧に白鞘にもどしてから、延房が口を開いた。

「優しいなぁ、お前は」

さすがと言うべきか、延房はその剣に則宗が籠めた意を摑み、そんな感想を漏らした。

「そうか」

「いや、そういう気になった理由も分かる。あの御方はなんというか、勿体ない。力もあるし要領もいい。何より賢い。気宇《きう》も大きいからな、ちゃんと仕込めば、なかなかの鍛冶になるぞ。けんど、いまのままじゃ、なかなか止まりよ」

延房は、骨の髄《ずい》まで刀鍛冶である。だから、そういう言い方しかできないのだった。

「何しろ目が近いな。地鉄、刃、切先、姿、ひとつひとつを細かく見すぎるし、足りぬところばかりに気を取られる。毛を吹いて疵《きず》を求めるというやつだ」

「ご自身に対してもその調子なのが、な」

「あとは我慢が利《き》かぬな。せっかちにもほどがある」

「お主、まさかそれを御前で口にしてはおらぬだろうな」

よもやと思い則宗が聞くと、延房は渋い顔をした。

「いや、言うてしもうた」

延房の場合、やって見せ、やらせる教え方しかできない。となれば、当然口出しは多くなる。

「風の送り方は忙《せわ》しいし、火も強い。そのくせ、じっくりと待たずに鎚で叩きはじめるから、つい、な」

「それで五体無事に済んだか」

「追従《ついしょう》を言われるより、よほどいい、と笑っておられたわ」

そうは言いながらも、延房の調子は決して気楽なものではなかった。院は喩《たと》えるなら、逆鱗《げきりん》がどこにあるのか分からない龍である。しかも、一度はその尾を踏んでいるのだから、延房が肝《きも》を冷やしたのは当然だった。

「ただ、火花は、よく見ておられたな」

思い出したのか、延房がふと口にした。

「菊に似ていると」

そう聞いて則宗は、火花を菊のようだと見惚《みと》れていた、院の顔を思い返した。

「菊がお好きのようだな。御印《おしるし》にもされておる」

あのときの院は、強剛な治天でもなければ、文武両道の達者でも、癇癖《かんぺき》を持った小賢《こざか》しい青年でもない。どうかすれば、稚《いとけな》い子どもにさえ見えた。

「もしかすれば、それが院の本当のところなのかもしれぬ。悪い地鉄ではない」

「それで、この太刀か」

「まあ、な。院のご所望でもある」

言い合って、老鍛冶たちは白鞘に納まった太刀を見た。その剣は静かに、作り主である則宗の手さえ離れて、ただそこにあった。


初冬十月、院御所からの遣いが備前に下向し、輪番鍛冶奉仕の命が則宗らに正式に下された。合わせて、月ごとに御所鍛冶を監督する鍛冶奉行も任命されたが、これはほとんど名目上のものである。いずれにしても院がお出ましになり、ときに土置きなども手ずからされるのは、すべての輪番鍛冶が承知するところであった。

開始は、正月八日の大正月開けからと定まった。

正月番を自ら買って出た則宗は、日々の仕事のかたわらで、御所鍛冶の準備に余念がない。すでに院からの要望は届いており、必要な量の銑《ずく》をあらかじめ卸した。銑卸しはかなり強い火を使うため火床の傷《いた》みが激しく、気軽に火床の修繕ができない水無瀬の鍛冶場では、避けたかったからである。

卸した鉄を水無瀬に送る手配をつけ、輪番鍛冶に同行させる弟子を選び、愛用の小鎚を磨いた。時は瞬く間に過ぎていき、師走《しわす》の半ばには、久国から院への鍛冶奉授を終えた旨の文《ふみ》が届いた。

〝院の御手前は先手《さきて》に達し申し候《そうろう》〟

先手とは、大鎚を振るう弟子の筆頭を指す。師の仕事を最も近くで見、師のすることの先を読み、備えてこそ先手であることを思えば、鍛冶として一人前の一歩手前、といったところであろうか。久国から見て、院の業前《わざまえ》はその域に達したようだった。

翻れば、院がひと通りの技と知恵を身につけ、鍛冶としての自我を持ちはじめた、ということでもある。何事にも一家言《いっかげん》を持ちたがる院の性情を考えれば、輪番鍛冶にとっては、より難しい相手になったとも言えた。

何より、その自負を持つことが院にとって、果たして良いことかどうか。

年が開けて承元《じょうげん》二年（一二〇八）元日、則宗は一門の鍛冶たちとともに、中山の吉備津彦神社を参拝した。

上古《じょうこ》、武によって天皇の国土開拓を助けた英雄の御社《みやしろ》には、その父である孝霊《こうれい》天皇、派遣を命じた崇神天皇、鉄を産する山の神である金山彦神も祀られている。その御前にあって、則宗は深く頭を垂れた。

「これが吉備国中山吉備津彦神社に鎮まり御座《おわ》します、四道将軍《よつのみちのいくさのきみ》がひと柱、西道将軍《にしのみちのいくさのきみ》と讃え祀る大吉備津彦の大神《おおかみ》さま」

ここで祝詞を上げるとき、則宗にはいつも思うことがある。彼《か》の英雄は、なぜ吉備を切り取った征服者であるにもかかわらず、この地に受け入れられ、神として讃えられるまでになったのか。古《いにしえ》より鉄を産し、世に優れたる刀剣を生み出してきたこの地の人々は、彼の武人に何を見たのか。

そこに、剣の持つ理の一端があると、則宗は信じていた。

「何卒、我ら鍛冶《かぬち》の志を見そなわし聞こし召し給え、我らの道に高き御稜威《みいつ》を降《くだ》し給えと祈《ね》ぎ奉る」

福岡に帰ると、早速鍛冶初めを行った。輪番に選んだ助宗や助重らとともに、水圧しを行って鉄を奉納し、神事のあとの宴《うたげ》である直会《なおらい》で、弟子や家族と新年を祝う。

例年と変わらぬ正月ではあったが、則宗の畏《おそ》れが伝播《でんぱ》したのか、一門衆の顔は硬い。三ヶ日を家族と過ごした則宗は、孫弟子の末則《すえのり》に後事をまかせると、いよいよ水無瀬に旅立った。

「待ちかねたぞ、則宗」

本御所の御座で、院はただひとりで則宗を迎えた。およそ半年ぶりに見るその顔に、則宗はますます深まった自信と高揚《こうよう》を見て取る。

「備前国の則宗、まずは院に新年の賀を申し上げまする」

対する則宗もひとりである。すでに宿所で旅装を解き、まとうのは糊《のり》の利いた水干に鍛冶烏帽子《えぼし》の正装。綾錦《あやにしき》の刀袋に包まれた太刀をかたわらに、院と向かい合っていた。

「苦しゅうない。そなたも壮健そうじゃな」

返しながらも、院の視線はちらちらと刀袋の上をよぎる。気もそぞろな挨拶にも、則宗は居住《いず》まいを正して頭を下げた。

「院のおかげを持ちまして、一門打ち揃いまして新年を迎えることができました。改めまして、御礼申し上げます」

「世辞はよい。聞き飽きているのは分かるであろう」

院も相変わらずの水干姿。高い烏帽子を上機嫌に揺らして、扇で口もとを隠す。そこに、隠しきれない笑みが浮かぶのを、院自身も自覚しているようである。

「鍛冶の初めじゃ。それをどれほど朕が待ち望んでおったか、そなたには分かるであろう」

「ご期待に沿えますよう、我ら輪番の鍛冶が懸命に務めまする」

「よろしく頼むぞ」

「ただひとつ、事に当たりまして、お尋ねしたき儀がございます」

院の上機嫌に、心が幾分軽くなった則宗は、気がつくと言っていた。

「改まって、何事じゃ」

「院におかれましては、何故、輪番鍛冶をはじめられようと思《おぼ》し召されましたか」

院宣を受け取って以来の疑問を、則宗はようやく口にした。

「ああ、そのことか。言っておらなんだか」

気がついたように言うと、院は扇を閉じて居住まいを正した。

「巷説《こうせつ》では保元《ほうげん》・平治《へいじ》以来、本朝は武家の世に変わったというではないか。摂関はじめ公家の権勢を、武家の威が凌《しの》ぐようになったと」

それは、確かにその通りである。保元・平治の戦乱で入道相国・平清盛が台頭し、朝廷においてさえ権勢を誇ったのは則宗も知る事実である。さらに、治承・寿永の戦乱を経て平家は没落し、やはり武門である源《みなもとのよりとも》頼朝が征夷大将軍《せいいたいしょうぐん》となって鎌倉に政所《まんどころ》を開き、武家の統括者となった。諸国に守護《しゅご》と地頭《じとう》を置いて、土地制度や徴税、訴訟にまで関わるようになり、朝廷の持つ政治的な権威は鎌倉に削られる一方だった。

「それ自体は構わぬ。本朝を知ろしめすのは〝すめらぎ〟、政《まつりごと》を執るは治天よ。天下を治むる手配に、貴族だの武門だのとこだわる必要はあるまい。皆、我が国民《くにたみ》であることに変わりはないゆえ」

思わず、則宗は目を見張った。世間は、朝廷と鎌倉が、互いの権勢を争っていると見ている。

しかし院は、そんな小さな区分けを軽々と飛び越えて世を見ていた。

「だが、朕は武の理を知らぬ」

そのうえに院が加えたのは、己の不明であった。

「武の正義、理想、徳目《とくもく》……それらを知らぬ。それでは、武家の世の治天として物足りぬであろう。臣民の力を、十全《じゅうぜん》に活かせておらぬのでは、な」

話す院の目は慈《いつく》しみさえ含んで、どこか遠くへと注がれていた。その色を、則宗は見たことがあった。火花を菊に喩えた、あのときと同じ色である。

「だからこそ朕は、剣を知りたいのだ。どのように生まれ、何故尊ばれるのか。そこにどのような王徳があるか。則宗、そなたは剣を理の器と申したな」

遠くにあった院の視線が、すいと則宗に移る。

「やはり、朕の目に狂いはなかった。剣をそのように見る者にこそ、朕は鍛冶のことをまかせたい」

その視線を受けながら、則宗は己の見立てが正しかったことに安堵した。

激しい気性と、何事にも手を抜かない貪欲《どんよく》さ。横紙破りと見える蛮勇《ばんゆう》と性急さ。それは、高過ぎる理想を持つがゆえの、癇性であり焦燥なのだ。足りぬ自身を知るがゆえに、余る覇気がもどかしいのだ、と。

それは、則宗にも身に覚えのあるもどかしさだった。より良き鉄を求め、より良き刀剣を求めて、修業に明け暮れた若き日。

しかしあるとき、則宗は気づいた。理想の器などというものは、決して満たされることはない。己を鍛錬するほどに、より高い理想が見えるようになるからである。永遠にたどり着けない高みと、いつも足りない己を比べれば、もどかしくも焦りもするのだ。

それでも坦々《たんたん》と、果てない理想を目指しつづけることが、則宗にとっての鍛冶の道だった。いま、目の前にいる御一人に、それを伝えたかった。

「これで答えになるか」

「十分にございます。得心がいきました」

返答し、則宗はかたわらの刀袋を手に取ると、自らの正面に掲げた。

「では、事の初めにあたりまして、太刀をひと振り、献上いたしたく存じます」

ようやくのことに、院はその切れ長の目をほとんど鎌の形に歪めながら、

「そう勿体ぶるものではないぞ、則宗。生殺《なまごろ》しにされる朕の身にもなってみよ」

浮かれ調子を隠さずに言った。まるで祭を楽しみに待つ子どものように、素直な面である。

そうして院が手を叩くと、奥から現れた女官が、刀架を院の御前に置く。進み出た則宗はそれを改めてから、刀袋の緒を解いた。

「失礼いたします」

白鞘に納められた太刀を両手で捧げ持ち、厳かに一礼する。そして懐紙《かいし》を口に挟むと、鯉口《こいぐち》を切った。

途端に、そこから夜の明るさが流れ出る。黒く、蒼《あお》みを帯びた刀身はあくまで軽く伸びやか。星々を含んだ地鉄は、おおらかな自然の働きを示しながら、一点の緩みもなければ、行き過ぎた厳しさもない。それを縁取《ふちど》る直刃の刃文は、曙光《しょこう》のように穏やかながら凛冽《りんれつ》な輝きを放つ。その様相は、風凪《な》ぐ未明の夜闇《やあん》と、そこへ最初に投げ掛けられた朝日を思わせた。

それが、上古の横刀を思わせる古風な姿と相俟《あいま》って、見る者を神代の昔へと誘《いざな》う。

「おお、これは」

則宗は刀身を柄に留める目釘を抜き、柄と鎺《はばき》を取り払うと、紙で刀身を拭う。表裏と返しながら、地鉄を、刃文を、切先を確かめていく。瑕疵はない。拭い残した油もない。

手の内を見れば、滑り止めの鑢《やすり》を掛けた茎に、然《さ》り気《げ》なく刻んだ己の名が浮かんでいた。それらを確かめたうえで、則宗は刀架に太刀を載せると院へ正面を向け、席へと下がる。

「畢生の作になりましたかは分かりませぬが、院にご覧いただくに恥じないものと存じます」

「何と、見事な」

感に堪えぬように、院はつぶやいた。そして、動かなかった。まず太刀の全体と向かい合い、その有りさまを真っ向から味わうようだった。

「手にとってよいか」

「ご存分に」

院は答えを聞くと、しずしずと御座から進み出て、太刀に相対した。帖紙《たとうがみ》を口に挟んで茎を手に取り、眼前で真っ直ぐに立てる。

天と地を結び、ひとつ立てられた太柱――。院の手に収まった太刀を、則宗はそう幻視した。

ふと、紙を含んだまま、院の色よい唇が何かを含むように動いた。声もほとんどない幽《かす》かさで、かろうじて則宗の耳にも届いた韻律《いんりつ》は、古調《こちょう》の歌であった。

　ながめばや　神路《かみじ》の山に　雲きえて
　夕べの空を　出でむ月かげ

神路山は、伊勢内宮の後背に位置する山である。遠く神域の稜線《りようせん》を眺め遣れば、いつしか空は凪いで雲ひとつない。夜を迎え入れようと夕なずむなか、三日月が白く輝きはじめる。大意としては、そのような歌であろうか。

伊勢の内宮は皇祖神・天照大御神が、そして三種の神器の鏡が鎮座する本朝の祖廟《そびよう》である。院は太刀と向き合い、その社の面影《おもかげ》を確かに感じている――そう見えた。

(鏡には、成れたのか)

則宗は思わず、小さな息をつく。安堵の花が、じわりとその胸に咲いた。そして、直向きに太刀と向かいつづける青年のようすを見守った。

院の目は鎺元《はばきもと》から鎬をなぞり切先へ、さらに裏に返して先から刃区《はまち》へと移っていく。そして太刀を寝かせ、すがめるように目を細めた。

そして、ふと。その視線が硬くなったことに、則宗は気付いた。院は見開いた目で手もとを、茎をじっと見下ろしていた。

院は、何も言わず太刀を刀架に置いた。そして御座にもどると、太刀を振り返る。

「則宗」

その声は、冷えきっていた。

「何故、一文字を切っておらぬ」

一瞬、何を咎《とが》められたのか、則宗には分からなかった。

「一文字、と、申されますと」

「福岡の剣には、天下第一鍛冶の証として一文字銘を切るよう、申し伝えたはずだ」

念を押す、底冷えした声。先ほどの古の韻を含んだものとは程遠い、粗暴《そぼう》の気すらある響きが則宗の耳を押さえつけた。

「何故、切らなんだか」

もはや、院の秀麗な目に、先ほどまでの直向きで澄んだ明るさはない。問い詰める言葉と同じく、尖《とが》って吊《つ》り上がった眦《まなじり》に酷薄《こくはく》ささえ湛えて、則宗を睨《ね》めつけていた。

その目に、則宗は己の願いが届かなかったことを知った。たったひとつ、〝一〟を欠いたがために。

則宗は瞑目《めいもく》するしかなかった。

無念は、院のためにこそ胸に湧いた。この龍を空へと放つのに、己の鍛冶の腕は及ばなかったのだ、と。

もはや腹をくくった則宗は、平伏しつつも顔を上げ、ひたと院を見つめた。

「申し訳ございませぬ。わたくしは、己を天下第一の鍛冶とは思いませぬし、また剣は鍛冶ひとりの力で成るものにもございませぬ。それゆえ、これに〝一〟と切ることはできませぬ」

そうしながら、平生からの考えを真っ向から口にした。

悔いがない、といえば嘘になる。事のはじめ、延房から院宣の旨を聞いたときから燻《くすぶ》っていた悪い予感の通り、鍛冶として譲れぬ筋のために、院の怒りを買うことになったことは、己の未熟と則宗は受け入れられた。

ただ、そのために院が抱える屈折《くっせつ》を、より深くしてしまったのではないか。神鏡を思わせる剣を示したことが、神剣への飽くなき欲求を煽り立ててしまったのではないか。それが、心残りだった。

太刀を挟んだ向こう、院の表情は奇妙なほどに動かない。怒りを裡《うち》に潜ませたまま、目は冷ややかに、己の命を拒絶する老いた鍛冶を見据えていた。

ふと、則宗は気づく。かつて一文字銘を切るよう命じられたとき、己もそんな冷ややかな目をしていたことに。

(申し訳ございませぬ)

内心の詫《わ》び言は、院に向けてのものだった。

鍛冶に予断を持つのは禁物、不要な思い込みや先入観に囚《とら》われれば、鉄を歪めてしまう。人にはそう言いながら、はじめから院に予断を持って接していたのは、自分だったのだ。そう、則宗は己の不徳を呑み込んだ。

「そうか。よう言うたものよな、則宗。それほどに一文字を刻みたくないか」

「ご容赦《ようしゃ》くださいませ」

これは、尋ねに答えようがないという意味である。則宗には、刻みたくないと答えることもできなければ、刻むべしと従うこともできなかった。

と、そのときだった。不意に院は、何事かに気づいたように目を瞬かせた。そして、今度は眼《まな》差《ざ》しに温かなものさえ浮かべて、則宗と、それから刀架の太刀を見た。

「では、朕が刻んでやろう。そなた自ら名乗るがおこがましいと申すなら、わしが与えてやればよい」

その言葉に、思わず則宗は息を呑んだ。そこには憐憫《れんびん》と、それを老鍛冶にかける己に対する陶《とう》酔《すい》がない交《ま》ぜになった、微妙な笑みの治天がいた。

——慈悲のつもりなのだ。鍛冶が身命を賭《と》して鍛えた太刀に、治天とはいえ、他者が銘を刻むことが。

院の顔を見れば、本当にそれが良いことであると、則宗への赦《ゆる》しになると確信しているのが分かる。激しい怒りや酷薄さにも増して、そのいびつな善性と強烈な自尊心にこそ、則宗は院の決定的な歪みを感じ、愕然《がくぜん》とするほかなかった。

「鏨《たがね》を持っておろう。貸すがよい」

もはや、備前国一と呼ばれるこの老鍛冶が、余人《よじん》にはどうすることもできない歪みを抱えた治天に、掛ける言葉はなかった。

重たい諦めとともに、則宗は低い腰のまま御前に進み出ると、小さな彫鏨《ほりたがね》と小鎚を院に捧げた。

「こちらに」

「支えを頼むぞ」

院の言うままに、鍛冶は太刀の刀身を支えた。鏨は茎の刃区近くに添えられ、そして鎚が軽やかに翻った。

甲高い音とともに、〝一〟が刻まれた。

その瞬間、あくまで澄明だった太刀が院の驕慢《きょうまん》に堕《だ》したのを、則宗は諦観《ていかん》とともに受け入れる。

「これぞ、一文字則宗よ」

院の声は明るい。喜びさえ含み、太刀の姿をふたたび味わった。その邪気のなさを、いまの則宗は畏れた。

「ありがたきことに、ございます」

何とか返しながらも、則宗は目の前にある太刀から目を離せなかった。

（これをこのまま残しては、院の禍根《かこん》となろう）

「拵《こしら》えはいかがいたしますか」

咄嗟《とっさ》に言った。拵えとは、鞘や鍔《つば》といった刀剣の外装具のことである。院の御物《ぎょぶつ》ともなれば、相応の逸品が求められた。

「では、東山《ひがしやま》の後藤《ごとう》にまかせるとしよう」

東山の後藤とは、近ごろ京で評判の金工師《きんこうし》である。摂関家の献上品などで見事な腕を見せ、粟田口鍛冶とも馴染みが深い。

「承知いたしました。仕上げ研ぎのうえ、私からそちらにお預けいたしましょう」

「まかせたぞ、則宗よ」

機嫌よく返す院に一礼し、則宗は太刀を白鞘に納めた。そして、急くように本御所から退出したのだった。

宿所にもどった則宗はひとり、一文字の太刀と向かい合った。すでに自身のものではない、歪められた太刀、院が歪めてしまった太刀である。ひと思いに打ち折ってしまおうとさえ思ったが、できなかった。院の傲慢の臭みを帯びてなお、この太刀が持つ夜の蒼さは陰ってはいなかった。

（何とか、この臭みを抑えることはできぬものか）

院のためにこそ、それが惜しかった。

その焦燥も驕傲も、則宗には理解できてしまったからだ。だから、ひとりの匠として屈辱的とさえ言える仕打ちをされながらも、則宗には院を放っておくことはできなかった。

院の独善を見るたび、失望や落胆《らくたん》を覚えることもあろう。だがそれでも、院の奥底にある〝すめらぎ〟に相応しい心映えを見た者として、放っておくことはできなかった。いつか、あの魂が鎮まることを祈らずにはおられなかった。

（いつか、でよい）

則宗は鏨を取り、〝一〟の文字の周りに字画を書き加え〝備前国〟と銘を改めて、東山の金工師に預けた。一度拵えで装ってしまえば、それを外して茎を見ることなど滅多にないはずである。よしんば見られたとしても、老い先短い己の命ひとつを捧げればよい。

〝一文字則宗〟として御所に献上された太刀は、のちに幕府の有力御家人《ごけにん》である足利《あしかが》家に伝来。茎を改めたところ一文字はなく、ただ〝備前国則宗〟の五字銘があるのみだったという。一文字銘と五字銘、双方の銘が記録されたために、後の世で「二つ銘則宗」と呼ばれることになる。

「神剣とはどのようなものと思う、則宗」

火造りを終えた刀身に焼刃土を置きながら、院はそう尋ねてきた。

「三種の神器よ。どう思う」

重ねての問いを聞きながら、則宗はわずかに院の顔を見る。火床からこぼれた炎の色が、その白い顔を朱に染めていた。

去る正月八日、水無瀬殿で初めての輪番鍛冶が行われた。やはり、というべきであろう、初の番鍛冶に事寄せて、院は手ずから自身の守り刀を打つと言い出したのだった。

自ら選んだ鉄を積み、丹念に沸かして鍛え、折り返し鍛錬も十全に行った。後鳥羽院はわずかな癇癪《かんしゃく》さえ見せず、直向きに鉄と相対しつづけた。相鎚を取ったのは、則宗ただひとりだった。

そうして、院は自らの思うように刀身を打ち出したうえで、則宗に問うたのだ。神剣とは何か、と。

(やはり、それなのか)

それは巷《ちまた》にありふれた戯《ざ》れ言《ごと》、口さがない噂好きがすぐに思いつくような、他愛もない話のはずだった。だが、現に院が〝神剣〟と口にしたときの声音《こわね》は、憧憬《しょうけい》と不安がない交ぜになり、震えていた。

かつて、院が即位する際、まだ存命であった後白河院は、左右・内大臣や博士たちに、神器なき即位について意見を求めたという。その際、学者の藤原俊経《としつね》は、「神器の若《も》し神為《な》れば其《そ》の宝蓋《けだ》し帰らむ」、神器そのものが神であるがゆえに、正統な天子のもとに必ず帰る、と答えた。

そのときは、神器なき即位を後押しする言葉になったかもしれない。だが、それが院にとっての呪縛《じゅばく》になったのは、想像に難《かた》くない。

何より、兄君の安徳帝とともに波間に失われた神器の神剣は、帰らなかったのだから。神剣が帰らなければ、その天子は正統ではない、ということにならざるを得ないのだ。

(だから、このように剣を、剣の理を求められるのか)

院が、〝正統たること〟〝正しきこと〟に対して強くこだわる理由も、それに根差していることは明白だった。

ならば、正統たる〝すめらぎ〟、正統たる治天だと、何よりも院自身が納得するために、神剣を取りもどそうとするのが、この番鍛冶であったか。

「則宗、いかがした」

食い入るように院の手もとを見ていた則宗は、その声にようやく我に返った。

「鍛冶は皆、心中に己の神剣を携えております。わたくしの神剣と、院の神剣は、おのずとちがいましょう」

「それを確かめたいのだ」

はっ、と答えつつも、則宗はそれ以上を口にしない。やはり、それは言葉で説明するものではなかったし、仮に伝えたところで、いまの院には通じないにちがいなかった。

「院の神剣は」

試しに聞き返すと、院は太い笑みを口もとに浮かべた。

「まさしく、これよ」

そう掲げて見せた短刀こそ、院にとっての〝正しさ〟なのであろう。その正しさが独善にすぎないことは、これまでの成り行きで、則宗は十分に思い知らされていた。

「上古、神武帝は神剣の徳を、〝正しさを養う〟と仰せられた。であれば、強く鋭き刀であるべきじゃ」

正しさを押し通すための威力をただ表すだけの刀剣など、鍛冶にとっては何ほどのものでもない。則宗にとっての神剣とは、鞘の内にあってさえ天下を、あまねく人の心を、静謐《せいひつ》のうちに鎮める。それほどの徳を示すものだった。

そのうえ、院が打ち出したのは神代より存した諸刃《もろは》の剣《つるぎ》でなく、今様に浅く反った片刃の短刀である。鎬を立て、棟の形は屋根のように鋭角に立てた庵棟《いおりむね》に作り、身幅広く、豪壮な造りだった。

「ただ古様に作るのも面白くなかろう。朕の新義が、後世の先例となるのだ」

そんな意気を表してか、完成した刀身に咲くのは、焔《ほむら》を思わせる重花《じゅうか》丁子乱れの華やかな刃文。確かに、それは美しいかもしれない。が、則宗の目から見れば、打った人間の独善に鉄が歪められた、武張《ぶば》っているだけの哀れな剣だった。

「よろしければ、銘をお切りになってはいかがでございましょう」

だから、彼がそう言ったのは、院に対する憐憫に他ならなかった。

「やはり、菊がよい」

どうかすれば、院はうっとりと言った。

(菊、か)

そういえば、たったひとつ、いまなお則宗にも分からないことがある。院は何故、菊に向かったときにだけ、〃すめらぎ〃に相応しい鎮まりきった目をするのか。

ただ、それを則宗が訊くことはない。院の心に近づき切れなかった己には、おこがましいと思えた。

「そなたにも、菊紋を切ることを許そうぞ」

「勿体なき仰せ」

その勅許《ちょっきょ》にあやかり、後世、備前の鍛冶は作刀に菊と〃一〃の文字を刻むようになり、世に「菊一文字」と呼ばれることになる。だが、則宗自身が己の刀に菊の銘を切ることは、ただの一度もなかった。

戈《ほこ》を止める也《なり》

粟田口則国《あわたぐちのりくに》

町が紫煙《しえん》を吐いている。

陽《ひ》は西の嵐山《あらしやま》の端に掛かり、この日最後の光を京の都に投げ掛ける。そこへ、すでに忍び寄っていた夜の闇《やみ》が混ざり合い、その色は家々から立ち上る煙を彩《いろど》った。

夕の炊煙《すいえん》も多いが、それ以上に目につくのが工人《たくみ》たちの炉《ろ》や窯《かま》の煙である。よく見れば、方々の小屋の戸や窓から炎の赤々《あかあか》とした光が漏《も》れて、息づくようにあちこちで明滅するさまは、さながら蛍《ほたる》の群れのようだった。

工人たちが夜に火を使うのには、もちろん理由がある。

闇のなかのほうが炎の色を見分けやすく、つまりは火の温度を判じやすい。だから、丁寧《ていねい》な仕事をする工人ほど、夜も忙しく働く。そんな真面目《まじめ》な男たちのことが思われて、則国《のりくに》は髭《ひげ》もまばらな頬を僅かに緩《ゆる》めた。

承久《じようきゆう》二年（一二二〇）三月。煤《すす》の匂いに混じり、春の甘やかな花の香が町を覆っている。

京、東山三条粟田口《ひがしやまさんじようあわたぐち》。それが、眼下の町の名である。

京の七口のひとつであり、〝行くも帰るも〟の逢坂関《おうさかのせき》の入り口に当たり、東に向かう起点として古来、交通の要衝《ようしよう》であった。ゆえに、この地には京進《きようしん》された官物《かんもつ》が往来し、やがてそれらの物資を加工するべく朝廷や摂関家《せつかんけ》などの工房が置かれはじめ、工人の町へとなっていったのである。

窯物や鋳物《いもの》、染め物など、さまざまな工人がここに居住したが、なかでも多いのは刀鍛冶《かたなかじ》だった。

「大師匠《おおししょう》さまぁ！」

幼い声に、則国は眼下の参道に目を遣《や》る。歳《とし》のころはまだ十かそこら、短く刈り込んだ髪に粗末な麻《あさ》の小袖《こそで》を着た少年が、息を切らせて階段を駆《か》け上がってくるのが見えた。

則国が立つのは、東山を見下ろす粟田山の山陵、そこに鎮座《ちんざ》する粟田天王宮《てんのうぐう》の境内《けいだい》である。土地の産土《うぶすな》であるこの社《やしろ》は、辺りの工人たちはもちろん、京から離れて旅路に向かう者たちの崇敬《すうけい》も寄せられていた。

「大師匠さまっ、則国さま」

「騒々しいぞ、藤四郎《とうしろう》。社を無闇に騒がすでない」

そう少年をたしなめた則国は、歳のころ四十半ば。髪や髭にはいい塩梅《あんばい》に白いものが交じり、火に当てられた浅黒い肌が、厳しく引き締められた目と口もとに似つかわしい。絵に描《か》いたような工人然とした男である。

「申し訳ありません」

駆け上がってきた藤四郎少年は、肩で息をしながらも素直に返事をした。そしてまず境内の奥に鎮座した本殿に拝礼し、つづいて則国にも頭を下げた。

「でも、お師匠さまが、大師匠さまをお呼びせよと、仰《おお》せなので」

白く、いかにも幼いやわらかな頬を紅潮させながらも、きっちりとそう伝える少年のさまは、歳より遥《はる》かに大人びている。

「用件は聞いたか」

「いえ。でも、大叔父《おおおじ》の皆さまもいらっしゃっておりました」

「分かった、行こう」

言って、則国は眼下の町並みをもう一度眺めた。

時期は春。夕闇のなかに沈む粟田口から岡崎《おかざき》へとつづく町並みは、桜の花に白く霞《かす》んで見えた。その中心に広がるのは、五勝寺と言われる五つの勅願寺《ちょくがんじ》の伽藍《がらん》。なかでも、法勝寺《ほっしょうじ》の八角《はっかく》九重塔《くじゅうのとう》の威容が落とす長い影を、則国は目で追った。

二十七丈《じょう》（約八十一メートル）あるというその塔は、百四十年程前、白河《しらかわ》天皇が建立《こんりゅう》したものである。譲位して上皇となり、この地で治天《ちてん》として院政をはじめたことを思えば、塔は権力の象徴のようでさえあった。

いま、八角九重塔のもとには、当代の治天が営む院御所《いんごしょ》――岡崎御所が、煌々《こうこう》とした輝きを放っている。則国は、それにしばし目を留めた。

それから社の本殿を振り返って拝礼すると、則国は藤四郎を伴って参道の階段を下りはじめる。

「しかし、師匠も大師匠もなかろう。義理とはいえ、国吉《くによし》はお前の父なのだぞ」

藤四郎は、則国の子・国吉の養子である。越前椎崎《えちぜんしいざき》の鍛冶から、見込みがある子だから預かってくれと頼まれ、断り切れなかった国吉が受け入れた形だが、要は口減らしである。藤四郎自身、それを承知で養子に来たようで、子どもらしからぬ聞き分けの良さで、分別よく振る舞っていた。

「いえ、それ以前に私は弟子《でし》入りした身ですから」

そう言う割に、藤四郎が国吉の鍛冶場にはあまり顔を出さないことを、則国は知っていた。では、どこにいるかといえば、当の則国の鍛冶場だった。掃除《そうじ》から道具の整頓《せいとん》や磨《みが》き、最近は炭切《すみき》りまでこなしてみせる藤四郎に、則国もしたいようにさせていた。

「則国さまはお師匠さまのお師匠さまなのですから、大師匠なのです」

「そんなものかね」

「それに、大師匠さまのところは人手が足りませんでしょう」

藤四郎の言うこともまた、事実だった。

粟田口鍛冶といえば、いまや京の鍛冶を代表する一派となっている。なかでも、則国の亡き父・国友《くにとも》を筆頭とする〝粟田口の六兄弟〟は名高く、彼らの鍛冶場には多くの弟子が集《つど》った。が、則国のところには幼少の藤四郎のほか、次男の次郎国光《じろうくにみつ》と、三条の金工《きんこう》の子・三吉《さんきち》だけだった。

理由は簡単で、則国は厳しすぎるのである。

「手を抜くよりはましだ」

他者に厳しく、それにも増して己《おのれ》に厳しいがために、則国の鍛冶には弛緩《しかん》がない。ぴんっと張り詰めた怖《こわ》さがある。だから、折角《せっかく》の弟子もどんどん潰《つぶ》れるか、あるいは離れていった。

長男の国吉などはその典型である。則国の鍛え方が厳しすぎて、鍛冶の基礎を修めたあとはさっさと独立し、大叔父の国安《くにやす》や国綱《くにつな》を頼る始末だった。

則国にすれば、剣《つるぎ》を鍛える以上、鉄にとって、剣にとって良いことに徹しているだけなのだ。

そこで手を抜くのでは、話にならなかった。

「はい。私もそう思います」

そういう気質が、この少年には合っているらしい。それなりに繁盛《はんじょう》している国吉のもとにはほとんど寄り付かず、則国のところで寝食《しんしょく》まで共にしている次第だった。

参道の階段を下る途中、ふと則国は足を止めた。そして、階段脇の鬱蒼《うつそう》とした藪《やぶ》のなかにある小さな磐座《いわくら》に向けて、深々と頭を下げた。そこはかつて、京の鍛冶の祖である三条宗近《むねちか》の鍛冶場があった場所とされ、鍛冶の神である天目一箇神《あめのまひとつのかみ》が祀《まつ》られた聖地とも伝わる。

柏手《かしわで》を打つ則国の横で、藤四郎もまた小さな頭を下げる。その姿に頰を緩めながら、則国は鍛冶町へと下っていった。

「お待たせしました」

則国が国吉のところに顔を出すと、家のなかには男が五人、揃《そろ》って難しい顔を並べていた。ひとりは国吉、残りは叔父の国安、国清《くにきよ》、有国《ありくに》、国綱である。

「叔父上がた、先日の葬式では世話になりました」

座に腰を下ろしながら、則国は頭を下げた。

則国の父、国友が亡くなったのは先月のことだった。粟田口六兄弟の長兄であり、数々の名刀と弟子を世に送り出してきた国友の訃報《ふほう》に、京の鍛冶はもとより、遠く備前《びぜん》・備中《びっちゅう》の鍛冶たちも駆けつけて、その死を惜しんだ。そして、一介《いっかい》の鍛冶にしては盛大な葬儀が行われたのだった。

喪主《もしゅ》とはいえ、もともと人付き合いの不得手《ふえて》な則国に、弔問客《ちょうもんきゃく》の相手などできるはずもない。それで、四人の叔父たちが客の応対や葬式の段取りをしてくれたのである。

「それはよいのだ。だいたい、あんなに人が来るとはわしも思わなんだし」

一番下の叔父である国綱は、則国と歳が近いせいもあって、気安い仲である。作刀《さくとう》に対する態度も似たり寄ったりだが、厳しさを突き詰める則国とちがい、国綱の鎚捌《つちさば》きは明るい。鍛えた刀も、重厚ななかにも爛漫《らんまん》な明るさがあった。

「うむ。それに、お前の父は我らの兄じゃ。何も遠慮することたぁない」

「今宵《こよい》はむしろ、我らのほうがそなたに頼みがあるのだ」

有国と国清が話を継いだのち、兄弟の三男で、いまや一族の棟梁《とうりょう》でもある国安が、威儀《いぎ》を正すと則国に向き直った。

「則国。国友兄の代わりに、本院の輪番《りんばん》鍛冶をやってくれぬか」

本院とは、上皇が複数いる場合の第一人、つまり治天のことである。ただいまは、今上《きんじょう》（順《じゅん》徳《とく》天皇）の父であり二代前の帝《みかど》、後世に後鳥羽院《ごとばいん》と呼ばれるかたを指す。先帝・土御門院《つちみかどいん》の御代《みよ》以来、二十年以上にわたる治天として、本朝《ほんちょう》の政《まつりごと》を執《と》っていた。

「お前も知っていようが、水無瀬《みなせ》の離宮《りきゅう》で、ひと月のあいだ鍛冶を奉仕するのだ」

後鳥羽院が輪番鍛冶をはじめたのは、承元《じょうげん》二年（一二〇八）のこと。吉備《きび》と粟田口の鍛冶を召《め》し、御前《ごぜん》での鍛冶を納めるよう命じたのである。

ひと月にひとりの鍛冶が輪番として、山城《やましろ》と摂津《せっつ》の国境にある院の離宮・水無瀬殿《どの》に参上し、その要望に応じて鍛刀《たんとう》を奉じる。しかも院は、ただ鍛冶をご覧になるのみならず、自《みずか》ら刃の土置きをし、ときには鎚《つち》を取って鍛冶に加わりさえするという。

そうして作られた刀剣は、院の御印《おしるし》として菊紋が彫られ、世に〝菊造《きくづく》り〟、あるいは〝御所焼き〟と呼ばれ珍重《ちんちょう》されていた。

「久国《ひさくに》兄が本院の師徳《しとく》となって以来、この番役は決して疎《おろそ》かにできぬ。それに、国友兄の空いた席を、むざむざ他流に渡すこともできぬ」

輪番鍛冶を召すにあたって、院は六兄弟の次兄・久国を師徳鍛冶として、鍛刀の業《わざ》を習い修めた。さらに国友が六月、国安が四月の番鍛冶として奉仕することになったのだった。以来十二年が経ち、番鍛冶の面々も入れ替わっている。久国はすでに亡く、つづいて国友も亡くなったいま、粟田口一門で輪番を務めるのは、国安と国綱となっていた。

「頼まれてくれるか」

「分かりました。それだけであれば、失礼する」

あっさりと答え、則国は腰を浮かせかけた。

「おい親父《おやじ》っ。それだけかよ」

呆気《あっけ》に取られた大叔父たちの代わりにがなり立てたのは、成り行きを黙って聞いていた国吉だった。

「どんな仕事か分かってるのか。院の御前で鎚を取るんだぞ」

「無論《むろん》」

「院にご無礼があれば、親父だけじゃない、粟田口の衆、皆に累《るい》が及ぶやも知れんのだぞっ」

「だからなんだ。それと剣を打つことと、何の関わりがある」

食って掛かる国吉に対して、則国は一瞥《いちべつ》するだけで、まともに相手をするようすもない。それが気に入らない国吉は、今度は大叔父たちに舌鋒《ぜっぽう》を向けた。

「だから言ったのです。親父にこんな大役、務まるはずがないんだって」

「国吉、落ち着け」

「聞けば、院は癇《かん》が強いというじゃありませんか。そのうえ、親父はこの通り、世辞《せじ》ってもんを知らない。院に無礼を働いたら何としますか」

国吉の心配は、ある意味で妥当《だとう》である。

治天として長く本朝に君臨《くんりん》する院であるが、近ごろの世評は芳《かんば》しくない。院肝《きも》いりの勅撰《ちょくせん》和歌集の選集に功《こう》のあった藤原定家《さだいえ》を、僭越《せんえつ》のことがあったと閉門謹慎《へいもんきんしん》としたのは、京人《みやこびと》の記憶に新しいところである。

「国吉の心配も分からなくはない」

つぶやくように言ったのは、有国だった。この叔父は輪番鍛冶には入っていないが、兄たちの相鎚《あいづち》として、水無瀬で鍛冶を奉じたことがある。

「則国、お前の物言いは、ちと鋭すぎる。院の御気性《ごきしょう》を思えば、もう少し慎重に」

「有国叔父」

言い掛けた叔父の言葉を、則国は厳然と遮《さえぎ》った。

「そういう話は不要です。わしの仕事はただ、鉄と剣に向き合うだけ。院がどうであるとか、そんなことは関係ありません。わしはわしの仕事をするだけです」

確かに、それは正論である。そして、正論で叔父の気遣いを切り捨てて躊躇《ためら》いがないのが、この則国という男だった。

「いや、これは則国の言う通りじゃな」

張り詰めた空気を緩めるように、国綱が笑った。

「確かに、妙な思い込みを持って院にお会いするのも、かえって礼を損なうというものよ。だがな、則国」

ひと息置いて、年近い叔父は則国に目をくれた。

「一分《いちぶ》の情けは忘れるな。有国兄もお前を心配して、言わんでもよいことを言うてくれたのだぞ」

「有国叔父、申し訳ない」

きっちりと有国に向き直ると、則国は深く頭を下げた。

ここで余計な世話だと突き放すほど、則国は薄情《はくじよう》ではない。先ほどの容赦《ようしや》のない受け答えも、度を越した正直さと真面目さゆえである。それを、四人の叔父全員が分かっていた。分かっているがゆえの心配だったし、何のかんのと言って叔父たちは、則国のそういう性格を買っていた。だからこそ、国友のあとをこの頑固一徹《がんこいってつ》の甥《おい》に継がせたいのだった。

有国は強張《こわば》っていた頰を緩め、ゆったりとかぶりを振った。

「よい。お前にいまさら、可愛《かわい》げなど期待してはおらん。ただ、国綱の言うたことは忘れるなよ」

「はい。肝に銘じます」

「国吉、お前もよいな」

最初に騒ぎ立てた国吉も、国綱に声を掛けられて不承《ふしよう》々《ぶしよう》々だが頷《うなず》いた。

「ではこの旨《むね》、院庁《いんのちよう》にお伝えする。則国、お前の輪番は六月だ」

「承《うけたまわ》った。では注文が立て込んでおるので、これで」

厳《おごそ》かに言う国安に答えると、則国はさっさと腰を上げて場を外す。そして、表で待っていた藤四郎を連れて、己の鍛冶場にもどっていった。

実際、ここのところの則国は、休む間もないほどの忙しさだった。公家《くげ》、武家を問わず、則国の打物《うちもの》を求める客は多い。

後鳥羽院が輪番鍛冶をはじめて以降、京では刀剣の価値はうなぎ登りであった。当代の治天の好みとなれば、これに取り入ろうと、人々が名品を求めるのは当然である。なかでも、輪番鍛冶に選ばれた備前・備中、そして粟田口の作刀は、最上の献上品となっていた。

もともと粟田口の刀鍛冶は、藤原摂関家の工房に仕《つか》えた者たちの末裔《まつえい》であり、いまなおその関係はつづいていて、なかでも九条《くじょう》流や近衛《このえ》流などが得意先である。こうした高貴な家の贈答品として使われてきた経緯もあり、六兄弟とその弟子たちの打った刀剣は、殊《こと》に珍重されていた。

そうでなくとも、則国の鍛えた打物は、在京の武家に好評だった。

「則国、わしの剣の進みはどうじゃ」

毛深い眉《まゆ》と口髭に笑《え》みを含み、その武家が鍛冶場に顔を見せたのは、則国が輪番を引き受けた翌朝のことだった。

歳は則国と同じ四十半ばくらいだろうか、彫りの深い面《おも》立《だ》ちに平らかな目もと、顔の真ん中にある大きな鼻が目を引く偉丈夫《いじょうふ》である。

「伊賀《いが》どの、注文を受けたのは昨日の今日だぞ」

則国は炭を切る手を止めると、床几《しょうぎ》に座ったまま振り返った。

「昨日の今日だからよ。お主《ぬし》が剣を作り上げるのを、事のはじめから、しっかとこの目に焼き付けねばな」

「邪魔をしたいなら構わん。お主が居るときには手をつけぬだけじゃ」

「そりゃないだろう。わしはこれだけ楽しみにしておるのだぞ」

ほとんど戯《ざ》れ合いのように言って、男は豪快に笑った。

男の名は伊賀光季《みつすえ》。一年ほど前から京都守護《しゅご》を務める、鎌倉の御家人《ごけにん》である。

京都守護は、鎌倉と朝廷の仲立はもちろん、畿内《きない》や西国《さいごく》の御家人の統制や、京の警固などを務める要職である。文治《ぶんじ》年間に源頼朝《みなもとのよりとも》が岳父《がくふ》の北条時政《ほうじょうときまさ》を同職として送り込んで以来、一条《いちじょう》能保《よしやす》や平賀朝雅《ひらがともまさ》など、源氏将軍家の血縁をはじめとして、御家人で重きを成す者が担《にな》ってきた。

この光季も要人のはずなのだが、則国には初対面のときからこんな調子であった。

『わしはお主の剣に惚《ほ》れた。どうか、わしに剣を打ってほしい』

いきなり鍛冶場にたったひとりで現れると、どこの誰と名乗りもせず言い放ったのだから、胡《う》乱《ろん》な目で見られるのも仕方がない。どうやら、鎌倉から来た武家で、どこかの御家人のところで則国銘《めい》の刀を見たということらしいが、本人が夢中で話すためにまったく要領を得なかった。

無論、則国は別段驚くこともなく、この酔狂者《すいきょうもの》を鍛冶場から叩《たた》き出したが、光季は諦《あきら》めなかった。勤めの合間を縫って粟田口に顔を出し、これまでに見た則国の手による刀剣の素晴らしさを語りつづけた。仕舞《しま》いには則国の家に上がり込み、妻や住み込みの弟子たちと飯を食うようにさえなっていた。

『まず名乗れ。仕事の話はそれからだ』

則国がそう言ってはじめて、この奇矯《ききょう》な武家は、自分が名乗っていないことに気づいたらしい。後日、彼は侍烏帽子《さむらいえぼし》に直垂《ひたたれ》の正装で則国の家を訪れ、深々と頭を下げて名乗った。

『それがし、京都守護を務める伊賀判官《はんがん》光季と申す。粟田口の則国どのに、是非とも我が佩刀《はいとう》を鍛えていただきたい』

そういう開けっ広げで深情《ふかなさ》けの男だったから、光季は則国の無愛想《ぶあいそう》を一顧《いっこ》だにしなかった。それに、芯《しん》の固さに関しては、陰陽《いんよう》のちがいはあれど、則国とどっこいどっこいだったから、いつしかふたりは身分を超えた仲となっていた。

「則国の剣は良い。真《ま》っ直《す》ぐで純じゃ。余計なところがない。ほれ、よく見ろ」

そう言って腰の太刀《たち》を素《す》っ破抜《ぱぬ》き、打った本人にまで自慢げにするのだから、何とも変わった男であった。

陽光に晒《さら》された刃文《はもん》は、星屑《ほしくず》を集めたような細直刃《ほそすぐは》。やや細身ですらりとした刀身が何とも優美である。こまやかな板目文様《いためもんよう》をまとった地鉄《じがね》と、伸びやかな刃文の取り合わせは深沈《しんちん》として、上品で洗練された太刀であった。

それを目の端に留《とど》めつつも、則国はふたたび炭を切りはじめる。

「うるさい。炭を切っておるのだ、少しは静かにせえ」

邪険に言いながら、光季を鍛冶場から追い出そうともしない。光季も分かっていて戯《たわむ》れている。

「今日もおふたりは楽しそうですね」

「おうっ、藤四郎。励《はげ》んでおるな」

子どもの声と光季の声が重なり、則国は炭切りの鉈《なた》を手離して、鍛冶場の戸口へ身体《からだ》を向けた。太刀を納めて床几に座る光季の背後で、炭を背負った少年が笑っている。

「炭をお持ちしました」

「奥へ運べ。切るところを見てやる」

「はい」

元気よく返事をする藤四郎を見遣りつつ、則国は床几を光季の隣に置き直した。

「お主に頼まれた大太刀《おおだち》は、早めに仕上げるつもりだ」

光季の顔も見ずに言った。

「おお、それは重畳《ちょうじょう》」

「しかし、物騒《ぶっそう》な注文だ」

これまで、光季が依頼した刀剣といえば、太刀と短刀のふた振りである。太刀は普段の佩刀として、短刀は守り刀として。だが、大太刀となれば、平時に用いるものではない。戦場、それも騎乗《きじょう》するような野戦で使うものだった。

「まあ、物騒なことにならぬよう、わしと大江《おおえ》どのがいるわけだがな」

大江どのとは、光季とともに鎌倉から派遣された、京都守護の大江親広《ちかひろ》である。このふたりがやってきたのは、もちろん京と鎌倉のあいだを調整し、公家と武家、それぞれの政に齟齬《そご》が生じないようにするためだった。

「三代さまが亡くなられてからこちら、どうにも、いかんな」

珍しく渋い顔をした光季を横目に、則国はわずかに瞑目《めいもく》した。前年に起きた凶事、鎌倉三代将軍・源実朝《さねとも》の暗殺を境に、京と鎌倉がぎくしゃくとしだしたのは、一介の鍛冶に過ぎない則国の目から見ても明らかだった。そういう不穏《ふおん》さと、大太刀という注文とが結び付くのは、当然といえば当然である。

そして、それは何も光季だけの話ではなかった。粟田口一門には武家、公家を問わず、物騒な注文が相次いでいる。数打ちの量産刀や実用一点張りの長柄《ながえ》の相談は多いし、聞けば五条や八条の鍛冶町も似たような状況らしい。それだけの武具を使う事態、つまりは戦《いくさ》が、京の近辺で差し迫っていると、多くの者が感じているということである。

「粟田口にも、方々から声が掛かっているだろう？」

「聞いてはいるが、わしには関係ないことだ」

「そうか。お主らしい」

則国が数打ちの注文を受けることは、ほとんどない。単純に弟子の数が足りず、その手の注文は、多くの弟子を抱える国安か国清のところにまわる寸法である。

それに、則国の仕事のやり方は量産に向いていなかった。ひと振りひと振りを吟味《ぎんみ》して、時を掛けて打つ。納得がいかなければ、未練なく打ち折り、作り直した。これでは、数を捌《さば》くことはできなかった。もっとも、だからこそ則国は名を揚げたと言えなくもない。

「じつは、院の御所鍛冶に上がることになった」

話の接《つ》ぎ穂《ほ》もなく、則国はそう告げた。一瞬、光季は目を大きく見開くと、そのまま則国の顔を見つめた。

「あの、番鍛冶のことか」

「そうだ。親父が死んで、その後釜《あとがま》だな」

「院は、難しいぞ」

「そういう話は要《い》らん」

「じゃあ、わしの独り言よ」

光季の言葉に、則国は渋い顔をしたが、それ以上は言わなかった。

「このところ、院の周りが騒がしい。北面《ほくめん》・西面《さいめん》を増やしておられるし、在京の御家人にもいろいろ声掛けがある。まあ、露骨《ろこつ》な話だな」

潜《ひそ》めた声を聞きながら、則国は藤四郎が炭を置く姿を見つめる。

北面と西面の武士は、上皇の身辺警護を任とするものである。もともとは、比叡山門《ひえいさんもん》をはじめ寺社勢力の強訴《ごうそ》に対抗するための武力であったが、近ごろは朝廷独自の兵《つわもの》として、京近辺の治安維持にも駆り出されていた。

「三代さまの後継のことも紛糾《ふんきゅう》したが、そのあとの大内《おおうち》どのの件もあったであろう。あれで内裏《だいり》が焼けたのもまずかった」

光季が言うのは前年の七月、大内守護の源頼茂《よりもち》が実朝の後釜として将軍に就《つ》こうと画策し、院宣《いんぜん》を受けた北面・西面の武士に討伐された事件のことである。この際、追い詰められた頼茂は内裏の仁寿殿《じじゅうでん》に立て籠《こ》もり、ついには火を放って自害。仁寿殿はもとより、宜陽殿《ぎようでん》や校書殿《きょうしょでん》などが焼亡してしまった。

「内裏が焼け落ちるなんぞ、永保《えいほう》以来、百四十年ぶりの惨事よ。しかも、将軍の後継争いに巻き込まれてとなれば、院のお怒りが鎌倉に向くのは仕方がない。だが、分かるだろう。それにかこつけて、今上や治天をとやかく言う奴が現れるのは必定《ひつじょう》よ」

そこで、光季は一度口を閉じた。朝廷や皇室の権威を傷つける事態が起きれば、その理由の如何《いかん》にかかわらず、帝や治天の不徳《ふとく》と結び付けて揶揄《やゆ》する。院が即位したときから変わらぬ、お決まりの風説《ふうせつ》である。

「そして、院はその手の誹《そし》りに弱い」

それは、京で暮らす者に共通する認識だった。院は、己の正統性に疑義が掛かることを異常なまでに嫌う。もともとあった北面だけでは飽き足らず、西面を組織したのも、仏縁や神意《しんい》を持ち出して、帝や治天の徳を傷つけようとする寺社への反発によるものと、もっぱらの噂だった。

「だから院は、その誹りに反駁《はんばく》しようと没義道《もぎどう》をなされるし、そんな院におもねって、お怒りを煽《あお》る輩《やから》も数多《あまた》おる。水無瀬は、その坩堝《るつぼ》よ」

下を向いて言うと、光季はちらりと則国の顔を見た。その目に浮かぶのは気遣いである。則国もそれは分かっていたが、結局は何も返さなかった。

「とはいえ、だ。京と鎌倉が騒がしいからこそ、わしは京都守護になり、お主と知己《ちき》になれたのだからなっ。わしは運がいい」

光季が京都守護として担うのは、将軍暗殺以来、武家への疑心を募《つの》らせる院を慰撫《いぶ》して、公武の紐帯《ちゅうたい》を保つことである。だから院と鎌倉の軋轢《あつれき》のため、というのは分からないではないが、いずれにしても不謹慎なことにちがいはない。

「たわけめ。それでお役目が務まるか」

あくまで陽性な光季に対して、則国はぼやきながらも口もとを緩めた。

「大太刀のことはまかせよ。どうせ好みなどなかろう」

「ちがうな。お主の好みがわしの好みよ」

「ぞっとせんな」

その返事に、光季がにっかりと笑った。

そうこうするうちに、炭切り場では、藤四郎が長い炭を取って、丸太の台の上に据《す》えていた。小さな身体を器用に使い、鉈で炭を適度に短くしていく。

鍛冶に使うのは、松や椚《くぬぎ》などの黒炭《くろずみ》である。窯《かま》のなかでじっくりと焼き、自然に火が消えるまで窯を密閉して作るもので、火が付き易《やす》く火力が高い反面、燃え尽きるのが早い。また、やわらかい木を焼いて作るため、切り分けやすいのも鍛冶には都合が良かった。

なかでも、花びらのように綺麗《きれい》な割れ目が入ったものを〝菊炭《きくずみ》〟と呼び、松の菊炭が最も良い鍛冶炭とされた。

「藤四郎、賽《さい》の目に切ってみろ」

「はいっ」

ひと口に鍛冶炭といっても、工程ごとに適した大きさがある。それに、節《ふし》や皮があれば焼け方も変わってくるし、なかには生焼《なまや》けの部分が残っている場合もあった。そのため鍛冶師は、適さない部分を取り除きながら、それぞれの工程に合わせて炭を切る。

いま則国が命じたのは、火造《ひづく》りなどに使う四角く小さな炭だ。長く太い松炭の皮を削《そ》ぎ切り、細かく割って一寸（約三センチ）角程度の大きさに揃える。とはいえ、藤四郎には鉈が大きく、持て余し気味に刃を炭に当てた。

「藤四郎、鉈はもっと短く持て」

「はい」

「刃で切ろうとするな。木の目に刃を入れ、目に沿って重みで通すように」

さくっと小気味良い音を立てて、鉈が松炭を割る。これを下手な者がやると炭が粉になって落ち、盛大に舞い散って鍛冶場を汚すことになるが、少年は筋《すじ》が良かった。ほとんど炭を押し潰したり砕いたりすることなく、綺麗に切り割っていく。

「目に逆らうな。でないとささくれて、始末の悪い炭になる」

「はい」

都度《つど》、はきはきと返事をする藤四郎のようすを、則国と光季は眦《まなじり》を細めて見守る。まだ幼いが、この少年も生真面目で芯の固いところがある。似た者同士三人、鍛冶と向き合う時間が穏やかに過ぎていった。

則国に水無瀬のお召しが掛かったのは、それから少しあとの四月初旬のことだった。

院使《いんし》曰《いわ》く、粟田口一門の推挙を受け入れるが、院ご自身が則国と一度は顔を合わせておきたいと望んだらしかった。それで則国は、藤四郎を伴って水無瀬の離宮を訪ねている。

「何とも、すごいものですね」

子どもらしい感心の声を漏らす藤四郎の眼前には、無数の殿舎が広がる。則国は少年の言に頷きつつも、翻《ひるがえ》る幔幕《まんまく》や門扉《もんぴ》にあしらわれた十六花弁の菊紋を横目に、そこかしこから響く木槌《きづち》の音に耳を遣っていた。

「まだ、建て増ししているようだな」

このころの水無瀬殿《どの》は、まさにひとつの都市の様相を呈《てい》していた。

四年前の建保《けんぽう》四年（一二一六）に起きた淀川《よどがわ》の氾濫《はんらん》に伴って、区画全体を山側に寄せ、儀式の空間として本御所を残しつつも、院の新たな御座所《おましどころ》である新御所、水無瀬を一望する若山の峰《みね》に山上御所《さんじょうごしょ》を造営。苑池《えんち》や滝を配した風雅《ふうが》の庭もある一方、築垣《ついがき》をひとつ隔《へだ》てれば、規模を拡大した馬場《うまば》や厩舎《きゅうしゃ》、侍詰所《さむらいつめしょ》といった武威の施設もあり、文武に鳴らす後鳥羽院の人柄を表すような離宮となっていた。

そして木槌の音は、いまだこの離宮が膨《ふく》らむ途次《とじ》にあることも示している。

則国が水無瀬を訪れるのは初めてではない。父・国友の遣いで離宮に立ち入ったこともあるが、しばらく見ぬ間に随分と様変わりし、何よりも落ち着かない印象があった。

(忙しいのだな)

ひっきりなしに届く槌音のせいだと思い、則国は本御所に上がった。昇殿《しょうでん》にあたって臨時に与えられた官職は左衛門尉《さえもんのじょう》、亡父の官を継ぐ形である。

「藤原左衛門尉則国、御前に案内いたそう」

そう声が掛かり、則国は藤四郎を控えに残して、伺候《しこう》の庇《ひさし》に向かった。

御所の案内に立ったのは、則国と同年代の貴人だった。才気走った怜悧《れいり》な目と、その割に穏やかな顔の造作《ぞうさ》が印象的な男である。立烏帽子《たてえぼし》を乗せ、品の良い縹色《はなだいろ》の水干《すいかん》と指貫《さしぬき》を軽やかにまとう姿が堂《どう》に入《い》っており、何処《どこ》か厳かな風格さえあった。

「則国鍛冶、これより本院に謁《えつ》を賜《たまわ》る。その際、あるいはそなたを試そうとなされるかもしれぬ」

先導しながら、振り返らずに言う男の言葉に、則国は目を細めた。

「もしそうなっても、相手をする必要はない。そなたの存念を遠慮なく申し上げてくれ」

「ご忠言ありがたく存じまするが、わたくしは、ただ番鍛冶の務めを果たすまでにございます」

言下《げんか》に応《こた》えると、則国はわずかにかぶりを振った。

院がどんな人物で、何を命じるのか、それは院自身に会えば分かることである。則国にとって、他人からの風評など、余計な雑音に過ぎなかった。

そんな則国の硬い態度に、ふと男は足を止めて振り返った。意想外なことに、男は楽しげに微《ほ》笑《え》むと、頷いてみせた。

「それでよかろう。院のお相手、しかと務めてくれ」

庇に入るよう示すと、男は身を翻して立ち去っていく。

「失礼にございますが、貴方《あなた》は」

ふと気になり、則国は問うた。

「藤原按察《あぜち》使光親《みつちか》と申す。院より、院庁の年預別当《ねんよべっとう》を仰《おお》せつかっておる」

世事《せじ》に疎《うと》い則国でも、その名を聞いたことがあった。

藤原北家葉室流《ほっけはむろりゅう》の按察使光親といえば、院の側近中の側近であり、院庁の中枢を担う、才並びなき人として名高い。

かつては五位蔵人《くろうど》・弁官《べんかん》・検非違使佐《けびいしのすけ》の三事を兼帯し、請《こ》われて権中納言《ごんちゅうなごん》を務めること二度にわたる。その後も、右兵衛督《うひょうえのかみ》・検非違使別当《べっとう》・按察使などを兼任。今上の執事《しつじ》も兼ね、摂関家や中宮の家司《けいし》までも務めたという。

そんな才人が、わざわざ案内にかこつけて忠告しに来たことを不審に思う則国だったが、すでに光親の姿は遠い。その背中を追っていた目をわずかに閉じ、改めてひとつ息をつくと、則国は伺候の庇に入った。

深く取られた屋根のためか、庇は昼なお薄暗い。しかし、よく磨き上げられた板床には晩春の空の色が差し込み、御前は暗さと明るさが奇妙に同居している。そして、床の明るさに照らし出されるように、その貴人は御座《おまし》に佇《たたず》んでいた。

「前へ」

すでに御座の御簾《みす》は巻き上げられていたが、則国は顔を伏せて正面を直視しない。貴顕《きけん》に対する作法である。そのまま庇の中程まで進むと、端正《たんせい》な所作《しょさ》で膝《ひざ》を折り、平伏《へいふく》した。

そうしながら則国は、間のかたわらに白鞘《しろさや》の太刀がふた振り、三方《さんぼう》に置かれているのを視界の端に捉えた。

「そなたが、粟田口の則国か」

御座の貴人の口は重かった。また、その呼気《こき》にある乱れを、則国は聞き取る。

「ありがたくも本院は、そなたに直答《じきとう》を御許しになられる。答えよ」

御座の脇にいる水干の男が言った。こちらは、則国も顔に覚えがある。藤原範茂《のりもち》。院の寵臣《ちょうしん》のひとりであり、参議として朝政《ちょうせい》の中枢も担う。以前、九条の家で則国が奉仕鍛冶を行ったときに招かれていた客のひとりであった。

「粟田口の刀鍛冶、則国にございます。このたび、六月番としてご奉仕いたします」

そう言って則国は顔を上げると、真正面から御座の貴人の龍顔《りゅうがん》を見た。

歳は四十を少し出たほど。広い顔にすっきりとした眉《まゆ》、切れ長の秀麗《しゅうれい》な目もと、通った鼻、髭を添えた口もとも品よく、ひと目見て整った顔立ちである。

ただ、よく見れば目の下には隈《くま》があり、唇の色も悪く、豊かな頬はわずかにこけている。肌も渇《かわ》き気味で潤《うるお》いが少ない。憔悴《しょうすい》している、と言っていい形相《ぎょうそう》である。そんななかで、目だけは異様なほど力が漲《みなぎ》っていた。

「そなたの父のことは、残念であった」

「そのようなお言葉を賜《たまわ》り、父は果報者《かほうもの》にございます」

「良くできた鍛冶であったな」

そう言いながら、院はついと庇の端に目を遣った。すると、どこからともなく女官《にょかん》たちが現れ、ふたつの太刀を御前へと移し、刀架《とうか》と拭《ぬぐ》い道具も置いていった。

「これらは、先の六月に水無瀬で鍛えたものじゃ」

告げると、院は三方の前に進み出た。懐《ふところ》から帖紙《たとうがみ》を取ると口にくわえ、まずは左の太刀から鞘走《さやばし》らせた。

瞬間、ひやりとした冷気が則国の頬を撫《な》でた。それが錯覚《さっかく》であることも、よく分かっている。冴《さ》えた地鉄の輝きに触れると、ままあることだった。

そのまま院は目釘を抜くと、柄《つか》を握る左手の手もとを右手で打つ。その衝撃で迫《せ》り出した茎《なかご》を摑《つか》み、刀身から柄と鎺《はばき》を外した。手の内で揉《も》みほぐした紙を指先で丁寧に畳《たた》み、刀身の油を拭う。

手もとから切先《きっさき》へと順に打ち粉《こ》を置き、さらに拭う。すいと刀身をすがめてから、院は刀架へとそれを収めた。一連の所作は洗練されて迷いがなく、すでに十年以上にわたり鍛冶に関わってきた院の精進《しょうじん》のほどを、則国に教えた。

ただ、そうやって刀を見せる理由が不明だった。前年の六月に打ったものであるなら、まだ健在だった国友の作刀ということになる。それを敢《あ》えて見せる意図は何か。思いつつも、則国は黙ったまま、院が右の太刀も拭う姿を見守った。

刀架に収まったふた振りの太刀は、驚くほど酷似《こくじ》していた。ともに、やや細身で腰高《こしだか》の踏ん張りが利いた姿。小切先《こきっさき》に伏《ふ》せったさまは、いかにも京鍛冶の手に成るものと見て取れた。刃文もまた、双方とも華やかな丁子乱《ちょうじみだ》れで、焼刃《やきば》の高さに差はあれども、よく似ている。

「どうじゃ」

「結構な打物かと存じます」

「結構とは言うものじゃな。そなたの父の打物ぞ、何か思うところがあるのではないか」

「わたくしにとりましては、父も他の鍛冶とちがいはありませぬ」

「ほう、それで似ておらぬのか」

これは、則国の作刀が国友のものとは趣《おもむき》がちがう、という意味である。国友の作風は目の前の太刀がそうであるように、古様《こよう》の姿に今様《いまよう》の刃文など、どこか洒脱《しゃだつ》なところがあった。

一方の則国は、どちらかといえば重い。姿は端正かつ枯淡《こたん》、刃文は細直刃を焼くことがほとんどである。見た目に分かる工夫も少ない。それを面白みがないと言う輩もいたが、則国はどこ吹く風だった。

（俺は俺だ）

父だからと真似《まね》ても反発しても、我《が》を張るだけならば、鉄のためにも刀剣のためにもならない。ただ一箇《いっこ》の己で向き合う、それが則国の鍛冶だった。

「わたくしは、ただ鉄と剣に向かうだけにございます」

「なるほど。では、このふた振りを判じてみせよ」

則国の言葉をもとから聞く気がないのか、院は性急に言った。

「片や、国友が鍛え焼いたもの。片や、国友が鍛え朕《ちん》が土を置いたものじゃ。分かるか」

問いながら、院の口もとは酷薄《こくはく》な笑みを刻んだ。

だが、その笑みは一瞬あとには凍りついていた。則国はおもむろに腰を上げると、院に背を向けてさっさと庇を出ようとしたからである。

「そなた、逃げるかっ」

「治天の御一人《ごいちにん》といえど、謂《いわ》れなく人を試してなんとされるかっ」

院の怒声《どせい》に則国は、より大きな咆哮《ほうこう》で応じた。

「なっ」

これには、さすがの院も言葉を失った。

すでに振り返っていた則国は、立ったまま院を見下ろした。本来ならばそれでさえ不敬であったが、この男には関係がなかった。

「人にはそれぞれ、沽券《こけん》というものがあります。試すとは、それを不用意になぶることに相違《そうい》ござらぬ。それが分からぬ院ではございますまい」

半身のまま言うと、則国の視線は左右の太刀をなぞった。そして、結局問いには答えず、ふたたび背を向けると院を一瞥もせずに庇を出ていこうとする。

院の方はといえば、たかが刀鍛冶に、それも大して歳のちがわぬ男に意見されるとは、思いもよらなかったのだろう。目を丸く見開き、口をぽかんと開けていた。が、不意に我に返ったのか、咀嚼《そしゃく》するように目と口を閉ざした。

「待てっ、待ってくれ」

則国がほとんど下長押《しもなげし》を跨《また》ごうかというところで、院は声を上げた。言葉は懇願《こんがん》、形相は必死。だが、どこか挑むような目を則国の背に注《そそ》いでいた。

「そなたの申す通りである。人が人を呼びつけて、してよいことではなかった。詫《わ》びる」

院の声音《こわね》は砂を噛《か》むようではある。が、その悔しさには自省が滲《にじ》んでいた。少なくとも則国の耳は、そう聞き分けた。だから、身体を返すと庇の中程までもどり、膝《ひざ》をついた。

「だが、聞きたい。左右の太刀それぞれ、そなたはいかに見る」

「右は父の手になるものにございます」

「手に取らずとも、分かるのか」

院のそれは疑いの声ではない。ただ、本当に意外さから出た声だった。

銘のない刀剣から、その打ち手を見極めるのは難しい。よほどの目利《めき》きでも、姿形や刃文の癖、地鉄のようす、茎の仕上げぶりなどを仔細《しさい》に見たうえ、それでも判《わか》るかどうか、というのが普通である。

それを、ただ遠くから眺め遣っただけで判じられるとは、到底信じられるものではない。

「生まれてこのかた、目に収めつづけてきたものです。見まちがいようもございませぬ」

だが、則国は断定的に言って、疑義を挟むことさえ突っぱねた。そして、試しを仕掛けた院の表情が、その答えが正しいことを示していた。

「では、左はどう見たのじゃ」

「殊更《ことさら》に過ぎまする」

則国の言葉に遠慮はない。作為《さくい》の臭《くさ》みがする、というのである。

「国友の真骨頂《しんこっちょう》は、匂い立つ地鉄の品《ひん》にございます。が、これは焼きがそれを陰らせておりまする。言うなれば、土を置いた本院の意趣《いしゅ》が、地鉄の品を焼き潰しております」

ずけずけとした物言いに、院は怒りもしなければ渋面《じゅうめん》にさえならなかった。ただ呆気に取られ、その目は再度太刀へと移る。則国の言い分を確かめているようだった。

「はっ、はっはっはっ」

しばし左右の太刀を見比べ、やがて院の口から漏れたのは、意外なことに大らかな笑い声だった。

「何とも気持ちの良い言い振りよな、則国。そなたの直言は耳に痛いが、朕の心には快《こころよ》い」

「それは、本院ご自身に心当たりがあるからにござる」

則国の返しに、院は深く頷いた。

「まさにその通りよ」

院の目は遠く、何かを思い返しているように見える。人を試した記憶か、それとも試された記憶か。則国には分からないが、少なくともその目に、自省と納得の色があるのは確かだった。

やがて、その目は好奇心を伴って則国に注がれた。

「近ごろは朕におもねる者ばかりで、そなたのように、正味《しょうみ》のところを話す者がおらぬ。なるほど、粟田口の一門がそなたを推挙した理由が分かるというものじゃ」

そして、院の面《おもて》に当初あった憔悴の陰《かげ》はいつしか消え、どこか子どものような素直さに変わっている。

「そのうえで、改めて命じよう。粟田口の則国、そなたに水無瀬の輪番鍛冶、六月番を申し付ける。遠慮なく、しかと務めてもらいたい」

それは、則国の厳しい直截《ちょくせつ》な言動を院が認めたということである。

「御意《ぎょい》」

則国は平伏して拝命した。

そのとき、これまでひと言も発さずにことを見届けていた範茂が膝を進め、院の脇まで進むと、何事かを耳打ちして下がった。

「そなたが、京都守護と懇意というのは存じておる。ほれ、この範茂のように、口さがない者が何のかんのと言うて参ろう」

直後に内容を明らかにされ、面目《めんぼく》を失った範茂であったが、これは自業自得《じごうじとく》と院は意に介するようすもない。

京都守護、つまりは伊賀光季のことである。わざわざ彼のことを範茂が持ち出したのは、もちろん院への忠言であろうし、鎌倉執権《しっけん》に近い武家と親しく交わる則国への警告でもあろう。しかし、当の院が咎《とが》めぬと宣言したのでは、それ以上食い下がることもできず、顔を伏せるばかりだった。

「だが、気にするな。そなたの仕事は鍛冶、それ以外は問わぬ」

「御意」

応えて、則国は顔を上げると、見直す思いで院を見返した。多少の行きちがいはあったものの、院は則国の性向を捉え、それを咎めず許す度量がある。それは決して、ただ癇性《かんしょう》の強い暴君の姿ではなかった。

「六月が楽しみになってきた。のう、則国」

明るい声とともに、院が懐に手を入れた。そして、何かをつぶやきながら、帖紙と筆入れを手もとに寄せる。

さらさらと院は筆を滑《すべ》らせると、範茂に手招きして何事か書き付けた紙を渡した。まわってきた紙を則国が開くと、流麗《りゅうれい》な書跡で一首の和歌が躍《おど》っていた。

呉竹《くれたけ》の　葉ずゑかたより　降る雨に
　暑さひまある　水無月《みなづき》の空

――篠突《しのつ》く雨に、緑なす群竹《むらたけ》さえなびくように揺れている。厳しい残暑のなか、ようやく降る雨は、大地を冷やし、潤《うるお》していった。時は六月、夏の突き抜けるような空の蒼《あお》さも、いまは束《つか》の間《ま》、雨雲に隠れている。

院の筆を見た則国の脳裏には、そんな光景がまざまざと浮かんだ。まだ四月というのに、夏の暑さも雨の涼《りょう》も、雨雲の向こうにある蒼空さえ鮮やかに思わせるほどの歌に、朴念仁《ぼくねんじん》の則国もさすがに感じ入る。

「気が急《せ》いたな。それはそなたに預ける」

わずかに自嘲《じちょう》して、院は扇《おうぎ》を振ってみせた。期待に満ちたその目を見返しながら、則国もまた口もとを緩めて頷いた。

「わしの大太刀はどうじゃ」

栗田口鍛冶町には、今日も今日とて光季のがなり声が響く。鎚音にも勝る大音声《だいおんじょう》に、水圧《みずへ》しした鉄を小割《こわ》りしていた則国は、露骨《ろこつ》に嫌そうな顔をしながら小鎚《こづち》を繰る手を止めた。

「またうるさいのが来たな」

「おい則国っ。京都守護どのにその言い草があるかっ」

その横には狼狽《ろうばい》する有国がいて、遠慮のない甥をたしなめる。

「おお、今日は叔父《おじ》御もいらっしゃるのだな。賑《にぎ》やかでよろしいものだ」

「何をおっしゃいますか。伊賀どのはこやつに気安すぎるのです」

「いや、わしが則国のところに押し掛けておるのだ。気になさることではござらん」

鷹揚《おうよう》に笑う光季を見て、有国は呆《あき》れ果てたようにため息をつき、肩を落とした。それから、腰を上げて則国を振り返ると、

「とにかく、考えておいてくれ。数を鍛えるも稽古《けいこ》のうちよ」

鎚音もかまびすしい町並みに紛《まぎ》れていった。

「なんだ、面倒事《めんどうごと》か」

「いや。栗田口で鏃《やじり》は打てぬかと、どこぞから声が掛かったそうだ」

則国の素《そ》っ気《け》ない言葉に、光季はわずかに眉根《まゆね》を寄せた。

「鏃鍛冶など、そこらに居よう。それに手間取られて、栗田口の刀が打てぬほうが天下の損失じゃい」

「その鏃鍛冶でも足りぬから、こちらに仕事がまわってきたのだろうよ」

ぼそぼそと返して、則国は小鎚を平鉄《ひらがね》に振り下ろした。澄んだ音とともに折れた鉄片の断面は黒く滑《なめ》らか。陽光に翳して確かめれば、わずかに青みが滲んでいる。

「水無月の空、か」

例の歌が思われて、則国は結句《けつく》を口ずさむ。

「なんだ、風雅《ふうが》に目覚めたか」

「わしじゃあない。本院から賜った御製《ぎよせい》よ」

則国が返すと、光季は、ほうと感心の息を漏らした。

「あの院から歌を、な。よほど気に入られたようだのぅ」

「どうしてそうなる」

「あのかたが真情を傾けるのは、歌だけだ」

らしくもない湿った声に則国がふと視線を遣ると、光季の目はわずかに陰り、寂《さび》しげに揺れていた。

「亡き三代さまとの交流が、まさにそうだった」

彼の嘆息《たんそく》するような声音《こわね》を聞きながらも、則国は小割りする手を止めない。そして、普段なら余計なことと切り捨てる光季の語りにも、何も言わなかった。

則国は鍛冶の最中《さなか》、雑事を耳に入れるのを嫌う。不用意に聞いてしまった事柄が、剣の出来に影響するのを恐れるゆえである。

ただ、すでに人柄に触れた院のことは別だった。思い込みではなく、則国自身の肌身で感じたものがある。それを確かめる意味でも、光季の話すにまかせた。

「何事も斜めに見る京童《きようわらべ》どもが何と言うておるのかは知らぬが、ほんの一年前まで、朝廷と鎌倉はうまくいっておったのだ。その紐帯《ちゆうたい》となったのが、院と三代さまよ」

三代将軍・源実朝。その名自体、院より贈られたものだという。

「無論、公武のあいだに機微《きび》はある。院が三代さまを厚く遇《ぐう》したのも、将軍を手懐《てなず》け、ご自身の意に沿った武門の統率をご期待されたところもあろう。だが、三代さまが歌をたしなまれるようになってからは、おふたりは真《まこと》の思いを歌で伝え合う仲になった。京極殿《きようごく》と三代さまを引き合わせたのも、院の差配だったしな」

京極殿とは、選者として院とともに『新古今和歌集』の編纂《へんさん》に尽力した、藤原定家のことである。いまでこそ勅勘《ちよつかん》を被《こうむ》って無聊《ぶりよう》をかこつ身であるが、かつての定家は、院の覚えめでたい当代有数の歌詠《うたよ》みとして名を馳《は》せ、実朝はその教えを乞《こ》うている。

「歳はひと回りほどちがうが、院と三代さまには心の奥底で相通じるものがあったと、わしは信じておるよ」

光季が〝三代さま〟と口にするとき、その声にはわずかな悼《いた》みがある。

光季は、将軍外戚《がいせき》で鎌倉執権である北条義時《よしとき》の義理の弟であり、政所《まんどころ》別当・二階堂行政《にかいどうゆきまさ》を祖父に持つ。北条氏を挟んでの縁つづきということもあって、実朝とは幼少のころから近しい仲であった。その光季から見て、実朝と院の交わりは心温まるものであったろうことは、彼の目を見れば明らかである。

しかし、その瞳にはふたたび憂《うれ》いの影が落ちた。

「そんな風に心を通わせた者を、理不尽《りふじん》に喪《うしな》った院の悲しみと怒りは、どうすればよいのだろうな」

噛み締めるように言うと、光季はわずかに押し黙った。

「それに、治天と将軍との交わりだけが政事の要《かなめ》ではない。公家と武家、京と鎌倉、公家同士も、武家同士にも相争うに足る道理がある。それが、どれほど下らぬものであっても」

そんな、愚痴《ぐち》めいた光季の言葉を、やはり則国は黙って聞いた。

保元《ほうげん》以来、京はすでに六十年にわたって兵乱の舞台となってきた。さらには建久《けんきゅう》七年の政変や三左衛門《さんさえもん》事件など、公家同士でさえ政争に明け暮れている。そうした世の乱れを、帝《みかど》や治天の不徳のせいとする言説は昔からあった。

そして院には、それを否定しきれない瑕疵《かし》がある。三種《みくさ》の神器《かんだから》の継承がないまま即位したこと、そして神器の鏡と玉は御所にもどったにもかかわらず、神剣《しんけん》だけはついに失われてしまったこと。

「そもそも院が刀剣に夢中となったのは、失われた神剣のためだという話は、お主らが一番よく聞いておるとは思うがな。ご自身の威勢で神剣の徳を補おうとしたところで、争いを招くようでは、剣の徳に適《かな》うとも思えぬ」

院と神剣にまつわる風聞《ふうぶん》は、京童のあいだではもっぱら有名な話だった。曰《いわ》く、御璽《みしるし》なきまま位《くらい》に即《つ》いた本院は、〝すめらぎ〟たる資格を持たぬ。それが治天の御一人とは是《これ》いかに。だから神剣は帰らぬのだ、と。

「下らぬ」

則国は手を動かしながら吐き捨てた。

「だな。だが、下らぬ話ほど人は面白がって吹聴《ふいちょう》する。そもそも、あの手の輩は、院が鎌倉に意趣《いしゅ》をお持ちだとか、北条殿を朝敵《ちょうてき》として討ち滅ぼすだとか、十年も前から言っておったのだぞ。どの口が言うものか」

そんなものは無責任な雑説《ぞうせつ》にすぎない、はずだった。

「それをいまさら、なあ」

「確かに、いまさらだ」

小割りにした鉄片を種類ごとに分けて箱に収めながら、則国は繰り返した。その脳裏にあるのは先日の、院が土を置いた太刀だった。

見るほどに、仰々《ぎようぎよう》しくわざとらしい刃だった。美しい地鉄を侵《おか》すほどの刃取りに、そこからはみ出すほどの派手な丁子乱れの刃文。切先の刃文を特に「鋩子《ぼうし》」と言うが、それも激しく乱れ込み、いかにも威力を見せつけるような、見苦しいとさえ言える焼きである。

それに比して、水無月の空の歌のなんと伸びやかなことかと、則国は内心で嘆息した。あれほどの感受性を持ちながら、あんな品のない刃を焼かねばならなかった院の鬱屈《うつくつ》が思われて仕方がなかった。

「そろそろ頃合いか」

「何がだ」

「お主の大太刀だ。良い鉄が揃わず、なかなか手をつけられなかったが、何とか足りそうだ」

言いながら、則国は腰を上げると鍛冶場から外に顔を出した。大鎚を熱心に振る弟子たちのようすを確かめると、国光と三吉に交じり、藤四郎も素振《すぶ》りをしている。まだ身体ができあがっていない童のこと、鎚に振り回されるようで、見た目には覚束《おぼつか》ない。が、鎚頭《つちがしら》の重みにまかせた力みのない振り方は、むしろ則国の目には適う。

「お主ら、明日から伊賀どのの大太刀に取り掛かるぞ」

夏空のもとで大鎚を振っていた三人は手を止めると、汗みずくの顔を拭って師を振り返った。

「はい」

息も荒い返事が重なり、夏の空に広がった。

「藤四郎もだ。三番手に入れ」

素っ気なく言う則国を、藤四郎は一瞬きょとんとした目で見返した。彼が相鎚に加わることを許されたのは、これが初めてである。その実感が湧《わ》いたのだろう、つぎの瞬間には喜びに目を輝かせると、深々と頭を下げた。

「ありがとうございます。務めさせていただきます」

「よかったのぅ、藤四郎」

「はいっ」

素直に笑顔を見せる少年に、兄弟子ふたりも一緒になって喜びの声を上げる。

「構わんな」

則国は、確かめるまでもないことを光季に尋《たず》ねた。

「当たり前よ。藤四郎のお初をいただけるとは、願ってもない」

しかし、光季の返しはあまりにも品がなさすぎて、思わず顔をしかめた。その渋面《じゅうめん》に、光季は吹き出すように笑った。


翌日から、光季の大太刀作りがはじまった。

大太刀ともなれば、完成時で重さはおよそ二斤《きん》半（約一・五キロ）、はじめの段階では八斤（約四・八キロ）近くにもなる。多少の妥協があるとはいえ、それだけの上質な鉄を集めるのは粟田口の名があっても難しい。光季もその辺りが分かっているからこそ、作刀を強《し》いるような真似はしなかった。

「まずは積み沸《わ》かしからだ」

ようやく集めた鉄を、則国は梃子棒《てこぼう》に積み上げていく。

鍛錬の際は、熱した鉄が冷めないよう火床《ほど》と鉄敷《かなしき》を何度も往復させるし、重い鎚で叩き鍛えるため、金箸《かなばし》では取り回しが悪く安定しない。だから、持ち手となる梃子棒を用意し、その先端に四角い台を鍛着《たんちゃく》したうえで、そこに小割りした鉄を積み重ねて沸かすのである。台は最終的に刀身の一部となるため、これにも良質な鉄を用いた。

今回は大太刀を打つため、台は常より大きく作った。そこに小割りした鉄の山を積み上げて、濡《ぬ》らした紙で包んだうえ、藁灰《わらばい》と泥汁《どろじる》を掛けて火床に投じた。これは、熱を均一に伝えるための工夫である。

則国の沸かしは、じっくりとしたものだった。火床の炭には事前にしっかりと火をまわして、湿気を飛ばしながら徐々に熱を加えている。沸かしの最中に、炭が跳ねるのを防ぐためだ。さらに、炭も小さく細かいものを密に積み、鉄と触れやすくした。これも、熱を鉄全体に偏りなく伝えるとともに、まんべんなく炭素を抜く工夫であった。

(わしは、器用ではない)

則国は鍛冶をするとき、いつもそれを思い知らされてきた。

父の国友のように独創的な工夫ができるわけではないし、国綱叔父のようにさまざまな作風を打ち分けることもできない。そんな自分にできることを考えれば、たったひとつを究《きわ》めることしか道はなかった。

だから、そのひとつに対して、丁寧に、真摯《しんし》に、向き合う。それが、則国の鍛冶だった。

そしてそれは、何があっても変えられるものではない。たとえ治天に命じられようと、他にやり方を知らないし、できなかった。

そういう不器用さが、人に理解されにくいこともまた、則国は知っていた。何しろ、実の息子にすら届かないのである。だが、それを口で説明する必要はないし、する気もない。言葉にしようとした段階で、真情そのままにはなり得ない。だから則国は、己の在《あ》り方を鍛冶そのもので示すしかなかった。

「藤四郎」

いまも、そうだった。鞴《ふいご》の把手《にぎりて》を繰《く》り、火床を見つめたまま、則国は声を掛けた。

「仮付けの押さえ、やってみろ」

火床のなかの鉄片の山は、蕩《とろ》けているものの互いに接着はしておらず、いきなり鎚を叩きつければ、ばらばらに弾け飛んでしまう。だから、積み沸かしのはじめに、大鎚で程よく押さえて仮付けし、ひとつにまとめる必要があった。則国は、初めて相鎚に立った藤四郎にそれをやらせようとしていた。

「えっ、あっ、でも」

少年の戸惑《とまど》いは当然だった。

これまで、仮付けは先手《さきて》の国光が担ってきた。それこそ、生まれてこのかた則国の鍛冶を手伝ってきた国光だから、父の加減や塩梅を熟知しているし、失敗もない。

国光も三吉も一瞬戸惑った顔をしたが、師の気質からすれば、本気で言っていることは疑いようもなかった。確かに、仮付けだけなら力は要らない。蕩けた鉄に大鎚を乗せ、鉄片同士を接着させるだけである。

だが、下手に鎚を扱えば、折角積んだ山を崩し、すべてを台無しにする可能性もあった。無論、責任は指図した則国にある。それでも、少年は畏《おそ》れを拭えない。

「お前ならできる。やれ」

繰り返して、則国は把手をいよいよ忙しく動かした。轟々《ごうごう》と鳴る風音に急かされるように、国光が場所を空け、藤四郎は先手の位置につくと師の姿を見た。いつも見てきた姿、ただ直向《ひたむ》きな姿だった。

少年は口もとを引き締めると、大鎚をしっかりと握りなおした。

「やります。いつでも」

硬い声に頷きながら、則国は鉄から目を離さない。

「いくぞ」

口にするのと同時だった。則国は炭掻《すみか》きで鉄を覆う炭を素早く除《よ》けると、白熱した鉄の山を火床から取り出し、鉄敷の上に移した。

乗せろ、と言う前に藤四郎は動いていた。やや中腰気味に差し出した大鎚の鎚頭を山の上に翳《かざ》すと、そのまま、すとんと頭を置いた。無理に押し付けもせず、こん、こんと赤らんだ鉄片同士にやわらかく、山と鎚の面を合わせるように乗せる。その重みでじわりと緩んだ鉄がおのずとまとまり、つながった。

「よしっ」

声を掛け、則国は鉄塊を火床にもどした。

「あと二度だ。つぎは拍子《ひょうし》を取れ」

「はい！」

藤四郎の目に、もはや物怖《ものお》じした影はない。それどころか、師すらも見ずに鉄を観ているのだと、則国には分かる。

（佳《よ》い目をしておる）

その感慨は、眼差《まなざ》しに対するものではない。鉄の見方、何よりも仕事の見方の話だった。

藤四郎が鉄に鎚を置く動きは、則国自身のそれとまったく同じだった。もちろん、体格の差は大きい。それさえも踏まえて藤四郎は、鎚と鉄の当たる角度や速さが、則国と同じになるよう工夫していた。仮付けから細かな沸かしを二度、徐々に強く叩き締めていく鎚の動きも同じである。

いつも一心に則国の姿をそば近くで見ていたにしても、その動きを見極め再現できる藤四郎の眼力《がんりき》は、とても尋常《じんじょう》の童のものではなかった。

（小鍛冶《こかじ》か）

ふと思う則国の唇が緩み、火床の輝きで照らされた顔にわずかな影を作った。

小鍛冶とは、粟田口に伝わる口承《こうしょう》である。

一条帝の御代《みよ》のこと、京鍛冶の基礎を築いた刀鍛冶・三条宗近《さんじょうむねちか》は、御剣《みつるぎ》を打つよう勅命《ちょくめい》を受けた。自身と並ぶほどの技量を持つ相鎚がおらねば、天皇のための御剣など打てぬと固辞《こじ》した宗近だったが、帝は諦めずに打つよう念を押す。

進退窮《きわ》まった宗近が稲荷山の社に窮状《きゅうじょう》を訴えると、神使とおぼしき童が現れた。そして童を相鎚として、宗近は御剣を見事鍛え上げたという。この霊験《れいげん》を讃え、宗近は〝小鍛冶〟とも呼ばれるのである。

藤四郎の姿は、逸話に謳《うた》われる神使の童を彷彿《ほうふつ》とさせた。あるいは、神使に擬《ぎ》せられるほどの鍛冶の神童が、往時にも居たのかもしれぬ。そう思わせるほどに少年の動きは的確で、とても初めて鉄を打つ者とは思えなかった。

（いや、当たり前か。鉄は直向きで真面目な者を好む）

そう思う則国は、藤四郎をすでに童弟子ではなく、一箇の刀鍛冶として認めていた。

（で、あれば）

目の端で懸命に鎚を振る藤四郎の顔を確かめながら、則国はひとつ心に決めた。

「よし、下がれ。本沸かしの先手は国光じゃ」

「はいっ、ありがとうございました」

額《ひたい》に玉の汗をいくつも浮かべながら頭を下げた藤四郎に、兄弟子たちもよくやったと口々に声を掛ける。

鍛冶場は、緊張に引き締まりながらも明るい。まるで、光季の陽気が移ったかのように、大太刀作りは進んでいった。


承久二年六月、摂津は水無瀬殿。

「本日より、鍛冶をご奉仕いたしまする」

則国と国光、そして藤四郎の三人は、離宮の鍛冶場に侍《はべ》っていた。それぞれ鍛冶烏帽子に水干、袖を絞り、股立《ももだ》ちを高く取って、すぐにでも作業に取り掛かれるようすである。

「苦しゅうない。よろしく頼むぞ」

返した院の姿が、また振るっていた。鍛冶たちと同じ烏帽子水干姿。よく見れば、その水干には焼けた鉄滓《かなくそ》を浴びたらしい焦《こ》げ跡が付いている。幾度も鍛冶場に立って鎚を振るってきた、何よりの証《あかし》であった。

しかも、誰よりも早く鍛冶場に来て、そこらじゅうを拭い清めているのだから、この院の鍛冶に対する思いは筋金入《すじがねい》りだと、誰もが思い知らされた。

「で、この童はどうしたことじゃ」

当然の疑問を院は口にした。矛先《ほこさき》を向けられ、藤四郎が肩をすぼめた。

「この者も鍛冶にございます。当人にお尋ねあれ」

則国は平然と言ってのけ、藤四郎を振り返りもしない。一瞬鼻白《はなじろ》んだ院だったが、この硬骨の鍛冶に二言《にごん》のないことは、先日の謁見で思い知ったのであろう、

「童、直答を許すゆえ答えよ。そなたは何故《なぜ》ここにおる」

少年に怪訝《けげん》な目を向けた。

「はっ、はい。畏れながらっ」

藤四郎はひざまずいたまま、一度深く頭を下げてから顔を上げた。大きな目を見張り、緊張に顔を紅潮《こうちょう》させて、それでもしっかりと院を見返した。

「わたくしは粟田口が則国の孫弟子、藤四郎と申します。このたびは奉仕鍛冶の大鎚を務めるよう仰《おお》せつかりましたっ。よろしくお願いいたしますっ」

懸命に言い募《つの》るが、院の当惑はますます深まるばかりである。が、こんな童に大鎚など振れるのか、とは問わなかった。則国が藤四郎の言《げん》に異《い》を挟まない以上、本当にそのつもりでいると察した。

ただ、疑いの目は変わらない。その院の目を変えられるか否《いな》かは、実際の藤四郎の仕事ぶり次第である。

「まずは、そなたの思うままに打ってもらいたい」

院からの要望は、ひと月に三振りの刀剣を奉じよ、というものである。うち、ひと振りはまず則国の腕を見るためか、普段と同じように鍛えよとの注文だった。

「御意にて」

そう答えて、則国は火床の支度《したく》に掛かった。

すでに積み沸かしまで終えた鉄を用意し、炭は新たに切り直したものを使う。火床の修繕も、鞴の滑りも、すべて整えている。

「本日は折り返し鍛練をいたします」

鞴の把手の感触を確かめながら、則国は鉄を赤めていく。と、その目が不意に細められた。

「院は、何故そこにおられますか」

「何故とな」

院はまたも怪訝な声を出すことになった。彼が立っていたのは、横座の則国と鉄敷を挟んで真向かい、相鎚の筆頭である先手の位置だった。

「院がすでに十二年にわたり鍛冶を修められたことは承知しておりますが、この国光は十五年、毎日欠かさず鍛冶場に勤めて参りました。先手は国光にまかせるゆえ、院は二番手に。三番手に藤四郎をつけますする」

「そ、そうか」

院は呆気にとられたようにしながらも、素直に順に従った。

「三挺《さんちよう》掛《が》けで鍛え上げまする」

院の答えを待たず、則国は鉄に意識を集中させた。

火床に盛った炭の目は大きい。鍛練に必要な高い熱を保ちながら、鉄と触れ合う面を少なくして、炭素が抜け過ぎるのを防ぐ工夫だった。ここで炭素が抜けすぎると、あとの工程で焼刃が付かず、鍛冶たちが言うところの〝眠い鉄〟になってしまう。

折り返し鍛練は、不純物を叩き出すとともに、層を重ねることで鉄を練るのが狙いである。積み沸かしのときに組んだ数種類の鉄が、何度も折り返されることで微細な層を成し、それが地鉄の様相を決めた。

その地鉄にこそ、則国はこだわる。

鞴が風を送り出し、炎はさらに輝きを増して鍛冶場の薄闇をなめた。炭の隙間からこぼれるのは、鉄の表面が燃える火花。ちりちりとした火の花が咲くなかで、鉄は白を含んだ黄へと色を変えていく。

「――菊の花じゃ」

ふと、院がつぶやく。その目は鉄から咲く花を映して瞬《また》き、穏やかな色を湛《たた》えている。

それを視界の端に収めながら、則国は鉄敷の脇を二度叩いた。向こう鎚の合図である。

「常の太刀より鉄が多い。強く鍛えよ」

「応《おう》っ！」

国光の返した気勢に頷き、則国は梃子棒をしっかりと握った。滑り止めのため固く巻き付けた細縄ごしに、鉄が芯まで沸いているのが伝わってくる。その熱が十分に籠もったのを確かめてから、炭搔きで炭を除け、鉄を鉄敷に乗せた。

「やれっ！」

声とともに国光の大鎚が翻った瞬間、鍛冶場に爆音が轟《とどろ》き、鉄滓が大輪《たいりん》の花の如《ごと》く散った。さらに院の二の鎚が火の花を咲かせ、つづく三の鎚が鍛冶場に舞う。身体を強弓《こわゆみ》のようにしならせ、藤四郎が叩きつけた鎚もまた、前のふたりに劣らぬほどの花を咲かせた。

少年が繰り出した目の覚めるような一撃に、院は瞠目《どうもく》し、そして笑った。

あとは流れるようだった。則国の小鎚に合わせて三挺の大鎚が自在に翻り、鉄を叩き延べてゆく。頃合いまで延ばしたところで、鏨《たがね》で刻みを入れて折り返し、さらに叩く。

「藤四郎、そなた、やるではないか」

都合四回の折り返しの後、小休止を入れた鍛冶場に院の弾《はず》んだ声が響いた。

「その身体には酷《こく》な仕事と思うたが、見事な鎚遣いよ。朕は感じ入ったぞ」

「そんな、滅相《めっそう》もございませんっ」

「国光、そなたもだ。横座を見る目はもちろんだが、他の大鎚がやりやすい間合い、そうできるものではない」

「お言葉、ありがたく頂戴《ちょうだい》いたします」

「何より、そなたらを鍛えた則国よな。これほど細心《さいしん》な鍛練は初めてじゃ」

興奮冷めやらぬといった体《てい》の院に、則国はわずかに唇の端を持ち上げた。が、すぐに引き締めると、

「院、お褒《ほ》めはありがたく存ずるが、あまり手放しでは緩みとなりまする」

そう釘を差した。

「ほれ、このように厳しい男じゃ。そなたらが師に恵まれたのか、則国が弟子に恵まれたのか」

院はそんな諧謔《かいぎゃく》を口にして高く笑う。その溌剌《はつらつ》とした笑い声に、つられて藤四郎もくすくすと笑った。

「とても気さくな御方《おかた》ですね」

その日の作業を終えて宿所にもどる途次《とじ》、藤四郎は則国にそんな言い方をした。

「てっきり、気難しいお人かと思っておりました」

「本当にな。それに、呑み込みが早くて仕事がしやすいかただったな」

国光もまた、末弟子と同じように笑顔である。

「こちらの打ち方をよく見られておる」

ええ、と相槌《あいづち》を打つ藤四郎の声を聞きながら、則国もその鍛冶ぶりを振り返る。

さすが十二年ものあいだ、断続的にとはいえ鍛冶をつづけているだけあって、院の大鎚の扱いは堂《どう》に入《い》ったものだった。何より気配を読む勘所がいい。国光の几帳面《きちようめん》な振りに合わせるのはもちろん、全身を使って躍るように大鎚を振る藤四郎の動きさえ先を読み、やりやすいように体を捌いていた。

それは、鍛冶に対する真面目さから出たものにほかならない。自身の我《が》ではなく、鉄と、剣と、鍛冶師とに向き合っているゆえの動きである。

(決して、独尊・独善のお人ではない)

そう思えば、番鍛冶の勤めが少しは楽しみとなる則国だった。

そして、数日で下鍛《したぎた》えから上鍛《あげ》えに進み、火造りをはじめようかというころのこと。

「これは……菊ではないか」

鍛冶場に入った院は、そのささやかな黄色に目を留めた。炭切り場の明かり取りの下、水を張った桶《おけ》にいっぱいの野菊が活けてあった。

「御意。藤四郎が摘《つ》んできたのです」

そう言って、則国は童弟子を前に押し出した。気恥ずかしいのか、少年はかすかに頬を赤らめながら院を見上げる。

「あの、僭越《せんえつ》とは思ったのですが、鵜殿《うどの》の川縁《かわべり》に咲いていましたので」

まだ暑さの残る水無月《みなづき》のこと、早咲きの野菊はまだ花弁も小さい。それでも、ひと抱《かか》えもあるような群菊《むらぎく》は華やかで、飾り気のない鍛冶場に彩りを与えた。

「そうか、感謝するぞ、藤四郎」

院の瞳は驚きの色から、すぐさま温かなものに変わった。そうして、少年と目の高さを合わせるようにしゃがみ込むと、その頭を撫《な》でる。

「お好き、なのですよね」

おずおずと藤四郎が問うと、院は何故かばつの悪い顔をした。水無瀬殿のあちこちに菊紋を掲《かか》げ、何より番鍛冶で鍛えた刀剣に銘として菊を刻んでおきながら、少年のような含羞《がんしゅう》に顔を紅潮させて目を逸《そ》らした。

「ああ、そうじゃな」

だが、それも菊に注がれた途端にやわらかなものとなる。その眼差しに則国は覚えがあった。

水無月の空を詠《うた》ったあのときと同じ、落ち着いた光がそこにある。

則国もまた、火床の支度をする手を止めて小菊の群を見遣った。黄色く、素朴《そぼく》な花を。

「菊は良い」

院の視線は、目の前の花だけでない、より遠いところに注がれているように見えた。

「花びらのひとつひとつは、これほどささやかだというのに、それらが集まれば斯《か》ほどに美しく咲くのじゃ」

慈《いつく》しむような、噛み締めるような声が、則国の耳朶《じだ》を打った。

「小さき者が小さきままに集い、大輪の花となる。朕はな、日《ひ》の本《もと》をそんな国としたいと、願っておる」

そう語る院は、いつしか満ち足りた面持ちとなっていた。が、見つめる則国に気付いたのであろう、それは、はにかみの笑みに変わる。

「いや、余計な口を開いたな。そろそろはじめようではないか」

「御意。では、本日から火造りを進めまする」

ここまでくれば大鎚の出番はないから、則国の付き人は藤四郎だけである。そして、院が鍛治に加わることもない。

が、この治天は、則国の鎚捌きのひとつひとつを見届け、その作刀を余すところなく目に収めた。焼き入れにも口出しをせず、熱心に則国の土置きを見つめ、学び取る。

焼き入れから数日を掛け、則国が研《と》ぎ上げたのは大振りな太刀。全長は三尺《じゃく》（約九十一センチ）を越える長大な刀身は、鎬《しのぎ》こそ重ね厚いものの、細身に小切先の流麗な姿である。これほど大振りな刀でありながら、しかし決して他を圧するような暴威を感じさせない。

喩《たと》えるなら静かなる湖。図り知れぬほどの深みを湛えながら、なお鎮《しず》まりきった水鏡《みずかがみ》の様相を備えた太刀であった。

「銘を切らぬのか」

鍛治場の口から差し込む水無月の空を映し、蒼く輝く刀身をすがめながら、院は則国に尋ねた。

「御番鍛冶の作刀には菊の御紋を賜《たまわ》る定め、と伺《うかが》っておりますが、これは院のお手をお借りすれども、わたくしの勝手で鍛えたもの。御紋を賜るのは畏れ多く」

則国は、考えていたことをそのままに述べた。すると、院は感心と呆れがない交ぜになった苦笑とともに、肩をすくめてみせた。

「ほんに不器用な男じゃ。だが、そなたらしい」

言うと、院は太刀を翻して茎《なかご》を則国に向け、

「そなたの銘を切れ。朕が押さえてつかわす」

満面で笑った。何とも男らしい、気持ちの良い笑みだった。

「畏れ入りまする」

則国は素直に礼を述べると、茎に鏨を当てて小鎚を振るった。刻まれた〝則国〟の二字銘は、夏空のもとで燦然《さんぜん》と輝いていた。

「佳き剣じゃ」

ひらりと院の手のうちで舞う太刀の軌跡《きせき》を追いながら、則国も珍しく相好《そうごう》を崩した。

(小鍛冶と治天とに打たせてもらった剣、か)

そう思えば、則国にも菊の花を愛《め》でる院の心持ちが、少しは分かる気がした。そして、それは確かに、則国が裡《うち》に秘した理想の剣にもつながるものだった。

「則国、そなたの業前《わざまえ》、とくと見せてもらった。つぎは是非とも、朕に相応《ふさわ》しき剣を打ってもらいたいところだが、生憎《あいにく》政務が立て込んでおってな」

珍しく愚痴《ぐち》っぽい院の物言いに、則国は思わず眉をひそめた。

「院、僭越《せんえつ》ながら」

「分かっておる。治天としての務めあっての鍛冶よ。皆まで言うな」

この数日の付き合いで、院は則国の性質《たち》を思い知っている。言葉の先を奪うと、しかし素直に頭を下げた。

「すまぬが、しばし政務に掛かりきりとなるゆえ、鍛冶は少し間をおいて再開しよう。則国、藤四郎。つぎの鍛冶を楽しみにしておるぞ」

「はいっ」

真っ先に返事をした藤四郎の声が、水無月の蒼天《そうてん》に弾けた。その無邪気な声を聞きながら、則国は院に頭《こうべ》を垂れる。この太刀に相応しき〝すめらぎ〟に。

「御意にて」

則国の厳かな声は、仄明《ほのあか》るい鍛冶場のなかに融《と》けていった。


番鍛冶の勤めは中断したが、則国は休むことを知らなかった。水無瀬での奉仕のために新しい仕事こそ受けなかったもの、伊賀光季の大太刀をはじめ、仕上げねばならない仕事は溜《た》まっている。それらを順次進めながら、則国は院使の到着を待った。

(このわしが、待ち遠しいと思うとは)

待ち遠しい、つまりはあの治天さまの顔が見たいということである。それが則国の本音《ほんね》であったし、それを自覚もしていた。

(ほだされた、ということなのだろうな)

他人事《ひとごと》のように思うのは、同じように呼び出しを待ち望んでいる童、藤四郎がいるからだった。事あるごとに水無瀬の話をする少年の憧憬《しょうけい》を思えば、則国自身の思い入れなどは可愛いものである。

そんな数日を過ごした則国のもとにやってきたのは、意想外の依頼だった。

「則国、すまぬが藤原大納言《だいなごん》さまのところで鍛冶を納めてくれぬか」

そう頭を下げたのは、伊賀光季。しかも、叔父の国安を連れ立っての来訪だった。

光季と国安叔父は、さして交流があるわけではない。それに、いつもの光季であれば、正面から憚《はばか》りなく則国に頼んできたことであろう。つまり、よほど光季自身にも面倒な、しかし断りにくい筋からの依頼ということになる。

「九条さまからも、そのことで催促があってな。どうしても一両日中に、そなたの鍛冶を大納言さまのところで見たいと仰せじゃ」

光季のあとを継いで言う国安にも、戸惑いがある。

「わしでなければならぬと」

念押しで訊《き》く則国に、ふたりは揃って頷いた。

藤原大納言。藤原北家閑院流《かんいんりゅう》の末で、後世には西園寺公経《さいおんじきんつね》の名で呼ばれる貴顕《きけん》である。若くして公卿《くぎょう》に列した朝廷の重鎮《じゅうちん》であり、院の御厨《みくりや》別当も務めた権勢の人であった。

何より、初代将軍・源頼朝の姪《めい》である一条全子《またこ》を妻としており、自身も平家《へいけ》でありながら頼朝に格別に遇された平頼盛《たいらのよりもり》の曾孫《ひまご》であったから、京の公家きっての親鎌倉派として知られた。先の実朝暗殺後には、自身の外孫である九条家の子・三寅《みとら》を将軍後継として鎌倉に下向させるべく、大立ち回りを演じた人物でもあった。

そこまで思い出して、則国はすでに嫌気《いやけ》が差していた。本来であれば、則国はいまだ水無瀬にいて、院に鍛冶を奉仕しているはずである。にもかかわらず、わざわざ自分を指名してくるあたりに、水無瀬も絡《から》んだ政争の臭みを感じざるを得なかった。

「承りましたと、先にお伝えください」

かといって、光季と国安を困らせても仕方がない。則国は気が進まぬまでも、そう返事をして奉仕鍛冶の支度に掛かった。

則国が公経の邸宅に向かったのは、それから二日後のことである。

「粟田口の国友の後を継いだというその業前《わざまえ》、しかと見聞いたそう」

中庭には臨時の火床が開かれ、それを眺め下ろす庇から声を掛けた初老の男こそ、藤原大納言こと公経である。狩衣《かりぎぬ》に当帯《あておび》、高い立烏帽子の下に収まるのは福々とした丸い顔。小さな目と口、それぞれに八の字の眉と口髭を添えて、いかにも勢家《せいけ》の当主といった風貌《ふうぼう》である。

しかし、この場の主が公経でないことは庇の奥、御簾が掛けられた一段高い席を見れば知れた。ただ、そこは薄闇に紛れて、座を占める客の姿は則国には見えない。

庇には、公経の子の権中納言実氏《さねうじ》、九条流の次男で大納言の教家《のりいえ》、西園寺の一門である三条右《う》少将《しょうしょう》実持《さねもち》などの貴顕も顔を見せている。つまり、奥の客は居並ぶ朝廷の重臣より尊い者、ということになる。

「早速はじめてもらおうか」

「御意」

もっとも、仕事となれば、余計な考えを即座に捨てられるのが則国である。即席の鍛冶場で国光と三吉を向こう鎚に、折り返し鍛練の下鍛えを披露《ひろう》した。火花が咲き、鉄滓《せんばく》が派手に飛び散るさまに、庇からは都度歓声が上がる。が、それは見世物《みせもの》を喜ぶというだけの浅薄な声に過ぎないことを、則国は知っていた。

そもそも、本当に鍛冶を納めるのであれば、三日ほどを掛けて、鍛練から素延《すの》べ、火造り、鑢掛《やすりが》け、土置き、焼き入れまでを披露し、鍛えた刀を献上するのが作法である。それが今回の鍛冶奉仕は、鍛練だけを披露せよというのだから、なんともおざなりな話ではあった。

「見事であった。さすが国友の後継じゃな」

火の始末をつけ、道具を整えた則国が庇の前に控えると、奥の暗がりから拍手とともに豊かな声が起こった。老いを滲《にじ》ませながら、なお張りのある声音に、庇の貴顕たちが控えるように頭を垂れた。

そうして御簾から現れたのは、鈍色《どんじき》姿の老僧であった。

「吉水僧正《よしみずそうじょう》、慈円《じえん》さまである」

公経の格式張った声を、老翁《ろうおう》はゆとりのある笑顔のまま手で制してみせた。垂れた目に大きな鼻、白い眉と顔の皺《しわ》を見れば還暦《かんれき》を越えているだろうに、肌はつるりとして異様なまでに若々しい。

慈円。法性寺関白《ほっしょうじかんぱく》・藤原忠通《ただみち》の子であり、九条流の重鎮として、京の公家に隠然とした権勢を持つ僧である。兄の兼実《かねざね》が後鳥羽院の在位中に関白《かんぱく》となった縁で、帝の護持僧《ごじそう》として仕え、さらに四度も天台座主《てんだいざす》に就任。いまは東山の吉水の地に住しているため、吉水僧正と呼ばれていた。

当年とって六十六。老境と言っても差し支えないが、背筋はぴんと張り、ゆったりとした所作が、かえって彼の存在に重みを与えていた。

「先ほど、そなたの鍛えたる太刀を見たが、じつに粟田口の匠《たくみ》らしい、風雅で細やかな剣じゃった。国友、久国につづく上手《じょうず》と感心したぞ」

十三歳という若さで出家しただけあって、読経《どきよう》に慣れた者特有の平らかな調子が、則国の耳にするりと入り込んだ。

「亡き父君の薫陶《くんとう》を受けたゆえじゃろう。よう精進した」

「はっ」

摂関家の者さえかしずかせる高僧の褒詞《ほうし》に、則国は短く返して低頭するのみである。そのさまを畏縮《いしゆく》と取ったのか、慈円は垂れた目尻をさらに下げて笑みを作ると、庇の最前へと進み出た。

「なるほど、本院が重用《ちようよう》するのも分かるのう。このように澄明《ちようめい》なる武徳を淋漓《りんり》と見せつけられれば、是《ぜ》が非《ひ》でもと欲するのがあのかたよ。そうじゃろ、藤大納言《とうの》」

「誠《まこと》に。口は憚られますが、本院にはいささか、できすぎかもしれませぬ」

「そもそも、本院は武徳の剣にご縁のないかたにございますゆえ。あの刀剣好きも、ないものねだりに過ぎぬかと」

あまりに露骨な実持の嘲《あざけ》りに、慈円は大仰《おおぎよう》に眉根を寄せた。

「これ、口が過ぎるぞ少将」

「いや、これはしたり。僧正さまのお耳を汚しました」

実持の大仰なそぶりに、貴顕たちの笑い声がさざ波のように広がった。それを満足げに見渡した慈円が、軒先《のきさき》で控えたままの鍛冶に視線を遣る。

則国は、くすりともしていない。それどころか、目に鋭ささえ湛えて、中空《ちゆうくう》の一点を見つめていた。

「鍛冶のそなたには関わりのない話じゃったな。ただ、これだけは覚えておいてほしいのじゃ」

そんな則国に目もくれず、慈円は空に微笑み掛けながら口を開いた。

「世には道理というものがある。時代を作る道理がな。つらつらと本朝の歴史を顧《かえり》みるに、神武《じんむ》の帝が国を開いて以来、さまざまな道理が世の形を成してきた。国のはじめこそ偉大なる帝がお出ましになり、御一人で文武二道の徳を以《もっ》て、国を平らかに治めておられたのじゃ」

〝道理〟という言葉に含みを持たせながら、慈円は音もなく腰を下ろす。

「しかし、あるときからその道理も変わった。帝御一人では世が治まらず、臣家《しんか》がともにお支えするという道理に移り変わったのじゃ。藤原の父祖、大織冠《たいしょくかん》さまがお生まれになって天智《てんじ》の帝を支え、淡海公《たんかいこう》が南都《なんと》の基《もとい》を建てられたのが、まさにその顕《あらわ》れよ。文事の本位は継体主文《けいていしゅぶん》──祖先の業を受け継ぎ、法を以て国を治めることにある。ゆえに、藤原の家が代々摂籙《せつろく》として帝をお支えしてきたのも、その道理によるものじゃろう」

大織冠とは藤原氏の祖である中臣鎌足《なかとみのかまたり》を、淡海公とはその子である不比等《ふひと》を指す。そこから発した藤原諸家が天皇の後見として摂籙、摂政《せっしょう》・関白を務めてきた。

「その道理も、また変わる定めにあった。保元・平治《へいじ》以来の武家の世を見れば分かるであろう。政の輔弼《ほひつ》を臣家にまかせたように、武による国の守護もまた、臣家にまかせるという道理が働いたとしか、わしには思えぬ。でなくば、武の象徴たる神剣が失われるなどという重大事が、起こるはずがないのじゃ。

武家が神剣に代わって武の徳を担うようになったからこそ、神剣はおのずから消えた。それを、本院はお分かりになられぬ」

慈円は、もはや則国のほうを向いてさえいない。庇に居並ぶ貴人たち、摂関家の有力者たちに、己の説を聞かせる体である。

「本院の心得ちがいは、そこにあると言えよう。平家以来、神剣の代わりを務める武家が、政を担うようになったことこそ、新たな道理。にもかかわらず、本院は御自《おんみずか》ら武を求められ、さらには、不心得の三代鎌倉殿のように、武家の本分《ほんぶん》を忘れて文事に耽《ふけ》り、挙句《あげく》、武威に殺されるような者を取り立てた。これを心得ちがいと言わずして、何と言おう」

いつしか、言い立てる調子で話しつづける老僧は、自身の言葉に酔い痴《し》れて恍惚《こうこつ》とさえしていた。不動のままでいた則国の目が、その醜態《しゅうたい》を見るのを拒むように下を向いた。

「そして、いまやその道理に沿うて、世は正されようとしておる。摂籙の家の子・三寅が、武家の棟梁を兼ねて征夷大将軍《せいいたいしょうぐん》となる。すなわち、文武二道が九条の家のもとで一体となり、帝をお助けして本朝を治めることこそが、神仏無窮《むきゅう》の道理に適うのじゃ。

これが、遠大なる神の仕組みの一端であることは、記紀《きき》に目を通さば、一目瞭然《いちもくりょうぜん》のことじゃ。天孫《てんそん》・瓊瓊杵尊《ににぎのみこと》が、天よりこの秋津洲《あきつしま》に降臨《こうりん》された際、皇御祖神《すめみおやのかみ》・天照大御神《あまてらすおおみかみ》は、我ら藤原の祖神《おやがみ》である天児屋根大神《あめのこやねのおおかみ》に仰せになられた。〝ともに殿《おおとの》の内に侍《さぶら》いて、よく防ぎ護《まも》ることを為せ〟とな」

長々と自説を語りつづける慈円を遮る者はない。庇の貴人たちは、一族の長老が披瀝《ひれき》する智慧《ちえ》に言葉を失い、ただ感じ入る体だった。

「拙僧《せっそう》は本院の幼いころより仕え、道理に沿うた〝すめらぎ〟となるようお助けし、ときにお諫めして参ったものじゃ。それも、あのかたを、何とか道理に適う帝にしたいと願うゆえ。しかし、本院の御気性はあの通り、拙僧の言《げん》に耳を貸すことはなかった。しかもいまに至り、鎌倉の武家を制して、己が武徳を示さんと画策されておる。それも妾《しょう》の荘園《しょうえん》のためというから、聞いて呆れるわ。

それが道理に背《そむ》いておることは、内裏が焼き失《う》せたことからも、分かろうというものじゃ。あれこそ、本院をお諫めするべく、神仏が顕し給《たも》うた兆《きざ》しにほかならぬ。しかし、本院はそれでも思い知らず、内裏修復のために、重税を国民《くにたみ》に強《し》いておる。これでは、国が平らかに治まるはずもない」

大仰《おおぎよう》に嘆く慈円の声を聞くうちに、則国の眉間《みけん》にはひと筋の皺が寄った。そして、老僧の長《ちよう》広舌《こうぜつ》がつづくほどに、皺は険しくなっていく。

「所詮《しよせん》、本院は御璽の欠けたる、本来は〝すめらぎ〟になれるはずもなかった御方。それを無理矢理に帝にした、後白河《ごしらかわ》院の罪も深い。ゆえに、藤原の一族を挙げて、九条の家を盛り立て、政道を道理に適うように正してゆかねばならぬ」

よいな、と呼び掛けた慈円と、それに威勢よく答える庇の貴顕たちには目もくれず、則国は据わった目で地面を凝視《ぎようし》していた。

則国は腹を立てていた。僧正だの大納言だのと言いながら、政を弄《もてあそ》ぶ小賢《こざか》しいだけの才人の群に。摂関とは、武家とは、〝すめらぎ〟とは、と勝手な物差しで無思慮《むしりよ》に人を測るだけの者どもに。何の疑問もなく人を試して、躊躇いない者たちに。

そんな者たちのなかで溺《おぼ》れていた院の姿が、則国の脳裏に浮かんだ。

『待ってくれ』

水無瀬での出会いのとき、院が何故悔しげな顔をしたのか、いまこそ則国にも分かった。

三種の神器なき即位の日から、院は数え切れないほど試されつづけたであろう。そのたびに沽券をなぶられ、侮《あなど》られ、あるいは心にもない追従《ついしよう》をされ、正味《しようみ》のままでいることを許されなかったのだろう。

そして、人を試すような者どもを、心底から憎んでいたのだろう。だから、文武を練り、誰にも誹りを受けぬ〝すめらぎ〟たらんとしたのだ。

だが、あのとき、院は己が憎んでいた者たちと同じように、ゆえなく則国を試した。試してしまった。いつのまにか、心底から唾棄《だき》していた振る舞いに自身が染まっていた。その忸怩《じくじ》たる思いが、あの必死な顔にさせたのだ。

そう思えば、則国は胸を突き上げてなお余る怒りを、抑えることができなかった。

「僧正さまは、思いちがいをしておられる」

怒りのまま、則国は嚙み締めるように言っていた。

それは義憤《ぎふん》である。院のためでなく、院の沽券のためでもない。何としても言わねばならなかった。

慈円は、そもそも則国がものを言うとも思っていなかったのだろう。声を発した者を探して庇のなかに視線を彷徨《さまよ》わせ、誰も口を開いていないことに怪訝な顔をするばかりだった。気づいたのは、公経だった。訝《いぶか》しげな彼の視線が庇の外にあることに気づき、慈円は、半身に庭を振り返った。

そこには、怒れる刀鍛冶がいた。

「畏れながら、剣の徳とは己の裡に持つもの。鞘の内にありながら世を平らかに和《やわ》らぎ、余分なるものを断ち、なおひと筋に立ち上がるものにございます。神語《かんがた》りにかこつけて理屈を捏《こ》ねまわしたところで、剣の徳が変わることはございませぬ」

一旦《いったん》口を開けば、もはや止まらなかった。昨今の世の不穏、寄せられる物騒な依頼、そして院の懊悩《おうのう》、それらを無自覚に招く傲慢《ごうまん》さへの義憤が口をついた。

「道理の何のと言いながら、僧正さまは、九条のお家が大事ということ以外、何も言うてはおられませぬ。ならば神仕組《かみしく》みだなんだと言われず、ただお家の安寧《あんねい》を祈られればよろしかろうと存ずる。

そもそも、御出家された御身《おんみ》に俗世のことなど、無用のことでございましょう。それほどまでに、俗世が気になられまするか。ならば、どうぞ還俗《げんぞく》なされればよろしかろう」

滔々《とうとう》と口にした言葉は、慈円の道理を真っ向から両断した。ほとんど面罵《めんば》といっていいほどの侮辱《ぶじょく》に、老僧も、貴顕たちも、何も言い返さない。呆気に取られたまま、ぽかんと口を開けるのみである。

（本当に、このかたがたは――）

下らぬことだと、則国は内心で吐き捨てた。市井《しせい》の者が自分たちの考えに意見を差し挟む、ということが起こり得るのだと、思ってさえなかったのだろう。

こんな、人の営みを顧慮《こりょ》せず、公家という狭い世間だけにしか通用しない道理を振りかざす者たちに、剣のことを話すのさえ腹立たしかった。

そのうえ、彼らは結局、則国を出しに使い、院の行状をあげつらいたかっただけである。そんなことのために、則国がする鍛冶はない。

「そっ、そなたは、いま、なんと申したっ」

「二度申さねば分かりませぬか」

これは、はっきりと侮蔑《ぶべつ》である。叫ぶように問い質《ただ》す公経の声も、顔を真っ赤に染めて酷薄な視線を落とす慈円も、則国の眼中になかった。

ただ、この下らないものに傷つけられつづけた〝すめらぎ〟のことが思われた。傷つけられ、歪んだ剣。だが、則国が見た剣は、自ら歪みに抗《あらが》おうとしていた。その性根《しょうね》をこそ、則国は守りたかった。

「わたくしは、ただ鍛冶をいたすのみにございます。それ以外のことは、百舌鳥《もず》の囀《さえず》りも同じこと。それは僧正さまでも、本院でも変わりませぬ」

この場で聞いたことも、番鍛冶で聞いたことも、自分には関わりないし口外するつもりはない、と。釘を差す則国の顔は、もはや感情を映すことなく、物言いも坦々《たんたん》としたものだった。

「なるほど、そなたは、本院にお似合いの鍛冶じゃな」

つるりとした禿頭《とくとう》に青筋を浮かべたまま、慈円はそう言い捨てて身を翻した。公経と教家はそれに従い、残された者たちは蒼白の顔で彼らを見送るしかない。

残された則国もまた、弟子たちに声を掛けると、鍛冶道具を引き上げさせた。

その裡《うち》にある義憤は、溶鉄のようにどろどろと流れ、腹の底で冷えながら凝《こご》っていった。


御番鍛冶が再開されたのは、西園寺の呼び出しから数日経った、水無月の十八日のことだった。

その日の水無瀬殿は慌《あわ》ただしかった。鵜殿《うどの》の宿から西国街道に至るまで、北面・西面とおぼしき武士たちが繁《しげ》く行き交い、曇天《どんてん》の下に土埃《つちぼこり》を巻き上げていた。

雲は厚く垂れ込めて、いまにも水をこぼそうかという様相。雨となれば湿気がこもり、火を使う加減が変わる。暗い空を見上げ、則国は鍛冶の段取りを思い浮かべた。

まとわりつく湿気に息を詰めながら、則国と国光、藤四郎は鍛冶場に入った。暗がりのなか、院はすでに横座で鍛冶の準備をしていた。

その形相が異様だった。

落ち窪《くぼ》んだ眼窩《がんか》に深い隈をつくり、元来切れ長の目は丸く見えるほどに開き切り、紅《あか》く血走った瞳が、何かを探すように鍛冶場のなかを巡っている。頬がこけて見えるのは、奥歯をきつく嚙み締めているからだと、則国は気づく。

きっちりと髪をまとめて鍛冶烏帽子をかぶり、新調した水干を小綺麗《こぎれい》にまとっているだけに、余計に顔とのちぐはぐさが目立った。

以前の鍛冶から、十日と経っていない。にもかかわらず、この豹変《ひょうへん》ぶりはいったい何があったのかと、則国は訝った。

すると不意に、院の目が、立ち尽くす則国の顔で焦点《しょうてん》を結んだ。

「遅いぞっ、何をしておる。朕の時を無駄にしようてか」

いきなりの罵声《ばせい》だった。

「急げ、すぐにもはじめるぞ。朕の剣を打つのだっ」

「畏まりました。国光、藤四郎」

「はっ、はい」

則国は、面食《めんく》らって動けずにいた弟子たちに声を掛けると、己も水干の袖紐《そでひも》を絞ってたくし上げた。師に倣《なら》うふたりがぎくしゃくと動き出すと、

「何故、童なんぞを連れてきた」

院の据わった声が投げ付けられた。じっとりとした院の目に晒《さら》された藤四郎は、袖を絞る手を止めた。その手が、震えていた。

「院、私は」

「かような童の児戯《じぎ》が、朕に相応しいとでも言うか」

歯を剝《む》き出し、嚙み付かんばかりに迫る院に、藤四郎は訳も分からず、おののくしかない。そ

のさまに、則国は思わず目をつむった。

「藤四郎」

漏れた声は、自身が思うより大きく、硬かった。

「宿所にもどっておれ」

「はい」

わずかな躊躇いののち、少年は素直に頷いた。戸惑いと消沈《しょうちん》を負って鍛冶場を出てゆく小さな背を見送り、則国は院を見た。

もはや、往時の明朗さも溌剌さもない。過ぎた血気《けつき》と焦燥に歪んだ顔で、餓《う》えたように鍛冶の支度を求めるさまは、あの抜けるような水無月の空には程遠かった。

（おいたわしや）

この数日のあいだに、院の心を乱す何事かがあったのは疑いようもない。それが何なのかと詮《せん》索《さく》する気も則国にはなかったし、直接院に訊けるはずもない。それこそ、院の沽券を汚すことになる。

そう思えば、則国は何も言えなかった。ただ、あの太刀に似つかわしい、穏やかに小菊を愛《め》でていた人がいないことの寂寥《せきりょう》に、胸が詰まった。

「よいか、則国。鋭き剣、何をも斬《き》り捨てる剣じゃ。それこそが我が神剣に相応しい。そのような鉄を組め、よいなっ」

見れば、則国たちを待ちきれずに、ひとりで鍛刀をはじめようとしたのだろう、有り合わせで作った梃子台に、小割りした鉄片が中途半端に積み上げられていた。十年以上も一級の鍛冶たちの仕事ぶりを見てきただけあって、そこにあるのは確かに硬い鉄ばかりだった。

「院、それはいかにも」

「否《いな》やと申すか。そなたも、朕に剣は無用と申すかっ」

いまにも手にした小鎚で殴《なぐ》り掛からんばかりの剣幕に、則国は出かかった言葉を呑み込んだ。

いまの院には、人の話を聞く耳はない。鍛冶に対する助言も、己の尊厳への否定も、一緒くたに聞こえているのは明らかだった。

気が付けば、降り出した雨音が鍛冶場を包んでいた。

「硬き鉄ばかりでは折れ易《やす》くなりまする」

則国は、そう言うのが精一杯だった。

「ならば、強くなるよう、よく練ればよいっ」

「それでは鉄を殺しまする」

「鍛冶場では横座がすべての責を負うと言うたは、そなたら鍛冶よ。ならば、口を挟むなっ」

あとは、万事この調子だった。

「打つべきは太刀じゃっ。それも豪壮な、見る者をひれ伏せさせる太刀じゃ」

「鍛えに鍛えよっ。何にも負けぬ鉄にせよ」

「肝心なのは刃じゃ。大きく鋭き刃を打ち出すのじゃっ」

積み沸かし、折り返し鍛練、素延べ、火造りと、工程が進むごとに則国はわずかに意見するが、そのたび院の怒声《どせい》が飛んだ。

鍛冶場には、もはや則国しかいない。院の乱れようを見れば、藤四郎はもちろん国光の身さえ危険だと思えて、鍛錬を終えた時点で、則国は弟子をすべて粟田口に帰している。それほどにまで院は危《あや》うかった。

火床の輝きに照らし出された院のさまは、風に煽られた炎を背負い、己《おの》が身を焼くようでさえある。鉄を叩く鎚は、焦燥に悶《もだ》える如く強く性急であり、則国が息を合わせるのも難しい。何より、火に晒された顔は歪み切って、苦悶《くもん》にあえいでいた。その表情が、則国の目には泣いているように見えた。

そのうえ、日がな一日鍛冶場に居て、政事の場にもどろうとしない院の姿を見れば、則国は、放っておくこともできなかった。

「土を置くぞ。支えをせよっ」

火造りを終えた太刀の姿は、則国には馴染《なじ》みのないものであった。鋭さを求めに求めた刀身は、広く刃が取られ切先も大振り。そんな益荒男《ますらお》振りを支える庵棟《いおりむね》も高く、いかにも剛直である。そこに置く土もまた、高く躍り上がる焔《ほむら》のようだった。

「威力の剣じゃ。武家どもを、公家どもを、山門・春日《かすが》をも降伏《ごうぶく》する倶利伽羅《くりから》の剣じゃ」

狙う刃文は、かつて国友が打った太刀と同じく、重花丁子乱れと思われた。仏法を守護する不《ふ》動明王《どうみょうおう》の持剣《じけん》がまとう火焔《かえん》を、写し取ろうというのである。

焼き入れは、雨上がりの夜に行われた。土置きを終えた刀を十分に赤らめ、刀身全体へ均一に熱を行き渡らせたうえで、水舟に沈める。盛大に泡立つ水音と蒸気のなかで、太刀が首をもたげた。

焼き入れのとき、剣にはふたつの変化が起こる。まず、土の薄い刃側が急冷によって収縮し、お辞儀をするように一度俯《うつむ》くのだ。その後、棟側も収縮を起こすことによって、独特の反りが生み出される。そして、この過程で鉄自体もまた変化を起こし、より硬く、より強靭《きょうじん》になる。

水舟から院が引き上げた太刀は、すすどしく腰高い姿。危うさに見る者の胸を騒がせ、怖気《おじけ》させる剛刀であった。

「これぞ、我が剣よ」

焼きもどして茎《なかご》を仕上げ、鍛冶研ぎを終えた太刀を掲げながら、院はうっとりとそう言った。己の打った剣の威力に酔ったその瞳を、則国は凪《な》いだ目で見守る。

「我が神剣の伴《とも》となるべき、武威の剣に相応しいと思わぬか」

「院の神剣、にございますか」

不意に、その言葉が則国の耳を衝《つ》いた。

「そうよ。そなたに見せたことはなかったか」

陶酔したままの目で言うと、院は懐からその短刀を取り出して見せた。

小さな片刃の剣ながら鎬造りに庵棟《いおりむね》、身幅広く豪壮な姿。やや乾いた地鉄。その身に躍るのは、派手々々しい重花丁子乱れ。先ほどでき上がったばかりの太刀と同じ、焔の刃文だった。

(何たる、心得ちがいか)

則国にはそれが、〝すめらぎ〟が持つべき、神より言祝《ことほ》がれた剣とはとても思えなかった。ほとんど言葉を失った則国だったが、陶然としたままの院がそれに気づくことはなく、上機嫌にふた振りの剣を見比べた。

「則国よ、太刀の仕上げはこちらで行うぞ」

何でも、五条《ごじょう》の辺りに良い研師《とぎし》がいるらしく、その者に仕事をさせたいとのことだった。

「研《と》ぎ上がった暁《あかつき》には朕の剣の完成を祝い、宴《うたげ》を催《もよお》す。さしずめ、鍛冶の〝竟宴《きょうえん》〟といったところよ」

竟宴とは、宮中での記紀などの進講や、勅撰和歌集の選集などが終わった際、それを祝して内裏で行われる宴のことである。かつて『新古今和歌集』の選集を終えたときにも、院はこれに倣《なら》って宴を開いていた。

もっとも、このときは清書本も未完成で仮名序《かなじよ》も整わず、竟宴を行うことそのものが目的だったようで、歌人・藤原定家はその日記に〝抑《そもそも》、此《こ》の事何故に事を行なはるるや。先例に非《あら》ず、卒爾《そつじ》の間、毎事《まいじ》調《ととの》はず〟と批判的に記している。

つまるところ、院が己の行跡を衆目《しゆうもく》のもとで誇るだけの宴であった。そこで、この太刀を披露しようというのだ。

「そなたも顔を出せ。剣が仕上がったら遣いをやるゆえ、それまで帰ってよいぞ」

そう言って、院はひと言の労《ねぎら》いさえないまま、則国を水無瀬から放った。

粟田口に帰っても、則国の目は凪いだままだった。

仕事は変わらずにするし、弟子たちへの厳しさも変わらない。口が重いのはもとからで、さらに寡黙《かもく》になったことに気付いたのは、弟子では藤四郎くらいのものだった。

その藤四郎も塞《ふさ》いだようすである。だが、過日のことがしこりになっているだろうに、則国が帰った途端に、

「院のごようすはいかがでしたか」

と訊いてきたのが健気《けなげ》だった。いかに邪険に扱われようと、この少年にとっての院は、小菊に瞳を潤《うる》ませる心を持った人のままであった。

(このように、貴方《あなた》に思いを寄せる者がおりますぞ)

結局、則国が高辻京極《たかつじきようごく》の伊賀光季の邸《やしき》に足を向けたのは、この童弟子の健気さゆえだった。

「珍しいな、お主のほうから出向いてくるとは」

「聞きたいことがある。院のことだ」

単刀直入《たんとうちょくにゅう》な問いに、光季はわずかに慨嘆《がいたん》の息を漏らした。その呼気ひとつが、院の身に何かが起こったことも、それが京と鎌倉の不和を助長したことをも、則国に教えた。

「何か、あったのだな」

「造内裏役《ぞうだいりやく》のことは承知しておるか」

光季の声は、絞り出すようだった。

「先年の大内焼亡以来、内裏の修復のために院は一国平均役として、公領荘園どころか、寺社田《じでんしゃでん》に至るまで増徴を課した。が、それが不評でな」

その話は、則国の耳にも届いている。

当時の年貢の税率は、田地の収穫のおよそ四割に達する。そのうえに造内裏役として三割、ほぼ一年分を上乗せしようというのだから、民《たみ》の反発は必至《ひっし》だった。

「内裏は本朝の鼎《かなえ》にして不闕《ふけつ》の宮、と院がおっしゃるのは分からんでもないが、いくら何でも重すぎる。それに内裏は最早《もはや》、帝の御座《おわ》す処《ところ》ではないのだから、それほどに急いで直す必要もなかろう、というのが大方の反応だが、院にはそれがお分かりにならぬ」

「その矛先《ほこさき》が、お主か」

則国が言うと、この明朗快活な京都守護は、珍しく弱りきった顔をした。

「院は、すべて地頭《じとう》が悪いと仰せになるのだ。地頭は元来、税の徴収を担う者。それが院庁の指図に従わぬは怠慢《たいまん》、とな。むしろ、地頭が徴税を邪魔しておるとも、そうするよう北条どのが仕向けておるとさえ疑っておられる」

光季とて、鎌倉に対する院の心象《しんしょう》を、いたずらに悪くするつもりはない。できることなら、院の意を汲《く》みたいとさえ思っているのは、平素の言動からも則国には分かる。

だが、それでも彼は、此度《こたび》の院の命《めい》に従うわけにはいかなかったのだ。従えば、民の暮らしが破綻《はたん》する。

「権門《けんもん》勢家や大寺社が税を拒否しているのも、無論、己らの利得はあろう。だが、もとを正せば、国と民が立ちゆかなくなるのを恐れてのことよ」

則国の脳裏に浮かんだのは、武家だけでなく、公家にも、比叡山門や春日大社にも牙《きば》を剝《む》く院の罵声だった。それは次第に、慈円たちの嘲弄《ちようろう》に変わっていく。

院には、世のすべてが己の正統性を否定していると思えたのだろう。そして、その原因が鎌倉にあると、安易に決め付けたのだ。

――己の勅が、いたずらに菊の花びらを散らすことにも、気付かずに。

「それをご理解いただきたいのだが、どうもな」

「なるほど、よく分かった」

「則国」

立ち上がったところに名を呼ばれ、則国は光季を見下ろした。光季は、目をわずかに閉じたのちに、

「無茶はしてくれるな。ご政道のことを収めるは、我らの役目ぞ。命に代えても、な」

そう言った。その決然とした瞳の輝きを、則国は以前見たことがあった。

あれはそう、初めて光季に太刀を納めたときだ。初めこそ浮かれたように太刀を見ていた光季だったが、高揚《こうよう》は次第に鳴りを潜《ひそ》めて、最後にはただ静かにそれと向かい合うばかりとなった。

たっぷり、四半刻《しはんとき》（三十分）は見つめていただろうか。光季は刀身を鞘に戻し、硬く深い目を

則国に向けて言ったのだ。

『必ず、刃に血塗らずして京都守護の務めを果たそうぞ』

彼の言葉は、則国の心底にある願いを正しく捉えていた。そしてそのときから、ふたりは莫《ばく》逆《ぎゃく》の友となったのだ。

「大太刀は、必ず仕上げる」

言い置いて、則国は伊賀の邸を辞した。

そのまま足は、粟田口の鍛冶町を過ぎて、粟田天王宮の参道に向いていた。

時刻はすでに夕方だったが、夏の日長のこと、斜陽は雲に朱色を残し、空はいまだ仄明《ほのあか》るい。

そこかしこから聞こえる鎚音と、鞴が起こす風の音を身体で聞きながら、則国は町を歩いた。路地に籠もるのは夏の暑気と炉の熱気。それが、いまの則国には愛《いと》しかった。

参道の階段を少し上り、足が止まったのは慎ましやかな磐座《いわくら》の前だった。

鍛冶の神である天目一箇神を祀った社。そして、粟田口鍛冶の開祖たる小鍛冶宗近が、鍛冶場を開いた場所でもある。その前に立つと、則国は懐から刀袋のままの短刀を取り出した。

父・国友のもとを離れて、鍛冶として独り立ちすると決めたとき、初めてひとりで打った剣だった。自身の目指すべき姿を形にしようと打った、初心の守り刀である。

それを握り締め、目を閉じた則国の顔は、いつもの厳しさはなく、どこか澄んでいた。

——鍛冶とは、鉄と剣にすべてを捧げるもの。

それが、則国にとっての鍛冶だった。

刀鍛冶は誰しも、心に理想の剣を、あるべき神剣の姿を持っている。その姿を顕そうと鉄を打つ。だが、それは巧《たく》んで求めるものではない。

鉄にある佳きものを引き出すには、ほかの何を除いても、鉄に向き合うことが必要だった。そこにわずかでも予断や私心が混じれば、たちまち鉄は歪んでしまう。その歪みが剣として形を為してしまう。

理想の神剣を求めれば求めるほどに、そこから遠くなる。

だから則国は、虚心で鉄に向かうことを旨とした。理想の剣はもちろん、依頼主の事情も、己の工夫も功名も、一切を廃して、ただ鉄に、その鉄が形作る剣に、謙虚に向かい合う。己の奥底に置いた神剣の姿を遠くに見据えながら、それに囚《とら》われることなく、ただ一心に。

それがいま、則国の胸にはひとりの男の影がある。その男は鉄に似ていた。佳きものを裡に秘めながら、周囲の迂闊《うかつ》な鎚に歪められ、我欲に身を捩《よじ》り、つまらぬ剣に成り掛けている。

無論、男への思いは予断であり、無用な私心かもしれぬ。男が望んで歪みゆくのであれば、いつものように放っておけばよいのかもしれぬ。いや、常の則国であればそうしていただろう。

だが――。

則国は己の理想を写す神剣として、心中に初心の守り刀の姿を浮かべた。

『一分の情けは忘れるな』

その冴えた地鉄に、いつか国綱に言われた言葉がよぎった。

『院の悲しみと怒りは、どうすればよいのだろうな』

白く輝く刃文に、光季が言ったことが響いた。

『小さき者が小さきままに集い、大輪の花となる。朕はな、日の本をそんな国としたいと、願っておる』

豊かな顔をしてそうつぶやいた、院の声が剣に映った。もはや、本人さえ忘れてしまっているであろう、その真心を、菊に相応しい剣を打った〝すめらぎ〟の心を、則国は信じたかった。

やがて目を開いた則国の顔には、いつもの厳しさがもどっていた。懐中《かいちゅう》に守り刀をもどすと、改めて拝礼して磐座をあとにした。


鵜殿の葦原《よしはら》を、夜風が緩やかに渡る。

風の形にうねる葦《よし》の群れは、さながら黄金《こがね》の水面《みなも》。暗闇に沈んだ淀川《よどがわ》にも増して、見る者を涼に誘った。

まだ夏の盛《さか》りのこと、葦は生長の青を宿す。だがいまは、湿った夜気に朧《おぼろ》な月が浮かび、その投げ掛ける光を映して金色《こんじき》の波を描いた。

葦原を渡る風は、葉のさざめきと川の水音を水無瀬の家々に運ぶ。そこに人の笑い声や華やかな喧騒《けんそう》が混ざり合い、今宵の離宮は賑《にぎ》やかだった。

「さあ、いよいよ朕の剣をそなたらに披露しようぞ」

竟宴の主役は、もちろん院である。水無瀬殿の取り決め通り、烏帽子に水干姿。すでにかなりの酒を入れているが、その顔は多少赤らんでいるものの、正体をなくすほどではない。

「いよいよですな」

「院が手ずから鍛えられた打物を拝見できるとは」

「さぞや素晴らしき出来でございましょう」

口々に褒めそやす宴客たちはと見れば、院の寵も篤《あつ》い藤原葉室流の権中納言宗行《むねゆき》や宰相《さいしょう》中将範茂などの近臣はもちろん、藤原秀康《ひでやす》をはじめとする在京の武家も顔を出している。なかには、光季の相方である、もうひとりの京都守護・大江親広の姿もあり、公武にわたる院の威光を見せつけるようでもあった。

宴客たちもまた、一様に水干をまとった気楽な恰好《かっこう》である。多くが酔顔《すいがん》を晒し、上機嫌で得意の今様をがなり立てている。

そうして見れば、この場には家格の高い者はひとりとしていない。摂関になれず、朝廷では出世の目のない者たちばかりであった。

「刀鍛冶の竟宴と申さば、この唄《うた》は外せぬでしょう」

酒に酔った赤ら顔で、宴席の前に出たのは四十がらみの公家、催馬楽《さいばら》の名手と名高い源二位有《あり》雅《まさ》である。院近臣《いんのきんしん》・藤原範光《のりみつ》の娘を娶《めと》った縁で院庁に加わり、催馬楽と神楽《かぐら》、そして蹴鞠《しゅうきく》の達者として、院の寵愛《ちょうあい》を受けていた。

有雅が声高らかに歌ったのは、催馬楽『真金吹《まがねふく》』。『古今和歌集』に収められた〝真金吹く、吉備の中山……〟の歌に節をつけたものである。

さらには、詩作に優れた権中納言宗行が、鉄や剣を題材にした漢詩を朗々《ろうろう》と詠い上げ、それに即興《そっきょう》で箏《そう》や琵琶《びわ》を合わせる者もおり、宴席は大いに盛り上がった。

その末席にあって、則国は酒に手もつけず、素面《しらふ》のままで膳《ぜん》の料理をわずかに口にするのみだった。建前《たてまえ》とはいえ、則国は左衛門尉である。だから、こうして貴顕たちと席をともにするのは非礼ではない。が、乱れず深沈《しんちん》とした有りさまは、この宴席ではいかにも浮いていた。

「左衛門尉、そなたも仕上げをした太刀を見ておらなんだな」

それに気付かぬように、上機嫌の院は則国に声を掛ける。

「は、まだ拝見してはおりませぬ」

「そなたの驚く顔が楽しみじゃ。これ亀菊《かめぎく》、持ちやれ」

院が愛妾《あいしょう》の名を呼び、高く手を叩くと、二、三人の女官が刀架を持ち込み、宴席の真ん中に据える。さらに、刀袋に収めた太刀を掲げ持つと、院の前に置かれた三方に捧げた。

「これぞ、まつろわぬ者どもを討つ朕の剣よ」

半ば恍惚としながら、院は刀袋から白鞘の太刀を取り出すと、おもむろに鯉口《こいぐち》を切った。

宴の朧な灯《あか》りのなかに、青白い焔が翻った。

大切先《おおきっさき》の、いかにも豪壮な太刀。腰反り高く、広い刃には院が好む重花丁子乱れの刃文が深く焼かれて、どこか獰猛《どうもう》なまでの鋭さを醸《かも》している。

研ぎの腕によるものであろうか、刃の縁《ふち》はより白く、地鉄の肌はより青黒く。鉄の色の差が、躍る炎の刃文を際《きわ》立《だ》たせた。いかにも武張った、威力をひけらかすような太刀であった。

冴えた鉄が、居並ぶ近臣たちの首もとにひやりとした冷気を運び、剣に慣れていない幾人かが仰《の》け反るように身を引く。それを見遣り、院は満足げに頷くと、目釘を抜いて白柄《しらえ》を外し、刀身の油を拭うと刀架に収めた。

「どうじゃ、皆の者」

油を拭った帖紙を懐中にしまいながら、院が一同に尋ねる。

則国の目の前にある太刀には、備前刀の伸びやかな強さも、京刀の洗練もない。広い刃を見せびらかし、大振りの切先で迫り、燃えるような刃文を目に焼き付ける、わざとがましい剣。院との出会いのとき、則国がそう喝破《かっぱ》した剣と同じ種類の臭みが立ち上る太刀であった。

いや、むしろ臭みはより酷《ひど》いと言っていい。

「これは、何とも勇壮な御剣《みつるぎ》にございますな」

真っ先に声を張り上げて手を叩くのは藤原秀康、天慶《てんぎょう》の乱で首魁《しゅかい》・平将門《まさかど》を討った俵藤太《たわらのとうた》こと藤原秀郷《ひでさと》の末裔《まつえい》であり、北面・西面として院に仕える剛《ごう》の者である。

「古今《ここん》類を見ない刃、お見事にござる」

「これこそ武断の剣と言えましょう」

「まさに神なる剣のごとし、日本武尊《やまとたけるのみこと》も羨《うらや》むというもの」

秀康の声を切っ掛けに、宴席は喝采《かっさい》に包まれた。貴人たちは口々に追従《ついしょう》じみて太刀を褒めそやし、

「番鍛冶である藤原左衛門尉のおかげよ。のう、則国」

水を向けられて、則国は目を伏せ低頭した。

「勿体なきお言葉を賜り、恐懼《きょうく》しております」

「謙遜はよい。そなたのおかげで、朕の剣は菊に相応しきものとなったのだからな」

「相応しい、ですと」

その疑問の声は、則国自身にとっても思いの外《ほか》大きく、宴席に響いた。

「そうじゃ。よし、この場で菊を彫るのもよかろう。則国、そなたに押さえをまかせようぞ」

上機嫌に言いつづける院は、則国の声音の変化に気づかない。

「その剣が、菊を負うに相応しいと、申されるか」

声にあるのは、怒りである。

この意味のない宴も、わざとがましいやり取りも、則国には腹立たしかった。本心で接する者がいないと嘆きながら、結局は追従に流される院も腹立たしければ、こんな品のない剣が生まれることを止められなかった、己にも腹が立った。

何より、こんな剣に菊を刻むのが、許せなかった。

ただ他を傷つけ制圧し、争いを呼び、そのために己を傷つける剣のどこが菊の剣なのか。そんな剣が、〝すめらぎ〟が持つべき神器《かんだから》の神剣であるはずがなかった。

(貴方に相応しき神剣は、すでにお持ちだったたではないか)

則国は思い出す。野菊に温かな眼差《まなざ》しを注ぐ院の姿を。野辺の小さき花を愛し、その小さき花びらたちが精一杯咲き切ることを己の理想とした、院の心を。

懸命に生きる小さき者たちが集い、ひとつの花となって咲き誇る国であれ。そうあれかしと祈った〝すめらぎ〟の志《こころざし》。それこそが、すでに院が心に持っていた神剣ではなかったか。

そのためにこそ、則国の怒りはあった。

「下らぬ」

もはや、言葉を塞《せ》き止めるものはなかった。

「なんじゃと」

何を言われたのか分からなかったのだろう、院は、どこか呆気にとられた顔をして聞き返した。

「下らぬ、と申しておるのです」

語気強く言う則国の声が宴席を揺らし、喧騒は一瞬だけ止《や》んだ。

「な、何と申したっ」

「幾度でも申し上げます。このようなものを神剣だとひけらかし、物を見る目もないかたがたの諂《へつら》いを寄せられて、何のめでたきことがございましょう」

「何だとっ」

「見る目がないとは誰のことじゃ」

「鍛冶風情《ふぜい》が、我らをなんと心得る」

口々に喚《わめ》く貴人たちに、則国は目もくれない。ただ真っ直ぐに、院を見据えた。その怒りが、己の志のためであることに院は気付かない。むしろ、憤怒《ふんぬ》の形相で小癪《こしゃく》な鍛冶を睨《ね》めつけた。

「よくぞ申したな、則国っ。過日《かじつ》の試しのときといい、そなたは剣の目利きによほど自信があると見える」

怒りに瞼《まぶた》を震わせながら、それでも体面を保とうとしたのか、院は扇で口もとを隠す。

「ならば申せ。いったい、この神剣の何が気に入らぬ」

「第一に、この剣は武の徳に叛《そむ》いております。院は武の徳を何と心得ましょうか」

「無論、威力を以て敵を征する力じゃ」

「それがそもそもの思いちがい。武とは、戈《ほこ》を止める也《なり》と書きまする。抜くこともなく、ただそこにあるだけで暴威を鎮め、国と民の正しき道を養うものにございます。己から争いを生み、無為《むい》に国と民の血を求める剣の、どこに天神地祇《あまつかみくにつかみ》の思《おぼ》し召しが、〝すめらぎ〟のお志がございましょうや」

「その思し召しに叛《そむ》く者を斬り捨てねばならんのじゃ」

「神が与え給《たも》うた剣が、あだや無闇に国と民を損なうと思うてかっ」

則国の怒声は、厳粛《げんしゅく》でさえあった。

その厳しさに、さしもの院も一瞬だけ怯《ひる》む。だが、治天としての面目と、居並ぶ近臣への体面が、その畏れを塗り潰した。

「よくも院にそのような無礼をっ」

呆気に取られていた者どものなかで、いち早く我に返ったのは秀康である。ここが手柄の立てどころとばかり、膳を蹴立てて則国に詰め寄った。が、この硬骨《こうこつ》の鍛冶には何ほどのこともない。秀康の屈強《くっきょう》な体躯《たいく》を隔《へだ》ててなお、院に向けて言うべきを口にした。

「第二に、院の焦りが刀に映っております。そのようなものを世に出せば、院の恥となり申す」

「恥と、この剣を恥と申したなっ」

「御意」

はっきりと答え、傲然《ごうぜん》と顔を上げる則国に、院の怒りは頂点に達した。

「秀康っ、この無礼な鍛冶を捕らえよ」

「心得ましたっ」

言うが早いか、北面・西面きっての武人は則国の肩に手を掛けて、腕を捻《ひね》り上げようとした。だが、叩き上げの鍛冶はびくともしない。鎚に、火に、鉄に鍛え上げられた身体の芯《しん》を少しも揺らがさず、

「ご勅勘を賜るのでしたら、逃げも隠れもいたしませぬ。牢《ろう》にでもお連れください」

そう言い放った。

逆上したのは院である。

「減らず口を申すなっ。たかが鍛冶が、神宝《かんだから》を語るだと。そなたのような者を増上慢《ぞうじょうまん》と言うのだ」

「恥は恥にございます。そのような剣、いますぐ打ち折られるがよろしかろう」

怒りに震える院の目は真っ赤に血走り、爛々《らんらん》と輝いてさえ見えた。

「よかろう。朕の剣が恥かどうか、そなたの身を以《もっ》て試してやろうぞっ」

金切《かなき》り声で宣言すると、院は範茂を呼びつけて耳打ちし、ふたたび己の剣と、そして則国を見

た。

「明日じゃ。この剣で、そなたを斬ってやる」

嗜虐《しぎゃく》の色を含んだ宣言を聞きながら、やはり則国は微動だにしない。怖《お》じておののくこともなければ、狼狽《うろた》えて目を揺るがすこともない。

「御意、承りました。ただ、ひとつお願いがございます」

「いまさら命乞《いのちご》いかっ」

噛み付くような院の声に、則国はゆったりと頭を振った。

「わたくしは刀鍛冶にございますれば、己の剣を枕に死にとうございます」

ついては粟田口に遣いをやり、自身の守り刀を取り寄せてほしい――。願いは、それだけだった。

則国はそのまま立ち上がると、秀康の先導のまま、自らの足で牢代わりの塗籠《ぬりごめ》に入った。

「せめてもの情けよ。先ほどの願い、聞き届けてやろうぞ」

去り際、院はそう言い捨てた。


(情け、か)

狭く暗い塗籠に端然と座り、目を閉じた則国の心に、ぽつりとその言葉が落ちた。

(わしの情けは、これしかないのです。国綱叔父)

仏のような慈悲心を以て、院の屈折を包むこともできよう。あるいは、ありのままを尊重し、敢《あ》えて触れずにいる優しさもあろう。

だが、そのどちらも、則国の思う情けではなかった。院が持っているはずの〝すめらぎ〟の心を思えばこそ、手を抜くことはできなかった。

則国は身動《みじろ》ぎひとつせず、塗籠の闇の一点を見据える。その視界には、抜けるような夏の空が、院の詠った青さが、いまなお映っていた。

「詫びを入れるつもりはないかっ、則国」

翌日、水無瀬殿の馬場に、則国は引き出されていた。相変わらず、その身を縛るものは何もなく、端正な振る舞いは、咎《とが》めを受けて捕らわれた者には見えない。

「己に非あらず、何の詫びを入れよと仰せでございましょう」

馬場殿の庇から泡を飛ばす院に返すと、則国は地べたに座ったまま天を仰いだ。

空は黒い雲が垂れ込めていた。いまにも雨が振り出しそうな黒雲が視界を埋め、夏の暑さは幾分か和《やわ》らいでいる。

（死ぬには良い日だ）

瞑目《めいもく》する則国に浮かんだ感慨は、そのくらいのものだった。死ぬことに、意味など求めるつもりもなかった。心残りといえば、光季の大太刀の仕上げが残っているくらいである。それも、国光に委《ゆだ》ねれば事足りた。

その意味で、気掛かりは目の前の太刀のことだけである。

馬場殿の階《きざはし》に置かれた刀架の太刀は、白鞘に白柄のまま。軒先には、白頭巾《しろずきん》に僧衣の男がひとり控えている。どうやら、この男が斬《き》り手を務めるらしかった。隙《すき》のない、だか力みもない居住まいを見るにつけ、相当な使い手と思われた。

「まだ減らず口を申すか。あくまで、朕を愚弄《ぐろう》するというのだな」

院の恨み言が、則国の意識を庇へと引きもどす。そこから己を見下ろす、必死な目が見えた。

(良い目をお持ちだ)

その則国の思いは、鍛冶をともにしたときから何も変わっていない。広く細やかに世を見ることのできる目。何より、見えずとも確かにあるものを捉えられる目である。妄執《もうしゅう》に染まっていようと、それは変わらないはずだった。

そして、院の目が曇っていないなら、太刀の何がまずいのか、分かるはずだった。

「大師匠さまっ」

そのとき、馬場に童の叫び声が届いた。見れば、衛士《えじ》に付き添われた藤四郎がいた。則国と、庇の院の姿を直向きに見つめる少年は、何かを堪えるように口もとを引き結び、ゆっくりと馬場のなかを進んだ。

「末期《まつご》じゃ。ゆっくり話せ」

院の冷たい声にも怯まず、藤四郎が則国に歩み寄った。

「よく来てくれたな、藤四郎」

「叔父上さまたちも、国吉師匠もいらっしゃっております。でも、離宮に入ることを許されなくて」

国吉の名を聞き、則国はわずかに笑んだ。師弟であって親子ではないと思って接してきた息子に、心のなかで詫びた。

「よい。わしの亡骸《なきがら》を持ち帰るくらいは、院にお許しいただけようから、皆で運んでくれ」

弔《とむら》いは、それで十分だった。

「わしの短刀はあるか」

「はい、こちらに」

藤四郎は胸に抱いていた刀袋を、則国に差し出した。それを受け取り、紐《ひも》を解いて袋から白鞘の剣を引き出す。しかし、則国はその剣を抜かなかった。ただ握り締め、従容《しょうよう》として座すのみである。

握り締めた手に、何より心に、しっくりと寄り添う剣だった。則国は、その姿を己の腹の底に溜まっていた義憤の鉄に写していく。自身を心胆《しんたん》から剣と為して、院に示さねばならぬことがある。

心中に剣を持つことの意味を、身を以て伝えなければならない。

「ではさらばだ、藤四郎。伊賀どのに、大太刀のことは国光に頼むよう伝えてくれ」

「しょう、ち、いたしま、ましたっ」

いつしか、少年はしゃくり上げるように泣いていた。

「何を泣く、藤四郎。それでは良い鉄は打てぬぞ」

「ん、はいっ！」

「では行け。あまり院をお待たせするものではない」

「はいっ」

藤四郎は無理矢理に返事をすると、そのまま馬場の後ろに下がった。その場に留《とど》まって、則国の最期を見届けるつもりなのであろう。それが、則国の肚《はら》に熱を与えた。あの童に、見苦しいところは見せられぬ。

「すべて済みましてございます。院には末期の情けをお掛けいただき、感謝に堪えませぬ」

「よく申したな。では、望み通りにしてやろう。慧海《えかい》法師っ」

院に名を呼ばれ、軒下に控えていた法師が声もなく身を起こした。そのまま階の前に進むと、白鞘の太刀を拝領する。

「慧海法師は、鞍馬山《くらまやま》にて剣術を研鑽《けんさん》し、彼《か》の九郎《くろう》判官にも劣らぬと評判の達者よ。仕損じることなく、そなたを斬ってくれよう」

院は懐から例の短刀を取り出し、それを振りかざしながら、どこか嬉々《きき》として言う。則国を自身の沽券をなぶってきた者たちの形代《かたしろ》に見立て、それを斬り捨てることに愉悦《ゆえつ》を感じているにちがいなかった。

「情けなや。鍛冶をひとり斬るごときに、何の口上が必要でございましょう。ひと思いにやりませいっ」

院の後ろ暗い喜びを言葉の刃《やいば》で斬って捨て、則国はなお厳しい目で院に迫る。

「よくも言うたな。ならば望み通り、さっさと斬り捨ててくれようぞ」

喚《わめ》き散らす院の声も、いまの則国には然《さ》して意味のあるものでもない。ただ、白鞘を払って太刀を見る法師に視線を注いだ。

慧海と呼ばれた法師は、白柄の太刀を正面に掲《かか》げると、鎺元《はばきもと》から切先へ、裏を返して今度は逆に視線を滑らせた。すると、法師は何かに気付いたように目を細め、則国を一瞥《いちべつ》する。そして、わずかに庇を振り返った。

「本院さま、この太刀で斬れとの仰せでございますな」

「そうだっ、早《はよ》ういたせっ」

「御意」

確認は一度だけ。法師は柄を両手でやわらかく握ると、剣先を下げたまま、するすると馬場へ進み、向かい合う則国の前に立った。その鎺元で誇らしげに輝く菊紋を、則国は怒りの目で睨《にら》んだ。

「法師、ご遠慮は無要。ひと息に打ち込まれるがよい」

「まだ減らず口をっ。よいっ、打ちやれ」

院の命に慧海法師は、菊の太刀を大きく振り上げ肩に担《かつ》いだ。あたかも引き絞った弓のごとく、法師の身体がしなやかに撓《たわ》む。

「御免っ」

裂帛《れっぱく》の気合いとともに、太刀が放たれた。瞬間、玻璃《はり》が割れるような甲高《かんだか》い音が鳴ると同時に、太刀の刀身が粉々に砕けた。

得物《えもの》の半ばを失った法師が目を見開き、そして折れ飛んだ切先は階の高欄《こうらん》――院の目の前に、突き刺さっていた。

「焦りに逸《はや》り、暴威のみを求めれば、おのずとこのような始末になりましょう。それは、武の神剣ではありませぬ」

誰も寂《せき》として声もないなか、則国の声が静かに庇へと届く。無数の鉄片を浴びて全身から血を流しながら、その声は力強く、やはり厳しかった。

院が鍛えた太刀は切れ味のみを追求し、脆《もろ》く硬い鉄を多く使っていた。さらに、切れ味ばかりを念じて刃を薄く作り込み、刃文も深く焼いたがために、ひと振りにさえ耐えられるかどうかという代物《しろもの》となっていたのである。

それを、則国の目は見抜いていた。

――何より、そんな代物を打たざるを得なかった院の心情を。

「院、どうか、菊を顧みられますよう」

血まみれの則国はそう言い置くと、折れた切先をいまだ呆然と見つめる院に一礼した。

「帰るぞ。藤四郎」

そして誰に咎められることもなく、童弟子とともに水無瀬殿を辞したのだった。


その後、粟田口に帰った則国のもとに、水無瀬から御番鍛冶の任を解くとの報《しら》せが届いた。院に対する不遜《ふそん》の言動は不問とされたのか、何ら咎めはなかった。

則国はその後も刀鍛冶として作刀をつづけたが、間もなく鎚を持つことを辞めた。砕けた太刀の欠片《かけら》が右目に入っていたらしく、視力を徐々に失っていったからである。

最後に仕上げたのは、伊賀光季の大太刀だった。

鎚を握らずとも、則国は熟練の鍛冶として、後進を育てることに余念はなかった。何より、粟田口に兵具を求める声は日に日に増えた。

不穏さを増すばかりの世情に、則国は院のことを思わずにはいられなかった。

則国の見立てでは、あの脆い刀身が耐え得るのは一撃のみで、骨など硬いものに当たれば即座に折れる代物だった。だから、己の身と命を以て太刀を砕くことで、院の目が妄執から覚めることを願ったのだ。

だが、太刀の脆さは予想を超えていた。あの法師の振りに耐えきれず砕け散り、則国は命を拾った。生き残ってしまった。それゆえに、院の目を覚まさせることができなかったのではないか、と。

だからこそ則国は、粟田山の高台から岡崎に、時折灯る院御所の光に向かって、祈る。

あの懐紙、院の水無月の御製を繰り返し噛み締めて、祈るのだ。

則国はただ信じたかった。この垂れ込める暗雲の向こうに蒼空を観た、院の目を。小菊に小さき者たちの精一杯の命を観た、〝すめらぎ〟の心を。

「大師匠さまっ」

祈る則国の耳に、よく馴染んだ童の声が届いた。

参道を駆け上がるその息遣いは荒い。ただそれは、息苦しさによるものではないはずである。藤四郎に鎚をまかせるようになって、もうすぐ一年が経つ。鍛え上げられた少年の体軀は、この程度の階段で息が上がるようなことはない。

では、何が藤四郎をそうさせるのか。

「大師匠さまっ、大変です」

どうしたと問う間もなく、少年が山の向こうを指差した。それに従い、則国は夕闇に包まれた空を見上げた。

「伊賀どの、伊賀どのの邸が、燃えています」

白く濁《にご》った視界の向こうで、友の命を呑み込んだ倶利伽羅の焔が、夜の京を焦がしていた。

承久《じょうきゅう》三年（一二二一）五月十五日。後鳥羽院の命を受け、北面・西面をはじめとした在京の武家が、高辻京極の伊賀光季邸を強襲《きょうしゅう》した。

後代に「承久の乱」と呼ばれる兵乱は、こうしてはじまった。

逆《さか》輿《ごし》

備前国吉房《びぜんのくによしふさ》

「退《の》け退けっ。轢《ひ》かれたいか」

「も、申し訳ないっ」

怒声《どせい》とともに迫りくる押し車を横に避《さ》け、男は咄嗟《とっさ》に頭を下げた。すれちがった車には盾《たて》やら丸太やらが積まれ、それを押すのは、袖《そで》なしの胴丸をまとった足軽《あしがる》ども。男を振り返ることもなく、陽炎《かげろう》の立つ西洞院大路《にしのとういんおおじ》を駆《か》け下っていった。

「何ともまあ、騒がしいことで」

暑さによる汗と、車に轢かれかけた冷や汗が混じり、男は息をついて顎《あご》の下を拭《ぬぐ》った。そうしながら眺《なが》めるのは、大路を右往左往《うおうさおう》する人の群れである。大方は、兵具を携《たずさ》えた武家の類《たぐい》であり、あるいは家財道具を抱《かか》えて逃げる在家《ざいけ》の諸人《もろびと》であり、男のような旅姿の者は少なかった。

男の歳のころは、三十半ばといったところ。やや長い細面《ほそおもて》に墨《すみ》を引いたような濃い眉《まゆ》、人の良さそうな大きな垂れ目が目立つ。袖を絞《しぼ》った直垂《ひたたれ》、指貫《さしぬき》に脛巾《はばき》を合わせ、大きな櫃《ひつ》を背負った体軀《たいく》はまずまず逞《たくま》しいが、垂れた目のせいで妙に頼りなく見えた。

「本当に戦《いくさ》になるっていうなら、悠長《ゆうちょう》に鍛冶《かじ》などご覧になるお暇なぞあるのかね」

独り言を口にして、男はわずかに肩を落とした。

『六月の番鍛冶《ばんかじ》、お主《ぬし》にまかせることにしたぞ、吉房《よしふさ》よ』

男——備前国福岡荘《びぜんのくにふくおかのしょう》の刀鍛冶・吉房が、大叔父《おおおじ》の延房《のぶふさ》から無理難題を吹っ掛けられたのは、ひと月ほど前のことになる。

治天《ちてん》である後鳥羽《ごとば》院のもとで、鍛刀の奉仕をする番鍛冶。

かれこれ十三年余りつづくこの役目は、福岡一文字《いちもんじ》の鍛冶にとって、もっとも重要なものである。それに抜擢《ばってき》されたこと自体は名誉だったが、六月番に空きができた次第を聞き、吉房はすっかり腰が引けてしまった。

何でも、前任の粟田口《あわたぐち》鍛冶は、僭越《せんえつ》のことがあって院の不興《ふきょう》を買い、ひと月足らずの鍛冶奉仕で解任されたというのである。しかも、院は六月番を粟田口から取り上げて福岡鍛冶にまかせたのだから、前任のしでかした不調法《ぶちょうほう》は相当なものなのであろう。その後釜《あとがま》というのは、聞くだに損な役回りだった。

「延房の大叔父は、なんだって俺なんかにまかせたのやら」

ぶつぶつと言うのは、吉房の癖《くせ》である。思ったと同時に口が動いてしまい、声を抑えることができない。それで面倒事《めんどうごと》に巻き込まれたのも一度や二度ではないが、自分でどうにもできないからの悪癖《あくへき》であり、性分《しょうぶん》だった。

『このたびは、洛中《らくちゅう》の院御所《いんごしょ》にお招きじゃ。六月頭には上洛《じょうらく》せよとの仰《おお》せゆえ、しっかりと頼むぞ』

思い返すほどに、吉房の不安は募《つの》った。祖父の則宗《のりむね》が亡くなって以降、福岡一文字の一門を支えてきた延房の頼みとあれば、吉房もやぶさかではない。が、それにしても何故《なぜ》自分が、という思いは消えなかった。

何しろ吉房は、これまで番鍛冶に少しも関わらせてもらっていない。

一門には、より達者な鍛冶もいるし、院への奉仕に何度か同行した者もいた。事情に詳しい者は、ほかにいくらでもいるのである。彼らを差し置いて自分が選ばれたことに、いまもって吉房は釈然としていない。そのうえ、悪癖のせいで余計なことを口走って院の不興を買うことにでもなれば、粟田口の二の舞になりかねなかった。

何よりも吉房がまいったのは、その後の事態の急転だった。

五月の半ば、院は突然に鎌倉執権《かまくらしつけん》・北条義時《ほうじようよしとき》追討の院宣《いんぜん》を発し、己《おのれ》に味方する在京の武家を糾合《きゆうごう》すると、鎌倉から派遣された京都守護《しゆご》・伊賀光季《いがみつすえ》を攻め滅ぼしたというのである。さらには、鎌倉と緊密な関係にある藤原大納言《ふじわらのだいなごん》こと西園寺公経《さいおんじきんつね》と実氏《さねうじ》の親子を捕《と》らえ、見せしめに処刑するとの話さえあった。

いよいよ治天《ちてん》さまが鎌倉と事を構えるのだと福岡でも噂になり、兵乱の気配に皆が不安な顔をした。が、吉房にとっては不安どころの話ではない。何しろ、これから戦の渦中《かちゆう》にある京へ向かわねばならないのだから。

不安を抱えたままの吉房が、それでも京に上ったのは、院庁《いんのちよう》から奉仕を取り止《や》める旨《むね》の連絡がなかったからである。巷《ちまた》の噂に耳を傾ければ、東国《とうごく》の武家らが北条執権を京に突き出して事は収まるにちがいない、という話も多かった。

「まさか治天さまに盾突《たてつ》いて、進んで朝敵《ちようてき》となる者がいるわけがない」

そう思い切って、吉房が備前の牛窓港《うしまど》から船出をしたのが、五月二十日のことである。

そうして播磨灘《はりまなだ》から和泉灘《いずみ》を渡って吉房が摂津《せつつ》に着いたころには、話はまったく変わっていた。東国の武家たちが大軍勢を為《な》し、京へ向けて進軍しているというのである。しかも、戦への備えのため、京への往来もすでに滞《とどこお》ってさえいた。

何とか淀川《よどがわ》を遡上《そじよう》する船を見つけて伏見《ふしみ》にたどり着き、ようやく入った洛中では、戦仕度《じたく》を整えている真っ最中という有りさま。各所に設けられた関《せき》を越えるのにも、いちいち院庁下文《くだしぶみ》を見せて説明しなければならず、思いのほか足止めを食《くら》うはめに陥《おちい》った。それらを乗り越え、ようやく院御所の界隈《かいわい》に吉房がたどり着いたときには、すでに月が替わっていたのだった。

承久《じょうきゅう》三年（一二二一）六月三日。京の空は、戦乱の気配とは裏腹に晴れ渡り、吉房の首筋をじりじりと灼《や》いていた。

「これが花の都かねぇ」

大路の端をとぼとぼ歩きながら往来を眺め遣《や》り、吉房はこぼす。京に上るのは、これが初めてである。帝《みかど》や治天が御座《おわ》す本朝《ほんちょう》の中心。その洗練された文化を堪能《たんのう》できるのでは、と多少の期待を持ってやってきた吉房だったが、いまは濃厚な戦の気配に辟易《へきえき》するばかりだった。

東西の市《いち》はもちろん閉まっており、見世棚《みせだな》はみんな引き上げられて、都から逃げ出す民も多い。大路小路《おおじこうじ》には急造の逆茂木《さかもぎ》や置き盾が並べられ、厳《いか》めしい顔をした下人たちが目を光らせていた。

「なんだってこんなことに」

ぶつくさと言いながら、吉房は西洞院大路を北へ上がる。が、その筋も三条《さんじょう》大路との辻で足止めを食うことになった。

「これより先は立ち入れぬ」

御所の近くともなると、道を塞《ふさ》ぐのも身分ありげな鎧《よろい》姿の武家である。これが噂に聞く西面《さいめん》の武士かと思いながら、吉房は懐《ふところ》から下文を取り出して見せた。

「わたくし、院庁より本院に鍛冶を奉仕するよう仰せつかりました、備前の鍛冶にございます。本院へお目通りするよう、申しつかっておりますゆえ」

「御番の鍛冶は、水無瀬《みなせ》の離宮《りきゅう》に呼ばれるはずだが」

「このたびは高陽《かや》の御所に召されまして」

「そのような話は聞いておらぬ」

「では、お分かりになるかたに代わっていただければ」

「お、おのれはっ、わしを小間使《こまづか》いにしようてかっ」

(しまった、やってしもうた)

武家の顔が赤く染まるのを見ながら、思わず吉房は右のこめかみを押さえた。悪癖のせいで、京に来て早々に面倒を呼ぶとは、何とも己の口が恨めしい。

「いえ、決してそのようなつもりではございませんで」

「では、どういうつもりだ」

「どうもこうも、わたくしは御所に参上いたしたいだけでして。かような面倒を起こしたいわけでは」

「誰が面倒だっ」

吉房の言葉にいよいよ武家はいきり立ち、いまにも腰の太刀《たち》を抜こうかという勢い。聞き付けた郎党《ろうとう》たちの剣呑《けんのん》な視線に囲まれて、吉房は逃げ出したくて仕方がない。

「おや、どうかなさいましたか」

そのとき、場ちがいに明るく涼やかな声が広がった。よく通るが、無理に張り上げたような響きはなく、何とも心地《ここち》よい声音《こわね》である。

吉房が振り返ると、そこには狩衣《かりぎぬ》姿の青年がいた。歳《とし》のころは、二十歳《はたち》を少し越えたほどだろうか。衣の袖と裾《すそ》を絞《し》めたさまは精悍《せいかん》そのもので、馬を引く姿が似つかわしい。彫り深く目鼻の整った面《おもて》に洗練された所作《しょさ》も合わせて、何とも男ぶりの良い好青年である。

「これは、石丸《いしまる》さま。この番鍛冶を名乗る男が、無理無体にここを抜けて、院御所に向かうと申すもので」

「ほう。では、あなたが備前国の吉房どのですな」

不意に話を振られ、吉房は息をうまく吸えずに、こくこくと頷《うなず》くことしかできない。

「何か、証《あかし》はございますか」

「ええと、こちらに下文がございます」

どぎまぎしながら吉房が文を示すと、石丸という青年は、丁重《ていちょう》な手つきでそれを取り上げて目を通す。

「なるほど、ちゃんと藤原宰相《さいしょう》さまの御印もありますね。よろしい、私が案内いたしましょう」

「しかし、石丸さま」

「何かありましたら、私が責を負いますから」

そんなことはないでしょうけれど、と言いながら石丸は吉房に笑い掛けた。どうやら、この好青年は自分の肩を持ってくれているらしい。そうと分かり、吉房はようやく緊張から解放されて、締まりのない笑《え》みを返した。

「どうも殺気立っておりましてね。あの者らを許してやってください」

連れ立って歩きながら、石丸は心底《しんそこ》すまなそうに吉房へ頭を下げた。

「許すも何も。だって、戦が近いのでございましょう」

そう問い掛けてから吉房は、自分の言葉があまりにむきつけであることに気づいた。無論、石丸は目を丸くしたが、つぎの瞬間、吹き出すように笑っていた。

「ははははっ、何とも正直なかただ。そのとおり、院はただいま、鎌倉はじめ東国の武家と事を構えようとしておられます。まずは先鋒《せんぽう》たる皆さまが東山道《とうさんどう》と北陸道に陣を構えておりますが、果たしてどうなることとやら」

石丸の言いぶりはどこか他人事《ひとごと》のようだが、その軽い調子がかえって吉房を安心させた。

「いずれにしても吉房どの、あなたには、まず院にお目通りするという大仕事がございますからね。どうぞ気を引き締めて、御前《ごぜん》に上がられませ」

と、つぎの瞬間には不安になるようなことを言われ、吉房は思わず渋面《じゅうめん》を作った。

「あの、つまり院は然程《さほど》に難しい御方で」

「現に、自《みずか》ら進んで戦を起こされておりますからね。少し気負われていらっしゃるのは確かですよ」

「はあ、分かりました。気を付けまする」

「取次は私が承《うけたまわ》りますから、どうぞご安心ください。あなたほどの鍛冶の達者であれば、きっと院も気に入られることでしょう」

はあ、とふたたび気の抜けた返事をしてから、吉房は気づいた。この気さくな青年は、院への謁見《えっけん》を取次できるほどの貴族なのだ。

「ときに、お名前をお伺《うかが》いしても」

吉房が恐る恐る訊《き》くと、青年は自身が名乗っていないことにようやく気付いたらしい。一瞬だけ口を開けて、それから自嘲《じちょう》めいて微笑《ほほえ》んだ。

「ああ、そうですね。私は石丸頼継《よりつぐ》と申します。坊門《ぼうもん》大納言さまの家司《けいし》にございます」

石丸とは聞かない家名であるが、坊門大納言は吉房でも知っていた。

坊門忠信《ただのぶ》。若くして参議となって公卿《くぎょう》に列した男であり、院の寵臣《ちょうしん》のひとりである。彼の妹は亡き鎌倉三代将軍・源 実朝《みなもとのさねとも》の御台所《みだいどころ》として嫁《とつ》いでおり、京と鎌倉の紐帯《ちゅうたい》を担ってきた公家《くげ》のひとりであった。そんな権臣の家司ともなれば、この石丸自身もそれなりの位《くらい》を持つ貴人のはずである。

「あのぅ、石丸さまは、どのような」

「従五位下《じゅごいのげ》、右衛門大夫《うえもんのたいふ》というところですが、院庁には顔が利《き》きましてね。こうして顔を合わせたのもご縁、私におまかせください」

つまりは、れっきとした貴族である。だが、石丸は吉房に畏《かしこ》まる隙《すき》を与えない。あくまで腰が低く、さっさと先を歩き、話もさくさくと進めてしまう。戸惑《とまど》ったまま吉房がついていくと、不意に石丸は足を止めた。

「さあ、高陽院《かやのいん》ですよ。謁見はすぐにでも叶いましょう」

顔を上げた吉房の目の前には、真っ白に塗られた築地塀《ついじべい》が広がっていた。夏の陽射《ひざ》しがつくる陽炎《かげろう》で、その塀がどれほどつづいているかも分からない。塀の向こうにかろうじて見えるのは、厚く檜皮《ひわだ》を葺《ふ》いた大屋根。帝や治天が君臨するに相応《ふさわ》しい威容を、吉房は口を開けて見上げるしかなかった。

高陽院。中御門《なかみかど》大路南・東堀川小路東の南北四町《ちょう》もの土地を占める壮大な邸宅は、もとは桓《かん》武《む》天皇の皇子《おうじ》である賀陽《かや》親王の住まいだったという。この地を気に入った宇治《うじ》関白《かんぱく》・藤原頼通《よりみち》が絢爛豪華《けんらんごうか》な邸宅を営んだことでも知られ、のちに後冷泉《ごれいぜい》天皇の里内裏《さとだいり》となって以降は累代《るいだい》の皇居となり、いまは後鳥羽院の院御所となっていた。

帝の御在所《おざいしょ》である内裏の清涼殿《せいりょうでん》を模したという寝殿は、絢爛ながらも清楚《せいそ》。大屋根には古式ゆかしい檜皮を葺き、内には色とりどりの几帳《きちょう》や引帷《ひきもの》が美しく掛けまわされている。外には広大な南庭と池を整えた、贅《ぜい》の限りを尽くした御殿である。それらは夏の陽を受けて輝いて見え、さすが帝の昼御座《ひのおまし》よ、と吉房は感心するばかりだった。

だが、母屋《おもや》の南庇《みなみびさし》で、御殿の主《あるじ》たる御一人《ごいちにん》――後世に後鳥羽院と呼ばれる人を前にしたとき、その心象は一変した。

庇は、深く取られた屋根のおかげで昼なお薄暗い。その暗がりの一番深いところで、治天たる人は背を丸めて爪《つめ》を噛《か》み、白鞘《しろさや》の短刀《みじかがたな》を握り締めて、何かをつぶやいていた。

その影がふと蠢《うごめ》き、落ち着きのない視線が吉房に刺さった。

「そなたが、新たな番鍛冶かっ」

神経質な声が聞こえ、吉房は言葉もなく平伏《へいふく》した。

「本院は通例、番鍛冶には直答《じきとう》を許しておられる。ご自身で話されよ」

脇に控えてそう言ったのは、吉房と同じ歳のころの上卿《しょうけい》、坊門大納言だった。いきなり高貴なかたがたの前に放り出された吉房は、内心の動揺を抑えきれぬまま、上擦《うわず》った声を張った。

「はっ、はいっ。備前国の刀鍛冶、吉房にございまするっ。このたびは六月の番鍛冶としてお召しいただき、恐悦至極《きょうえつしごく》に存じます。我が祖父・則宗も」

「口の多い、鍛冶じゃの」

言い掛けた吉房の言《げん》を切り捨てて、声の主が寄り掛かった脇息《きょうそく》から首をもたげた。そこで初めて、吉房は院の顔を正面から見た。

青ざめた顔は意外なほどふくらか。肉付きの良い丸い顎と広い面差《おもざ》しは、いかにも貴人の面相である。その一方で、落ち窪《くぼ》んだ眼窩《がんか》と深い隈《くま》に囲まれた目は血走り、厚ぼったい瞼《まぶた》の下から落ち着きなく視線を巡らせていた。爪を噛む仕草《しぐさ》もちぐはぐで、無自覚のうちに指を口もとに寄せているのだろう、歯が当たった痛みで己のしたことに気づいたようであった。

（これは、なんとも）

いかにも危《あや》うい者の仕草である。が、院の事情を鑑《かんが》みれば、やむを得ないことなのかもしれなかった。世を騒がせている戦の矛先《ほこさき》は、まさに院へと向けられているのだから。

「そなたには、剣《つるぎ》を打ってもらうぞ」

わずかに震えた声で、院は告げた。

「はっ、どのような」

「決まっておる。あの不埒《ふらち》な東夷《あずまえびす》どもをことごとく討ち取る剣じゃっ」

聞き返す吉房に、院はほとんど金切《かなき》り声で叫ぶ。そして背を丸めたまま、短刀の白鞘を払った。

吉房は知らぬことだが、その剣こそ初めての番鍛冶のとき、院が則宗とともに自ら鍛えたもの、院にとっての神器《じんぎ》の剣である。それは己の正しさを殊更《ことさら》に示すが如《ごと》く、片刃《かたは》の鎬造《しのぎづく》り、重《じゅう》花丁子乱《かちょうじみだ》れの刃文《はもん》を焼き、重ね厚く武張《ぶば》った姿をしていた。

そこに何か嫌なものを感じて、吉房は目を逸《そ》らす。

「あやつら、東国の武家どもめっ。朕《ちん》の勅《ちょく》に従い、さっさと北条を討てばよいものを、逆らった挙句《あげく》に京へ攻め上るじゃと。この朕の勅は聞く価値がないと申すのか。朕には、治天たる資格がないとでもっ」

短刀を凝視《ぎょうし》したまま訳の分からない罵言《ばげん》を言い募《つの》る院に、吉房は困惑するしかない。物騒《ぶっそう》な、とはさすがの吉房も口にしなかったが、剣も持ち主も危うく、とても見ていられるものではなかった。

「院、お鎮《しず》まりを」

そんな院を見兼ねたのか、忠信が言った。

「囀《さえず》るな忠信っ。そもそも、そなたがしっかりとせぬから、こんなことになるのだっ」

「はっ、その責めは甘んじて受けますゆえ、いまはこれなる吉房鍛冶に、お指図を」

忠信の声は小憎《こにく》らしいほど落ち着いており、院に怒声《どせい》を浴びせられても動じたようすもない。かえって、端で聞く吉房のほうが身をすくめた。

そんな忠信を恨めしげに見遣り、院は短刀を鞘に納めると、やはり爪を噛む。そのさまは、己の思いのままにならぬものを、噛み砕こうとするかのようでさえある。静まり返った庇に、がりがりと爪に歯を当てる音だけが響いた。

「そなた、則宗の孫と言うたな」

不意に、院が口を開いた。妙に据わった目を、吉房に注《そそ》いでいる。

「は、はい。往時、亡き祖父は院に大変お世話になったと伺っておりまする」

「あやつ、朕が許した菊紋を、ひと振りの剣にも切らなかったそうじゃな。何故じゃ」

則宗が亡くなったのは、もう十年も前のことである。福岡一文字の名を天下に知らしめた名《めい》匠《しょう》であり、御番鍛冶の筆頭として唯《ただ》ひとり、院の御紋である菊紋の銘《めい》を許された者だった。

ただ、言われてみれば吉房は、菊紋を切った祖父の作刀を見たことがない。どこかに菊紋の剣を納めたという話も聞かなかった。

「それは、祖父にしか分かりませぬが、院の御紋を勝手にするのは畏《おそ》れ多いこと、と思ったのでは」

吉房の返しに、院はふんっと鼻を鳴らした。

「陰気くさい鍛冶の分際《ぶんざい》が、素直に切ればよかったのだ」

「それはちがいます。あの落ち着いたなかに秘めたる花こそが則宗の良さでございまして、言うなれば、光射す鏡のような明るさこそが真骨頂《しんこっちょう》。陰気など、とてもとても」

すらすらと口にする吉房は、祖父をかばったつもりも、院に反論したかったわけでもない。ただ、思ったことをそのまま言葉に出してしまう、いつもの癖だった。

「よくも言うたな」

「へっ」

吉房の間抜けな声が御座に転がった。

「朕に、剣を観る目などないと申すのじゃな」

院の抑えた声は怒りに震え、血走った目は殺気さえ帯びて吉房へ向けられた。それでようやく、吉房は自分が何をしでかしたかを理解した。

「あ、いえ、院の目がどうとかいうことでは」

「黙れ下郎《げろう》っ。そなたのような軽々しい男が、剣の何たるかを朕に説くじゃと。心得《こころえ》ちがいも甚《はなは》だしいわっ」

言いながら院は立ち上がると、ひと跳びで吉房の目の前に迫っていた。床板のかすかな軋《きし》みさえなく、手にした白鞘の鞘尻で、身動きできぬ鍛冶の首もとを押さえる。

院が諸般の武芸に秀《ひい》でた達人だとはよく聞く話だったが、まさかこれほどとは思いもしない。首に当てられた白木が白刃《はくじん》のように冷たく感じ、吉房は思わず生唾《なまつば》を飲み込んだ。

「そこまで申すなら、そなたの剣はよほどの業物《わざもの》に相違あるまいな」

「けっ、決してそのようなっ」

「黙れと言うておる」

冷たく言い放ちながら、院は吉房にぐっと顔を近づけると、その目を覗《のぞ》き込んだ。間近にある狂気じみた瞳に射すくめられ、吉房は蛇《へび》に睨《にら》まれた蛙《かえる》となる。

「よいか、吉房。この兵乱を平らげる剣、必ずや打ってみせよ。さもなくば、いかなる罰を受けるものか。よく考えるのじゃな」

そんな宣言とともに鞘尻が喉《のど》をなぞり、吉房は仰《の》け反《ぞ》るように後ろへ倒れた。そのさまを酷薄《こくはく》な表情で見下ろすと、院は奥へと姿を消した。


（まずいことになった）

院御所を辞した吉房は、石丸の案内で二条《にじょう》大路を東へ向かいながら、内心でぼやいた。

（兵乱を平らげる剣だと。無茶をお言いになったもんだ）

それも余計なことを言う己の舌のせいだと、口のなかで思わず舌を嚙む吉房である。

「院は随分荒れていらっしゃいましたが、あなたもなかなかやりますね」

深刻な顔をする吉房をよそに、庇でのやり取りを聞いていたらしい石丸は、暢気《のんき》なことを言いながら先を行く。

「はあ。しかし、お怒りを買ったのではないのですか」

「怒る気力がもどられただけでも、上出来にございますよ。それこそ、先ほどまでは酷《ひど》く鬱《ふさ》いでいらっしゃいましたから」

「いったい何がおありで」

謁見の際の訳の分からない罵《のの》りが思い出されて、吉房は訊いていた。

「ひと言で済ますなら、裏切りです」

返ってきたのは、何とも不穏当《ふおんとう》な答えだった。

「いや、相手にそのつもりはなかったのでしょうけれど、院はそう思われているのです。三浦《みうら》や武田《たけだ》、小山《おやま》、それに各地の御家人《ごけにん》も。京の公家衆でさえ、院宣に従わなかったのですから」

坦々《たんたん》と述べる石丸の声は、どこか寂《さび》しげだった。

院は義時追討の院宣を出すとともに、執権に反感を持っているであろう有力御家人に、格別の院宣を届けたという。何しろ、鎌倉の権力争いの激しさは京のそれに劣らない。刃傷沙汰《にんじようざた》や戦に発展することも多く、畠山重忠《はたけやましげただ》の乱や和田合戦《わだがつせん》、極《きわ》めつきは三代将軍・源実朝の暗殺まで起こっていた。

「その争いの果てに、幕府の実権を握ったのが北条どの。なれば、北条どのに対して二心《ふたごころ》を持つ武家は多いはず。彼らに院宣という大義《たいぎ》を与えてやれば、おのずと北条どのを除こうとするにちがいない、というのが、院の目論見《もくろみ》でした」

しかも、治天の院宣となれば、武家どもも推《お》し戴《いただ》いて従うにちがいない。そういう根拠のない予断が、院と近臣たちのあいだにあった。

だが、現実はちがった。執権・義時の失脚を狙った院宣は、いつのまにか鎌倉を中心とする東国武士全体への挑戦と読み替えられ、院政に対する反感を煽《あお》る結果となった。そのうえ、先に兵を動かして、鎌倉の要人《ようじん》である京都守護を追討したことが裏目となり、東国の武家たちは己の存立を懸《か》けて兵を起こすに至ったのである。

「院の目論見は甘かったのです。あのかたが思し召《おぼめ》すよりも世は複雑ですし、人にはそれぞれの意思も打算もある。それを顧慮《こりよ》しないのでは、何事も成せませぬ」

院が気の毒になる、石丸の悪《あ》しざまな言いぶりだった。

「随分と、院に手厳しいのですね」

思ったままを口にする吉房に、石丸はわずかに苦笑した。

「ええ、大納言さまは幾度も院をお諫《いさ》めいたしましたからね。それでも院は、本朝を平らかに治める治天でありながら、自ら兵乱を起こしました。それを不心得というのは当然でしょう」

皮肉めいて言う石丸が立ち止まる。その肩の向こうには、夏の斜陽にきらめく鴨川《かもがわ》の流れが広がっていた。川の上を通る風がわずかな涼を運び、吉房は衣の前を少し広げながら、石丸に並んで土手に立つ。

「そんな院でも、我ら主従はお支えすると決めたのです。これくらいの愚痴《ぐち》はお許しいただきたいですね」

「なんで」

そこまで院に肩入れするのか、と言い掛けた吉房だったが、慌《あわ》てて口をつぐむ。川の水面《みなも》を見遣る石丸の、澄んだ眼差《まなざ》しを見れば、迂闊《うかつ》に訊いてよいこととは思えなかったからだ。

石丸はかすかに微笑んで川岸に下りると、浅瀬に突き出した石の上を跳んで川を渡っていく。水無月《みなづき》とはいうものの、五月雨《さみだれ》の名残《なごり》に鴨川は増水して流れも速い。櫃を負ったままの吉房は、おっかなびっくり石を渡ることになった。

そのまま対岸を三条辺りまで南に下ると、吉房の耳に馴染《なじ》み深い音が届きはじめる。鎚《つち》が鉄を叩《たた》く音である。顔を上げれば、界隈《かいわい》を覆《おお》うのは煤《すす》まじりの煙と、鍛冶炭《かじずみ》の焼ける匂い。吉房が福岡を出て、まだ十日ほどだというのに、その音や匂いが懐かしく感じられた。

とはいえ、家々から立ち上る煙も、鎚音も、妙に忙《せわ》しい。それが否応《いやおう》なしに戦が近いことを吉房に教えた。

「さて、粟田口鍛冶町に着きましたよ」

六月の番鍛冶については、兵乱のため、院が臨幸しての鍛冶は取り止める。ただし、ひと月のあいだは京に留《とど》まり、院が望む刀剣を鍛え、献上せよ。水無瀬殿は戦の備えがあるゆえ、粟田口に鍛冶場を求め作刀するべし――。

院との謁見ののち、坊門大納言は吉房にそう伝え、案内役を石丸にまかせた。鉄や炭といった材料は水無瀬殿から運ばせるらしく、あとは適当な鍛冶場と相鎚《あいづち》を粟田口で見つけて、鍛刀《たんとう》に取り掛かる段取りである。

「ところで、粟田口にお知り合いはいらっしゃいますか」

「一応は。叔母《おば》がこちらに嫁《とつ》いでましてね、もう亡くなりましたが、子息《しそく》がおります。ただ、その従兄《いとこ》がちょっと」

「馬が合わないと？」

「そうは言いませんが、何かと厳しい人なので、なかなかに」

会ったのは随分と前だが、そのときの印象が強すぎて、吉房はわずかに身震《みぶる》いした。

「則国《のりくに》というかたなのですが」

「ああ、ならばちょうどいい。当てがなければ、則国どののところにお預けするつもりでしたから」

「ええぇっ」

思わず嫌そうな声を漏《も》らした吉房に、石丸はまた吹き出した。

「ははは、本当に面白いかたですね」

宵《よい》が近づく鍛冶町は、例によって鞴《ふいご》の吹き上がる音で賑《にぎ》やかである。そのなかをふたりは縫《ぬ》うように進み、土地の産土《うぶすな》である粟田天王宮《てんのうぐう》の界隈へと向かった。

たどり着いた鍛冶場には、鞴の風の音も、火床《ほど》の明かりもない。それが吉房には不思議だった。

「申し。備前福岡の吉房でございますが」

「相変わらず、だらしのない声をしておるな」

薄闇のなか、よく見れば、ひとりの男が火床の前の横座《よこざ》に腰を下ろしていた。ごま塩の髪を萎《なえ》烏帽子《えぼし》に収め、枯色《かれいろ》の小袖に指貫という気楽な格好。手には火造《ひづく》りをしたばかりだろうか、煤に毛羽《けば》立った大太刀《おおだち》を握り、振り向いた目をすがめるように細めて、吉房と石丸の顔を覗き見た。

「石丸さまもおられるか」

「ええ。吉房どのは六月番鍛冶となりましたので、こちらでお預かりいただければと」

「承りました」

逡巡《しゅんじゅん》のない答えに、吉房はわずかばかり肩を落とす。

「ご厄介《やっかい》になります」

声が渋くなるのは仕方がない。吉房は昔から、この十《とお》ほど歳上の従兄が苦手だった。

吉房は、自分があれやこれやと考えすぎ、余計なことを言い、いちいち立ち止まって悩む人間だと嫌になるほど知っている。幸いにして手先の器用さや勘所《かんどころ》の良さで、鍛冶の腕は世間に認められるほどにはなったが、自分では自分がまだるっこしくて仕方がない。

その点、粟田口の従兄・則国は、不言実行を地《じ》で行くような男である。無駄口を叩く間もなく、心に定めたことを果断《かだん》に行う強さがある。ない物ねだりかもしれないが、則国のそういうところを吉房は羨《うらや》ましく思う一方で、気が引けた。

渋い返事に軽く頷き返すと、則国はふたたび手にした大太刀を見下ろした。そのまま、指先で確かめるように刀身をなぞっていく。その仕草《しぐさ》が、吉房には引っかかった。

「則国さん、目をどうかされたのですか」

鍛冶は、火床の強烈な火の輝きを見つづけるため、目を患《わずら》う者が多い。そう気づいた吉房が改めて見ると、則国の目と指の動きにわずかなずれがあるし、先ほど戸口に立ったふたりを確かめたときの、顔を傾けるような所作も不自然だった。

「お主は相変わらず、目だけは良いな」

則国は振り返ると、顔を上げた。白く濁《にご》ったその右目が露《あらわ》になり、吉房は息を呑《の》む。

「砕けた鉄が入ってな。ほとんど見えぬ」

坦々とした物言いだが、刀鍛冶にとって、片目でも見えなくなるのは致命的である。距離感を失って鎚を過《あやま》つことはもちろん、火や鉄の温度も見誤るようでは、鍛冶はできない。確かによく見れば、道具はしっかり磨かれているものの、火床にはしばらく火が入ったようすがなかった。

「しかし、お前が六月番か」

鍛冶場のなかに視線を巡らす吉房に、則国はため息をつくように言った。

「因果《いんが》だな。あとで話がある」

吉房には分からないことを言い、彼は大太刀を掲《かか》げて一礼すると、探るような手つきで横座から立ち上がり、黒い刀身を神棚に捧《ささ》げた。そのときには吉房も、それが炎をかぶって黒く焦《こ》げた、焼け身の剣であることに気づいていた。

「吉房。お前、どんな剣を打つつもりだ」

石丸が帰ったあと、遅い夕餉《ゆうげ》を終えて早々、吉房は則国に鍛冶場へ招かれた。火床に熾《おこ》した炭火を前に、勧められるまま床几《しょうぎ》に腰を据える。が、従兄どのと差し向かいになるのは、いかにも居心地《いごこち》が悪い。そのうえ詰問《きつもん》口調で問われれば、顔も渋くなろうというものだった。

「どうって言われましてもね。院の仰せの通りにするだけです」

「何と仰せだ」

「〝この兵乱を平らげる剣を打て〟でしたか」

吉房は自らに言い聞かせるように、記憶のなかの院の言いぶりを掘り返した。

「打てるか、それが」

やけに絡《から》むな、と吉房は不審がった。

吉房に則国との深い付き合いはない。二十年ほど前、則国が修業のため福岡に滞在していたときには寝食《しんしょく》を共にしたが、その後は十年前、則宗の葬儀の際に会ったきりである。

その則国が何故《なぜ》、吉房の番鍛冶にこだわるのか。

「わしは、打てなかった」

疑問に思った直後、則国が漏らした言葉に、吉房は思わず目を見張った。

「則国さんも、院に鍛冶を」

「先の六月番はわしだ。それもすぐに放免となったが」

「そんな馬鹿《ばか》な。あなたほどの腕を見す見す手放すなんて、院は何をご覧になっていたのですか」

　則国の腕は、同世代の鍛冶のなかでは出色《しゅっしょく》である。その作刀で満足ができないというなら、観る側に問題があるにちがいない、と吉房は連想した。

「お前、その余計なこと言いなところは変わらんな」

　呆《あき》れたように言いつつも、則国の口は緩《ゆる》まない。

「わしを買い被《かぶ》るのは構わんが、院を見損なってはならん。あのかたは良い目をお持ちだ」

「だったら何故」

「いかに良い目でも、傷に歪《ゆが》むことがあるのだ。わしの打った剣は、その歪みを正すこと能《あた》わなかった」

　そう言う則国の声には、隠しもしない院への敬慕《けいぼ》があった。それゆえの哀惜《あいせき》も。

　もちろん吉房には、この従兄と院のあいだに何があったかは知りようもない。そもそも、吉房の知る則国は愛想や社交などとは無縁の男だったし、現に番鍛冶も僭越との理由で放免されている。にもかかわらず、院に義理を立てようとする従兄の言動は意外だった。そう考えてみれば、則国の態度は坊門大納言、石丸の主従とも通じた。

　歪みなき本来の院とは、それほどに慕われ、敬《うやま》われる人物なのかもしれないと、吉房は想像した。

「だから、戦が起きた責の一端は、わしにもある」

「それは、さすがに言い過ぎではありませんか。私らは所詮《しょせん》、鍛冶でしょう」

「わしらはそうだ。だが、剣はちがう」

　返す則国の声音は厳粛《げんしゅく》だった。

「わしら鍛冶の手から生まれながら、剣は代々《よよ》を超えて何事かの理《ことわり》を顕《あらわ》す。そうであろう」

「確かに、そうです」

「わしの剣は、そこに届かなかったという話だ。ましてや、院の目を正すこともできなかった」

「それは、己に厳しすぎませんか」

吉房にも、則国の言うことは分からないでもない。確かに、剣は作り手を超え、時代さえ超えて、何事かを伝え得《う》るものとなることがある。その最たるものが、三種《みくさ》の神器《かんだから》の神剣であろう。そして、刀鍛冶は大なり小なり、神剣を理想として刀を鍛えるのだ。

だが――。

「打つ剣すべてが、そうなるわけではないでしょうし、そうでなければいけないわけでもないでしょう」

そう言う吉房自身は、自分が決して志《こころざし》高い鍛冶ではない自覚があった。これと強く言えるほど確たる理想を持っていないし、剣の起源として神剣を意識はしても、その含意《がんい》など考えたこともない。

だから昔から、そういうものに真正面から挑む則国を見ていると、不安になった。いつか、己の厳しさに潰《つぶ》されるのではないかと。

「それでは、いつか折れてしまいますよ。鋭すぎる鉄は、脆《もろ》くなるんですから」

そして、現に則国は、片目の光を失ってさえも、己の剣が神剣に追いつかなかったことに胸を痛めている。

（そうさせたのは、あの院、か）

吉房にはまだ、則国がそれほどに思い入れる院の佳《よ》さは分からない。妄執《もうしゅう》に囚《とら》われた、荒ぶる院しか知らないのだから、当然といえば当然だった。ただ、則国ほどの鍛冶をして、これほどに心を傾けさせる何かがある御方だとは理解した。

その何かを、知りたいと思った。

「お主は優しいな」

「則国さんほどではありません。それほど、院のことを好いておられるのでしょう」

吉房の直截《ちょくせつ》な言葉に、則国の顔に珍しく狼狽《ろうばい》が浮かんだ。が、それも一瞬ののちには、仄《ほの》かな笑みに変わる。

「いや、そうか。そうだな」

噛み締めるように言う則国の顔は、吉房が初めて見るものだった。はにかみながら、豊かで温かな微笑。男らしくも、どこか可愛《かわい》げのある笑みだった。

「わしはいつのまにか、院に惚《ほ》れておったのだな。だから、歪んでほしくなかった。あのかたが自ら、ご自身を損なっていくのが、忍びなかった。だから、わしは身を以《もっ》て、院の心得ちがいを正したかった」

「それが、目の」

吉房の問いに頷く則国だったが、細かな経緯は語らなかった。

「わしだけでない。自らを損なっていく院に、さまざまな者が思いを懸《か》けた。藤四郎《とうしろう》も、坊門大納言さまも、石丸さまも、それに」

言いかけて、則国は不意に床几から腰を上げると、神棚を探った。手に取ったのは、あの焼け身の大太刀だった。

「京都守護、伊賀光季どのに打った剣だ」

名前に心当たりはなかった吉房だが、職名と焼け身の刀に、上洛の途上に聞いた話を思い出していた。

「あの、院の軍勢に討たれたという」

「あやつ、院に与力《よりき》するよう迫られたが、突っぱねたそうだ。自分の職分は警固であり、変事が起こればおのずから耳に入る。それもないうちに呼び出すとはどういう了見《りようけん》か、とな」

焼け身に触れながら、則国はつづけた。

「院が起こしたことは自分が動くような変事ではない、挙兵ではないと示したかったのだな。加勢も呼ばず、三十に満たぬ郎党を率いて、院方の軍勢およそ一千と戦だ。それでも邸《やしき》は落ちず、最期にはあやつ自身が火を放って自刃《じじん》したそうだ」

あの頑固者《がんこもの》め、と毒づいた従兄の顔の寂しさに、吉房は顔を伏せた。親しげな口調を聞けば、則国と光季には深い絆《きずな》があったことは想像に難くない。

「伊賀どのは、命を懸けて院を諫《いさ》めようとした。分かるか」

そう言うと、則国は焼け身の大太刀を吉房に手渡した。

煤がつき、火に焙《あぶ》られて荒れた地鉄《じがね》。茎《なかご》には煮えたように泡立った痕《あと》があり、目釘穴も溶けて歪んでいた。もちろん、熱が入った刀身からは刃文が失われているし、銅の鎺《はばき》も焼き付いてしまっている。そして、何よりも不自然なことに吉房は気づいた。

「傷がありません」

戦で使われたなら刃こぼれのひとつ、擦《こす》れた痕のひと筋でもあろう。しかしこの大太刀は焼けてこそすれ、斬《き》り合いによる傷がまったくなかった。

「抜かなかったようなのだ、あやつは」

戦は伊賀の邸をめぐって行われたのだから、大太刀を振るうような広さがなかったのだといえばそうだろう。だが、則国の目は、確信に満ちていた。

「それも、院を好いておったゆえのことか、わしへの義理立てか。いずれにしても、あやつらしい頑固さよ」

寂寥を面《おもて》にまとわせたまま、則国はかすかに笑う。その声に火床の火が揺らめいて、吉房の足もとの影もまた揺れた。

そこに、ぽたぽたと雫《しずく》が落ちた。

「わしは、それを無駄にしたくない。私情かもしれんが」

則国の話を聞きながら、気づけば吉房は泣いていた。

堪《たま》らなかった。こんなにも厳しく、優しい男たちがいる。妥協《だきょう》せず、おもねることなく、命すら惜《お》しまずに院と相対《あいたい》しつづけた男たちが。

彼らは院の佳きところを信じ、その本分《ほんぶん》に還《かえ》ることを祈りつづけた。それでも変わらなかった院に一言半句《いちごんはんく》の恨み言もなく、なおその心の平穏を慮《おもんぱか》った。そんな男たちの気持ちが胸に入り込み、吉房はぼろぼろと涙をこぼした。

「やはり、お主のほうが優しいな」

「い、いえっ。私は、その伊賀どののことも、院のことも、何も知りません。そんな私が、泣くのは、おこがましいでしょう」

時折しゃくり上げながら、吉房は言い募った。

「それに、正直な男だ。鉄はそういう者を好む」

ふと、温かく力強いものが肩に乗った。吉房が顔を上げると、則国はもう一度その肩を叩いた。

「心配することはなかったな。お主にならば、まかせられる」

「それは、また別の話でしょう」

涙を拭い拭いしながら返す吉房に、則国は今度こそ破顔《はがん》した。


翌日から、吉房は鍛冶の準備に取り掛かった。

まずは粟田口の縁戚へ挨拶《あいさつ》し、院より六月番の役目を仰せつかったこと、則国のところで厄介になることを伝えてまわる。院の命《めい》とはいえ、もともと粟田口にまかされていた六月番を奪う形になったのだから、吉房としては、それを詫《わ》びたい気持ちもあった。

もっとも、その気遣いは杞憂《きゆう》だった。備前福岡と粟田口の長い付き合いもあって、同じ番鍛冶の国綱《くにつな》を筆頭に、皆が吉房を快《こころよ》く受け入れてくれたのだ。ただ、誰もが張り詰めた表情で仕事に向かっているのを見るにつけ、戦が迫っていることが思われた。

刀鍛冶は、自らが作る刀によって喪《うしな》われるものを知っているし、それでもなお刀を打つには相応の覚悟が要《い》る。その意味で、粟田口に不心得の鍛冶はひとりもいない。そんな頼もしい姿が福岡の男たちを思わせて、吉房の心持ちは幾分軽くなる。

とはいえ、どの鍛冶場も目のまわるような忙しさだった。

「打物《うちもの》だけじゃない。鏃《やじり》ならまだまし、鋲《びょう》や釘まで頼まれるからな。猫の手でも借りたいわい」

大勢の弟子《でし》を抱える国綱でさえも、そんな雑多な注文に、自らも鎚を振るわなければならないほどだという。

（こりゃあ、人手がほしいなんて言えたもんじゃないな）

挨拶まわりのついでに、相鎚を務められる弟子を借りようと思っていた吉房だったが、こう忙しさを見せつけられては、相談もできずに引き下がるしかなかった。

ついでにいえば、国綱に番鍛冶のことも訊けなかった。国綱は直前の五月番を務めているそうだから、院のようすや作刀について尋《たず》ね、今回の献上刀の手掛かりを何か得られればと考えていた。が、とてもそんな込み入った話ができる状況になかった。

「本当に、どうしたものかな」

鍛冶町をそぞろに歩きながら、吉房はこぼした。すでに三日間を挨拶まわりにあてたものの、相鎚の当てはつかず、いたずらに時間を費《つい》やしただけである。

何より、打つべき剣の姿が浮かんでこなかった。

則国から院への思いを託されたものの、彼の代わりなど務まるはずがない。だいたい、則国と自分とでは腕がちがいすぎたし、則国の心に適《かな》う剣が打てる確信もなかった。

そもそも、院の要望にも応《こた》える必要があった。兵乱を平らげるとのことなら、戦が帰結する前に完成させねばならないだろうし、その戦の行方《ゆくえ》も気に掛かる。

考えるべきことが多すぎて、明らかに吉房の手に余る仕事である。だが、放り出して逃げる気も起きないのが自分で不思議だった。喉の奥に、言葉や形にしきれない何かが引っかかっていて、それをはっきりさせたいという思いが、吉房を引き留《と》めていた。

「こう、何か」

思いついたことを吉房が言葉にしようとした、そのとき、

「おいっ、聞いたかよっ」

いきなり近くで起こった叫び声に驚かされて、摑《つか》みかけていた喉の奥のものが霧散《むさん》してしまっ

た。

恨めしげに吉房が視線をやれば、馬借《ばしゃく》の先触《さきぶ》れだろうか、旅姿の男が、土蔵《どぞう》の前で何事かをまくし立てているのが聞こえた。

「東国の軍勢は二十万もの大軍らしいぞ。早くも尾張《おわり》へ攻め入って、本院の軍勢を蹴散らしたって話だ」

「二十万はいかにも吹いたもんだろう。俺が聞いたところじゃ、北陸道から東山道、東海道の三方を合わせても十万ほどだとか」

「院方の軍勢は出ていったばかりじゃろ。それがもう決着したのか」

「さすがにそれは早すぎやせんか」

「こないだ出ていった院の軍勢は、二万ほどだというからなぁ。仮に十万でも多勢に無勢だろ」

「あれほど武辺《ぶへん》自慢の院も、いざ戦となればおっとりしたものよなぁ。それで東国に喧嘩《けんか》を売るとは」

「もし東国の軍勢が京に攻め上ってくるなら、また洛中も戦場《いくさば》になるか」

「お内裏が焼け落ちたときの二の舞だな。さっさと逃げ支度をするかね」

寄り合う者どもの関心も、やはり戦の行方にある。京に戦火が及ぶか否《いな》かは、ここで商《あきな》う彼らにとって死活問題であろう。

「さすが京童《きょうわらべ》、噂をまわすのが早いこと」

「い、石丸さまっ」

不意に耳もとで澄んだ声が聞こえて、吉房は弾《はじ》かれたように振り返る。そこには例の若い貴人、石丸右衛門大夫頼継がいて、気さくな笑みを浮かべていた。

「いかがですか、鍛治のほうは。進められそうですか」

何よりも驚いたのは石丸の出で立《い》ちである。梨子打烏帽子《なしうち》に鎧直垂、紺糸威《こんいとおどし》の胴丸に身を包んでいる。腰に佩《は》いた太刀の鞘は、石目地塗拵《いしめじぬりこしら》えで抑えた色合い。柄《つか》も地味な革巻で、いかにも精悍《せいかん》な装いだった。

「袖はどうするのです？」

ほかに訊くこともあろうに、驚いたままの吉房の口からは、そんな疑問がころがった。

この場合の袖とは、鎧に付属して肩から上腕を守る防具のことである。胴丸には付けないことが多いが、

「後で付けますよ。何しろ戦ですから」

そう言って、石丸は己の肩を叩いてみせた。

「石丸さまも、ご出陣を？」

家司の石丸が出陣するのであれば、坊門大納言も戦に出るということであろう。公家までが戦場に立たなければならないほど、院方には人が寄り付いていないのかと吉房は疑った。

「ええ。先ほど高陽院に、我が軍勢が尾張と美濃《みの》の戦で大敗したと、報《しら》せが届きました。数日のうちに、東国の軍勢は山城《やましろ》に入るでしょうね。つぎは瀬田《せた》か、宇治か。いずれにしろ、院近臣《いんのきんしん》は皆出向くことになるでしょう」

まるで他人事のように嘯《うそぶ》くと、石丸は自嘲《じちょう》気味に口もとを歪めた。

「遅きに失した気はしますが、これも役目です。こうなる前に院をお止め申し上げたかったところですが、未練ですね」

やはり、石丸の言いざまはどこかあっけらかんとして、未練どころか悔しさすら感じない。そ

のくせ院を見限っているようでもない。そんな機微《きび》が、吉房には分からなかった。

「石丸さまが院をお嫌いでないことは分かりますが、好いてもいらっしゃらないような」

いっそのこと、訊いたほうが早いかもしれないと思い、吉房は感じたままを口にした。

「その通りです」

あっさり認めると石丸は、歩きましょうか、と吉房を誘った。

界隈を歩いていくふたりの耳に、白川《しらかわ》のせせらぎが触れる。そのまま石丸は川辺に腰を下ろすと、脛巾《はばき》を外して両足を投げ出した。その脛《すね》の意外なたくましさに驚きつつも、吉房も隣に座った。

白川にはいくつか支流があるが、ここはずいぶんと水草が多い。滑《なめ》らかな流れは緑で埋められて、まるで水のなかに風のなびく草原が浮かんでいるようだった。

「歯がゆいのですよ」

水面に視線を落としながら、石丸はつぶやいた。

「院は、ご自身の心の弱いところをご承知でおられます。分かっていながら、そこを衝《つ》かれると、ほかの何もかもが目に入らなくなる。なかでも弱いのが神剣のことです」

「院の、神剣？」

「ええ。神剣に見限られた帝と、つねに陰口を叩かれてきましたから」

吉房は文治《ぶんじ》年間の生まれである。だから、院が即位した際の曰《いわ》くを聞き知ってはいるものの、実感はなかった。平家とともに失われた神剣の話も、そんな古様《こよう》の剣が失われたことは惜しいが、形代《かたしろ》でよかったではないかとさえ思っていた。

一方、何の寄る辺もなく、己を立てる強さを持つ人は稀《まれ》である、ということも吉房は知っている。ましてや、院が背負えと言われたのは、日《ひ》の本《もと》そのものである。その重みに耐えながら、御《み》位《くらい》の証となる神剣が手もとにない不安は、一介《いっかい》の鍛冶である吉房には想像だにできないものがあろう。

「院にとって、院宣を拒《こば》む者は己の正統たるを疑う者、神剣なき帝を認めぬ者、なのです。そうなれば、躍起《やっき》になって反駁《はんばく》せずにはおられない。自分が正しいのだと、殊更《ことさら》に示さねばならぬのです」

「弱いからこそ、強がるってことでしょうか」

取り繕《つくろ》わない吉房の物言いに、石丸は顔を上げて、どこか楽しそうに頷いた。

「強がって強がって、引っ込みがつかなくなって、ご自身でもそれが強がりなのか分からなくなられたのでしょう。だから、誰かが言いつづけなければならないのです。それが本来の貴方《あなた》なのか、自ら望んだことなのかと」

「何故、そこまで」

「吉房どののように素直な言葉で言えば、惚れたからですよ」

石丸は雅《みやび》やかな声に似つかわしくない、何とも直截《ちょくせつ》な言い方をした。

「私はもともと、藤原宰相中将さまの乳兄弟《ちきょうだい》でしてね。中将さまとともに、院には可愛がっていただいたものです」

藤原宰相中将信成《のぶしげ》は、藤原北家《ほっけ》隆家《たかいえ》流の末である。幼いころから院に近侍《きんじ》してその寵《ちょう》を受け、長じて左中将と参議を兼ねる、若い公卿のひとりだった。この信成、院の鶴《つる》のひと声で坊門大納言忠信の養子となっており、その乳兄弟だった石丸も、ともに坊門家に入ったという。

「私の声がお気に入りでしてね。熊野《くまの》詣《もうで》の折には、よく先触れを御命じになりました」

振り返る石丸は、ひどく楽しそうだった。懐旧《かいきゆう》の情を声に滲《にじ》ませて、彼は笑っていた。

「熊野詣は、それはもう、十五度はご一緒させていただきましたよ。難波《なにわ》の四天王寺《してんのうじ》から各地の王子《おうじ》を巡り、河内《かわち》から紀《き》の国、熊野へとまわっていきましてね。行く先々で歌合《うたあわせ》を催《もよお》して、そのたびに披講《ひこう》もやりました」

熊野詣はこのころ、身分の軽重《けいちょう》、老若男女《ろうにゃくなんにょ》問わず大流行したもので、ひっきりなしに人が行き交ったことから〝蟻《あり》の熊野詣〟と呼ばれたほどである。京から熊野の道中には、参詣《さんけい》に伴った儀式を執《と》り行う祭場と宿所を兼ねた〝王子〟が点在しており、皇族や貴人は旅の無事を祈りながら紀伊路を進んだ。そしてたどり着いた熊野で、参詣者は本宮《ほんぐう》、新宮《しんぐう》、那智《なち》の熊野三山に詣でて極楽往生《おうじょう》を願ったという。

また、熊野は皇室とも縁が深い。神話において、初代天皇・神武《じんむ》帝は東征《とうせい》の途次《とじ》、この地で神《しん》鳥《ちょう》・八咫烏《やたがらす》の加護を得たと伝わる。

「十五度とは、よほどお好きだったのですね」

「院ご自身は、三十度近くも詣でられているそうですから」

院が好んだという声を聞きながら、吉房もまた、その旅を思い描いた。院を乗せた輿《こし》を中心に、貴人たちの車や馬が煌《きら》びやかな列を成していたことだろう。その物珍しさに、土地の諸人《もろびと》がひと目見ようと、道々に集《つど》ったにちがいない。

「何よりも院は、土地の者たちのもてなしを楽しみにしておられました。鄙《ひな》びた、素朴《そぼく》な芸事かもしれませんが、その心尽くしが良いと、目を細めておられた。そうして熊野の御山《みやま》に参籠《さんろう》したのです」

道々の歓待を喜び、やがて世俗を離れて、神韻《しんいん》とした熊野の宮で心身を浄《きよ》める。そして山を下りるとき、鬱屈《うっくつ》の霧は晴れて、院は気力を甦《よみがえ》らせたのだろう。

「無理無体も仰せになりますが、それは、覇気《はき》を持て余すがゆえの可愛げのようなもの。院の大御心《おおみこころ》は、むしろ国民《くにたみ》に向いていたと私は信じておりますし、私が好んだ院は、そういう〝すめらぎ〟に相応しい御方です」

「いまは、ちがうと」

吉房が聞き返すと、石丸は跳び上がるように立ち上がり、

「そうなのですよ。造内裏役《ぞうだいりやく》なぞ、あんなに拙速《せっそく》に進めれば、民から顔を背《そむ》けられるだけだと申し上げたのに、頭に血が上って耳をお貸しにならない。そのうえ、武張《ぶば》ったばかりの無調法者《ぶちょうほうもの》らに口実を与えられて、まったくっ」

口をとがらせて文句を言う姿が、吉房には歳よりも随分と稚《いとけな》く見えた。

「ま、でも仕方ありません。惚れた主のことですから」

吉房を見下ろして、石丸はすっきりとした顔を向けた。

「近日中に出陣いたします。川なり関なりで坂東《ばんどう》の軍勢を迎え撃つことになりますが、うまくはいかないでしょう。吉房どののお世話をすると申し上げたのに、途中で放り出すことになって申し訳ありません」

「それをおっしゃるために、こちらにいらしたのですか」

吉房が聞き返すと、この若い貴人はもちろんと頷いた。

「戦が間近のことで、鉄や炭も十分には集められておりませんが、則国どののところへ運ばせております。また何か不都合がありましたら、坊門の邸をお訪ねください」

「お心配りに感謝いたします」

「それにしても、吉房どのは聞き上手ですね。つい思い出話ばかりを」

褒《ほ》められたのか判断がつかず、吉房は曖昧《あいまい》に笑う。そして、居住《いず》まいを正すと頭を下げた。

「いえ。院のことや、石丸さまのことが分かりましたので、鍛冶が少しやり易《やす》くなるというものです」

吉房の言葉に嘘はない。則国と同じように、院に思いを傾ける者の言葉が、きっと打つべき剣の姿を描く手掛かりになるはずだと思えた。

その答えに、石丸は吉房の目を覗き込んだ。

「打てますか。院の大御心に適う剣が」

「それは分かりません。受け取るのは院ご自身ですから」

一見弱気とみえる言葉に、石丸の形の良い眉《まゆ》が跳ねた。

「私は院のお心と、皆さんのお心を信じるだけです」

つづく言葉に、石丸が愁眉《しゆうび》を開き、頷いた。吉房もまた立ち上がると、石丸に正対して、もう一度深々と頭を下げた。

「どうぞ、ご武運を」

「生きてまた見《まみ》えたら、剣の話を聞かせてください」


石丸が言ったとおり、藤原秀康《ひでやす》と三浦胤義《たねよし》を大将とする院方の軍勢約二万騎《き》は、美濃と尾張の国境にある尾張川で、鎌倉方約十五万騎と激突、散々に撃ち破られた。六月五日のことである。

鎌倉方は、執権・北条義時の嫡子《ちやくし》・泰時《やすとき》を総大将として、一門の時房《ときふさ》や時氏《ときうじ》、頼朝旗揚げ以来の宿老《しゆくろう》である三浦義村《よしむら》や安達景盛《あだちかげもり》、有力御家人《ごけにん》の足利義氏《あしかがよしうじ》や武田信光《のぶみつ》など多士済々《たしせいせい》。院宣になびくと思われた有力者たちも陣に加わり、古今、類を見ない大軍勢となっていた。しかも、院方は少ない手勢をさらに分散するという愚《ぐ》を犯し、ほとんど鎧袖一触《がいしゅういっしょく》に蹴散《けち》らされたのだった。

敗戦の報せが高陽院に届いたのは、六月七日早朝。報に触れた後鳥羽院は、しばらく呆然とした挙句、

「東夷《あずまえびす》の軍勢など、容易《たやす》く打ち払えると申したのは秀康ではないか、役立たずがっ」

と、いまだ退却の途上にある自軍勢の総大将を罵倒《ばとう》した。その見苦しい姿を、軒《のき》に控えた石丸は冷めた思いのまま聞いていた。

濃尾《のうび》の境は、東から京へ向かう街道がすべて交わる要衝《ようしょう》である。ここを抜かれた以上、残る守りの要《かなめ》は東の瀬田川と南の宇治川しかない。院は双方への軍備を命じつつも、さらなる加勢を畿内《きない》や西国《さいごく》の武家に呼び掛けた。

しかし、濃尾の戦の結果が広まれば、敗色濃厚な院の味方につく者が現れるはずもない。新たな与力《よりき》はほとんど集まらず、窮した院が手を伸ばしたのは、長年目の敵《かたき》にしてきた比叡山門《ひえいさんもん》、あるいは南都《なんと》の法師神人《じにん》どもであった。

山門も南都も、たびたびの強訴《ごうそ》で院を悩ませ、その報復として院は大寺社の権限を削り、北面と西面の武力を充実させて対抗してきた。その寺社勢力に助けを乞《こ》うのだから、いかに院が追い詰められているのか知れようものである。

慌ただしく比叡山への御幸《みゆき》の準備が進められるなか、捨て置かれた格好になったのが、濃尾の戦から帰京した秀康、胤義ら院方の武家である。六月八日の未明、ようやく京にたどり着いた彼らを待っていたのは、院の容赦《ようしゃ》ない叱責《しっせき》であった。

「尾張川を挟み坂東方と相対しましたが、衆寡敵《しゅうかてき》せず。我が方は皆敗れてもどりましてございます」

「勝敗は兵家《へいか》の常《つね》ゆえ、咎《とが》めはせぬ。だが聞けばそなたら、まともに合戦《かっせん》すらいたさず逃げ帰ったというではないかっ。ようも、のうのうと顔を出せたものじゃな」

院の面罵《めんば》に、秀康らは色を失って平伏するほかない。

「そなたらだけでは頼りにならぬ。朕は山門の合力《ごうりき》を得るゆえ、瀬田と宇治を固めよ」

ほとんど言い捨てるように命じると、秀康たちをつぎなる戦地へ送り出したのだった。

「早《はよ》う輿を用意いたせ。山上へ参るぞ」

喚《わめ》き立てる院の出《い》で立ちは、赤の直衣《のうし》に白糸威の胴丸。腰物は塵地《ちりじ》に螺鈿《らでん》で菊紋を描いた豪奢《ごうしゃ》な拵《こしら》えで、中身はいずれかの番鍛冶が打った菊の御太刀であろう。暁の闇が残るなかで、その姿は仄《ほの》かに輝くようですらあった。

装いが絢爛であるほどに、院の顔の憔悴《しょうすい》が目立ち、石丸は忸怩《じくじ》たる思いを抑えられない。

「そう己を責めるものではない」

心が顔に出ていたのか、彼にそう声を掛けたのは、主の坊門大納言忠信だった。

「北条追討の院宣を止められなかったときに、我らは敗れたのだ。あとは、その責を受けようではないか」

なあ石丸、と呼び掛ける忠信もまた、紺糸威の大鎧姿。東の車所に輿をまわすよう指図しつつ、苛立《いらだ》ちも露《あらわ》に振る舞う院の姿を見上げていた。

石丸の脳裏《のうり》にあるのは、同じように輿を設えて熊野に向かった日々だった。まだ十にもならぬころ、良い声だと褒めてくれた院の鷹揚《おうよう》な笑顔が浮かび、それが目の前の、焦燥《しょうそう》に駆られた青黒い顔に書き換えられていったさまを、ただ見届けるしかなかった。

「忠信」

追憶に浸《ひた》っていた石丸の耳に、もうひとつの声が届いた。顔を上げれば、高欄に直衣姿の男がやってきていた。藤原按察使光親《あぜちみつちか》。院庁を差配する別当《べっとう》であり、このたびの戦乱のきっかけとなった、義時追討の院宣を執筆した男である。

「按察使どのは、高陽院に残られるのだったな」

「留守《るす》はまかせよ。そなたらは院の身辺《しんぺん》を頼む」

短く言う光親の顔には、苦渋《くじゅう》の色が濃い。この男も忠信と石丸と同じく、執権追討の企《たくら》みに最後まで反対していた側だった。しかし、院を翻意《ほんい》させられなかったことを己の不徳として、兵乱の責すべてを背負うべく、院宣を記したのである。

その覚悟に、石丸はただただ頭《こうべ》を垂れるしかなかった。

「どうか、按察使さまもご無事で」

「石丸。そなたの声で、少しでも院の気を晴らして差し上げてくれ」

八日夕刻、後鳥羽院を乗せた輿が比叡山へと出発した。一行には忠信の手勢に加えて、藤原権中納言宗行《むねゆき》、一条《いちじょう》宰相信能《のぶよし》などの公卿が騎馬で供奉《ぐぶ》しており、それだけ見れば何とも豪勢な顔ぶれであった。が、慣れない武具に身を包み、輿に急《せ》き立てられるように駆ける列はいっそ滑稽《こっけい》だった。

山門に向かうに際し、後鳥羽院は自身の皇子である土御門《つちみかど》院、順徳《じゅんとく》院、六条宮雅成親王《ろくじょうのみやまさなりしんのう》、冷泉宮頼仁《れいぜいのみやよりひと》親王、さらに順徳院の第三皇子で皇位を継いだばかりの今上《きんじょう》（仲恭《ちゅうきょう》天皇）にまで、山門へ向かうよう命じた。これでは、皇室が洛中ともども味方の軍勢を見捨てたようなものである。しかし院に、それに気づくゆとりはなく、ただただ輿から駕輿丁《かよちょう》たちを罵り、先を急がせるだけだった。

「早《はよ》う行け！　戦の行方《ゆくえ》がかかっておるのだぞっ、もたもたするな」

輿が駆け抜ける京の空は、夏の盛《さか》りだというのに鈍色《にびいろ》の雲に覆われていた。岡崎《おかざき》から吉田《よしだ》、北白川《きたしらかわ》、雲母坂《きららざか》へ。登っていくあいだにも、その早足についていけぬ徒歩《かち》の者たちはつぎつぎと脱落していった。それを一顧《いっこ》だにせず、輿は飛ぶように比叡の山道を駆け登った。

向かう比叡山延暦寺《えんりやくじ》は、天台宗の総本山であり、平安京の鬼門《きもん》を塞ぐ鎮護国家の霊場である。古くから皇室や摂関家《せっかんけ》との関係は深く、座主《ざす》や門跡《もんぜき》寺院の門主を親王などの貴顕《きけん》が務めてきた。

その一方で、世俗の権力に容易に従わない気風も持ち合わせ、武装した僧兵を数多《あまた》抱えた独自の政治勢力でもある。鎮守社である日吉社《ひよししゃ》の神輿《みこし》を押し立て、山門の要求を通そうとする強訴は、政権にとってつねに悩みの種だった。院政を確立して辣腕《らつわん》を振るった白河院でさえ、「賀茂《かも》河《がわ》の水、双六《すごろく》の賽《さい》、山法師、是ぞ我が心にかなわぬ物」と述べたという。

それは後鳥羽院にとっても変わらない。たび重なる強訴に煮え湯を飲まされた院は、山門を、己の正統性を揺るがせにするものとして忌《い》み嫌い、西面の武士を創設したほどである。そんな経緯を考えれば、山門に加勢を頼むことが院にとってどれほど業腹《ごうはら》であるか、石丸も察して余りある。それでも背に腹はかえられず、院は山法師を頼るしかなかった。

――山に籠《こ》もってさえしまえば、我が身に危険はなくなる。ここで我らが耐えるあいだに、いまだ京にたどり着けぬ西国の味方が駆け付ければ、戦もひっくり返せよう。

それが院の算段であることは、石丸にも理解できた。しかし。

「止まられませぃ、止まられませぃ」

雲母坂を登りきり、東塔《とうどう》の姿も見えようかという矢先、大音声《だいおんじょう》が一行に浴びせられた。石丸が先にまわってみれば、打物に腹当で身を固めた僧兵たちが木戸を築き、伽藍《がらん》への道を塞いでいた。

「我らは本院に供奉しております。本日、本院がお山に御幸《みゆき》される由《よし》、すでに座主大僧正《だいそうじょう》承円《しょうえん》さまにはお伝え申し上げております。速《すみ》やかに大僧正さまに本院の御来着をお知らせし、ここをお通し願いたい」

石丸の口上に、木戸を塞ぐ僧兵たちは口をつぐんで身動きもしない。

「申し！　わたくしは石丸右衛門大夫、本院の先触れとしてこちらに参っております。速やかに道を空けていただきたい」

朗々《ろうろう》として張りのある声が山中に響き渡る。が、それでも僧兵たちに動きはなかった。御幸の列に困惑が広がるなか、徒歩の者どもを押し退《の》けて前に上がってきたのは、院を乗せた輿であった。

「院、こちらは」

「そなたでは埒《らち》が明かぬ」

そんな言葉とともに御簾《みす》が上げられ、院は輿から顔を覗かせた。

「承円大僧正に申し伝えよ。治天たる朕が山に移ると。速やかに参り、出迎えせよとな」

院の割れた声が木戸を打ったが、僧兵たちはたじろぎもしなかった。どこか陰鬱《いんうつ》で据わった目をしたまま、ただ前を向いているだけである。その不吉な有りさまに、さすがの院もつぎの言葉が継げない。

「院使に申し上げる」

そのとき、木戸の内から声が上がった。

「本院の御幸はかたじけなきことなれど、むさ苦しい小坊にお出座《でま》しいただくは忍びなく存ずると、座主さまは仰せにござる」

「何だと、朕を入れぬと申すかっ」

「本院に直言申し上げるは不遜《ふそん》ゆえ、再び院使に申し上げる」

木戸の内の声はそう繰り返した。慇懃《いんぎん》を装ってはいるが、要は院の相手はしないという意味だった。

「まずはここより東へ下られ、坂本《さかもと》の梶井宮《かじいのみや》に御移り賜《たまわ》りたく存ずる。そちらへ参上してご拝謁を賜りたい、と座主さまは仰せにござる」

それきり木戸の声は止み、金切《かなき》り声を上げる院の声に応えることもない。無論、木戸を固める僧兵たちも同様だった。列の者が近寄ろうとしても、白頭巾《しろずきん》から覗く怖い目に睨み据えられ、打ち破るなど夢にも思われない。仕方なく、御幸の列は木戸の前を通り過ぎ、近江《おうみ》へと下るよりほかなかった。

結局、近江坂本の梶井宮に入った院のもとに、天台座主承円が訪ねてきたのは、日がとっぷり暮れたあとだった。取り次いだ石丸が下がる間もなく、その禿頭《とくとう》に向けて院の罵声が降りかかった。

「承円っ、何をぐずぐずしておったか。そのうえ朕を門前払いするとは、よくも」

怒りのあまり、どす黒く染まった顔で喚き立てる院であったが、承円は小憎らしいほどに平静だった。

「御気色《みけしき》を賜り、御幸をいただきましたうえにこの始末、末代までの誹《そし》りを受けるであろうことは重々承知しております」

「であればっ」

つづく罵りの機先を制するように、承円が数珠《じゆず》を鳴らす音が鋭く響いた。

「無念ながら、山門衆徒の微力にては、東国武士の強威《きようい》を防ぐことは叶いませぬ」

「なにっ」

院のうめきはかすかに、石丸の耳にも届いた。見れば、無念とは言いながらも承円の顔は、少しの悔しさもなく、むしろ院への侮蔑《ぶべつ》と皮肉に満ちている。真正面から向けられた抜き身の悪意に、院は絶句して、嘲《あざけ》りを浮かべた承円の顔を見つめるしかなかった。

「お分かりいただけたなら重畳《ちようじよう》。では、拙僧《せつそう》はこれにて」

「お待ちあれ」

腰を上げて退出しようとする承円を引き留めたのは、脇に控えていた忠信であった。

「山門が御幸を迎えぬならば、先におっしゃればよろしいこと。何故、いまここで申されたか」

「然様《さよう》、強《し》いて申さば、意地の悪さゆえにございますな」

悪びれもせず、承円は返した。

「我ら一族は本院の祖父君に、いいように振りまわされましたから。そのうえに山門へのお仕打ちの数々を思えば、何の不思議がございましょう。悪因悪果《あくいんあつか》ということは現世にもあると、ご承知置きくださいませ」

承円の父・藤原基房《もとふさ》は松殿《まつどの》関白と呼ばれ、院の祖父である後白河院の近臣として侍《はべ》った男である。関白として位人臣《くらいじんしん》を極めたが、後白河院と平家の政争に巻き込まれて地位を失い、嵯峨《さが》に隠遁する憂き目に遭っている。承円ら子たちもそれぞれに出家させられ、世俗の権勢とは無縁の立場に追いやられた。

もっとも後鳥羽院自身は、基房を故実に長じた才人として手厚く遇し、摂関家に伝わる礼法の伝授を受けるために、嵯峨の草庵《そうあん》を自ら訪ねるほどだった。その縁で承円の天台座主就任の後押しさえしており、これほどの恨みを買っているとは露《つゆ》も思わなかったのであろう。

そんな、いまさらなことでこの仕打ちを受けるのかと、石丸の目の前で、院の身体《からだ》は萎《しぼ》んだように崩れ落ちた。咄嗟に駆け寄り抱き留めた石丸だったが、院の顔は蒼白で、覇気しか映さないと思われた瞳は、虚《うつ》ろに床板へと注がれているのみだった。

「ああ、そうでした。力の余った悪僧どもが、どうしても戦場に出たいときかぬのです。三百ほどを瀬田に向かわせますゆえ、どうぞお好きにお使いください。神剣なき治天でも、きっと神仏は情けをお掛けくださるでしょう」

そう言い置くと、からからと笑いながら、承円は梶井宮を去った。そのさまを、石丸は険しい目つきで見送るほかなかった。

「院、無念なれど、ここは高陽の御所に還御《かんぎょ》され、のちの戦に備えるほかありませぬ」

忠信もまた院に寄り添うと、虚ろな表情のままの院を見つめた。

「院、お気を確かに」

石丸の声が届いたものか、ようやく院は目に光を取りもどすと、忠信に、そして己の身体を支える青年の顔に視線を遣った。すがるように伸ばされた手を、忠信が摑む。石丸もまた、院を支える腕に強く力を込めた。

「神剣なく登極した報《むく》い、か。この有りさまは」

「決して。決してそのようなことはございませぬ」

忠信の否定は早かった。が、院自身はその言葉を聞いてはいなかった。

六月十日。院は、梶井宮から高陽院に還御した。改めて戦について詮議《せんぎ》が行われ、藤原秀康と三浦胤義を大将としたおよそ一万騎を瀬田に、源二位有雅《ありまさ》と藤原宰相中将範茂《のりもち》を筆頭とした二万騎を宇治に配して、鎌倉方を迎え撃つと決まった。

坊門大納言忠信の一軍は後詰《ごづめ》として、宇治から巨椋池《おぐらいけ》を挟んだ淀に陣を構えることとなった。石丸もまたこれに同行し、十二日には洛中を離れた。

戦陣へとつづく鳥羽作道《とばのつくりみち》の空は、数日来の曇天《どんてん》に覆われていた。石丸はいまにも雨が降り出しそうな空を見上げ、それから軍列の後ろを振り返った。院が留まる京の上には、なお一層黒々とした暗雲が立ち込めていた。


京洛《きょうらく》は、いまや混乱の窮《きわ》みにあった。

東国の武家たちが院方の軍勢を尾張・美濃で潰走《かいそう》させ、破竹《はちく》の勢いで西上していることを知らぬ者は洛中にいない。そのうえ、院が京を捨てて比叡山門に逃げたとの噂も広まり、公家衆にも京を離れる者が現れる始末である。在家の民も我先にと逃げ出しており、そこへ野盗《やとう》の類《たぐい》が入って狼藉《ろうぜき》を働くなど、洛中が荒《すさ》んでいくこと甚だしかった。

そんななかにありながら、東山粟田口の界隈に立つ炉の煙だけは変わらない。いや、いつにも増して激しく立ち上り、曇天に新たな雲を加える勢いである。

ここにもひとつ、煙を出しながら火と風に向き合う鍛冶場がある。粟田口則国の鍛冶場である。急拵えの火床《ほど》をふたつ追加したため、鍛冶場は数日前に比べて随分と狭い。そのなかで、ふたりの男が鉄に向かっていた。

「そちらは、いけそうですか」

ひとりは備前国の吉房。火床の青い炎を見つめながら、忙しなく鞴《ふいご》の把手《にぎりて》を繰《く》った。かたんっかたんっと小気味《こきみ》よく箱鞴の弁が返る音が響くとともに、強い風を火床へと注ぎ込む。炭の山のなか、蕩《とろ》けた鉄が火花を咲かせて滴《したた》るさまを見ながら、吉房は力強く風を送りつづけた。

「まかせておけ。まずは三斤《きん》（約一・八キロ）ほど仕上げるぞ」

もうひとりは、粟田口の則国。白く濁った右目と澄んだ左目を見開き、火床に炭と鉄片を盛っていく。火床の底は尋常《じんじょう》のものより深く取っており、羽口《はぐち》よりやや下に据えた底にはわずかな窪《くぼ》みがある。そこへ手際《てぎわ》よく積んだ炭に種火を落として鞴を繰った。たちまち熾《おこ》った火を、しかし則国は緩くやわらかに育てる。

ふたりのかたわらに積まれたのは大小に切られた炭、そして雑多な金物だった。錆《さび》の浮いた釘もあれば、よく使いこまれた鍬《くわ》の刃もある。穴の開いた鍋《なべ》もあれば、折れた太刀もある。それらを細かく砕きながら、吉房と則国は炭とともに火床に加えていった。

「おおぅいっ、吉房、とりあえずできた分は持ってきたぞ」

そこへやってきたのは、則国の叔父である国綱だった。抱えた櫃には黒々と輝く鉄塊《てっかい》が五つほど転がっている。

「ありがとうございますっ」

「もう少しで有国《ありくに》や国吉のところの分も仕上がる。それで何とか足らしてくれ」

「心得た」

振り返らずに言うと、吉房は目の前の火花の出を確かめ、鞴の風をわずかに緩めた。

吉房たちがやっているのは、古鉄卸《ふるがねおろ》しである。細かく砕いた古材を炭とともに火にかけ、鉄を溶かしながら炭素を調整する技術で、溶け出した鉄は炭のあいだを通って火床の底に滴り落ち、そこで卸し鉄となって育っていく。

一度使われた鉄も、こうして卸してやることで、甦らせることができた。のみならず、炭の工夫や鞴の風の当て方で、脆い鉄をしなやかにすることも、軟《やわ》らかい鉄を硬く鋭くすることさえも可能だった。

無論、決して簡単なことではない。集められた無数の古鉄がそれぞれどんな性質を持つのかを見極めるだけでなく、それに合わせた火と風の加減を自在にできなければ、まともな卸し鉄はできなかった。そのうえ、できた卸し鉄から作刀に堪《た》え得《う》る部分がどれほど取れるか、水圧《みずへ》ししてみなければ分からない。

それをやろうと言い出したのは、吉房自身だった。

「院に献上する剣を打つために、どうしても良い古鉄が必要なのです」

半ばは、そうせざるを得なかったからである。戦支度のために京中《きようじゆう》の鉄が使い尽くされて、いまさら太刀を打つほどの鉄を集めるのは難しかった。石丸が手配したという鉄も、結局は粟田口に届いていない。

だが、それだけではなかった。吉房にとり、院の願いを叶えるには古鉄——数多の民の暮らしを経た鉄こそが相応しいと思えたからである。

ただ、それを集めるための伝手《つて》が吉房になかった。これが郷里の備前福岡ならまだしも、京の知り合いといえば粟田口鍛冶、気心が知れているのは、鍛冶場を間借《まが》りした則国くらいのものである。それでも何とかならないかと、吉房は則国に頼み込んだ。

「院の御身《おんみ》に何事かが降りかかる前に、どうしても打って差し上げたいのです」

何しろ、吉房には時間がなかった。鎌倉方と院方の決戦が迫っていたし、いざはじまれば、十のうち八九は院方の敗北に終わる。敗戦した院に、どんな処遇が待っているか分からない。保元《ほうげん》の乱の先例に従えば、院が遠流《おんる》となる可能性は高い。

そうなる前に、何としても院へ剣を捧げたかった。

話を聞いた則国は、すぐに叔父たちに声を掛けた。いまや粟田口の兄弟鍛冶の筆頭となっている国綱はもちろん、国安《くにやす》、国清《くにきよ》、有国、そしてその弟子たちを前に、則国は吉房の考えを語り、そして深く頭《こうべ》を垂れたのだった。

「どうか、この従弟《いとこ》の願いを叶えてやってくれ。頼む」

そんな則国の姿に、否やを述べる鍛冶はいなかった。多くの者が京から逃げ出すなか、彼らは懸命に鉄を集めた。古鉄の座に掛け合うのはもちろん、岡崎の寺社や邸、京外《けいがい》に逃《のが》れる民など、あらゆる伝手をたどって古鉄を集めてくれた。

さらには、粟田口鍛冶の皆が、総出で古鉄卸しを買って出てくれさえした。

「院には恩義があるゆえな」

「本来は、何とも大らかで気持ちの良い御方なのだ」

「頼むぞ、吉房。我らの願い、何としても形にしてくれ」

番鍛冶として奉仕した国綱や国安だけではない。水無瀬で院とともに鎚を振るったという者たちが皆、そう言って火と風に向かい、古鉄を卸した。

そして、目を患った則国さえも。

「鎚を使わぬなら、わしにもできよう」

太く笑う従兄の姿に、吉房は思わず泣きそうになった。が、己を叱咤《しった》して何とか堪えると、自身もまた火床と相対したのだった。

（小さき者たちが小さきままに集い、咲き賑わう国の鉄でございますよ）

炎のなかで盛んに咲く菊の火花を見つめながら、いつしか吉房は心のなかで院に語り掛けた。

そこにいるのは、実際に顔を合わせた偏執《へんしゅう》的な治天ではない。石丸や、則国・国綱をはじめとした粟田口鍛冶たち、自分を送り出した延房と福岡の鍛冶たち――彼らが出会い敬慕《けいぼ》した、菊を愛した〝すめらぎ〟であった。

その姿を教えてくれたのは、ひとりの童弟子《わらわでし》である。

石丸が出陣前の挨拶に訪れた日の夜、なお自分が打つべき剣の姿が見えずに悩んでいた吉房の前に現れたのは、則国の孫弟子という童《わらべ》、藤四郎だった。

『このたびの御番鍛冶、どうか院の願いを叶えてあげてください』

則国の鍛冶場を訪ねてきた藤四郎は、吉房にそう言い募った。

十歳を越えたかそこらの少年が院のことを語るのにも驚いたが、聞けば、則国の手伝いで水無瀬での鍛冶の奉仕をしたことがあるという。言われてみれば、まだ頑是《がんぜ》ないところを残しながらも、その身体つきは十分に鍛冶らしかった。

『本当は、このような戦を起こされるかたではないのです。心の温かい、お優しくて強い御方なのです。いまはただ、それをお忘れになっているだけで』

言って、少年は祈るように握っていた小菊を、鍛冶場の水桶《みずおけ》に挿《さ》した。それは則国のために、そして院のために摘《つ》んだ花だった。

『昨年、早咲きの菊を院に献上いたしましたら、とても喜んでくださったんです。菊がお好きで、ご自身の御紋《ごもん》にされるほどですから』

そのときのことを思い出して、少年は、院が菊に見た理想を口にしたのだ。

『小さき者たちが小さきままに集い、大輪《たいりん》の花となる。日の本をそんな国としたいと、院は願っておいででした』

そう聞いたとき、吉房が京に来て以来、耳にしてきた院の在《あ》りようが、ひとつの像を結んだ。

御璽《みしるし》なき即位と帰らなかった神剣、たび重なる熊野詣と、文武の道を磨いて覇気をあふれさせ、やがて己の剣を求めて番鍛冶を召した、院の姿。

それは、おのずと吉房に打つべき剣の姿を教えた。

「吉房、ぼうっとするなよ」

則国の叱責《しっせき》が耳に入り、わずかに物思いに浸っていた吉房は、意識を目の前の火床にもどした。

「大丈夫ですよ。則国さんのほうが難しい鉄を扱っているのですから」

「何、片目が潰れて、かえって鉄を観《み》やすくなったものよ」

軽く言い合いながら、吉房も則国も、細心に鞴の風を操った。

無論、古鉄の種類はさまざまで、見た目ですぐさま、その性質を判断できるものではなかった。だから、吉房たちは集まった古鉄を確かめ、素早く質を見抜いて、相応しい息吹《いぶき》を吹き込む。

古鉄を観る目、卸す火床のなかを見通す感覚、そして鞴で風を操る腕。それらが揃《そろ》わなければ、良い古鉄の卸し鉄はできない。だが、その点で吉房に心配はなかった。

何しろここは、福岡と鍛冶の天下一を競う粟田口なのだ。

「おい、吉房。これも使え」

火を見ながら、則国はぞんざいな口調で言うと、細長い古鉄を吉房に寄越した。それをひと目見て、吉房は思わず彼に視線を返した。

渡されたそれは、黒く焼けた大太刀。則国が亡き友・伊賀光季のために打ったという、あの剣だった。

「よいのですか」

「そのほうが、幽世《かくりよ》のあやつも喜ぶというものよ」

ぶっきらぼうな則国の口調には、わずかな笑みがあった。

「ありがとうございます」

いまは亡き硬骨の武人に内心で頭を下げると、吉房は躊躇《ためら》わず、焼け身の大太刀を打ち折り、細かく砕いて火床に盛った。

こうして集めた天下一の卸し鉄で、吉房には打つべき剣がある。

『剣は、理《ことわり》の器だ』

祖父の則宗は晩年、吉房はじめ弟子たちにそう教えたものだった。

器物としての剣は、やはり人斬りの道具である。だから福岡の鍛冶は、剣をよく斬れて折れぬよう鍛える。地鉄や刃文の工夫も、根元的には刀剣の強さや鋭さを増すために施《ほどこ》すものであって、美観や品格を高めるためにするわけではない。

だが、そこに顕すべき理が盛られたとき、剣は理の物実《ものざね》となって作り手も使い手も離れ、時を超えて、世に、人に伝わることがある。それゆえに人は、刀剣を神仏に捧げて己の意思や願い、志を顕すようになった。

そのとき剣は、人を殺《あや》める利器から、人を活《い》かす理器へと変わるのだ――。

吉房に、祖父の境地はまだ分からない。寺社への奉納刀を打ったことはあるが、施主《せしゅ》の求めに応じて懸命に務めはしたものの、祖父が言うような純粋さに届いたとは思えなかった。所詮、悩みすぎる自分には、純然たる理の器を打つことは難しいのだろう。

だが、いまから打つ剣は、吉房が考えたものではない。石丸の言葉を借りれば、院の志のなかに〝すめらぎ〟を見た、皆の思いそのものである。写すべきは彼らの思い描く理想であり、〝すめらぎ〟が顕す理だった。それを剣の形に鍛え上げ、目に見える形とするのが己の役目だと、吉房は心に定めた。

およそ半刻《はんとき》（一時間）ものあいだ、火床に風を送りつづけ、ようやく鞴を繰る手を止めた。炭を奥へと掻《か》き退《の》けると、火床の底でほんのりと輝きながら火花を散らす鉄が顔を覗かせた。金箸《かなばし》で摑み上げると、名残のように大きく菊が爆《は》ぜた。

角のない、穏やかな様相の鉄だった。はじめからそうであったようにひとつにまとまって、ころんとした姿がどこか愛らしい。

「則国さん、じつはもうひとつ、手をお借りしたいことがあるのです」

そんな卸し鉄を取り出しながら、吉房は則国に声を掛けた。そうして、曖昧《あいまい》な笑みを浮かべながら、己の思うところを口にした。いつも謹厳《きんげん》な従兄が、不意を衝《つ》かれたように目を丸くした。

六月十四日、早朝。前日に降り続いた雨はようやく上がり、夏らしい強い日差しが巨椋池の湖《こ》畔《はん》を灼く。流れ去った暗雲は遠く、その名残か、かすかな雷鳴が空に広がった。

ここ、淀は巨椋池の西の口にあり、桂川、さらに木津川が合流して淀川と名を変えて流れ出す場所に当たる。ふたつの大川から流れてきた土砂が溜まって淀むためにこの名があり、点在する中洲と浅瀬をたどれば歩いて渡ることもできた。

もっとも、昨夜の雨で川は増水しており、水面から顔を覗かせる中洲は頼りない。豪雨一過《いっか》の青空を映す川水の勢いもよく、ふたたび鳴った遠雷はすぐに川音へ紛れた。

石丸は、中洲を挟んだ対岸の軍勢を見遣る。押し立てた軍旗は丸に三《み》つ引《ひき》、俗に三浦三つ引と呼ばれる通り、相手は鎌倉の宿将である前駿河守《さきのするがのかみ》・三浦義村の一軍である。

鎌倉初代将軍・源頼朝の旗揚げ以来、つねに戦陣を共にした三浦の強兵ぶりは、石丸も耳にするところだった。その数ざっと一万。翻《ひるがえ》って我が方はと見れば、坊門の郎党と西面、合わせて千余り。坊門家の下《さが》り藤の旗もまばらで、兵の数でいえば、話にならないほどの差があった。そして士気の差も、歴然としていた。

「さすが、駿河前司《ぜんじ》どのの軍勢よな」

水際に並べた置き盾から相手方を望む石丸に、馬を寄せてきた者がそう声を掛けた。鞍《くら》を見上げれば、主である坊門忠信が日差しに目を細めながら、黒々とした敵軍の陣を見遣っていた。三浦の兵たちは揃って黒の装束《しょうぞく》に身を包み、いかにも整然として精悍。坊門方を圧するような迫力に満ちている。

「芋洗《いもあらい》には毛利《もうり》入道《にゅうどう》の一軍が迫っているようで、一条宰相さま、尊長《そんちょう》さまの加勢は難しいかと」

「あれらは当てにするな。所詮、口先の者どもよ」

忠信が手厳しく言うのも無理はなかった。

院に近侍《きんじ》する一条宰相信能と、その異母弟で法勝寺執行《ほっしょうじしっこう》の尊長は、鎌倉への強硬策と挙兵を勧めた側である。そのくせ、東国武士が北条義時追討の院宣に反発すると、途端に弱腰となった。

『東国武士の勢いは防ぎ難《がた》いものがあります。いっそ、藤原大納言と権中納言の父子を放免し、鎌倉との和議を進めてはいかがにございましょう』

戦に先立って行われた評定《ひょうじょう》の席で、顔を青ざめさせた信能はぬけぬけと言ったものである。いまさら何を言うのかと皆に一蹴《いっしゅう》された信能が、この戦へ積極的に臨《のぞ》むとは思われなかった。

「我らは我らで、院の大御心に従うのみだ」

「御意《ぎょい》にて」

「信成は、手はず通り水無瀬に向かったか」

石丸の乳兄弟であり、忠信の養子である信成は戦列に加わっていない。実父である藤原前権中納言親兼《ちかかね》とともに、院の離宮である水無瀬殿に入っているはずだった。

「はい。戦が終われば、前権中納言さまとともに離宮を明け渡す手はずにございます」

それが忠信の命だった。

水無瀬には十分な兵具が残されているし、入念に引きまわした壁や殿舎群は防塁《ぼうるい》ともなる。そこへ一軍が入ってしまえば、なおも反攻の拠点となり得た。戦の敗北が見えている以上、無闇に長引かせて禍根《かこん》を残すべきでないというのが彼の考えだったし、信成と親兼もそれに同調した。

本来の院であれば、いたずらに戦を長引かせることを望まないと、皆が信じたからだ。

「我らのやっていることは、どっちつかずの撞着《どうちゃく》と誹《そし》られるであろうな」

自嘲気味に言う主に、石丸はかぶりを振る。

「よいではありませんか。それで院の大御心を守って差し上げられるなら」

確かに、石丸たちがやっていることは、余人《よじん》には不可解であろう。面従腹背《めんじゅうふくはい》にすらなっていない。だが、彼らはそれでよかった。守るべきは、あくまで院の本性だった。

石丸と忠信だけではない。水無瀬の親兼・信成父子も、院の本性――御璽がなくとも、神剣が失われようとも、この国を知ろしめすに相応しい〝すめらぎ〟としての心を信じている。その心はいま、さまざまなものになぶられ、貶《けな》され、打ちひしがれて、院自身にも忘れられようとしていた。

だからこそ、だった。本人さえも忘れかけている心を、それを覚えている者が守らなければならない。石丸たちの願いはそこにあった。いまの院を守るのではない。自分たちが敬慕した〝すめらぎ〟の心を、守りたいのだ。

「さて、東国の者どもは、私を兵乱の張本《ちょうほん》と数えてくれるだろうか」

忠信は声を張って言うと、兜《かぶと》の緒をきつく締め上げ、かい込んだ弓を左手に握りなおした。

この戦が起こったのは、何も院のせいばかりではない。寵愛《ちょうあい》に驕《おご》った坊門大納言以下の院近臣が煽ったためだ――。世にそう思わせるべく、石丸と忠信の主従はここまで動いてきた。

「さて、仕上げと参りましょうか」

石丸もまた兜の緒を固めて、柵越しの黒備えに目を遣った。すでに卯刻《うのこく》も半刻を過ぎ、いよいよ三浦勢が動きはじめたようだった。名乗りの声もなく、おもむろに鏑矢《かぶらや》の音が鳴り響き、淀川の音を割《さ》いた。矢合わせの催促《さいそく》である。

「分かっていると思うが」

後陣にもどりかけた忠信が、ふと石丸に声を掛けた。

「そなたには、もうひとつ仕事がある」

「それは？」

「番鍛冶のことよ。院に、あの備前鍛冶の剣を届けねばならぬ」

あっ、と石丸の口から間の抜けた声がこぼれた。備前国の吉房。どこか締まりのない顔をした、人が良く、妙なところで正直な鍛冶。戦の前、彼に末期《まつご》のつもりで挨拶をしに行ったことが、石丸の脳裏をよぎった。

「ですが、私は」

「きっと院も心待ちにしておられる。頼んだぞ」

そう言い残し、忠信は鏑矢をつがえると、空に放って馬腹《ばふく》を蹴った。天へと昇っていく矢が高く鳴り響き、入れ替わるように配下の兵たちが矢来《やらい》を出て、水際に前陣を形作る。

「弓、構えっ」

忠信の号令に、兵たちが矢をつがえる。見る間に、三浦勢の先陣は鯨波《げいは》の声を上げて浅瀬へと突っ込んだ。増した流れに足を取られながらも、敵の隊列に乱れはない。その頭上に向けて、石丸はきりきりと弓を絞る。

「放てっ」

一斉《いっせい》に弓が鳴った。刹那《せつな》、黒い浮塵子《うんか》の如き矢が一塊となって夏の空を駆け、瀬に入った黒い軍勢の上に降り注ぐ。

だが、三浦勢は動じたふうもない。先陣は遮二無二《しゃにむに》に川中を突き進み、中洲の確保に掛かった。そして、その後方から浮塵子の群れが湧き立った。

坊門勢が放った倍を超えようかという返し矢は、妙にゆっくりと上空に上がり、中空で弧を描いた瞬間に加速、猛烈な勢いで石丸たちへと殺到した。季節外れの雹《ひょう》が屋根を叩くような音が辺りを包み、少し遅れて人の悲鳴が沸き起こる。

「怯《ひる》むな、射返せっ」

置き盾の陰でそれを聞きながら、石丸は二の矢をつがえ、身を乗り出しざまに放った。

増水した川を隔《へだ》てての戦となれば、当然両岸からの矢戦《やいくさ》にならざるを得ない。常ならば騎馬を飛ばして相手の陣を打ち崩すところだが、こう川の流れが速くては、水に足を取られて馬の俊足を活かすことはできず、むしろ格好の的《まと》になりかねなかった。

それを分かっているからこそ、三浦勢は矢戦を仕掛けつつも徒歩《かち》の兵に川中の洲を確保させ、じわじわと対岸の坊門の陣との間合いを詰めに掛かっているのだ。川面《かわも》に浮かぶ同輩の亡骸《なきがら》さえ振り返らず、黒い兵たちは進みつづける。

そんな大胆な策を、三浦に躊躇わせないほどに兵力の差が著《いちじる》しいのだと、石丸は奥歯を噛む。飛び交う矢の量で負け、迫る徒歩の兵さえも打ち払えない。そのうえ、寄せ集めの味方は碌《ろく》な統率も取れず、すでに浮き足立っていた。

（所詮は真似事《まねごと》か）

水無瀬で、院とともに笠懸《かさがけ》や剣術に腕を磨いた記憶が、いまや空《むな》しさとともに石丸の胸に去来《きょらい》した。

返し矢が雨の如く降り注ぎ、兜を掠《かす》めた鏃《やじり》が甲高《かんだか》く鳴るのを聞きながら、石丸は箙《えびら》の矢を取っては放ちつづける。そのうちに、飛礫《つぶて》さえ届くまでに敵が近づいたのだろう、投石が盾や矢来を打ち据える重い音が交じりはじめた。置き盾の陰から石丸がうかがうと、すでに三浦の兵は顔を確かめられるほどに近い。

もはや敵味方とも矢が尽きたのか、飛び交う矢は疎《まば》らだった。戦は、打物同士による斬り合いに移ろうとしていた。

（尊成《たかなり》さま、忠信さま、信成さま。役目を果たせず申し訳ございません）

石丸は、命を懸けてもよいと己に思わせた者たちの面影《おもかげ》を胸に抱《いだ》き、わずかに瞑目《めいもく》した。尊成とは、後鳥羽院の諱《いみな》である。

石丸の祈りは一瞬だった。腹を決め、弓と空《から》の箙を捨てた。腰の太刀を抜き、八幡大菩薩《はちまんだいぼさつ》と熊野権現《ごんげん》の神号を口のなかで転がすと、一気に盾から身を乗り出した。

「聞け！　我こそはっ」

名乗りを上げようとした、そのとき、眼前に飛んできた黒い塊が、石丸の顔面に直撃した。飛礫だと思う間もなく目の前が紅《あか》く染まり、頭のなかで何かが潰れる音が響く。衝撃で棒立ちになり、ふらりと上体が傾《かし》いだ。朦朧《もうろう》とした意識のなかで、やけにゆっくりと降り掛かる三本の矢が見えた。

ひとつは肩口に入り込み、鎧の袖を切り飛ばした。

ひとつは草摺《くさずり》をすり抜けて、太股《ふともも》に突き刺さった。

衝撃を感じる間もなく最後の一矢が喉元《のどもと》に飛び込み、今度こそ鋭い痛みとともに緒が切れて兜が飛んだ。そこで、石丸の意識は、深い闇のなかへと落ちていった。


宇治・瀬田で鎌倉方に官軍敗れる。その報はすぐさま京中に広がった。

まず粟田口に姿を見せたのは、瀬田から逃げ帰ってきた院方の軍勢だった。藤原秀康と三浦胤義らは、北条時房を大将とする鎌倉方と合戦に及んだものの、わずか半日ばかりの戦いで敢《あ》えなく兵を退《ひ》いたという。

京にもどった秀康たちが陣を張ったのは、鍛冶町にほど近い三条河原だった。最後の抗戦に挑むつもりかと、町の者たちは覚悟したが、案に相違して翌十五日の朝、すでに秀康らの軍勢は見るも無残に瓦解《がかい》していた。夜のうちに多数の兵が遁走《とんそう》し、もはや一軍の体《てい》を保つことすらできない有りさまとなっていたのである。

窮した秀康たちが、残る兵とともに向かったのは高陽院だった。後鳥羽院の号令を得て最後の一戦に臨むつもりだったのだろうが、彼らを待っていたのは、厳重に閉ざされた御所の門であった。そして届けられた言葉に、秀康らは耳を疑った。

「そなたらが御所に立て籠もれば、東国武士がここを囲み、朕を攻めるやも知れぬ。疾《と》く去《い》ね」

そこに、かつての覇気横溢《おういつ》した院の姿はない。保身のために、自らの軍を見捨てた暗主《あんしゅ》がいるだけだった。

「こんな主に騙《だま》されて兵を挙げたとは、日の本第一の不覚であったわ」

胤義はそう叫び、門を叩いて歯ぎしりしたというが、院の癇性《かんしょう》に付け込んで挙兵を煽り、北条氏の排除を企んだのは、ほかならぬ彼ら自身である。恨み言もそこそこに高陽院を離れると、秀康は密《ひそ》かに京から脱出。胤義と、同じく院方の武家で、美濃・尾張の戦で唯一武功を挙げた猛将・山田重忠《しげただ》だけが東寺《とうじ》に立て籠もり、最後の抵抗をすべく備えた。

一方の鎌倉方は、十四日夜には総大将の北条泰時が深草《ふかくさ》まで軍を進めるとともに、早くも手勢を洛中へと送り込んだ。これに抵抗した院方の兵たちが洛中に火を放ったが、鎌倉方の兵が速やかに鎮火してまわったというから、もはやどちらが賊《ぞく》か分からなかった。

十五日、時房率いる瀬田の軍勢と合流した泰時は、昼前には六波羅《ろくはら》に入った。院使が到着したのは、ちょうどそのころである。

「このたびの戦は朕の本意ではなく、奸臣凶徒《かんしんきようと》に謀《はか》られたゆえのことである。よって、先の北条追討の院宣を取り消し、以後武家を召し使うことも差し控える。ただ、洛中での狼藉《ろうぜき》のことのみを憂《うれ》うゆえ、東国武士たちに下知《げち》してほしい」

泰時がその院使の言葉をどのように聞いたかは、人の口に上ることはなかった。ただ、略奪や狼藉の禁令は徹底され、人の少なくなった京はお決まりの群盗《ぐんとう》の跋扈《ばつこ》もなく、曲がりなりにも平静を保った。

東寺に籠もった残党もまもなく鎮圧され、三浦胤義は逃げた西山で自害。同じく山田重忠も嵯《さ》峨《が》野《の》で自害して果てた。そのほかの院方の諸将も、あるいは自邸に禁足《きんそく》され、あるいは捕《と》り手によって六波羅に連行されたが、挙兵を強力に推し進めた藤原秀康と二位法印尊長は、逐電《ちくでん》して行方が知れないという。

それから数日後、高陽院より土御門院、順徳院、六条宮、冷泉宮の皇子がたが、それぞれ別の住まいに隔離《かくり》され、合わせて院御所の官吏《かんり》・女官《によかん》たちもほとんどが締め出された。高陽院に、残党隠匿《いんとく》の疑いが掛けられたための措置《そち》である。

後鳥羽院は広大な高陽院に、ただひとり残される格好となった。

そうして六月二十三日。叛乱《はんらん》の張本とされた六人の公卿——藤原按察使光親、藤原権中納言宗行、源二位有雅、藤原宰相中将範茂、一条宰相信能、そして坊門大納言忠信の身柄が、六波羅に引き渡された。それぞれが囚人《めしゆうど》として有力な御家人の厳重な監視下に置かれ、関東へ送られたのちに沙汰《さた》が下されるとのことだった。

こうなると、噂好きの京童《きようわらべ》たちが最も関心を寄せるのは、院の処遇である。自ら兵を挙げながら一度としてご自身では戦わず、あまつさえ敗残の味方へ後足で砂を掛けるような振る舞いに、人心《じんしん》は完全に離れている。だから彼らが交わす話はもっぱら、院がどのような処罰を受けるのか、ということに終始した。

「聞いた限りでは、出家《しゅっけ》剃髪《ていはつ》のうえ遠流が妥当とか」

巷の噂話を拾ってきた吉房は、困惑気味にそう言った。

「よくも妥当などと。相変わらず、勝手を言いおる」

「京のお人は筋金《すじがね》入りの噂好きとは聞きますが、ここまでとは思いませんでした」

吐き捨てるように言った則国に、吉房は相変わらずの正直さで返す。直後、濁った右目で睨まれ身をすくめた。黄昏時《たそがれどき》、肩を並べて鍛冶場に座り込みながら話すのは、もちろん院のことである。

兵乱の推移や院方の諸将の処遇について、京童たちが運んでくる噂は驚くほど正確であった。それも、鎌倉方が京での暮らしや勤めのために雇い入れた下人たちが出所《でどころ》だからだが、さすがに肝心《かんじん》の皇族がたへの沙汰については、雑説の域を出ない。

「まあよい。それよりも、いまは剣をどうするかだ」

言いながら、則国は鍛冶場の神棚を見上げた。そこに収まっている剣こそ、この十日余りで一気に吉房が鍛え上げたものだった。

皆で卸した鉄の量は、尋常な太刀の二倍以上。それをひとりで横座を務め、しかも昼夜も問わずに鍛え上げた吉房は、さすがにくたびれきっていた。誰よりも長く火の近くに居たために、肌はすっかりと焼けて硬くなっていたし、萎烏帽子からこぼれた髪は所々焦げて、ちりちりと縮れている。

「鎌倉方のお武家さまに掛け合うとか」

それだけに吉房は、剣をあるべきところである、院のもとへ届けることにこだわった。

「いまの院は、憚《はばか》りながら囚人《めしゅうど》も同じであろう。公卿でも謁《えつ》を許されぬというから、我らのような者など相手にもされぬだろうな」

「では、九条《くじょう》の藤原さまはいかがです。粟田口にとっては主家のようなものでしょう?」

「無理だな」

吉房の思い付きに、則国はにべなく返した。

「わしが、九条のお家に喧嘩《けんか》を売ったのでな」

「ええっ、なんだってそんな」

「聞くな。男には沽券《こけん》というものがあるのだ」

そう言われては、吉房もそれ以上問い詰めることができない。

「いや、九条のお家もなかなか難しい立場のようだぞ」

そう言いながら、鍛冶場に入ってきたのは国綱だった。するりとふたりのあいだにしゃがみ込むと、辺りを憚るように声を潜めて言った。

「どうも、今上が廃されるようだ」

「真《まこと》ですかっ」

顔の広い国綱が持ってきた噂とはいえ、吉房には俄《にわか》に信じがたい話だった。

鎌倉の武家団といえど、朝廷の臣下《しんか》であることに変わりはなく、臣下が帝の位を云々《うんぬん》するなど有り得ない、はずである。そのうえ、今上はわずか四歳の幼児。まさか戦に加担《かたん》したわけでもあるまいに、廃位に処するとは、いかにも哀れだった。

「今上の母君は、九条のかたなのだ。当然、藤原さまは抗《あらが》っただろうが」

しかも九条流は、将来の鎌倉将軍として下向した幼君・藤原三寅《みとら》の実家である。その意向さえ突っぱねるほどの強硬姿勢は、このたびの戦乱の後始末に厳しくあたる、との鎌倉方の意思表明であろう。

「もはや、朝廷は鎌倉の指図抜きには立ちゆかなくなるのだろうな」

この乱が、それほどまでに京と鎌倉の関係、引いては国の形を変えてしまったのだということに、一同は言葉を失った。

「院は、どうなりそうですか」

もっとも、吉房にとって大事なのは、それだけだった。何としても剣を献上しなければ、鍛冶の皆、古鉄を集めてくれた皆、そして院自身に申し訳が立たなかった。

「保元の例に倣《なら》えば、讃岐《さぬき》か土佐《とさ》という辺りか」

戦乱を引き起こした上皇と聞いて、皆が思い出したのは、やはり保元の乱の際の崇徳院《すとく》であった。当時の後白河帝は、崇徳院を讃岐の白峰《しらみね》に押し込めたうえに、徹底して罪人として扱い、その崩御《ほうぎょ》をも無視したほどである。

だが、保元の乱は皇族同士が争ったものであり、このたびの戦とは事情がちがった。仮にも臣下である東国の武家たちが、治天を破ったわけで、無論前例はない。

「いずれにしても海外には流されようし、監視の目も厳しかろうな」

「やはり、京に居《お》られるうちしか機はなかろう」

則国は腕を組み天井を仰いだ。彼も国綱も、考えあぐねている。

「お慰みに、お好きな剣を見せに来たとでも言えばどうですか」

吉房も、もはや自棄《やけ》である。

あまりの言い草に、則国はさすがに呆れて従弟を睨みつけた。

「たわけ。どこの馬の骨とも分からん者を、御所に通すわけがなかろう。しかも、いまさら院に武器を渡すのを、鎌倉武士が黙って許すと思うか」

「だったら忍び込んでやればいいんですよ」

「馬鹿を申せっ。高陽御所はすっかり固められておるのだぞ。衛士の目を盗めたとて、あの塀をどう越えるつもりだ」

「やってみなければ分からないでしょう」

思い付いたことをそのまま口にする吉房だが、いかに則国に反論されても決して引かなかった。柔和《にゅうわ》で、ともすれば優柔不断《ゆうじゅうふだん》に見えるが、実際は則国に劣らぬほどの頑固者である。言い出したら譲らないし、曲げない。それを、古鉄卸しと作刀に付き合った則国と国綱は思い知っていた。

「忍び込むと言ったってな。わしらは御所のなかも碌《ろく》に知らぬ。院の御座すら見つけられるかどうか」

「私なら分かりますよ」

と、不意に涼やかな声が鍛冶場に届いた。

驚く一同の前に姿を見せたのは、ひとりの僧形《そうぎょう》の青年だった。剃《そ》りたてらしい禿頭は青く、何より左目を覆う眼帯《がんたい》が痛々しい。裳付《もつき》姿に杖をついたその男が何者なのか、鍛冶場の誰も気づけない。

「忍び込むとはまた大胆《だいたん》ですね。吉房どのらしい」

が、その楽しむような声音で、吉房には分かった。

「石丸さま！」

石丸右衛門大夫頼継。淀の戦から帰らなかったはずの青年貴族は、あっけらかんとした笑みを浮かべて頷いた。

「ご無事だったのですかっ」

「恥を忍んで、こうして。動けるようになるのに、時は掛かりましたがね」

己の禿頭をぴしゃりっと叩きながら、石丸は鍛冶場の戸口をくぐった。そのときには、すでに笑みを収めて、真剣な眼差しで三人の鍛冶を見ていた。

「忍び込むというなら、恐らくは今宵《こよい》が最後の機会でしょう。鎌倉方は、院を明日にも四辻殿《よつじどの》にお移しするつもりだとか」

一条万里小路《までのこうじ》にある四辻殿は、院の准三宮《じゆさんぐう》である修明門院《しゆめいもんいん》藤原重子《しげこ》の住まいである。院の私邸のひとつであり、敷地も一町ほどと手ごろで、院を軟禁するにはちょうどよいと思われた。

「いまならば、広大な高陽院にわずかな院司が残るのみ。鎌倉方も、代々の里内裏を踏み荒らすような真似《まね》はできません。忍び入るなら、今宵これからしかありません」

「どうする、吉房」

則国は、片目で吉房の顔を覗き込んだ。

「お主は思い付きで言ったかもしれんが、石丸さまは本気のようだぞ」

国綱は、ほとんど煽るように言った。

吉房はわずかに狼狽《うろた》えたが、それも一瞬のことで、すぐに神棚へ視線を遣った。そこにある剣を見つめる目が、引き締まった。

「やりますよ。剣のためですから」

その返答に、石丸は苦笑した。

「まったく、あなたがた鍛冶というのは本当に、剣のこととなると見境がありませんね」

「我らは鉄を打ち、剣を鍛えるしか能がありませぬゆえな。それにすべてを以て応えるだけにございますよ」

国綱は言うと腰を上げた。剣を運ぶための包みを持ってくると言い残し、足早に鍛冶町へ消えていった。

「では、院の大御心にお応えする剣が、できたのですね」

己の妄執ゆえに兵乱を起こし、甘い目論見からそれに敗れ、朝廷はおろか、帝や治天の権威さえも失墜《しっつい》させてしまった院。〝すめらぎ〟としての正統性にこだわりつづけ、それが過ぎたがゆえに、自らその正統性を破壊してしまった院に、いったいどんな剣が相応しいというのか——。

石丸の内心の疑問と畏れを表して、吉房へ問う彼の声は揺れていた。

「ええ。皆さんのお心があったからこそ、打てた剣です」

吉房は言うと、神棚から剣を取って白鞘から抜き放った。その姿に、石丸は目を丸くした。


「やめよっ、やめぬかっ」

高陽御所の内に、男の悲鳴が広がる。しかしその声は、甲冑《かっちゅう》の鳴る音、それをまとう者どもの遠慮のない足音に覆われて、外に響くこともない。

「聞き分けのないことを申されますな、院」

「刀など不用意に集められては、うっかり御身を傷つけることになりますぞ」

慇懃なれど無礼な言葉と、それにすがりつくような衣擦《きぬず》れの音。そして鞘に納めた刀剣を櫃に詰める重く乾いた音が、灯《あか》りも乏《とぼ》しい御所の夜闇《やあん》を揺らした。

「なにをするっ」

言い掛けた声が中途に泳ぎ、重いものが板床に強《したた》かに叩きつけられる音、さらに男たちの哄《こう》笑《しょう》が広がった。

「下郎がっ、朕を足蹴《あしげ》にっ」

「はて。院が足を滑《すべ》らせたのでございましょう。では、菊造りの刀の類、鎌倉で預からせていただきまする」

そう言い捨てて、笑いながら去っていく鎧武者たちの姿を、後鳥羽院は床に這《は》いつくばったまま見送るしかなかった。

「これが、報いか」

荘厳《そうごん》広大な御座所に、院のうめきが空《むな》しく転がった。

もはや、その身体を支える者もいなければ、駆け寄り助ける者もない。残された院司・女官たちも、鎧姿の武者たちの狼藉を恐れて闇のなかで息を潜め、誰ひとり姿を見せなかった。

高陽院に鎌倉方の武者たちが乗り込んできたのは、去る六月十六日、院が六波羅に院使を送った翌日のことだった。

彼らは、近侍していた按察使光親と権中納言宗行をそれぞれ捕らえるとともに、謀事の証拠として院庁《いんのちょう》の文書を押収《おうしゅう》。さらに、主立《おもだ》った院司に縄を掛けて連行し、後宮《こうきゅう》の女官たちも御所から追い出すという暴挙に出た。

無論、それだけで済むはずもない。謀臣《ぼうしん》から本院の身を守るとの名目で、高陽院の門を閉ざすと厳重に囲み、衛士も御所の内に配して院を軟禁した。もはや自由に院内を渡ることすらできず、謁見できるのは藤原権中納言こと西園寺実氏だけだった。乱のはじまりのとき、最も鎌倉に近しい公卿として、父・公経とともに院に捕縛された男である。

院に接する実氏の態度は、至極淡々《しごくたんたん》としたものだった。鎌倉の意向を伝え、院の言葉を向こうに申し述べる。ほれ見たことかと揶揄《やゆ》することもなければ、打ちひしがれた院に同情するわけでもない。ただ、今上の廃位を奏聞《そうもん》したときに、

「王法を滅ぼしましたな」

ひと言、口にしたのみだった。そして、そのひと言こそが、院の心を深々と抉《えぐ》ったのだろう。以来、院は黙って鎌倉方の沙汰を受け入れるようになった。

唯一、菊造りの刀剣のことを除いては。

院は御番鍛冶とともに鍛えた刀剣を、水無瀬や四辻殿、岡崎御所などに分けて保管していたが、特に愛顧《あいこ》の剣は、高陽院の夜御殿《よるのおとど》に隣り合う塗籠《ぬりごめ》に置いていた。今宵、ついにそれらの剣も鎌倉方に押さえられることになった。

何しろ、番鍛冶の手になる刀剣は、院の贔屓《ひいき》により天下に並びない名声を得ている。なかでも「御所焼き」、あるいは「菊造り」と呼ばれる菊紋の銘が入った刀剣は、院からの下賜品《かしひん》として最上の価値を持っていた。鎌倉方としては、このたびの合戦の恩賞に、これ以上都合の良いものもなかった。

院は菊造りの刀剣を手放そうとせず、頑強に抵抗した。もっとも、押収に来た武者たちも、権威を奪われた院にいまさら憚ることもない。何の遠慮もなく手を上げ足蹴にして、まといつく院を振り払った。

そうして、院はひとり、闇夜の御所の冷たい床に転がされた。

「これが、武だと、いうのか」

うめきながら、院は床に転がったまま、懐から綾《あや》の袋に包まれた短刀を取り出した。初めての番鍛冶のとき、則宗とともに自ら鍛えた刀、院にとっての神器の剣である。これこそが〝すめらぎ〟の持つべき武の象徴、天下悉《ことごと》くがひれ伏す武威たらんと鍛えた剣を掲げ、院は嗚咽《おえつ》を漏らした。

「おや、まだ隠しておられましたか」

感傷《かんしょう》に浸ることさえ許さぬ無遠慮《ぶえんりょ》な声が、院の頭上に降り掛かった。床から見上げれば、鎧武者がひとり、下卑《げび》た目を短刀にくれている。その意味を悟《さと》ったのか、院は目を見張ると刀袋をきつく握り締めた。

「それもお預かりいたします。恩賞にでもすれば、院の御作《ごさく》を得たと喜ぶ者もおりましょう」

「これだけはっ、これだけはならぬっ」

不意に、院はそれまでの打ちひしがれた姿から想像もできないほど、激しい拒絶の姿を見せた。短刀を摑む武者に取りすがると、烏帽子が頭から落ちたことも気づかず、身を揉《も》むように抗った。しかし、それも空しく短刀は取り上げられ、手荒に放り出された院はふたたび床を這った。

「聞き分けが良く、大変助かります。院はこちらで沙汰をお待ちあれ」

遠退《とおの》いていく嘲弄《ちょうろう》の声を聞きながら、院は呆然と虚空《こくう》を見つめるしかなかった。床に頰《ほお》を押し付けながら、湧き上がる涙を流れるにまかせて、声もない。

どれほど時が過ぎたか。院は不意に身体を起こすと、近くに落ちていた烏帽子を拾い、周りを見渡した。

院が最初に気づいたのは音だった。頰を当てた床板の下から、何かを引きずるようなかすかな音が聞こえた。それは、遠く庇の先へと這いまわり、果たして軒の先にふたつの影が姿を現した。影はのそのそと庇に上がり、ゆっくりと御座へと近づいてくる。

院は泣き濡れた顔を拭った。そして、居住まいを正すと、

「こなたらは、黄泉《よみ》よりの遣いか。王法を滅ぼした朕を幽世《かくりよ》へ連れていくのか」

そう、問うた。

「いいえ。王法を届けに参りました」

だが、影が答えた声は穏やかだった。その声を、院は知っていた。

「石丸、か」

影のひとつは禿頭僧形の若い男、石丸頼継である。そして、もうひとり。

「吉房鍛治もおりまする」

「よしふさ?」

不思議そうに問い返す院の声に、吉房はだらしなく笑った。

「一度謁を賜っただけですから、覚えていらっしゃらないのは無理もありません。それに、いまはこんな形《なり》ですし」

そう言う吉房と石丸の衣は、上から下まで濡れそぼったうえに埃《ほこり》まみれだった。

御所へ忍び入るべく、石丸が案内したのは堀川端《ほりかわばた》だった。高陽院の南庭にある巨大な池は、隣接する堀川から水を引き入れている。ふたりはそこを潜《もぐ》って塀を過ぎ、さらに軒下《のきした》を伝って御所に入りこんだのだった。

そんなわけで、吉房の顔は湿った埃だらけで、夜闇も手伝って、もとの人相《にんそう》も分からないほどだった。衣も一度は絞ったのだろうが、水が滴らないにしても泥に汚れていた。

「御所望《ごしょもう》の剣を献上に参りました。是非《ぜひ》、ご覧いただきたく存じます」

そしてまろび出た吉房の言葉に、院はこれ以上にないほど目を見開いて、その顔を見返した。

「院はご存じでしょう。刀鍛冶とは、ときに考えられぬほど無分別《むふんべつ》ですから」

石丸の声は呆れ半分だったが、院は納得したのか頷き、そして小さく息をついた。強張《こわば》っていたその肩から力が抜けたのが、吉房にも分かった。

「そう、そうだったな。どの鍛冶も、鉄のこととなれば見境がなかった」

「それしか取り柄《とりえ》がございませぬ」

どこかで聞いたようなやり取りに、吉房が照れたように言うと、院は呆れて首を傾げながらも、口もとを緩めた。

「ここでは、衛士に見つかるやも知れぬ。夜御殿へ入れ」

そう言って、院は寝所《しんじょ》である夜御殿へとふたりを招き入れた。塗籠には、いまや驚くほどに何もない。院は寝具の畳と衣を除《よ》けると、灯明台《とうみょうだい》に明かりを灯した。大殿油《おおとのあぶら》が燃える香りとともに、火の色が白い壁に照り返り、塗籠のなかは思いのほか明るい。

「では、見せてもらおうか。そなたの剣を」

「はい」

吉房は顔と手を拭うと、背に負っていた包みを下ろした。漆紙《うるしがみ》を巻いた刀袋を丁寧に解《ほど》き、白鞘の太刀を取り出した。見たところ、やや反り高《だか》ではあるが、尋常の長さの太刀である。

「こちらを」

院はそれを受け取ると、懐から帖紙《たとうがみ》を手繰《たぐ》り、唇に挟んだ。鯉口《こいぐち》を切ると、灯明の仄かな明かりのもとでゆっくりと刀身を抜いた。

ひと目見て、何とも豪壮な太刀だった。刀身だけで長さは二尺《しゃく》四寸《すん》（約七十三センチ）余り、反りは浅く、猪首《いくび》のように寸の詰まった切先《きっさき》に設え、表裏に樋《ひ》と呼ばれる肉抜きの溝を彫り込んでいる。

刃は、くっきりと深い刃縁《はぶち》が映《は》える。まさに咲き乱れた花か、猛《たけ》る焔《ほむら》かと見えるような重花《じゅうか》丁子乱《ちょうじみだ》れが躍《おど》り、美しくも凄絶な様相を呈《てい》していた。切先の鋩子《ぼうし》はいかにも鋭さを顕して大きく乱れ込み、向かう者に威を知らしめるような有りさまだった。

「兵乱を平らげる剣、との思し召しに応じました」

掲げた太刀を見上げながら、院は帖紙を口もとから外した。

「……ああ、そうだな」

院の応えは、どこか湿っていた。

確かに、この太刀は武威を示し、向かう者を圧する気迫に満ちている。院が望んだ通りの、先ほど取り上げられた神剣にも似た太刀だった。それを求めた、かつての己の有りさまを思い返したのか、院の目は陰り、そして厭《いと》うように太刀を鞘にもどした。

「素晴らしい剣じゃ。よく覚えてはおらぬが、朕はそなたに、そのような剣を所望したことも分かる。だが、ただいま、朕にこのような剣は、つらい」

目を伏せ、白鞘の太刀を吉房に返した院は、絞り出すように言った。そのようすに、見守る石丸は臍《ほぞ》を嚙むように俯《うつむ》く。

そんななかで、吉房だけが目を輝かせていた。

「院なら、そうおっしゃると思っておりました」

明るい声で言うと、吉房は包みからもうひと振り、刀袋を取り出してみせた。

「そちらは、ご注文にお応えすべく献上したまで。こちらこそが、院に相応しい剣にございます」

その剣を院がどう見るか待ちきれない、とでも言いたげなその目に、さすがの治天も気を呑まれた。

「ふた振りも、打ったのか。この二十日足らずで」

「思し召しに背《そむ》くわけには参りませんが、私が打つべき剣は別にございましたので、双方ご用意いたしました。古鉄を卸して打ちましたから、それは苦労いたしましたよ」

あっけらかんと答えた吉房に、院が息を呑む音が届く。

通常の作刀でもひと振り半月は掛かるし、研《と》ぎや鞘を作る日を勘定《かんじよう》に入れれば、とても間に合うものではない。院が自身で鍛冶をしたことがあるからこそ、それがどれだけ無茶なことか分かった。

このどこか頼りない鍛冶もまた、則宗や則国に連なる番鍛冶であると、院はいまさらながらに思い知らされた。そして、手の内にある新たな白鞘を見下ろした。

こちらも、鞘の内にあっては尋常の太刀と変わらない。ただ、手に取ったときの感覚が妙に軽《かろ》やかだった。重心が釣り合いよく練られているのが、それだけで分かるほどである。院は新たに紙をくわえなおすと、鯉口を切って白刃《しらは》を抜いた。

そうして、今度こそ目を見張った。

刃長、およそ二尺三寸（約七十センチ）。しかし先ほどの豪刀に比べて随分と短く見えるのは、この太刀が一風変わった姿をしているからだった。切先が刃側と棟側《むねがわ》、双方に作られているのである。いわゆる切先諸刃造り《きっさきもろはづく》の剣先は、片刃に比べて丸く見え、反りの浅い姿と合わせて、まるで上古《じょうこ》の直剣《ちょっけん》のようにさえ見えた。

何より、刃文が可笑《おか》しかった。

くっきりと白く引かれた刃取りは、ゆったりとのたれながら時折、直刃調《すぐは》に引き締まり、大らかながらも端正、闊達《かったつ》ながらも豊かな雲を思わせた。そしてそこに、刃文が躍っていた。まるで空を自由に駆け回る鳥のように、あるいは野で戯《たわむ》れる子どものように、天真爛漫《てんしんらんまん》に。あるところは大丁子に乱れながら刃取りさえ越えて跳ねたかと思えば、あるところには端正に詰まった小丁子が整然と並び、飛び焼きがそれらを見渡すように宙を舞う。尖《とが》り刃に小互《こぐ》の目《め》、細直刃《ほそすぐは》……華麗なものから穏やかなものまで、あらゆる種類の刃文が焼かれていた。

それらひとつひとつは突飛《とっぴ》である。が、全体としてみれば見事に調和し、和《やわ》らいでいた。

「菊じゃ」

口もとから帖紙が落ちるのも忘れて、院はつぶやいた。院の目に、その刃文はそう見えた。小さな花びら、大きな花びら、風に揺れ、あるいは陽に向かい、雨に打たれ、それでも自在に咲く菊。いくつもの花びらが咲きそよぐさまに、院は瞬《また》きも忘れて見入《みい》った。

地鉄《じがね》をよく見れば、これも豊かな変化に富んでいた。その肌の色は、灯明の輝きのなかで、まるで虹のような彩《いろど》りを帯びて、院の目を奪った。

「これは、皆が思う〝すめらぎ〟の姿を写した剣にございます」

吉房は、やはり楽しげに口を開いた。

「私は院のお人柄をほとんど存じ上げません。しかし、こちらの石丸さまや粟田口鍛冶の皆から院のことを伺い、祖父をはじめ、院と鍛冶をともにした福岡の皆の思いを受け、そこにある〝すめらぎ〟の姿を剣にいたしたいと思いました」

「皆の、〝すめらぎ〟」

院のつぶやきは、噛み締めるようであった。その頬を、音もなく涙が伝った。

「それで、思い出しました。初代の神武帝は大和《やまと》の地に国を打ち立てる前、道を阻《はば》まれて一度は南の熊野に向かわれました。そして、そこで神鳥・八咫烏《やたがらす》の導きを受けて大和に入られ、〝すめらぎ〟となられた」

吉房が語りはじめたのは、よく知られた神武天皇の東征《とうせい》の神語りである。それは、ただの征服の物語ではなかった。皇祖神が降らした恵みを国民にもたらすべく、その志が聖《ひじり》の道に適うと信じ、〝すめらぎ〟たろうとした人の旅路を語ったものでもあった。

「翻れば、熊野路を行く神武帝はまだ、〝すめらぎ〟ではなかったのかもしれませぬ。それでも、己の志が民に利有るものかと己に問いつづけ、やがて〝すめらぎ〟の大御心を得たからこそ、その証として八咫烏が舞い降りたのではないかと。回り道であったとしても、熊野への道は、それを確かめるために必要な旅路だったのではないかと」

その神語りのゆえに、熊野本宮の神紋《しんもん》は、八咫烏を象《かたど》ったものとなったのである。

「畏れながら、院も同じでいらっしゃるかと思いました。初めて〝すめらぎ〟になられた御方と同じ旅路を踏むなかで、ご自身のうちにあるお志を確かめておられたのではないか、と。それは確かに、〝すめらぎ〟のお心に適うと思うのです。何故なら、そのお心を信じた多くの者たちが、院の剣を打つために手を貸してくれたからでございます」

話す吉房は、呆然としたまま剣を見つめつづける院のようすを確かめる。音もなく流れる涙は途切れることなく、その震える頬を滑り落ちていった。

「先ほど申し上げた通り、私は院のことをあまり存じ上げませぬ。しかし、院に心を寄せる者たちが、きっと導いてくれると信じました。ですから、この剣は多くの民の暮らしを経た古鉄を卸し、皆の手を借りて鍛え上げたのです」

吉房は滔々《とうとう》と語りながら、この十日余りの鍛冶を思い返していた。

古鉄を集めた者、卸しを手伝った者、相鎚を務めた者、戦火から鍛冶町を守ろうとした者。さまざまな小さな者たちの思いを受けて、この不思議な剣はできた。その過程は確かに厳しく、悩みも多く、身体も悲鳴を上げた。だが、それでも吉房にとっては楽しいものだった。こんなにも楽しくてよいものかと思うほどに。

「烏《からす》は、〝すめらぎ〟に相応しい者のところに舞い降ります。熊野の神武帝のところだけではありません。この山城に平安京《たいらのみやこ》を打ち立てた桓武帝のところにも、八咫烏は舞い降りて、剣を授けました」

それは、福岡の鍛冶にとって、忘れてはならない言い伝えだった。平家の祖、桓武天皇が新たに平安京を築いた際、どこからともなく八咫烏が舞い降りて、伊勢神宮《いせじんぐう》の遣《つか》いとして、ひと振りの霊剣を帝に捧げたという。

その霊剣の名を取り、切先諸刃造りは別の名でも呼ばれた。

――小烏丸造《こがらすまるづく》り。

「院のところにも、小烏はおりましたよ」

鍛冶の声に、院は味わうように瞼《まぶた》を閉じた。

吉房は言いたかったのだ。院は、神剣なきがゆえに自身が正統な〝すめらぎ〟なのかと、つねに自問自答し、揺らいできた。だが、菊の花びらたちは——国民《くにたみ》は、その姿に〝すめらぎ〟をすでに見ていたのだと。

　則宗も、則国も、歴代の番鍛冶たちがそれを伝えようとした。だが、院は何より自分を信じきれなかった。だから鬱屈《うつくつ》し、独善に陥り、院を慕う小さき者たちの声なき声を信じきれなかった。この戦乱が起きたのは、ただそれだけのことだった。

「ああ、そうだな。そうだったのだな」

　剣を掲げ、声に出しながら、院は目を開いた。あとからあとからこぼれる涙に頰を濡らしながら、笑った。太く男らしく、気持ちの良い笑みだった。

「ならば、朕はこの報いをしかと受けねばならんな。でなくば、皆に申し訳が立たぬ。のう、石丸」

「はい」

　石丸もまた嗚咽《おえつ》を抑えて応え、片目から流れ落ちる涙を拭った。

「そなたには苦労を掛けた。忠信にも」

「いえ、その御言葉をいただければ、主も本望《ほんもう》にございます」

「そして吉房。そなたの目は確かだったな、見事じゃ」

　その言葉に吉房は、あっと口を開けて間の抜けた顔をした。確か、初めて謁見したときに院と、剣を観る目が云々《うんぬん》と話したことが思い出された。

「あっ、はい、畏れ多いことにございます」

「だが、この剣は不要じゃ。すでに剣は、我が心にあるゆえな」

「はい、もちろんにございます。鎌倉方に取り上げられてしまいますし」

相変わらずの正直さで、吉房は言わなくてもいいことを口にした。その言葉に、院は吹き出すように笑い、石丸は隻眼《せきがん》でじろりと吉房を見遣った。

「面白い男じゃ。よし、ではこのふた振りには、そなた自身の二字銘を刻め」

言い渡しながら、院は小烏丸造りの太刀を丹念に見つめた。自身の心にまで刻み込むような真《しん》摯《し》な眼差しが、鎺元《はばきもと》から切先へ、そして裏を返して切先から鎺元へ移る。賑やかな刃文と地鉄に映る院の顔は、やはり笑顔だった。

その笑みを刀身にしっかりと写してから、院は太刀を鞘に納め、吉房に返した。ふた振りの太刀をふたたび漆紙に巻き直す吉房だったが、ふと気づいたように手を懐へ入れた。

取り出した手を院に向けて開くと、そこには一枚の紙片が丁寧に折り畳まれている。

「則国さんから、院にお返ししたいと。中身は知りませんが」

受け取った院がわずかに紙片を開き、なかを覗いた。その口もとが、堪《こら》えるように強張《こわば》った。

「まったく、小癪《こしゃく》な鍛冶よな」

院はそれだけ言うと、わずかなはにかみとともに、ふたりを塗籠から送り出した。吉房と石丸は、ふたたび夜闇に紛れて、高陽院を後にした。


承久三年六月二十四日、後鳥羽院の身柄は四辻殿に移された。鎌倉方の厳しい目があるなかで、院がどのように暮らしたのかは寡聞《かぶん》にして聞こえなかった。

翌月の二日、院方に与《くみ》した在京御家人四人が、民衆の前で梟首《きょうしゅ》された。彼らは鎌倉に仕えながら謀叛《むほん》に加担した科《とが》を受けたが、京人《みやこびと》に対する見せしめなのは明白であった。

また、これと併せて張本公卿の六人は、預かりとなった御家人それぞれの手で関東に連行され、その途上で密かに処刑された。ただ、坊門大納言忠信のみが、三代将軍・源実朝に嫁いでいた妹の西八条禅尼《にしはちじょうぜんに》の嘆願により助命。出家のうえ、越後《えちご》へ流罪《るざい》となったという。

こうして、禍根は皇族の処遇を残すのみとなった。

後鳥羽院は四辻殿から洛南《らくなん》の離宮・鳥羽殿《とばどの》に移された。そこに供奉したのは、実氏と信成、藤原左衛門尉能茂《よしもち》の三人だけだったという。これに合わせて、鎌倉は、院の同母兄である行助入道《ぎょうじょにゅうどう》親王を治天に定めて院政に当たらせ、その三男・茂仁王《ゆたひとおう》を九条廃帝に代わって即位させた。後の後高倉《ごたかくら》院と、後堀河《ごほりかわ》天皇である。

乱に加担した順徳院は佐渡《さど》へ、六条宮は但馬《たじま》、冷泉宮は備前へそれぞれ配流となった。また、挙兵に反対していた土御門院は自ら望んで土佐《とさ》へと逼塞《ひっそく》したという。このほか、院方についた者は公家も武家も漏れなく処断され、朝廷には西園寺公経を筆頭に、鎌倉の意向に従う者しか残されなかった。

これを境にして、本朝の政《まつりごと》は完全に武家のものとなったのである。

そして、後鳥羽院は出家のうえ、絶海の孤島である隠岐《おき》へ配流と決まった。出家に際し、院は似絵《にせえ》の名手である藤原信実《のぶざね》に、俗体の己の宸影《しんえい》を描き写させると、形見《かたみ》として母の七条院に贈り、髪を落とした。

七月十三日、ついに後鳥羽院は隠岐へと出発した。四方を吹き放しのまま青簾《あおす》だけを掛けた輿に、進む方とは逆向きに乗せられた逆輿《さかごし》だったという。供奉したのは後宮の坊門局《ぼうもんのつぼね》と亀菊《かめぎく》、そして万が一のために用意された薬師《くすし》と僧だけだった。

前後を鎌倉の武者たちに囲まれたまま、院を乗せた輿は街道を南へと下った。かつて、熊野詣に向かった難波への道を進みながら、院は手のうちにある紙片を開いた。

呉竹《くれたけ》の　葉ずゑかたより　降る雨に
　暑さひまある　水無月の空

「熊野の宮に坐《ま》すのは、素戔嗚大神《すさのおのおおかみ》の化身《けしん》というぞ」

素戔嗚尊。天照大御神の弟神であり、高天原《たかまがはら》にあっては、手の付けられない暴威《ぼうい》の神として荒れ狂った。その所業を咎められ、篠突《しのつ》く長雨《ながあめ》のなか、己の罪ゆえに誰の助けも得られず、地上へと降《くだ》っていった神である。

そんな神の姿を、『日本書紀』は〝辛苦《たしな》みつつ降りき〟と記している。

「その暴れ神にも、相応しきところはあった」

地上に追放された素戔嗚尊は、しかしそこで英雄神としての本性に立ち返る。八岐大蛇《やまたのおろち》を倒して地上の人々を助け、彼《か》の地の主宰神《しゅさいしん》となっていくのである。そして、その素戔嗚尊が斬った大蛇から見つけ出した宝こそが、神剣となったのだ。

罪は罪である。その誹りも、怒りも、憎しみも、すべてを坦々と受け入れて、雨のなかを進む。無論、神ならぬ身が英雄にはなれぬ。だが、胸にある剣とともに、水無月の空には至れるやもしれぬ。

院は青簾を寄せ、淀川の向こうに広がる殿舎の群れを、手塩にかけて育てた水無瀬の離宮を望んだ。それに気づいたのか、随身《ずいじん》の武者が視界を遮るように立ち塞がる。それきり、院が水無瀬を見ることはなかった。

思い返せば、彼の地には鬱屈も、独善も、焦燥も、虚飾もあった。だが同時に、正しき〝すめらぎ〟であろうともがき、一心に理想を追い求めた場所でもあったと、院は納得できた。だからこそ、あの宮に菊を掲げたのだ。

そう思えば、水無瀬がまるで己の分け身のようで、院はわずかに微笑んだ。

「朕にも、相応しきところはあった」

小さくつぶやく院を乗せ、逆輿は粛々《しゆくしゆく》と隠岐へと向かった。そうして院が、隠岐は島前中ノ島《どうぜんなかのしま》の行在所《あんざいしよ》に至ったのは、仲秋《ちゆうしゆう》の八月五日のことだった。

なお、吉房が打った太刀のひと振りは、時を経て尾張守護代《しゆごだい》の織田《おだ》家に伝来し、上総介信長《かずさのすけのぶなが》から次男・信雄《のぶかつ》へと引き継がれた。そして天正十二年(一五八四)に起きた小牧《こまき》・長久手《ながくて》の戦いの際、敵方である羽柴秀吉《はしばひでよし》に内通した家老《かろう》・岡田重孝《おかだしげたか》を斬ったことにちなみ、世に「岡田切」の号で呼ばれたのだった。

祈りの剣《つるぎ》

粟田口藤四郎吉光《あわたぐちとうしろうよしみつ》

菊が咲いている。

丸く顔を出した蕊《ずい》に黄色く小さな花弁を連ねた、可憐《かれん》な花。それをひと群水桶《むらみずおけ》に挿《さ》して、青年は鍛冶場《かじば》の一角に据《す》えた神棚に捧げる。

薄暗い小屋のなか、土間に切った火床《ほど》や炭《すみ》の山、あるいは鎚《つち》や金箸《かなばし》といった道具など、鍛冶場にある色彩といえば土色や鉄色、炭色など暗い色ばかりである。だから、野菊の素朴《そぼく》な黄色でさえも鮮《あざ》やかに浮かび、愛らしい姿と相まって、それはひどく場ちがいなものに見えた。

客にとってもそうだったのであろう。神棚に向かって菊を捧《ささ》げ、柏手《かしわで》を打つ青年の姿に一瞬目を丸くしてから、祈りが終わるのを待って声を掛けた。

「こちらは、粟田口《あわたぐち》の吉光《よしみつ》どのの鍛冶場でよろしいでしょうか」

声に、青年は振り返った。火に当てられた肌は浅黒く、どこか理知的で上品な眼差《まなざ》しが印象的な男である。中肉中背で骨の硬《かた》い身体《からだ》つきが鍛冶らしく、小袖《こそで》に指貫《さしぬき》の軽装、萎烏帽子《なええぼし》を頭に乗せ、穏やかな微笑《ほほえ》みを浮かべて来客を迎えた。

一方の客の出《い》で立ちは、萎烏帽子に水干《すいかん》姿。衣は清潔で糊《のり》も新たに、どこかの貴族の雑色《ぞうしき》であろうと思われた。

「はい。わたくしが藤四郎《とうしろう》、吉光にございます」

名乗り慣れていないのか、青年、粟田口藤四郎吉光の口調はどこかぎこちない。もっとも、声音《こわね》自体は落ち着いたもので、鍛冶場の隅《すみ》から床几《しょうぎ》を引き出し、雑色に勧める仕草《しぐさ》もやわらかかった。

「私は、中山宰相《なかやまさいしょう》さまの遣《つか》いにございます。じつは、宰相さまの姫君がご懐妊《かいにん》されまして」

「それは、おめでとうございます」

自身も床几に着きながら、柔和《にゅうわ》に笑って会釈《えしゃく》をする藤四郎の挙措《きよそ》は、さらりと爽《さわ》やか。貴人の慶事だと大袈裟《おおげさ》におもねる風もなく、祝いの言葉を述べた。

「ついては、新たに生まれる御子《みこ》のため、守り刀を調《ととの》えたいと宰相さまは仰《おお》せにございます。京には数多《あまた》刀鍛冶は居《お》られるが、なかでも気鋭の吉光どのの作がよいと」

「滅相《めっそう》もございません。わたくしの如《ごと》き若輩《じゃくはい》の作刀など、先達《せんだつ》のものには遠く及びませぬ。この粟田口にも、国吉《くによし》や国光《くにみつ》など上手《じょうず》がございますゆえ、どうぞそちらへご依頼願えれば幸いに存じます」

特段に謙遜《けんそん》するわけでもなく、藤四郎は控え目に辞退の弁を口にした。

「もちろん、主《あるじ》はほかの上手も存じております。しかし、新たな命には新たな剣《つるぎ》、新たな作り手のものを、とご所望《しょもう》にございます。是非《ぜひ》、吉光どのにお願いしたいのです」

もっとも、雑色は吉光の返答をあらかじめ承知していたのだろう、熱心にそう掻《か》き口説《くど》いた。

それは取りも直さず、主の中山宰相の熱意にほかならなかったし、まだ刀鍛冶として独り立ちして間もない吉光の名が、それほどに売れている証左でもあった。

「大変勿体《もったい》ない仰せ。このうえ、お断り申し上げるのは非礼と存じます。わたくしの拙《つたな》い作でよろしければ、謹《つつし》んでお受けいたしましょう」

わずかに躊躇《ためら》いを見せながら、藤四郎は頭を下げた。

「おおっ、宰相さまもお喜びになられますぞ」

雑色は顔を喜色《きしょく》に染めると、何度も頷《うなず》いてみせた。それから、懐《ふところ》より書状を取り出すと、

「ついては、主から御作《ぎょさく》についての要望がございます。こちらに仔細《しさい》がございますが」

それを藤四郎の前へと差し向けた。

後鳥羽《ごとば》院の御代《みよ》以降、公家《くげ》、武家を問わず、刀剣の類《たぐい》を珍重《ちんちょう》するようになって久しい。見る目の肥えた者も増え、このように剣の姿にまで注文が及ぶことも少なくない。

が、藤四郎は目の前の書状を受け取らずに見下ろし、それから目を伏せた。

「申し訳ございません。わたくしは、平造《ひらづく》りの短刀《みじかがたな》しかお受けしていないのです」

「いや、それは……」

思わぬ答えに、雑色はたじろぐ。

「いえ、いえ、まずはこちらを見ていただきませぬと」

「目にしたうえでお断りするのでは、なおさら非礼にございましょう。それに、わたくしには短刀のほかに銘《めい》を切った作はございませぬ」

鎬《しのぎ》のない平造りで、刃側に反《そ》りのついた内反り、長さも尋常《じんじょう》の短刀。それ以外の剣を、藤四郎が世に出したことはなかった。そして、それ以外の剣を打つつもりもない。

「さ、然様《さよう》にございますか。あの、ではお納めいただける時期は」

「少なくとも、三月《みつき》はいただきまする」

「三月っ、ですとっ」

雑色の声はついに高くなった。常寸《じょうすん》の短刀に最低でも三ヶ月とは、いくらなんでも時間が掛かりすぎである。

「それでは、佩刀《はかし》に間に合いませせぬ」

佩刀とは、権門《けんもん》の御子の出産に伴って行われる儀式のひとつで、姻戚《いんせき》の長者《ちょうじゃ》が赤子《あかご》に守り刀を届けるものである。それに間に合わぬのでは、剣を注文する意味がない。

改めて藤四郎を見返す雑色の目は、猜疑《さいぎ》と困惑に濁《にご》っている。書状を受け取らないのも、随分な時間を吹っ掛けてきたのも、暗《あん》に依頼を断るための方便ではないか、と。しかし、藤四郎の面《おもて》に、そんな作為《さくい》の陰は見えない。むしろ、申し訳なさに身を縮めるようにして、頭を下げた。

「申し訳なきことながら、ただいま多くの皆さまから作刀を承《うけたまわ》っております。順をたがえるわけにも参りませぬゆえ、どうかご承知置きくださいませ」

そう言われてしまえば、雑色は取り付く島もない。納得できたわけではないが、これ以上押しても埒《らち》が明かないと思ったのだろう、

「わ、分かりました。では、次第を主にお伝えいたしまして、いかがするか確かめまする」

言って、書状を懐にもどしながら腰を浮かせた。

「畏《おそ》れ多いことと存じますが、何卒《なにとぞ》」

困惑したままの雑色が去るのを待って、藤四郎は大きく息を吐いた。半《なか》ばは、自分の不器用さに対して。もう半ばは、山積する仕事に対して。

不器用なのは、亡き大師匠《おおししょう》の粟田口則国《のりくに》譲りだろうと、藤四郎も自覚はあった。平造りの短刀しか注文を受けないのもそうである。修業のあいだは、太刀《たち》から短刀までさまざまな剣を打ってきたが、人前に出せる出来と、自分で確信が持てたのは短刀だけだった。太刀などは、それこそ則国の作刀に及ぶべくもない。

そんな藤四郎に、一門の長《おさ》である国綱《くにつな》などは、

『お前は自分の作に厳しすぎる。短刀以外も並の出来ではないのだから、初手《しょて》から断らずともよ

いではないか』

と言うが、本人からすれば、物足りない作しかできないのだから仕方がなかった。物足りない、妥協《だきょう》した剣を世に出すことのほうが、余程罪つくりと思えた。

ため息こそついたものの、そんな己《おのれ》の性分《しょうぶん》が藤四郎は嫌いではない。むしろ誇らしささえ感じて、水桶の群菊《むらぎく》に目を遣《や》った。同じように、菊に温かな視線を注《そそ》いでいた人の姿が思われて、藤四郎は自然と笑《え》みをこぼす。

(ひとつを徹底してやり抜いてこそ、咲く花がありますよね)

内心でつぶやき、床几から腰を上げた。夏を惜《お》しむような虫の声を聞きながら、年若い刀鍛冶は炭を火床に盛っていく。

嘉禎《かてい》四年(一二三八)七月。承久《じょうきゅう》の兵乱から、すでに十七年が経っている。かつてはか細い童《わらわ》弟子《でし》だった藤四郎も二十代半ばを過ぎ、一人前の鍛冶となっていた。

あの兵乱《へいらん》以後、世の仕組みはすっかりと変わってしまった。

建前《たてまえ》としては、従前と同じである。京に帝《みかど》が御座《おわ》し、帝の父が治天《ちてん》として政《まつりごと》を行い、京の公家と鎌倉の武家が臣下《しんか》として仕《つか》え、それぞれの役割を以《もっ》て国を支える。

だが、いまや帝と治天は権威のみの存在となり、朝廷は存続こそしたものの、国政の全権は鎌倉の武家が司《つかさど》るところとなった。皇位の継承や摂関《せっかん》・公卿《くぎょう》の補任《ほにん》の決定権までが鎌倉の手に握られ、朝廷の運営はその監視下に置かれた。代々の治天が受け継ぎ、院政の財源となってきた膨《ぼう》大《だい》な院領も没収され、院庁《いんのちょう》にも朝廷にも往時の力はない。万事を鎌倉に伺《うかが》い、その意向を代行するばかりと成り果てていた。

そうなれば、鎌倉と緊密な者たちが、京で権勢を誇るようになるのは必然である。新たに鎌倉四代将軍となった藤原三寅《ふじわらのみとら》の実家である九条《くじょう》流、あるいは乱を通して鎌倉に味方しつづけた西《さい》園寺《おんじ》流などが力を得て、朝廷をまとめることとなった。加えて、鎌倉の出先機関であった京都守護は六波羅探題《ろくはらたんだい》として改編され、京のみならず西国《さいごく》にまで監督の手を伸ばした。

後世に後鳥羽院と呼ばれる治天が起こした兵乱は皮肉にも、本朝《ほんちょう》の統治を、鎌倉の武家のもとに帰《き》させる結果となったのだった。

それで在家《ざいけ》の諸民の暮らしが変わったかといえば、藤四郎の知る限り大差はなかった。もちろん、兵乱の舞台となった京は荒廃したが、それも時が過ぎれば徐々に復興が進んだし、逃げ出した民《たみ》も早々に帰京して、町は賑《にぎ》わいを取りもどした。況《いわ》んや十七年の歳月を経てをや、である。

ただ、時の経過なりの変化はもちろん、避け得ない。

特に、白河《しらかわ》院以来の院政の中心地となってきた岡崎《おかざき》の凋落《ちょうらく》は、目を覆《おお》うものがあった。歴代の帝や院が建立《こんりゅう》した五勝寺は管理が途絶え、群盗《ぐんとう》による略奪や放火で荒廃する一方だった。この地の象徴である法勝寺《ほっしょうじ》の八角九重塔《はっかくくじゅうのとう》が、威容をかろうじて保っているくらいである。

一方で、粟田口の界隈《かいわい》は盛況《せいきょう》である。鎌倉と往来する者が増え、物資を運ぶ馬借《ばしゃく》の拠点や座が置かれ、それを当て込んだ見世棚も増えた。もともと多かった鍛冶や窯元《かまもと》などの工人《たくみ》のもとには、新たな権力者である武家への進物《しんもつ》の注文が寄せられて、方々から威勢よく煙が立ち上っている。

そんななか、藤四郎にとって最も大きな変化は、大師匠・粟田口則国の死と、それに伴う自身の独立であった。

承久の兵乱ののち、則国は完全に鎚《つち》を手離し、次男の国光に鍛冶場を譲った。かねてから患《わずら》っていた目の傷が悪化し、右目の光を完全に失ったためである。

鍛冶場を離れた則国は、さっさと頭を丸めて出家した。己の剣が殺《あや》めた命の菩提《ぼだい》を弔《とむら》うため、京を離れ、近江《おうみ》の石山寺《いしやまでら》近くに草庵《そうあん》を構えて侘《わ》び暮らしをはじめた。

藤四郎は、鍛冶場を継いだ国光のもとに居残る形となった。

「お前は、馴染《なじ》んだ鍛冶場で修業をつづけるがよい」

それは、粟田口鍛冶の長である国綱の勧めもあったし、藤四郎自身の意思でもある。

「兄上のところに、もどらなくていいのか」

ただ、国光はそう確かめるのを忘れなかった。

国光が心配げに言うのは、もともと藤四郎は則国の長男・国吉の養子であり弟子だからである。それが、則国に懐《なつ》いて大師匠の鍛冶場に入《い》り浸《びた》るようになったのだから、則国不在のいまは、国吉のところにもどるのが筋《すじ》ではあった。

「いいえ、国光叔父《おじ》のところで働かせてください」

藤四郎がそうしたのは、半ばは国綱の勧めに従ったからであり、もう半ばは国吉への引け目のゆえだった。

そもそもでいえば、則国と国吉の不仲が発端《ほったん》である。則国のやり方に国吉がついていけず、大叔父たち〝粟田口の六兄弟〟を頼ってさっさと独立していたし、その後も事あるごとにぶつかってきた親子だった。

そんな仲の悪い父のもとに入り浸る藤四郎を、国吉がどんな目で見ていたか。そう思えば、藤四郎はあるときから、国吉を正面から見ることができなくなっていた。国吉の方も、いつしか藤四郎を、己の子として扱うそぶりを見せなくなっていた。

そういう経緯があったから、藤四郎は迷わず国光のもとに留《とど》まったわけだった。以後の十年、藤四郎はひたすら鍛冶修業に明け暮れた。国光の仕事を手伝いながら、自《みずか》らも剣の姿を心中で練りつづけた。平穏《へいおん》な世情が、それを許した。

このあいだは、朝廷から政治権力を勝ち取った鎌倉が、急速に政治機構を整えた時期でもあった。三代執権《しっけん》・北条泰時《ほうじょうやすとき》を中心に、評定衆《ひょうじょうしゅう》による合議体制を確立し、藤原九条流の幼君《ようくん》・三寅は無事に元服《げんぷく》を迎え、頼経《よりつね》と名を変えて鎌倉将軍としての地位を固めた。

さらに武家法として御成敗式目《ごせいばいしきもく》を制定するなど、鎌倉の武家は、本朝の新たな統治者としての体制づくりに余念がなかった。そのあいだに多少の政争はあったものの、武力による衝突はなく、世は無事を保っていたのである。

その平穏が崩れたのは、人同士の争いによるものではなく、天災だった。後に言う〝寛喜《かんぎ》の飢《き》饉《きん》〟の到来である。

寛喜二年（一二三〇）から翌年に掛けて天候不順が相次ぎ、長雨《ながあめ》と冷夏《れいか》が甚《はなは》だしく、各地で洪《こう》水《ずい》や暴風雨が起こるなど、農作物に壊滅的な被害をもたらした。困窮《こんきゅう》した民の多くは流民《りゅうみん》となって京や鎌倉へ流れ込み、市中に餓死者があふれた。後の歴史書に「草木葉枯れ、偏《ひとえ》に冬気の如《ごと》し」と書かれたこの飢饉は、翌春までに国民の三分の一を死に至らしめる、過酷なものとなったのである。

飢饉の影響は以後五年にわたってつづき、粟田口鍛冶たちはこの苦境を乗り切るべく身を寄せ合って糊口《ここう》を凌《しの》いだ。そうして、ようやく京進《きょうしん》する物資も上向いた矢先の、昨年十二月。粟田口にもたらされたのが、出家隠棲《いんせい》していた則国の訃報《ふほう》だった。

その最期《さいご》のようすは、詳しくは分からない。飢饉のなかで病《やまい》を得て、朋輩《ほうばい》の僧に看取《みと》られて心静かに亡くなったという。そして、遺された置文《おきぶみ》に書かれていたのが、藤四郎の独立のことだった。

藤四郎の腕は、すでに独り立ちしてもおかしくはないどころか、国光にも匹敵《ひってき》していた。なかでも短刀の出来は抜群で、粟田口の先達たちも、かくやと思わせるほどの冴《さ》えである。すでに客もついており、なかでも九条流の僧で、能書家として名高い慈観《じかん》の入れ込みようは甚だしく、後世に弘誓院《ぐぜいいん》流と呼ばれる彼の書を、藤四郎に伝授するほどであった。

国綱も国光も、喜んで独り立ちを後押ししてくれたが、直接の師である国吉は無関心だった。父の訃報に触れ、その置文の内容を耳にしたときも、平らかな顔をしたままで、

「国綱叔父、国光、こやつから目を離さぬように願います」

藤四郎自身には見向きもせず、そう言っただけである。

師の許しを得たのかは曖昧《あいまい》だったが、開けて今年の正月、藤四郎は独り立ちして自身の鍛冶場を構えた。刀鍛冶として銘に切るのは「吉光」の二文字。国吉、国光の兄弟から、それぞれ一字をもらった形である。

それから、半年。藤四郎が世に出した短刀は、数こそ少ないものの、摂関家をはじめとした公家、京詰めの武家のあいだで一定の評を得るようになった。先日の中山宰相も、結局は時期を外れての納品で承諾している。

もちろん藤四郎とて、それが嬉しくないはずがない。修業の成果が世間に認められ、誇らしくもある。ただ、それでも藤四郎が慎重かつ控え目に振る舞うのは、たったひとり、養父であり師匠である国吉のためだった。

(師匠は、私がお嫌いなのだ)

養い親としての、師としての国吉への恩義を、藤四郎が忘れたことはない。それでも、国吉の曰《いわ》く言い難《がた》い視線を受ければ、萎縮《いしゅく》してしまい、思うことが口にできなくなってしまう。

その国吉は、多くの弟子を抱えた堂々たる刀匠《とうしょう》となっている。粟田口の六兄弟が国綱を残してこの世を去ったいま、一門の屋台骨を支えていると言っても過言ではなかった。多くの弟子を育て、京の他派の鍛冶にも一目《いちもく》置かれる国吉に、自分がどう見えているのか。則国が亡くなったからこそ、そう思わざるを得なかった。

「聞いているのか、吉光」

声を掛けられ、藤四郎は我に返った。声の主《ぬし》は、当の国吉である。咎《とが》めるわけでも、叱《しか》っているわけでもない。無感動な声色《こわいろ》が耳に刺さり、藤四郎はさっと頭を下げた。

「しっ、失礼しました。考えごとを」

「国綱叔父の話だぞ、しっかり聞け」

この日、藤四郎たちは重要な話があると、国綱の家に集められていた。周りを見れば、粟田口鍛冶の主立《おもだ》った者が顔を揃《そろ》えている。座の中心には、すっかり頭を白いものに覆われた国綱が、腕組みをして座っていた。その前にあるのは、ひとつの書状である。

「備前福岡《びぜんふくおか》の、吉房《よしふさ》どのからの書状じゃ。水無瀬《みなせ》の御番鍛冶に関わった者、皆に宛《あ》てて、な」

水無瀬。そう聞いて、幾人かの鍛冶が表情を改めた。

藤四郎もまた、そのひとりである。つい先日も、そこの主であった人のことを思って、菊を摘《つ》んできたばかりだった。

「大事《だいじ》ゆえ、この文《ふみ》を受け取り次第、ただちに事情が分かる者を福岡へ寄越してほしいとのことじゃ」

「要件は、それだけですか」

国吉が確かめると、国綱は浅く頷いて応じた。

「番鍛冶の話とくれば、仔細《しさい》は文に書けなかったのじゃろう」

往時、後鳥羽院の招聘《しょうへい》を受け、月番で御剣《みつるぎ》を打った番鍛冶。院が承久の兵乱に敗れたことに伴って、役目はおのずと立ち消えたが、その栄誉はいまなお鍛冶たちのあいだで語り継がれていた。

むしろ、それがあったればこそ、粟田口だけでなく、刀鍛冶と刀剣そのものの名声が高まった。何しろ、謁見《えっけん》の資格を得る方便とはいえ、一介《いっかい》の鍛冶に官職を与えて報《むく》いたのは、本朝で後鳥羽院が初めてである。

そしてそれが先例となり、いまや朝廷が鍛冶の名手に官職名を贈ることさえあった。刀剣の類を愛好し、その作り手を庇護《ひご》することが、公家や武家の誉《ほま》れとなったのである。

その院も、争乱の責めを負って隠岐《おき》に流されて久しい。それを思い、藤四郎は目を伏せた。長く番鍛冶を勤めた国綱も同じ思いなのか、書状を見つめたまま、つぎの言葉をなかなか口にしない。

「水無瀬のことに、またぞろ首を突っ込むのですか」

一方の国吉の声は厳しかった。彼は番鍛冶として水無瀬には出入りしておらず、院にも面識はなく、思い入れもない。それに、番鍛冶の縁が禍《わざわい》して、承久の兵乱のあとには、六波羅から残党隠匿《いんとく》などの追及を受けたことを覚えていた。そう考えれば、迷惑がるような国吉の言動も当然と言えた。

だが、国綱は思案げに視線を膝《ひざ》に落としたままで、国吉の問いに応《こた》えなかった。

「国光」

しばらく黙考《もっこう》したのち、国綱は顔を上げるとその名を呼んだ。

「お前、仕事の具合はどうだ」

「半月ほどなら、融通《ゆうずう》が利《き》きますよ」

「では頼む。仕事は他の者に振っても構わん」

「承知しました」

そのやり取りを聞きながら、藤四郎は落胆《らくたん》するのを抑えられなかった。が、直後、

「藤四郎、お前もだ」

国綱が何気なくつづけた言葉に、思わず目を見開き顔を上げた。


仲秋《ちゅうしゅう》の八月、藤四郎と国光のふたりは、備前国は福岡荘《ふくおかのしょう》にある吉井川《よしいがわ》の渡しに降り立っていた。

吉井川は、備前と備中《びっちゅう》の境を流れる大河である。その源《みなもと》は美作《みまさか》、伯耆《ほうき》、因幡《いなば》を分ける三国《みくにが》山《せん》にあり、山陰から山陽の険しい山々の谷間を渡るうち、流れは岩や土を削って鉄をたっぷりと含む。それが、この川が吉備《きび》に鉄をもたらす所以《ゆえん》である。

川の後背《こうはい》にそびえる山の秋は深い。やわらかな陽光を受けた森には橡《くぬぎ》や橅《ぶな》、赤松などが生い茂り、朱《しゅ》と緑に彩られている。そんな豊かな山々と吉井川の流れに挟まれた地に、備前国福岡荘はあった。

（これは良い炭が焼けそうだ）

風光明媚《ふうこうめいび》と言って差し支えない光景を前に、藤四郎の頭に浮かぶのは、やはり鍛冶のことばかりだった。

「健《すこ》やかな山だな」

物思いに耽《ふけ》る耳に声が届いて、藤四郎は振り返った。国光が、笠で顔を扇《あお》ぎながら川縁《かわべり》へと下りてくる。

「国光叔父。場所は分かりましたか」

「ああ。先年に川が暴れたそうでな、鍛冶場を移したらしい」

話す国光を見ながら、この人はますます則国に似てきたと、藤四郎は思う。四十を越えてからは特にそうで、堅い身体つきや顔立ちはもちろん、髪や髭《ひげ》の白さ加減まで、往時の則国にそっくりだった。

「吉房さんに会うのも久しぶりですね」

例の書状の送り主の名を口にして、藤四郎の声は弾《はず》んだ。吉房は腕が良く真面目《まじめ》な鍛冶だが、どこか抜けたところがあった。それが妙に愛嬌《あいきょう》付いて見えたことを思い出し、藤四郎は笑ってしまう。

「だが、大事とはなんだろうな。しかも、いまさら御番鍛冶などと」

藤四郎も、則国や国光とともに院の離宮《りきゅう》・水無瀬殿に奉仕したことはあるが、それもすでに二十年近い時の向こうにあった。

ただ藤四郎にとっては、それでも忘れ得ない大切な記憶である。わずか半月ほどの日々だったが、何も知らない少年にとっては、残りの生涯を定めたに等しい日々だった。

「予断を持つのは禁物と、大師匠も言われていましたね」

「確かにそうだ。まずは吉房さんの話を聞くがよいか」

そう言い合うと、ふたりは川岸から上がり、吉房の家に向かった。

「おっ、国光さん。こんな遠いところまで、ありがとうございます」

出迎えた吉房は、藤四郎が覚えているより白髪《しらが》は増えたものの、あまり変わったようすはなかった。齢《よわい》は五十を過ぎたというのに顔はつるりとして若々しく、身体もしゃんとしたものである。相変わらず人の良い目と眉《まゆ》に笑みを浮かべて、彼は粟田口のふたりを母屋《おもや》に招き入れた。

福岡一文字《いちもんじ》の重鎮となっている吉房の家は、ちょっとした武家の邸《やしき》のようである。遣戸《やりど》に仕切られた広間にはすでに多くの先客がいて、ふたりに頭を下げた。年かさの者が多いが、若い者も二、三は交じっており、思い思いに座を占めている。

なかでも目を引いたのは、上座に座っている者たちだった。ひとりは僧形《そうぎょう》の男。歳《とし》のころは藤四郎よりいくらか上と見えるから、三十半ばほどだろうか。目鼻のはっきりとした、整った顔立ちをした僧である。

そしてもうひとりに、藤四郎の目は釘付けになった。

歳は二十歳《はたち》そこそこといったところ。切れ長の瞳にすっきりと通った鼻、きりっと引き締まった眉、形よく薄い唇と、目が覚めるほどの美青年である。そのうえ、色白のきめ細かな肌に、漆黒《うるしぐろ》の髪を童形《どうぎょう》の上げ角髪《みずら》に結《ゆ》っており、童水干姿《わらわすいかん》で冠も戴《いただ》いていない。それが青年をさらに幼く見せていた。

ふと、その顔立ちに見覚えのある気がして、藤四郎は眉根《まゆね》を寄せた。

「こちらは、粟田口からいらっしゃった国光さんと藤四郎。ああ、いまは吉光だったか」

「どちらでも構いませんよ」

旅装のまま広間に上がったふたりに、ほかの者たちが挨拶《あいさつ》する。福岡一文字の助成《すけしげ》と信房《のぶふさ》。さらに備中青江《あおえ》の康次《やすつぐ》と吉次《よしつぐ》など、皆、番鍛冶として水無瀬の離宮に参上した名匠《めいしょう》たちである。

「本日は、大切なお話が西蓮《さいれん》さまよりございますゆえ、番鍛冶のご縁の皆さまにお集まりいただきました。事は、隠岐院《おきのいん》に関わります」

吉房の口上《こうじょう》に、一同の顔が引き締まった。隠岐院、つまり後鳥羽院のことである。促された僧形の男は、軽く頷くと鍛冶の面々を見渡した。

「わたくしは西蓮と申します。かつて伊王丸《いおうまる》、あるいは藤原左衛門尉能茂《さえもんのじょうよしもち》と名乗っていた者にございます」

その名に、藤四郎は覚えがあった。藤原能茂といえば、院の寵児《ちょうじ》として、そば近くに仕えた男である。院が隠岐に流されるにあたって出家した際も、ともに剃髪《ていはつ》したと伝え聞く。

「わたくしは隠岐にお移りされた院にお仕えし、ときに京と行き来しながら、無聊《ぶりょう》をお慰めして参りました。しかし、このたびの御悩《ごのう》は重く、薬師《くすし》にも、如何《いかん》ともしがたいとのことで」

静かに言う西蓮だったが、声はかすかに震えていた。そこには、院の長年にわたる侘《わ》びしい暮らしを見てきた者の哀愁《あいしゅう》があった。

ただ、隣にいる美青年の方はというと、心ここにあらずといった風情《ふぜい》で、縁から覗《のぞ》く備前の山々を眺《なが》めるのみである。その素《そ》っ気《け》ない態度が、かえって藤四郎の目についた。

「そのため、心残りを済ませたいと仰せになり、いくつかの遺詔《いしょう》をわたくしにお預けになったのです。そしてそのなかに、番鍛冶の皆さまに宛てたものがございました」

そう言って西蓮が取り出したのは、一枚の紙片だった。表には流麗《りゅうれい》な筆跡で〝かじ〟とだけ記され、何の飾り気もない。紙片を開いた西蓮は文面を確かめ、次いで鍛冶の面々に示してみせた。

「〝恥を雪《すす》いでくれ〟と仰せにございます」

瞬間、広間は、しんと静まり返った。

(院、やはり……)

その言葉に、藤四郎の瞼《まぶた》の裏に甦《よみがえ》るのは、焦燥《しょうそう》と妄執《もうしゅう》にまみれた院の顔である。

「院の御言葉でございます、ご一同」

意味が分かるか、などと確かめる者は、ここにはいなかった。番鍛冶にとっての、そして院にとっての恥といえば、ひとつしかないからである。

御番鍛冶の最初、備前国則宗《のりむね》とともに院自身が打った短刀のことは、奉仕した者で知らぬ者はない。源平合戦《げんぺいがっせん》の際に失われた三種《みくさ》の神器《かんだから》の神剣、その代わりとして院が打った短刀は、心ある鍛冶からすれば、とても神剣などとは言えない、心得《こころえ》ちがいの代物《しろもの》だった。

ただ、その剣はほかの菊造りの剣とともに鎌倉方に取り上げられ、兵乱鎮圧の恩賞として御家《ごけ》人《にん》たちに下げ渡されて、所在は分からなくなっていた。

「見つけ、処分せよとの仰せか」

含むように言ったのは助成。かつては助重《すけしげ》と名乗っていた則宗の四男であり、十一月番を長く務めた。

「そのようだな。まあ、やってやれないことはあるまい。いまや福岡も青江も北条どのの持ち物となっておるし、地頭《じとう》どのに掛け合えば伝手《つて》はあろうさ」

相槌《あいづち》を打ったのは吉次、青江の鍛冶で十二月番を務めていた男である。

「福岡から京や鎌倉へ移った者もおるからな。総出で探し出してみるか」

つづいたのは信房。院に鍛冶の業《わざ》を授けた師徳《しとく》鍛冶・延房《のぶふさ》の三男で、かつての九月番であった。

「いまこそ、隠岐院の御恩に報いるとき。何としても見つけようぞ」

誰ひとり、否《いな》やを唱《とな》える者はない。どの顔も、院の末期《まつご》の願いを叶《かな》えようという気迫に満ちて、早速席を立つ者もいるほどだった。

「必ず、やり遂げてみせましょう」

藤四郎も言うと、西蓮に微笑み掛けた。

面々のようすに、美しい僧は合掌《がっしょう》して深々と頭《こうべ》を垂れる。その向こうで、童形の美青年だけが、我関せずとばかりに冷めた目をして、西蓮の禿頭《とくとう》を見下ろしていた。

「鍛冶の皆には、そんなにあの男がありがたいものなのか」

備前から摂津《せっつ》へ向かう船の甲板《かんぱん》で、風に当たっていた藤四郎に無遠慮な声が掛かった。振り返ってみれば、そこにいたのはあの童形の青年である。

秀麗《しゅうれい》な目を細めながら離れてゆく山陽の地を眺め、海風になびく角髪をわずかにかき上げると、そのまま彼は藤四郎の横に並んだ。

「あなたも、この船でしたか」

青年の問う意味が分からず、藤四郎は軽く会釈《えしゃく》すると無難に返した。

ともに旅してきた国光はいない。院の遺詔を粟田口に伝える役目を藤四郎にまかせて、自身は備前に留まり、福岡や青江の者たちと今後の手立てをつけてから帰る、とのことだった。一方の藤四郎は、翌日に福岡を離れ、播磨灘《はりまなだ》に面した牛窓《うしまど》の港から、明石《あかし》へと向かう船に乗ったところである。

だから、この青年が乗り合わせたのは、まったく意想外のことだった。

「どうなのだ。特にそなたは、あの男を慕《した》っているようだが」

「これっ、氏王《うじのきみ》。吉光鍛冶に不躾《ぶしつけ》でございますぞ」

問い詰めてくる青年に困惑する藤四郎だったが、もうひとつ知った声が届き、助け舟を求める思いでその主を探す。案の定《あんのじょう》、そこにいたのは血相《けっそう》を変えた西蓮だった。

「挨拶もせず申し訳ございません。何しろ、あまり世慣れておらぬものですから」

「ははっ、出家にそう言われるのは悪くないな」

西蓮の小言《こごと》に、青年は楽しそうに顔を仰《あお》のいて笑った。そのかたわらで、西蓮は呆《あき》れたようにため息をつくと、頭を下げた。

「本当に申し訳ありませぬ。どうも、道理をわきまえぬものですから」

「道理だと。ならば、あの男が一番の道理破りではないか。忠臣らの諫言《かんげん》も聞かず、本朝の政をひっくり返してしまったのだからな」

先ほどから、この氏王と呼ばれる青年は、〝あの男〟のことになると、やけに険《けん》のある言い方をする。そして、それが誰かということにも藤四郎は気づいていたが、無闇にその名を口に出すわけにもいかず、曖昧に笑うのがせいぜいだった。

「どうなのだ、吉光どの。あの廃院のどこが良いのだ」

「それは、いかにも不躾な問いにございますね。少なくとも、名乗られもしないかたに言うべきとは思いませぬ」

かっとなったわけではないが、不用意に己の琴線《きんせん》へ触れてくる問いに、さしもの藤四郎も些《いささ》か腹を立てて返した。すると、青年は切れ長の目を吊《つ》り上げて、この小癪《こしゃく》な鍛冶を睨《にら》みつけ、ふんっと顔を逸《そ》らす。そんな仕草《しぐさ》がまた、わがままな幼児のようだった。

見かねたのか、西蓮はまた頭を下げて藤四郎に手招きしながら、その耳もとに口を寄せた。

「この子は、賀茂《かも》の氏王と申します。上賀茂《かみがも》社神主で、筑紫《つくし》に流された能久《よしひさ》さまのお子であり、わたくしの猶子《ゆうし》でございますが」

そこで、西蓮はより一層声を低めた。

「じつは、隠岐院の御落胤《おとしだね》なのです」

思わず、藤四郎は僧の神妙な顔を凝視《ぎょうし》した。

(どうりで、見覚えがあるはずだ)

心の奥で、納得の声が響いた。氏王の眼差《まなざ》しや口調。それは往時、偏執にまみれた院のそれと、驚くほどに似ていた。

「能久さまの妹君が院の後宮《こうきゅう》に入られて、お生まれになったかたにございます。ですが、御目見《おめみ》えもないまま承久の兵乱を迎えてしまい、以来、加冠《かかん》の機会もなく」

貴族における加冠とは、ただ年齢を経て髪を結い、冠をかぶる通過儀礼というだけではない。その者が成人として貴族社会に参加するうえで、生まれや身分、また後ろ盾や婚姻相手などを、はっきりと世に示す儀式でもあった。

「賀茂の皆さまは、皇子であることを明らかにしたいと申されます。ですが、隠岐院の皇子と分かれば、鎌倉方からどのように扱われるかも分からない。また、院は末期にこの子をお手もとに置きたいと仰せでしたが、それも鎌倉の許しが出ず、その御望みも敢《あ》えなく潰《つい》えたのでございます」

西蓮の話を聞き、藤四郎は思わず氏王を見た。西蓮の声が聞こえているのかいないのか、試すような目をして口を開く。

「どうだ。私はあの男のせいで、何者でもないまま、こうなってしまった。私に道理はないと言うのか」

藤四郎はすぐに言葉を返さなかったが、それで怯《ひる》んだわけでも、氏王に同情したわけでもない。ただ、いまなお己のうちに残る、院の温かな面影《おもかげ》がうずいた。

「あの御方の本性に触れられなかったのは、気の毒に存じます。が、あなたはもう少し、父君を見る目を啓《ひら》いたほうがよろしいでしょう」

「なんだと」

「人は誰しも、良きところも悪《あ》しきところもございます。また、それぞれに足りぬところもあります。掛けちがえることも、あとで悔《く》いることも」

「何を言っている」

「私は、あの御方をかばうつもりはございません。ですが、それでもあの御方が残したものがありますから」

「それが、鍛冶たちがあの男を慕う理由か」

「そうかもしれませぬ。あの御方の引き立てがあったればこそ、鍛冶は、ただ兵具を作るだけの工人に留まることを免《まぬか》れました。剣は戦乱を経てさえ、理《ことわり》の器としての価値を保ったのですから」

それは、藤四郎の実感である。保元《ほうげん》・平治《へいじ》、治承《じしょう》・寿永《じゅえい》、そして承久――世が戦乱に染まれば、刀剣の価値は、ただ利器として人を斬《き》るだけのものとなってもおかしくはなかったし、刀鍛治もまた、人斬りの道具を作るだけの者になりかねなかった。

だが、後鳥羽院が鍛冶を取り立て、刀剣を珍重し愛好した。鍛冶は朝廷から官職を与えられるほどの者となり、優れたる刀剣は宝物として、皆がこぞって求めるほどとなった。番鍛冶とその作刀は、その筆頭として尊重されるに至った。

「なんだ、結局は己らの利得ではないか」

吐き捨てるように言うと、氏王はそれ以上興味もないのか、ふたたび離れゆく陸に視線を遣る。この実感は彼に伝わるはずもない。

「そう思われるなら、それで結構です。見もせず知ろうともなさらないなら、何も分からなくてよいと認めるのと同じことですから」

藤四郎が言った瞬間、氏王がその細い腕を伸ばし、直垂《ひたたれ》の胸倉《むなぐら》に摑《つか》みかかってきた。

「知る機会も与えなかったのは、あの男のほうだっ」

叫ぶ青年の声は、どこか悲痛だった。

そのまま氏王は、藤四郎の胸を突き放したつもりだったのだろう。だが、鍛え上げられた鍛冶の身体はびくともしない。船の揺れも手伝って、よろめいたのは氏王のほうだった。

咄嗟《とっさ》に、藤四郎は宙を泳ぐその腕を握った。白く細い腕は見た目の通りになよやかで、力を籠《こ》めれば折れてしまいそうである。

「無礼なっ」

つぎの瞬間、藤四郎の頬に小さな痛みが走る。平手を打たれたのだと気づき、藤四郎はすぐさまその腕を放した。

「王《きみ》は、もう少しお身体を鍛えたほうがよろしいのでは」

あまりの非力さに、藤四郎は皮肉でも何でもなく言った。

氏王は黙ったまま怒りに頬を紅潮《こうちょう》させると、やはり子どものように鼻を鳴らし、肩をいからせながら藤四郎のそばを離れた。

その後ろ姿を目で追っていくと、水夫《かこ》もほかの客も氏王の姿に見惚《みと》れていた。あの形《なり》では仕方がないが、つねに好奇の目に晒《さら》されているかと思うと、藤四郎も気の毒に思わざるを得なかった。

「西蓮さまも、ご苦労でございますね」

お付きの気苦労が知れて、藤四郎は同情の笑みを西蓮に向けた。

「然程《さほど》のことはございません。ただ」

一方の西蓮の面持《おもも》ちは沈痛だった。

「院の願いを叶えられなかったのだけが、心残りにございます」

聞けば、氏王を院のもとに置くための鎌倉方との折衝《せっしょう》は、数年にわたって行われていたという。

「院が京に還御《かんぎょ》されるとのお話もたびたびありましたから、加冠はそのときにと先延ばしにした挙句《あげく》、氏王は疾《と》うに二十歳を越えても、あのような童形の身となってしまいました」

「院のおもどりは、皆さまの悲願でしたからね」

院を隠岐から京へもどす嘆願が行われているという噂は、藤四郎もこの十七年で幾度も耳にしていた。

はじめは前執権《さきのしっけん》・北条義時《よしとき》が死んだとき、さらには尼将軍《あましょうぐん》と謳《うた》われた北条政子《まさこ》が亡くなったとき。あるいは、摂関をめぐる九条と西園寺の争いの際に。事あるごとに繰り返された還御の機運は、そのたびに立ち消えた。

「とはいえ、氏王をこのままにしておいてよいはずがありません。わたくしも、母君も、父君のお側に置けないものかと相談し、院御自《おんみずか》ら隠岐守護どのにお諮《はか》りしたのが、ふた月ほど前のこと」

そこで考え出された苦肉の策が、賀茂家の子であり西蓮の猶子、という偽りの身分だった。そのうえで、隠岐の行在所の法師をひとり京に帰らせる代わり、出家させた氏王を補充の僧として送れないかと、西蓮は隠岐守護・佐々木泰清《ささきやすきよ》との交渉に及んだ。

それほどに巧《たく》んだものの、彼らの願いは叶えられなかった。

「ですからせめて、わずかでも対面できないものかと、わたくしは氏王を連れて隠岐に参ったのですが」

そこから先は言葉にできず、西蓮は涙の滲《にじ》む目で、氏王が立ち去ったほうを見遣る。藤四郎もまた、美しい青年の鋭い面差《おもざ》しを思い返した。


京にもどった藤四郎は早速、国綱の家に粟田口一門の鍛冶たちを集めて、内密に院の遺詔を伝えた。

「やはり、あの心得ちがいの神剣か」

粟田口六兄弟の最後のひとりである国綱は、高齢のためすでに鎚を握らなくなっていたが、鍛冶町の顔役としてなお健在だった。

国安《くにやす》、国清《くにきよ》、有国《ありくに》、則国などの名人はすでに他界して久しい。それでも、国綱の子である新五郎《しんごろう》や、国友《くにとも》の弟子で五条坊門に一派を建てた雷次郎国明《らいじろうくにあき》、そして国吉・国光の兄弟など、一門にはいまだ優れた鍛冶が揃っている。彼らもまた、それぞれの算段で院の心残りを晴らすと誓ってくれた。

「番鍛冶の誰しもにとって、あの剣は心残りだったのでしょう」

無論、それは藤四郎も同じだった。あの剣は、菊を愛した院に相応《ふさわ》しいものではなかったし、それを己の理の剣として打ったこと自体が恥である、という院の思いも理解できた。

己の恥が一時《いっとき》、衆目《しゅうもく》に晒されるだけならまだいいが、剣は重代にわたって伝承されることもある。後世にまで恥を晒しつづけるとなれば、とても耐えられるものではなかった。

「しかし、あの折の坂東方《ばんどうがた》は、十五万とも二十万とも言われる大軍。さすがに多すぎませんか」

思案顔で言ったのは、国吉である。遺詔を聞いた鍛冶たちが去ったあと、国吉に国綱、藤四郎の三人が残り、院の神剣を探す手立てを話し合っていた。

「いや、最後まで高陽院《かやのいん》に残されていた御所焼きとなれば、隠岐院愛顧《あいこ》の逸品《いっぴん》として、よほどの手柄を立てた者に限られるじゃろ。伝手《つて》をたどってみるとしよう」

国吉の懸念《けねん》に、国綱は軽く請け負った。

粟田口の長老たるこの大叔父は、九条家をはじめとした貴顕《きけん》はもちろん、新たに京に入ってきた鎌倉の武家たちにも人脈がある。それらの筋を使って、当時の恩賞のようすなどをたどるつもりだという。

「そうですな。時節柄、まずは東国《とうごく》の客筋に探りを入れて、手掛かりを何でも集めましょう。で、お前はどうする、吉光」

国吉に水を向けられて、藤四郎はわずかに言葉に詰まる。

「最近は、お前のところにもよく声が掛かっているときいておるが、客を選《え》り好みしているそうだな」

「そのようなつもりは」

確かに、藤四郎の作刀を求める声は近ごろ増すばかりだったが、おいそれと注文を受けないことでも知られつつあった。それに、客の注文にかかわらず、打つのは短刀ばかりである。それが師の耳にどう聞こえているかと思うと、すぐには言葉が見つからなかった。

「ではどういうつもりなのだ。それに、鍛冶場に人を寄せつけぬというではないか」

「それは、まだ至らぬ身ですから、相鎚を頼むのも申し訳なくて」

やはり、国吉が相手となると、藤四郎はうまく話すことができない。

もともと、藤四郎は越前椎崎《えちぜんしいざき》の出である。実の親に口減らしとして家から出され、それを引き受けたのが国吉だった。だから、藤四郎にとって国吉は親代わりで恩人だったし、引き取られた当初から気を遣ってきたつもりである。

もっとも、子どもらしからぬその振る舞いが、国吉とのあいだに隔《へだ》たりを作ったことは否めないし、そういった気遣いと無縁の大師匠・則国が慕わしかったのも事実である。

「驕《おご》って、親父《おやじ》と同じ轍《てつ》は踏むなよ」

「お言葉ですが、大師匠さまに驕りなどございませんでした」

その則国のことを言われ、つい藤四郎はむきになって反論してしまった。そこに国吉の冷ややかな視線を投げ掛けられて、思わず顔を伏せた。

「まあ、よいじゃあないか。藤四郎には藤四郎の考えがあろうよ」

執《と》り成す国綱の声にも、国吉は不興《ふきょう》げに顔を向けた。

「国綱叔父はこやつに甘すぎます」

「そりゃあな。お前は誰とでもうまくやれるが、そうでない者もおる。それに、藤四郎は独り立ちしたばかりじゃろ。お前が則国のもとを離れたときも、わしらの手を借りたじゃろうが」

やはり藤四郎の肩を持つ国綱を、じろりと見た国吉だったが、それ以上何も言わず席を外した。師が立ち去った途端、藤四郎があからさまに息を抜いたのが見えたのだろう、国綱はたしなめ顔をした。

「国吉はな、よく気のまわる男じゃ。だから人より多くのことを考えてしまうが、決して気の悪い男ではない」

「はい、存じ上げています」

どうにも言いよどむのを抑えられず、藤四郎は硬い声で返してから頭を下げ、鍛冶町へと出ていった。

東海道沿いの粟田口は、備前に行く前と変わらない賑わいだった。ここ数年、飢饉に苦しんだことを思えば、その力強い息遣いは藤四郎にとって好もしい。喧騒《けんそう》が沈みかけた心を引き上げてくれるのを感じて、足は自然と粟田天王宮《てんのうぐう》へ向いた。

この活況は、何も粟田口だけではない。京全体が、鎌倉第四代将軍・藤原頼経《よりつね》の上洛《じょうらく》という慶事に沸《わ》いていた。

頼経は藤原北家《ほっけ》九条流の前摂政《さきのせっしょう》・関白《かんぱく》である道家《みちいえ》の三男であり、将来の将軍として鎌倉に迎えられたときには、わずか二歳という幼さだった。その幼君も成長し、いまや二十一歳。東国を束ねる征夷大将軍《せいいたいしょうぐん》としての里帰りは、実家の九条流の意向もあって、じつに華々しいものとなった。

鎌倉将軍の上洛など、初代・源頼朝《みなもとのよりとも》以来、ほぼ五十年ぶりの盛事《せいじ》である。鎌倉側も、朝廷に承久以来の力関係を再認識させるべく、多くの御家人を供奉《ぐぶ》させた。三代執権の北条泰時、その叔父で連署《れんしょ》の時房を筆頭に、有力な東国の武家が京に顔を揃えることになったのだから、そこでの費《つい》えは相当なものとなった。それらは、兵乱と飢饉に喘《あえ》いだ町を潤《うるお》わせてなお余りあり、二月の将軍上洛以来、京は時ならぬ活況を呈していた。

もちろん、粟田口鍛冶も例外ではない。武家や公家が献上品をやり取りするなかで、刀剣ほど両者に受けの良いものはない。鍛冶たちには多くの注文が舞い込み、それぞれに己の仕事に打ち込んでいた。

実際、町に立ち並ぶ鍛冶場からは、ひっきりなしに鎚音や鞴《ふいご》の風音が響く。それを聞いていると、自分の国吉に対するわだかまりが小さく思えてくる藤四郎である。生真面目《きまじめ》な工人たちが鳴らす音には、そういう力があった。

師に何を言われようと、院の剣を探すために、自分にもできることがあるはず。そう思い直して、藤四郎は小路を歩く。

「何事も、まずはやってみることですよね」

粟田天王宮の参道の脇にある磐座《いわくら》の前まで来ると、藤四郎は手を合わせて誰にともなくつぶやく。新たに事をはじめるとき、この磐座に参拝するのが藤四郎の習慣だった。そうして顔を上げると、足早に参道の階段を下りていく。

とはいえ、幸先《さいさき》よくとはいかないのも世の常《つね》である。

「だから知らぬと言うておろうがっ、この下司《げす》が」

「げっ、下司とはなんだ。わしは武田伊豆守《たけだいずのかみ》さまの遣いなるぞ」

「武田が何するものか、こちらは賀茂ぞ」

自身の鍛冶場に近づくと、不意の怒声《どせい》が藤四郎の耳に飛び込んできた。ほとんど子どものような言い合いだったが、何しろ鍛冶場のなかでのことだから、自分も無関係とはいかない。そのうえ、若いほうの声には聞き覚えがあった。

慌《あわ》てて戸口まで駆《か》けていくと案の定、なかでは、上げ角髪に童狩衣《わらわかりぎぬ》姿の青年が目を吊り上げていた。相手はと見れば、糊の利いた直垂《ひたたれ》に風折烏帽子《かざおりえぼし》の中年の男で、なるほど名のある御家人の郎党《ろうとう》というのも違和感はない。

「ちょっとお待ちをっ」

「ちょうどよいところに来たっ、吉光鍛冶。この無礼者を打ちのめせ」

「氏王は少し黙ってください」

ほとんど怒鳴《どな》るように返した藤四郎は、大鎚を取ろうとする氏王の腕を摑《つか》んで止めた。そのまま、もうひとりの男に愛想よく笑ってみせる。

「どうにも行きちがいがあったようで、申し訳ございません。私がこの鍛冶場を取り仕切っております、藤四郎吉光と申します」

「いったい何なのですかっ、この……」

男は怒りと困惑がない交ぜになった目で氏王を睨みつけつつも、言葉が見つからないのか、言いよどんだ。童《わらべ》と言うべきか、それとも男と言うべきか。何とも言い難い青年の姿に、武家の男も戸惑《とまど》っているようだった。そのようすと氏王を見比べて、藤四郎はおおよその事情を察したし、奇異の目に晒されたであろう氏王を責める気にもなれなかった。

「申し訳ありません、こちらのかたは少し事情がありまして。まずは武田さまのご用事をお伺いしますので、あちらの小屋にお越しくださいませ」

後ろで氏王が、事情とはなんだ馬鹿《ばか》にするな、と抗議の声を上げるが、藤四郎は取り合わない。そうして武家を送り出してから、腕を振りほどこうともがきつづける青年の、険のある顔を見て、思わずため息をついた。

武田伊豆守信光《のぶみつ》といえば、甲斐《かい》源氏の筆頭であり、鎌倉の重鎮である。承久の兵乱のときには、東山道《とうさんどう》軍の大将軍として五万騎を率いて京へ攻め上り、確たる戦功をあげた猛将でもあった。

小屋に待たせていた武家の用向きとは、その信光から、剣をひと振り打ってほしいとの注文だった。ものは短刀、時が掛かるのも委細承知のうえという。ならばと、藤四郎は依頼を受けた。ただ、費用については再度、信光に確かめることとなった。藤四郎が提案したのは、銭《ぜに》や金での払いではなく、ほかの刀剣との交換である。

——武田さまが菊造りをお持ちならば、後学のため、それと交換していただきたい。交換では釣り合わぬならば、手に取って見せていただきたい。

そう話をつけて、藤四郎は郎党を帰した。

「なるほどな。そうやって剣の行方《ゆくえ》を絞ろうというわけか」

残る厄介《やっかい》は、こちらの氏王である。鍛冶場に待たせていた彼は、意外にも、おとなしいようすで藤四郎を迎えた。床几《しょうぎ》に座る姿は、整った顔立ちと華奢《きゃしゃ》な身体つきのために、どこか人形めいて見える。

「武田さまは、初代将軍以来の功臣と伺いますし、先の兵乱でもご活躍でしたからね。何かしら、菊造りをお持ちでしょうから」

藤四郎自身は横座《よこざ》に座ると、この押し掛け客を正面から見た。

「ふうん。そなたらからすれば、渡りに船というところか」

話しながら、物珍しげに鍛冶場のなかを見まわす氏王のようすは、邪気がない。その落ち着いた姿に、藤四郎はようやく尋《たず》ねる。

「で、氏王。あなたはどういったご用件でこちらに」

ふたりが顔を合わせるのは、備前からの帰りの船以来のことである。そのうえ、騒動まで鍛冶場へ持ち込んだのだから、藤四郎が不審に思うのも無理はなかった。

話を振ると、氏王は不意に表情を改めた。その生真面目な目が往時の院に似ていて、わずかに藤四郎の胸を衝《つ》いた。

「船での件、私が短慮だった。謝る」

意外にも、氏王はきっちりと頭を下げた。

「あの男の話となると、どうにも頭に血が上ってしまうのだ。だが、それは私の事情であって、そなたらには関わりないこと。すまなかった」

わざわざそれを謝罪しに来たことに驚きつつも、確かに、この美青年は院と父子であると、藤四郎は納得した。

「どうぞ、顔をお上げください。私も大人げないことを申しました」

その声に、氏王が顔を上げたときには、すでに笑顔だった。花びらがこぼれるような明るく朗《ほが》らかな笑顔に、藤四郎は少しのあいだ見惚《みと》れた。

「よし、これでわだかまりはなくなったな。つぎは、そなたの鍛冶を見せてくれ」

穏やかな心地《ここち》になったのもつかの間、氏王は笑顔のまま身を乗り出した。

「そちらが、本当の目的でしたか」

「無論。西蓮が言うのだ、一度、吉光の鍛冶を見れば、あの男の気持ちが分かるかも知れぬとな。なんでもそなた、幼い身でありながら、水無瀬で鍛冶を奉仕したというではないか」

「ええ、院と並んで大鎚を振るったこともございます」

思わず声が弾むのを、藤四郎は抑えられなかった。

「鎚を振るう勘も良い御方でしたが、何より目が良かったと、私の大師匠は申しおりました」

「治天でありながら、何をしておるのだか」

対する氏王の言葉はからい。とはいえ、この父子の複雑さは余人《よじん》に理解しがたいものだと、藤四郎は答えを誤魔化《ごまか》すように笑みを作った。

(私にとっての師匠のようなものか)

単純な連想だったが、そう思えば、氏王が院に対して素直になれないことが、少しは理解できた。

「で、どうするのだ。鉄を熱して打つのだろう」

「それだけではありませんよ。差し当たり、今日は銑卸《ずくおろ》しと水圧《みずへ》しをしようかと思っております」

「ずくおろし？　みずへし？」

初めて聞く言葉だったのだろうが、氏王が言葉を繰り返すさまはいかにも稚《いとけな》い。それが可笑《おか》しくて、藤四郎は少し吹き出してしまった。

「説明は、後程いたしますから」

「何を笑ったんだ」

「いえ、とても素直でいらっしゃるので」

「馬鹿にしたか」

「滅相《めっそう》もない。本当に素直なことだと感心しただけです」

藪蛇《やぶへび》だと思いながらも、藤四郎は横座から腰を浮かせると、鍛冶場の奥にある炭切り場へと向かった。

「言うておくがな、私は二十八だぞ」

「えっ」

思わず、炭を笊《ざる》に取る藤四郎の手が止まった。西蓮から二十歳すぎとは聞いたが、まさか同じ歳のころとは考えもしなかっただけに、驚きがそのまま顔に出てしまっていた。慌てて表情を改める藤四郎だったが、振り返れば、じっとりとした目で氏王が睨みつけている。だが、それもすぐ諦《あきら》めたような半笑いに変わり、

「まあそれは、こんな形《なり》だものな」

と、ぼやいた。その笑い方が寂《さび》しくて、藤四郎は素知《そし》らぬふりをすると、

「まさか同じ歳のころとは思いませんでしたよ。私もそれくらいなので」

思ったそのままを口にした。

「なんだ、同じころとははっきりしないな」

「私は越前から口減らしに出されて、国吉師匠のところに預けられたのですよ。そのときに、歳は聞かされなかったそうですから」

「そうか。自分の生まれたときすら分からないのは、寂しいな」

そう言う氏王の端正な顔が陰《かげ》る。

（やはり、本当はお優しいかたなのだ）

そういう部分を素直に見せないのも父親譲りで、藤四郎は微笑んだ。

「いいえ、顔も覚えておらぬ親ですが、よく粟田口に出してくれたと感謝しております。もちろん、引き受けてくださった師匠にも。でなければ、こんなに良い仕事に出会うこともなかったわけですし」

「鉄を打つだけだろう、そんなに面白いのか」

「鎚を振るうのは一部ですから。まあご覧《ほど》ください」

話すうちに、藤四郎は鉄卸《かねおろ》し用に築いた火床へ、炭を手際よく盛っていく。鉄材として仕入れたのは、備前や石見《いわみ》、大和《やまと》、越前などで作られた銑である。藤四郎が作刀するとき、すでに卸した鉄を使うことはない。必ず自ら銑卸しをして、自身で素材の塩梅《あんばい》を決めた。

「銑というのは脆《もろ》い鉄でしてね。鋳物《いもの》に使うには悪くありませんが、強い力が加わると砕けたり折れたりしますから、打物《うちもの》にするには具合が悪い」

説明しながら藤四郎は、小さく盛った炭の山に火種を落とす。慎重に箱鞴《はこふいご》の把手《にぎりて》を抜き差しして、小さな熾火《おきび》を炭に移した。そこから少しずつ炭を加えながら、火をまわしていく。

「ですから、一度銑を蕩《とろ》かして固め直し、粘《ねば》りを出してやるのです。これを銑卸しと申します」

箱鞴を繰るたび、内部の弁が翻《ひるがえ》り、ぱたんっぱたんっという音が軽く響く。それに合わせ、羽口《はぐち》から風が猛烈な音ともに吹き出して炎が瞬《またた》いた。その熱はあっという間に鍛冶場の内に広がって、じりじりと氏王の首筋を焼く。

「これは、凄《すさ》まじいな」

「少しお気を付けください。花が飛びますので」

「花？」

藤四郎は疑問の声に敢えて答えず、小さく砕いた銑を炭に投じた。そうしてまた風を送り込み、炭と銑を少しずつ加えながら、さらに火を大きくしていく。やがて、その炎のなかから何かが焼けて沸くような、湿った音がしはじめる。溶けた銑が、火床の底に滴《したた》りはじめたのだ。同時に、炭の山からかすかな火花が覗いた。

「菊のようでしょう」

さらに銑と炭を加えて、四半刻《しはんとき》（三十分）ほど風を送りつづける。そのあいだじゅう、藤四郎は微妙に風の加減を変えながら、銑に含まれる炭素を焼き飛ばしていく。良い加減のところで手を止めると、あとはじっくりと待ってから炭掻《すみか》きで炭を除《の》けた。まだ赤を帯びた卸し鉄が、火花をまといながら底に凝《こご》っていた。

「このまま水圧しをいたしますから、少し離れていてください」

「わ、分かった」

卸し鉄から目を逸らさずに言うと、藤四郎は、金箸でその丸い塊を取り出して鉄敷《かなしき》の上に置き、小鎚で押さえるように叩《たた》きはじめた。鎚の振りを次第に大きくしながら、丸かった卸し鉄を角張った形へと整えていく。途中、幾度か火床にもどして鉄を赤らめながら、少しずつ平たく打ち延ばす。

「顔は守ってくださいね」

頃合いと見て、藤四郎はふたたびしっかりと鉄を沸かしながら、鉄敷の上に手帚《てぼうき》で水を張った。その上へ山吹《やまぶき》色に沸いた鉄を据えると、鎚を力いっぱい振り下ろした。凄まじいまでの爆発が起こり、弾《はじ》けた鉄滓《かなくそ》が鍛冶場に花と散った。

それを至近で浴びた藤四郎の肌は焼かれ、衣は焦《こ》げて穴が開く。しかし、何事もないかのように鎚を振るいつづけて鉄を板餅《いたもち》のように叩き延ばすと、一気に水桶に浸《つ》けた。激しく水を泡立たせながら鉄は急速に冷やされて、高く澄んだ音を立ててひび割れていった。

「凄まじいな」

先ほどと同じ言葉を繰り返す氏王の目は、驚きと感心で見開かれていた。狩衣の裾《すそ》がわずかに焦げたようだが、それも気にせず、食い入るように藤四郎の手もとを見つめる。

「本当は誰かに相鎚を頼んだほうが楽なのでしょうが、まだ弟子を取れるような身分ではありませんので」

桶から取り出した鉄を確かめてから、藤四郎は早速、卸し鉄を小割りしていく。

「それは？」

「鉄を種類ごとに分けているのですよ。一見ひと塊に見えても、さまざまな種類の鉄が絡《から》み合っていますからね。それを選《よ》り分けて、質の良いものだけを材料にするんです」

「ふむ、意外に使えぬものも出るのだな」

分ける藤四郎の手もとを見ると、おおよそ、七と三ほどの割合で鉄が寄せられている。

「いえ、除いたほうも打物に堪《た》え得《う》るものにはなっていますよ。ただ、私の性分ですね。鉄にはこだわりたくて」

そう言うと、藤四郎は七のほうの山をひとまとめにすると籠《かご》に積んだ。そして、残り三のほうをさらに吟味《ぎんみ》しはじめる。氏王は目を丸くすると、

「こっちじゃないのか」

改めてそう聞いた。

「ええ。手を抜かずに仕事をするとなると、どうしても」

だから鉄が足りなくて短刀しか打てないのですと、はにかむように言う藤四郎に、今度こそ氏王は呆れた顔を向けた。

「そうか、鍛冶というのは、不器用なものなのだな」

「大師匠もそう言っておられましたよ。不器用なほうが懸命に、手を緩《ゆる》めずに、丁寧《ていねい》に仕事をするって」

氏王の気遣った言葉選びに気づかず、藤四郎は直向《ひたむ》きに鉄を吟味する。その楽しそうな横顔に、氏王は小さく苦笑した。


その後も氏王は、足繁《あししげ》く藤四郎の鍛冶場に通っては鍛刀を見守った。藤四郎は銑卸しを何度も繰り返し、納得のいく鉄をひたすら集めた。

もちろん、選に漏《も》れた鉄も無駄にはしていない。兄弟子の国光をはじめ、知り合いの鍛冶に譲って役立ててもらってはいる。ただ、国光などは、ある意味で贅沢《ぜいたく》な鉄の使い方を心配してもくれた。

「この鉄も十分に良いものだぞ。お前なら人並み以上の太刀を打てるだろう。出来を気にするなら、銘のないまま売ってもよいのだから」

気遣い屋の兄弟子らしいが、これぱかりは性分なので仕方なかった。

もちろん、今回だからという気負いもある。何しろ藤四郎が打とうとしているのは、歴代の番鍛冶の作刀と交換しても惜しくない、と武田信光に思わせるほどの剣である。則国をはじめとした粟田口の先達《せんだつ》、そして吉房など福岡の名工にも劣らぬよう、精魂込めて打たなければならなかった。

かといって、そんな力みや気負いもまた、鉄を歪《ゆが》める原因となりかねない。逸《はや》ろうとする心を抑えて、鉄が持つ佳《よ》きものを引き出す、ただそれだけのために藤四郎は鎚を振るった。

その意味で、氏王の存在はありがたかった。この青年は鍛冶について何も知らない。作業や工程のことをあれやこれやと訊《き》いてくるし、道具にも触りたがる。彼の相手をすることで、藤四郎は余分な力を抜くことができた。

それにしても、氏王は天真爛漫《てんしんらんまん》である。

「鉄を組み合わせればよいのだろう。これとこれはどうだ」

積み沸かしに手を出そうとしてたしなめられ、

「また衣が焦げたではないか、どうしてくれる」

折り返し鍛錬で飛び散る鉄滓《かなくそ》に文句を言い、

「その姿はおとなしすぎるだろう。もっとこう、勇ましくだな」

火造《ひづく》りにまで口を出す始末だった。ただ、その賑やかさが、藤四郎は嫌いではない。

(伊賀《いが》どのがいらっしゃったころは、こうだったな)

昔のことを思い出して、藤四郎は笑ってしまう。少し険があるものの、そのあっけらかんとした明るさと隔《へだ》てのなさは、往時の伊賀光季《みつすえ》にも似ていた。

そして、そう連想するくらいに、藤四郎は氏王に親しみを感じはじめていた。ひと月ものあいだ、毎日顔を合わせてあれやこれやと言い合えば、自然とそうなるものである。まして、氏王の歯に衣着《きぬき》せぬ言動が、藤四郎の性に合っていた。

(そういえば、伊賀どのもいきなり大師匠のところに飛び込んできたのだっけ)

藤四郎には、則国と光季の交友に憧《あこが》れがある。ふたりが友であった時間は短いが、それでも莫逆《ばくぎゃく》の友になり得るのだと、信じさせてくれるからだ。それを思い出させてくれただけでも、氏王には感謝しかなかった。

そういう成り行きだったから、完成した短刀を最初に見たのは、藤四郎自身を除けば氏王ということになった。

「いかがです」

研《と》ぎ上げた短刀を掲《かか》げながら藤四郎は、己の肩越しにそれを見つめる氏王に尋《たず》ねた。

いつもは物怖《ものお》じしない氏王が、珍しく黙ったままだった。振り返ってみると、心を奪われたようにその刀身を見つめている。藤四郎もまた、手のなかの短刀を確かめた。

刃長はおよそ八寸二分《ぶ》（約二十五センチ）。わずかに内反《うちぞ》りの刀身は鎬《しのぎ》のない平造《ひらづく》りで、一見して優美な姿である。刃文《はもん》は広直刃《ひろすぐは》、刃の縁もよく締まって、清廉《せいれん》な様相を成している。

何よりも、瑞々《みずみず》しい地鉄《じがね》が目を引いた。よく詰んだ肌は、まるで銀の砂を流したよう。潤いを帯びて豊かな鉄は、深沈《しんちん》としていながら冴えて明るい。見る者の心のうちに、美しさを見つけてしまうような剣である。

「美しい」

ほとんどため息のように、氏王がつぶやいた。

「口にするのもおこがましいが、本当に美しいな。それ以外の言葉が見つからぬ」

うっとりと繰り返す声も艶《つや》やかに、童形の青年はその剣に見惚《みと》れていた。

「そうか、鍛冶は、このために腕を振るうのだな。ただ人斬りの道具を作るのではなく」

そんな言葉が嬉しく、藤四郎は小さく頷くと改めて拭《ぬぐ》いを掛け、そして氏王を振り返った。

「ひとつ、お手伝いいただきたいのですが」

「私にできることなどあるのか」

「銘を切りますので、あなたに押さえをお願いできればと」

戸惑いは一瞬だけで、氏王ははにかむように頷いた。そのやわらかい手で、鉄敷の上の短刀を押さえてもらうと、藤四郎は茎《なかご》に〝吉光〟の二字銘を切った。

短刀ひと振りに掛かり切り、完成までおよそひと月。普通なら文句のひとつも出ようものだが、注文主の武田信光はよほど藤四郎を買ってくれているらしい。例の菊造りとの交換についても、出来次第でとの答えだったし、時折遣いを寄越して進捗《しんちょく》を確かめはしたが、決して催促はしなかった。鞘師《さやし》に白鞘を仕立ててもらい、信光の京宅に短刀を届けたときには、すでに九月も半ばを過ぎていた。

それだけ待たされたにもかかわらず、信光は今回の短刀がよほど気に入ったらしい。その見事さを激賞する文が届いたかと思えば、早速にも菊造りを藤四郎に披露《ひろう》する機会を設けると、請け負ってくれた。

数日後、呼び出しを受けた藤四郎は、六波羅にほど近い武田の京宅に上がっていた。

「お主の顔を見るのを楽しみにしておったぞ、吉光」

信光はすでに八十近い高齢と聞くが、その背筋はしゃんとしたもの。すっかり色の抜けた白髪《はくはつ》に、垂らした白髭、笑っていながらも隙《すき》のない目つきは、さすが東国武士の重鎮と言うべき佇《たたず》まいである。

「こちらこそ、武田さまには過分《かぶん》なお言葉を頂戴《ちょうだい》し、大変恐懼《きょうく》しております」

藤四郎は折り目正しく礼をすると、つづけて信光の脇に控えた男にも頭を下げた。

歳のころは五十ほどだろうか。骨ばった厳《いか》めしい顔立ちにやや細い目、高い鼻をした偉丈夫《いじようふ》である。特段体格が良いというわけではないが、骨が太く身体も厚く、いかにも叩き上げの武人といった印象の男だった。

「これなるは足利左馬頭《あしかがさまのかみ》どのじゃ。お主の作刀の話をしたところ、大変感心されてな。本日は是非同席したいと、たっての願いで参られたのじゃ」

「足利左馬頭義氏《よしうじ》と申す」

「お目に掛かりまして光栄でございます。粟田口の鍛冶、藤四郎吉光と申します」

改めて平伏しながら、藤四郎は思わぬ人物との邂逅《かいこう》に胸を高鳴らせた。

足利義氏といえば、北条執権の右腕として知られた男である。河内《かわち》源氏の末ながら北条家の娘を母に持ち、つねに執権のかたわらにあってその政《まつりごと》を支えてきたという。承久の兵乱でも、北条泰時に付き従って東海道《とうかいどう》から京に攻め上り、宇治川《うじがわ》の戦いで獅子奮迅《ししふんじん》の活躍を見せた。

武田と足利。院の心得ちがいの神剣を下げ渡されていてもおかしくはない、鎌倉の重鎮が顔を揃えたことになる。この機会をうまく活《い》かさねばと、藤四郎は伏せた顔を引き締めた。

「堅苦《かたくる》しい挨拶はここまでとしよう。同じく剣を愛《め》でる者同士、気兼ねなく話そうではないか」

信光は機嫌よく言うと、手をふたつ叩いた。それを合図に、武田の郎党たちが、四振りの刀剣と刀架《とうか》を部屋に持ち込んだ。いずれも白鞘で、ふた振りが太刀、ふた振りが短刀。うちひとつは、藤四郎が献上したものである。

「まずは吉光の短刀じゃ」

信光は手ずから取って鞘を払うと、短刀を掲げた。途端、部屋を明るい輝きが包む。そう思わせるほどの澄明《ちようめい》な地鉄の冴えに、藤四郎自身も目を細めた。

「おお、これは何とも明るい。それでいて潤みも十分」

感嘆の声は、義氏のものだった。

「さすが足利どの。この地鉄の味、見事にござろう」

「明るく軽快ながら、決して野放図《のほうず》ではござらぬ。むしろ見るほどに、静かなる止水《しすい》の趣《おもむき》さえありますな」

まさにそれよ、と信光は深く頷き、義氏に短刀を渡した。

「恐らくは、この秋空が写ったのかもしれませぬ」

藤四郎の弁は、何故《なぜ》か他人事《ひとごと》のようだった。当然、信光は訝《いぶか》しんで首をひねる。

「お主の存念ではない、と申すか」

「はい。鍛冶の存念などという小さなものに、剣を押し込んではならぬ、鉄自らが持つ佳きものを自然《じねん》のままに顕《あらわ》し、活かすのが鍛冶の仕事と、我が大師匠の則国はよく申しておりました。その短刀も、ただ丹念に鉄が持つ働きを引き出そうとしたまでにございます」

そんな言葉に、信光は感に堪えぬように息を漏らすと、次いで相好《そうごう》を崩す。

「その若さで、よくその境地に至ったものよ」

「誠《まこと》に。さすが、粟田口鍛冶の気鋭ですな」

義氏は口ではそう言いながらも、目は短刀に釘付けで、心ここにあらずといった風情《ふぜい》。そのようすに、信光はご満悦《まんえつ》だった。

「勿体なきお言葉に、恐縮するばかりにございます」

「謙遜することはない。どれ、では約束を果たすとしようか」

なお吉光の短刀に夢中の義氏を脇に置き、信光は三振《み》りの刀剣を示した。

「わしが持っておる御所焼きは、この三振りじゃ。まず見分《けんぶん》してもらおうか」

「恐れ入りまする。では」

吉光がまず手に取ったのは、やはり短刀である。国綱たちの話を聞く限り、番鍛冶で打たれた刀剣の多くは太刀であったという。脇差《わきざし》や短刀は珍しく、信光の立場も相俟《あいま》って、藤四郎の期待は高まった。

（これが、院の心得ちがいの神剣であれば）

念じながら、鞘を払った。

ひと目見て、ちがうと分かった。落胆が一瞬だけ心によぎったが、それを払ったのはほかでもない、目の前の短刀自身だった。

細身で内反り、棟《むね》は三面ある台形に仕立てた三ツ棟。重ね厚い平造りで、刃文はすっきりとした小互《こぐ》の目《め》に焼かれている。表裏に樋《ひ》を掻いた地鉄も、白川のように流麗な小板目《こいため》で、その姿は粟田口鍛冶の得意とするものであった。

何より、軽い。軽薄さとはちがう、一本芯《しん》の通った、融通無碍《むげ》で洒脱《しゃだつ》な軽さである。それを藤四郎はどこかで見たことがある。いや、むしろよく知っているものだった。

（大師匠のものではない、か）

疑問に惹《ひ》かれ、目釘を抜いて白柄《しらえ》も取り払うと、わずかに棟側へ反った茎の銘を確かめる。刻まれていたのは、〝国友〟。粟田口六兄弟の長男として一門の名を高めた先達であり、則国の父である。ただ、則国はあまりその作風を継がなかったと、藤四郎は聞いていた。

しかし、目の前の短刀には、確かに大師匠の作刀と一脈通じるものがある。

「その短刀は国友銘じゃ。が、水無瀬で打たれたものというぞ」

「はい。一門の先達の作刀に思いがけず出会い、感に堪えませぬ」

じっくりと確かめたいと思う藤四郎だったが、いまは後鳥羽院の遺詔のことが先である。

つづいて太刀のふた振りを改めてみると、こちらはともに備前風の造り。いかにも院が好みそうな、華やかで雄渾《ゆうこん》な太刀である。その姿は、後鳥羽院の要望に応えながらも、剣の理を院に伝えようとした、番鍛冶たちの苦闘の跡が滲んでいるように見えた。

鎺《はばき》下には十六菊花紋《きっかもん》。その毛彫りを指でなぞり、藤四郎はわずかに瞑目《めいもく》してから、鞘にもどした。

「大変結構な剣にございました。多くの学びを得られましてございます」

「礼を言うのはこちらじゃ。これほどの剣は、歴代の番鍛冶にも並ぶものよ」

信光はそう褒《ほ》めそやしながらも、いまだ短刀を放さない義氏が気掛かりらしく、そちらへちらちらと視線を遣った。

「滅相もございません。ただ」

と、藤四郎は思案げな顔を作ると、わずかに顔を伏せた。

「わたくしは短刀を得手《えて》としておりますので、できるだけ多くの、番鍛冶の手になる短刀を目にしたいと考えております」

「それは殊勝《しゅしょう》なことじゃ」

「つきましては、ほかに御所焼きの短刀をお持ちのかたをご存じであれば、ご紹介いただきたいのです」

これが、藤四郎の案だった。武田をきっかけに鎌倉の重鎮とつながりができたなら、それを手《て》蔓《づる》に、ほかの刀剣の行方もたどれるのではないかと。

た。

藤四郎が言った途端である。それまで真剣な眼差しで短刀を見ていた義氏が、不意に顔を向けた。

「当家にひと振り、ありますぞ。菊紋入りの短刀が」

「なんと。それは、どのような」

気が急《せ》いて尋ねる藤四郎をよそに、義氏は丁寧な手つきで短刀を鞘に納めると、信光に返した。それをほとんど抱えるように受け取った老将もまた、興味深げに彼を見返した。

「取り立てて良い剣とは思えぬが、確か造り込みが珍しかったかと存ずる。然《さ》して大振りではないが、鎬《しのぎ》を立てて豪勢な焼きが入っておったかと。何分《なにぶん》、細かくは覚えておらぬのだ。ただ……」

思い出したことがあったのか、義氏は思案顔をした。

「確か、隠岐院が最後まで手放さなかったもの、と」

「それはっ」

一瞬、強い声が出かかり、藤四郎は昂《たかぶ》ろうとする心を抑えた。

「何とも、曰《いわ》く付きにございますね」

「何か謂《いわ》れがあるのかどうか、調べねば分からぬがな」

「いえ、珍しい造りと聞けば、この吉光、是非とも見分いたしたく存じます」

隠しきれぬ藤四郎の必死さを見て取ったものか、義氏はわずかにこの年若い鍛冶を注視したのちに、不意に難しげな顔を作った。

「譲ってもよいが、できれば武田どのと同じく、吉光どのの作刀と換えてもらいたいものだ」

「畏《かしこ》まりましてございます。是非」

「吉光どの」

「長刀《なぎなた》がよい」

そのひと声は、間髪《かんはつ》を容《い》れなかった。

「武田どのから聞いておるが、お主は短刀しか打たぬそうだな」

「は。しかし、それには理由がございます」

「お主の事情は汲《く》みたいと思うが、それでもわしは長刀がほしい」

義氏の強く迫る調子に、藤四郎は答えに窮《きゅう》した。あるいは、すべて納得ずくで短刀を注文した信光が取り成してくれないものかと期待したが、この老将は意外の展開にも然して驚かず、物見高い目をして黙っているばかりである。

（本当に、院の神剣ならば）

その確証があるならば、多少の無理をしてでも受けるところだが、いまのところ答えははっきりしない。藤四郎の必死さを見透かして、己の注文を無理矢理に通そうと、義氏が吹っ掛けているだけということも有り得た。

わずかの間に頭を働かせる藤四郎の目の端に、ふと、ふた振りの太刀が見えた。それぞれに、菊が咲いていた。その花に願いを掛けた人の面影がよぎり、藤四郎は観念するように平伏していた。

「畏まりました。菊の剣に相応しき長刀、必ずや打ってみせまする」

「誠かっ。いや、言ってみるものだ」

義氏の喜びの声が白々《しらじら》しく部屋に響く。そして彼の口から、さらに驚くべき言葉が出てくるのを、藤四郎はほとんど呆気《あっけ》に取られて聞くしかなかった。

「ちなみにな、我らは将軍家とともに十月半ばには京を離れる。ゆえ、長刀ができた暁《あかつき》には関東へ届けてくれるよう頼む。件《くだん》の剣もあちらだ、ちょうどよいではないか」

京の内で事が済むと思い込んでいた藤四郎には、寝耳に水だった。そのうえ、長刀を鍛えるのに早くともひと月、さらに鎌倉との往復にひと月近くは掛かる。院の病状が差し迫っていることを思えば、幾ばくの猶予《ゆうよ》もなかった。


藤四郎が短刀づくりに励んでいたあいだにも、番鍛冶たちはそれぞれに伝手をたどって、心得ちがいの神剣を探しつづけていた。国綱のもとに届いた吉房からの文では、福岡から鎌倉に出向いている者もあるということだった。

藤四郎自身も、鎌倉に向かうこと自体に否やはない。ただ、義氏につけられた条件がわだかまって、うまく吞《の》み込めなかった。

「足利さまも無茶を言いよるわ」

事の次第を聞いた国綱は呆れた声を出したが、藤四郎が条件を吞んでしまった以上は取り成しようもない。

「とはいえ、お話からすれば、足利さまがお持ちのものこそ、あの剣では」

特徴だけ聞けば、院の神剣に限りなく近い。が、義氏の目利《めき》きのほどが分からないし、実物を見てみなければ何とも言えなかった。

「抜け目のないかたというからな。珍しい剣欲しさに嘘はつかないまでも、敢えて別の剣と勘ちがいをしていてもおかしくはなかろう。お前も分かっておったろうに」

国綱が愚痴《ぐち》っぽく言うのはもちろん、藤四郎を心配してのことである。本人もそれが分かっているからこそ、遣り切れないまま頷くしかない。

「それにしても、長刀か。お前、打ったことがあるか」

「自分ではひと振りも。以前、国光叔父の相鎚を取ったくらいです」

「使う鉄も相当なものだぞ。それにお前、ここのところ休んでおるか」

これは、藤四郎のいつものやり方を知っているがゆえの気遣いだった。銑卸しからこだわり抜いた鉄だけで、長刀を打つとなれば、どれだけの銑が必要になるか分からない。高温を扱う銑卸しを繰り返せば、当然火床の傷みも早くなるし、修繕もせねばならない。

しかも、藤四郎には相鎚もいない。大振りな長刀をたったひとりで鍛え抜くなど、よほど手慣れた者でも難しかった。

「誰ぞに手を借りても、罰《ばち》は当たらんぞ」

それに、備前からもどって以来、藤四郎が休みなく働いているのも、国綱は知っているようだった。確かに、旅の疲れを癒《いや》す間もなく短刀づくりに取り組み、何はなくとも銑を卸している。ときには東海道へ出て噂話を集めて、新たな手蔓を探している。

それもこれも、時がないゆえだった。院の先があまりないからこその遺詔であると思えば、藤四郎に休んでいる暇などなかった。

「大丈夫です、必ず仕上げます」

そんな覚悟が顔に出ていたのだろう、国綱はひとつため息をついた。

「国友兄の短刀は、恩に着るぞ」

結局、藤四郎は自身の短刀の代わりに国友銘の短刀を持ち帰ると、それをそのまま国綱に渡していた。

「ご家族のもとにあったほうがよいでしょうから」

「お前は、昔から優しい子だな」

藤四郎は硬い顔のままかぶりを振ると、ふらりと国綱の家を出た。

(休んでる暇なんて、ないじゃないか)

鎌倉の老獪《ろうかい》な御家人をふたりも相手に腹芸をしたこと、三振りの御所焼きを確かめたこと、国友の短刀のなかに則国を見たこと、そして足利義氏の無茶な注文。さまざまなことが重なったし、苦手なことも慣れないこともした。

それもこれも、院の心残りを晴らしたいという一心だった。

――自分がやらなければ、院の面目《めんぼく》が立たない。

恐らく、院の神剣に一番近づいているのは自分だろうという確信が、藤四郎にはある。だからこそ、この機会を逃《のが》すわけにはいかなかった。長刀のことだって何とかするしかないし、鎌倉だろうがどこだろうが、行くしかないのだ。

気負う藤四郎の目は据わり、すれちがう者も恐れて道を空けた。それにも気づけないほどに、藤四郎は焦りのなかに埋没していた。

それこそ、長刀を打つならば、すぐにでも取り掛からなければ間に合わない。藤四郎は鍛冶場の戸口に手を掛けた。

「おい、遅かったじゃないか」

すると、なかから明るく、どこか図太い声がした。ここのところ、散々聞いてきた声である。

覗いてみると、やはりそこには童形の美しい青年がいた。ただし、その秀麗な笑顔を炭の粉で汚している。それが、何か藤四郎の気に障《さわ》った。心が毛羽立《けばだ》つようで、不快だった。

「見てくれ。私も炭切りくらいはできるようになったぞ」

自慢げに言う氏王を一瞥《いちべつ》もせず、藤四郎は炭切り場に入る。いまは、この青年にかかずらう暇などない。すぐにも銑卸しに掛からねばと、炭を火床に積もうとした。

「おい、吉光」

その背中に、訝しげな声が掛かるが、振り向くのさえ億劫《おつくう》だった。

「お前、何か」

「いまは忙しいのです。今日は帰っていただけますか」

自身の声が硬くなっていることも気づかず、氏王の呼び掛けも振り払って、藤四郎は仕事に掛かろうとした。そうして炭切り場の炭を見れば、片隅に不格好《ぶかつこう》に切られた小炭が山になっているのが目に入った。

短刀を鍛えているあいだ、氏王が炭切りを試していたのは藤四郎も知っていたし、ときには切り方を教えたりもした。それは、たったひとりで仕事に追われる藤四郎を手伝おうという、氏王の善意から出た行いだとも分かっていた。

だが、いつもは微笑ましく見ていたそれが、いまはひどく鬱陶《うつとう》しかった。

「こっちを見ろ、吉光」

氏王の非力な手が掛かったが、藤四郎は見向きもしない。

「余計なことはせずに、とにかく帰っていただければ」

言い掛けたときだった。氏王が藤四郎の肩を引いて振り返らせると、いきなり平手でその頬を打った。然して痛くはなかったが、意外なほどに小気味よい音が耳に入り込み、藤四郎は呆然と立ち尽くすしかできない。

「真面目なのはお前の取《と》り柄《え》だが、何でも自分で抱え込むな」

しっかりと藤四郎の両肩を摑むと、氏王は秀麗な目を真っ直ぐに向けた。

「お前が打つのは人斬りの道具ではないんだろう。だったら、そんな怖《こわ》い顔をするな」

「怖い？」

そんなつもりはない、と言い掛けた藤四郎だったが、言葉にできなかった。確かに先ほど、氏王への苛立《いらだ》ちを抱《いだ》いていたことに気付いたからである。

「お前の鍛冶はそんなものじゃないだろう。不器用で、懸命で、丁寧で」

それは、則国の教えだった。鍛冶は不器用がいい、下手なほど懸命に、手を抜かず丁寧に仕事をする。何よりも鉄と剣に、謙虚に、予断を持たず向き合うものだと。

遺詔《いしょう》にこだわる余り、何よりも大事なものを忘れかけていた己に、藤四郎は気づかされた。

「必死になるのはいい。だが、お前らしくないのはいけないんだろう？　それを見分けられるくらいには、お前を見てきたつもりだぞ」

そう言う氏王自身が、必死な目をしていた。

瞬間、藤四郎の脳裏《のうり》をよぎったのは、水無瀬の鍛冶場で目を血走らせた院の姿だった。何かを追い求めるあまりに、己らしさを見失った挙句、近しい者の言葉さえ信じようとしなかった院の有りさまが、いま、我がこととして感じられた。

あのときの藤四郎は、則国の後ろから、院を見ていることしかできなかった。

それがどれだけ哀《かな》しく、寂しいことか。

（ああ、このかたは、何度もこんな思いをしてきたのだな）

かつての自分と同じ目をした青年の姿を見ながら、それが胸に落ちた。

西蓮や賀茂の縁者たち――隠岐の院の還御を企《たくら》み、氏王を皇子として元服させようと必死になり、叶わぬ願いに空回《からまわ》りする周囲の者たちを、彼はずっと見てきたのだろう。あるいは氏王自身、西蓮たちに言ってやりたかった言葉を、藤四郎に掛けたのかもしれなかった。

もう、無理はしなくていい、と。

いまもそうだった。父院への複雑な思いを抱えながら、それでも氏王は、藤四郎の鬱屈を慮《おもんぱか》ってさえいた。

そう思うと、この青年が秘めた優しさが胸に沁《し》みて、藤四郎は目にこみ上げるものを抑えるように顔を伏せた。

黙って俯《うつむ》いたまま、藤四郎はひとつ大きく息を吸い、吐いた。自身のなかに凝《こご》っていた余計なものを、吐き出すように。そうして、わずかに身を引いて氏王の手を肩から外すと、ようやく顔を上げた。

「少し、焦っていたようです」

正直な言葉が口をついた。

「うん、そういう顔は分かる。何しろ私の周りは、そんな顔ばかりだからな」

不器用な諧謔《かいぎやく》を口にする氏王に、藤四郎はかすかに頷いてみせた。そのまま、ふらりと横座《よこざ》に座り込んで神棚を仰《あお》いだ。それに倣《なら》うように、氏王もまた床几に腰を下ろす。

「じつは、武田さまのところで手掛かりを得たのです」

そうして、藤四郎は事の次第をぽつり、ぽつりと話しはじめた。武田邸での出来事、足利義氏の依頼、ほかの誰でもない、自分こそが院の心残りを果たして差し上げるのだと、思い詰めていたこと……。

いつしか、晩秋の斜陽が鍛冶場の戸口から入り込み、ふたりの影が長く土間に伸びていた。それもやがて夕の薄闇のなかに沈み、藤四郎は明かりの代わりに火床に火を熾《おこ》す。その仄《ほの》かな光と、町から響く鞴の音が、藤四郎と氏王を包んでいった。

「で、まんまと足もとを見られたわけだ。さすがは、執権の右腕と言われるだけのことはある」

経緯を聞いた氏王の言葉は直截《ちょくせつ》だったが、いまの藤四郎にはそれが心地《ここち》よかった。

「とはいえ、足利さまがお持ちの短刀が、院の剣であると思えてならないのです。少なくとも、確かめる価値はあるはずですから」

「そんなに、あの男が好きか」

氏王の声には呆れがある。ただ、以前のような嫌悪はなかった。

「ええ、とても。私にとって、あの御方は〝すめらぎ〟たる人でしたから」

藤四郎が〝すめらぎ〟と口にしたとき、そこには温かな敬慕《けいぼ》がある。

「三種の神器もなく即位し、かつ神剣を手にできなかった男が、か」

「私は、だからだと思っています。御璽《みしるし》がなかったから、神剣がなかったから、より帝らしく、治天らしく、あろうとされたのだと」

「そうなのかもしれないな」

氏王は、否定しなかった。

「私は、院のそういうところが好きなのです。嘲《あざけ》られても、誹《そし》られても、己のあるべき姿をひたすらに追い求めて、たゆまず進みつづける姿こそが、あの御方の本性だと」

「その結果、世を乱してもよいのか。国の有りさまを変えてしまっても。人を死なせても」

嚙み締めるような問い掛けに、藤四郎は俯く。思い出されるのは、自分を水無瀬の鍛冶場から追い出したとき、そして則国を斬刑《ざんけい》に処そうとしたときの、偏狭《へんきょう》で、独善にまみれた院の歪みきった顔だった。先ほどまでの自分も、そんな顔をしていたことが思われた。

「つねに、戦っていらっしゃったのかもしれません。そういうふうに歪もうとするご自身と。そして、負けてしまわれた」

そこで一度、藤四郎は口を閉じた。氏王の顔を見れば、火床の明かりに照らされた白い顔は、怖いほどに真剣だった。そこには、父院の面影がある。

「罪は罪です。ただ、私は、院にあった佳きところを、惜しみたいのです」

たゆまず、歪まず、余計なものを断ち、ただ直向きに真っ直ぐ立つ姿。それが、藤四郎が院の姿から学んだ、〝すめらぎ〟に相応しい剣の姿だった。そして、その理想が向かう先にあるのは

――。

「そしてともに、菊が咲くさまを、見ていたかったのです」

「菊？」

もちろん、院が菊を己の紋としたことは、氏王も知っていた。

「一度だけ、院に野菊を献上したことがあるのです。そのとき、おっしゃっていました」

たぶん、その花を前にしたときだけ、院は己の願いを、ありのまま口にできたのだろう。そして、自身が歪んでも、その願いを忘れないように紋として掲げつづけたのだろう。

「小さき者たちが小さきままに集い、大輪の花となる。日の本《ひもと》をそんな国としたい」

藤四郎は、その言葉をつぶやいたときの院を思い返した。

「それが、あの男の願いか」

氏王の声はわずかに掠《かす》れている。呑み込めずにいるだろうことは、藤四郎にも分かった。院に捨て置かれた者には、納得することなどできないだろう。

「分かってほしいとは申しません。ただ、院も私と同じように、剣を打っていたのです」

そう言った途端、氏王の目は何かに気づいたように見開かれ、そして次第に納得の色へと変わっていった。

「でも、それでも。私は」

氏王が言い掛けたときだった。ふと、鍛冶場の戸口を叩く音がした。何事かと振り返った藤四郎だったが、そこにいる人影の顔を見て、思わず目を伏せた。

師匠の国吉だった。

「吉光。よいか」

「誰だっ」

藤四郎が声を出すより早く立ち上がったのは、氏王だった。止める間もなく国吉の前に立ち塞《ふさ》がると、美しくも険のある瞳で睨みつけた。

「氏王、よいのです。私のお師匠さまです」

「そなたが吉光の師で、親代わりか。だったら、ちゃんと子のことくらい見ろ」

怒鳴りつける調子の氏王に、国吉は驚いたのか、大きく目を見張った。

「こちらは」

「賀茂の氏王さまにございます。上賀茂の神主さまのご子息《しそく》で」

「そうか、あなたが」

「だったらなんだというのだっ。見ろ、吉光がどれだけ必死で、無理をしているか」

氏王は引き下がらず、国吉に食って掛かった。それが自分のためだと分かり、藤四郎は泣けそうになった。が、その直後の国吉の所作《しょさ》に、言葉を失った。

国吉は一歩下がると、氏王に向け丁寧に頭を下げたのである。

「我が弟子、吉光とともに居てくださり、感謝に堪えませぬ。今後とも、この子をよろしくお願いいたしまする」

ほとんど不意打ちだったのだろう、氏王は振り上げた腕の行き場もなく、戸惑ったように藤四郎を振り返った。が、当の藤四郎も呆然として、どう受け止めていいか分からない。

「少し、吉光に話があるゆえに参りました。賀茂さまは、そのままいらっしゃって結構ですので、よろしいか」

「お、おう。吉光、いいんだな」

「はい。もちろん」

とりあえず応えると、藤四郎は師のために床几をひとつ広げた。そこに座ると国吉は、懐からふたつの刀袋を取り出した。うちひとつは、藤四郎にも見覚えがある。国友銘の短刀を収めたものである。

「祖父《じい》さまの短刀を持ち帰ってくれたそうだな。礼を言う」

たぶん、国吉に頭を下げられたのは、これが初めてだった。

「いっ、いえ。私も、粟田口の者ですから」

狼狽《うろた》えた藤四郎が返すと、師はわずかに顔を上げながら、手の内にあるふたつの刀袋に視線を落とす。

「祖父さまと親父は、あまり反りが合わなくてな。お前も知っておるだろうが、親父は頑固一徹、人に厳しく己にはもっと厳しい。わしはそれがつらくて、よく祖父さまに泣きついたものだ」

国吉の声は、藤四郎がついぞ聞いたことがないほどに穏やかだった。

「お前は、祖父さまの剣を見たのは、これが初めてか」

尋ねながら、国吉はふと手を伸ばして、陰り掛けた炭に鞴の風を当てた。明かりが少し強まって、鍛冶場のなかが明るくなる。氏王もいつのまにか鍛冶場の奥に座って、藤四郎たちを見つめていた。

「え、ええ。とても軽快で洒脱な剣と存じます」

「そうだな。祖父さまは新しい工夫、それも目に見える工夫を好んだのよ。だからってわけじゃないが、親父は年経《としへ》た工夫、古雅《こが》な工夫を突き詰めた。それを突き詰めるほどに、親父は己に厳しくなり、周りから人がいなくなっていった」

そのうちのひとりが、国吉自身だった。藤四郎がもらわれてきたとき、すでに国吉は、則国のもとを離れて一家を立てていた。

「でもな。こいつを見てみろ」

そう言うと、国吉はもう一方の刀袋を藤四郎に手渡した。促されるままに、藤四郎は袋を解いて鞘を払う。

ひと目見て分かった。則国の短刀である。

細身ですっきりとした内反りの姿に、深く澄んだ地鉄が清廉な平造りの刀身。刃文は緩みのない細直刃に焼かれており、表に素剣《すけん》の飾り彫りを、裏に二筋樋《ふたすじひ》を彫っていた。

そこへ、国吉は国友銘の短刀を並べた。

「そっくりだろう」

国吉の声は、笑っていた。

刃文や地鉄に味わいのちがいは、もちろんある。が、藤四郎が武田邸で感じ取ったとおり、姿や、剣全体から滲む印象が、瓜ふたつだった。

「わしは笑ったよ。なんだ、あのふたりも結局は素直になれなかっただけで、同じじゃないか、とな。祖父さまにしろ、親父にしろ……わしにしろ、おんなじだ」

藤四郎は、そんな風に自嘲《じちよう》気味に笑う国吉から目が離せなかった。師がこんなふうに笑うのも知らなかったし、そんなふうに思っていることさえ知らなかった。知らずに、国吉は則国と相容《あいい》れず、藤四郎のことも寄せ付けないのだと、思い込んでいた。

そんな藤四郎の視線に気づいたのだろう。国吉はちらりと目を合わせた。

「わしは、親父にひとりになってほしくなかった。それは、寂しい」

照れ臭かったのか、国吉はすぐに視線を逸らして、火床を見つめた。藤四郎もまた同じように、火床に目を遣った。今度は藤四郎が少し把手を繰ると、そこはまた明るくなる。

「あの厳しさは人を遠ざける。伊賀さまのようなかたは稀《まれ》だ。ただ、それでも親父のような名人が埋もれるのは、わしには我慢できなかった」

一気に言うと、国吉は大きく息を吐いた。その瞳に、わずかに光るものが浮かんでいた。

「だから、お前がいてくれて、わしは感謝している。親父も、そうだったと思う。ありがとうな、藤四郎」

何か応えなければ、と藤四郎は思った。だが、胸にせり上がった何かがつかえて、どうにも言葉にならなかった。言葉にならなかったものが、雫《しずく》となって目もとに滲んだ。

しばらく、鍛冶場には炭が小さく爆《は》ぜる音と、藤四郎が洟《はな》をすする音だけが響いていた。

「ところで、だ」

踏ん切りをつけるように、国吉は勢いを付けて立ち上がった。

「お前、長刀を打つそうじゃないか。できるのか」

不意を衝《つ》かれて、藤四郎は袖で顔を拭うと、今度こそ国吉の顔を正面から見上げた。

「正直にいえば、難しいと思います。ですが」

「わしが大鎚を持ってやる。お前、長刀なんぞ打ったことはなかろうに」

藤四郎の言葉の先を奪って、国吉が言った。

「仕込んでやるぞ。粟田口の長刀の打ち方をな」

笑う師を見上げ、藤四郎は呆気に取られて、ぽかんと口を開けた。それから、笑みを噛むようにして、深く頭を下げた。

「よろしく、お願いいたします」

「私も付き合うぞっ。小間使《こまづか》いくらいはやらせてくれ」

話が落ち着くのを待ちきれなかったのか、氏王が奥から声を上げた。突然の声に、師弟ふたりは驚いて青年を見た。そして、顔を見合わせて笑った。


こうしてはじまった作刀は、およそひと月に及んだ。

藤四郎は銑卸しからはじめたが、その鉄の見方を変えたのは国吉だった。

「短刀ならそれもいい。だが、いま作るのは長刀だろう。長柄《ながえ》で振りまわし、力を乗せて斬り伏せるのだから、もっと粘りを出さねば」

そもそも長刀は、太刀などの刀身をただ延ばし、それに合わせて長柄を付けているわけではない。武器としての成り立ち自体が他の剣とは根本的に異なり、当然ながら造りからしてまったくちがう打物である。だから、おのずと目指すべき鉄の在《あ》り方も変わった。

何より、普段なら除く鉄にも使いようがある。国吉はそう言うと鉄の見極め方、そして長刀に合わせた積み方を、藤四郎に伝授した。

確か、吉房が古鉄卸《ふるがねおろ》しをしたときもそうだった。さまざまな種類の鉄材を集め、卸して、それを活かすべくして活かした。

(何事にも、何ものにも、小さくとも、相応しいところはある)

それを、藤四郎は己に刻み込む。

積み沸かした鉄は、ゆうに五斤《きん》(約三キロ)を超えた。これを折り返し鍛錬していくのだが、さすが国吉である。大鎚を振るって見事に鉄を練り上げていく。その鉄の多さが、藤四郎に懐かしい記憶を思い出させた。

(ああ、そうだ。伊賀どのの大太刀を鍛えたときも、こんなふうだったな)

あのとき藤四郎は、初めて大鎚をまかせてもらったのだ。積み沸かしの仮付けから、折り返し鍛錬まで。横座に座っていた則国もまた、こんなふうに自分を、そして院を、見ていたのか。そんな感慨が藤四郎の胸を占めた。

「炭はだいぶ切ってあるぞ。どんどん言ってくれ」

鉄を鍛え上げるふたりとともに、氏王は張り切って炭を切り、水を汲み、鍛冶場を掃き清めた。彼が切った炭は、最初のころこそ、ざくざくに毛羽立っていたが、だんだんと骨《こつ》を摑んできたらしく、鍛錬を終えるころには随分と綺麗《きれい》に切り出せるようになっていた。

それに、鍛冶場を清めるのも大切な仕事だった。これだけ炭を使い火を使っていれば、炭の粉《こ》や煤《すす》が天井や長押《なげし》に溜《た》まっていく。そこに火の粉でも舞えば、火事になり得た。火床を休めているあいだ、熱心に煤を拭う氏王の後ろ姿を幼いころの自分と重ねて、藤四郎はふと懐かしくなった。

（鎚を持たせてもらえないときは、あれが仕事だったな）

そして思い出すのは、水無瀬でのこと。その日の仕事をはじめる前と、終えたあとに、院はせっせと鍛冶場を拭い清めていた。番鍛冶たちにまかせればよいことでも、それが良い鍛冶に必要なことなら、院は率先してやった。

氏王もまた、同じ直向きさを持っている。それが、藤四郎には嬉しかった。

そうだった。藤四郎が院を好きになったのは、そんな直向きさがあったからである。さまざまな葛藤《かっとう》があり、これでよいのかと迷いながらでも、理想に向かって直向きに歩む。そういう姿にこそ、藤四郎は〝すめらぎ〟を見た。

鎚を振るう藤四郎のなかに、幼いころからいままで、鍛冶場で見て、感じてきたことのすべてが去来した。もはや、何故この長刀を打っているのかということも忘れて、その核にある理想を遠くに見ながら、無心に鉄を鍛え、打ち延ばした。

「さあ、火造りだ。お前らしい姿を与えてやれ」

そう言われて藤四郎が思い浮かべたのは、反り浅くすっきりと伸びやかな立ち姿。ただ、国吉がはじめに言った通り、長刀は長柄の勢いを乗せて振り回す打物である。それを念頭に、身幅広く、重ねも厚く取る。それでもひらりとした軽やかさを出すために、棟の上半分を薄く仕立てた、いわゆる冠落造《かんむりおとしづく》りとした。

刃文は、伸びやかな中直刃を焼いた。その様相は優美でありながら清冽《せいれつ》。ただ、少しばかり土を置いたときの藤四郎の心持ちを映したのか、刃区《はまち》近くは互《ぐ》の目乱《めみだ》れから丁子《ちょうじ》乱れに解《ほど》け、晴れ晴れとしながら楽しげに跳ねたものとなった。

何より地鉄だ。国吉の積みの工夫と藤四郎の丹念な鍛えは、類を見ないほど精緻《せいち》に詰んだ肌を生み出していた。遠目には、揺らぎなき水面のように鎮《しず》まり切りながら、よく見れば濡れた浜の砂のように粒が細密に詰まり、さらさらと滑《なめ》らかな輝きを放つ。梨子地塗《なしじぬ》りにも似ながら潤いを含み、見る者の目のみならず、心までを引き込むような地鉄だった。

全長はおよそ三尺八寸（約百十五センチ）ほど。刃だけでも一尺九寸（約五十八センチ）はあろうかという長大な業物《わざもの》である。武人の戦《いくさ》働きに伴うものとして打った長刀には、冴えわたる強さと鋭さが確かにある。だが同時に、その佇まいは剣が持つ意味を、武の意味を、問うているようにさえ感じさせるものだった。

完成した長刀の姿を見ていた国吉は、ふっと息を吐くと、口もとを笑みの形にした。

「そうか。お前が打つ剣は、どうあっても理を盛る器になってしまうのだな」

それもよい、と笑う師匠に、藤四郎はどう返せばよいか分からずに、ただただ頭を下げた。

一方の氏王は、長刀が完成に近づくにつれて、物思いに耽《ふけ》ることが多くなった。菊の火花が散るなか、ともにひと振りの剣に向かいつづける父子の姿を見ながら、彼が何を思っていたのか。

藤四郎がそれを知るのは、鎌倉へ旅立ったあとのことだった。

すでに、足利義氏を含む鎌倉将軍の一行は、作刀のさなかの十月十三日に京を出立《しゅったつ》している。それに遅れること十日の同二十三日、藤四郎は粟田口を発《た》った。

「道中の世話は心当たりに頼んでおる。気を付けて参るのじゃぞ」

国綱はそう言って、伝手のある鍛冶への紹介状を用意してくれた。

「今回の件は福岡や鎌倉にも知らせたが、当の足利さまがまだ鎌倉に着かれておらぬ以上、新たな動きはなかろう。まずは、その長刀をお届けしてからだ」

国吉は、藤四郎の背に括《くく》られた長い包みを見た。急拵えの白鞘を刀袋に収めたそれは、番鍛冶の皆の願いが託されたものである。身体にしっかりと括り付け、背負子《しょいこ》に笠を負った藤四郎は、力強く頷いた。

「はい。足利さまがすんなりとお渡しくださるか分かりませんが、まずは約定《やくじょう》を果たしたく存じます」

「発つ前に、お宮へのお詣《まい》りを忘れるなよ」

そう言う国吉と国綱たち一門の見送りを受けて、藤四郎がまず向かったのは粟田天王宮。古来、京から東海道を行く者が、旅の安全を祈願した産土《うぶすな》である。

その参道の途中、鍛冶の神・天目一箇神《あめのまひとつのかみ》が鎮まるという磐座《いわくら》の前で、藤四郎は柏手を打ち頭《こうべ》を垂れ、この長刀を打てたことに感謝した。さらに、山の上に向かう石段を上ろうと顔を上げたところで、つい立ち尽くしてしまった。

「遅い。待ちくたびれて、先に出ようかと思ったところだぞ」

段上に仁王立《におうだ》ちしているのは、狩衣《かりぎぬ》姿に笠を乗せた青年だった。初冬の早朝、朝焼けの澄んだ寒空に上げ角髪をなびかせて、切れ長の目で睨みつけるように藤四郎を見下ろしている。高く取った指貫に脛巾《はばき》と足袋《たび》、笈《おい》を背負って杖まで用意したさまは、意外にも板についていた。

「氏王、どうして」

「私も鎌倉に向かう用ができたのでな。お前とともになら心強いと、西蓮と賀茂の叔父、それに国綱どのと国吉どのにも話はついている」

困惑した藤四郎が石段を上って氏王に並び立つと、彼は表情を改めた。

「黙っていたのは謝る。だが私の用も、あの男の願いなんだ」

口ごもるように言った青年を、藤四郎は黙って見つめた。これまで、あの男と婉曲《えんきょく》に言うときでさえ嫌悪に口を歪めていた氏王が、いまは真っ直ぐな瞳をしていた。

「道々に事情は話す。だから、ともに行かせてくれないか」

「尋《たず》ねずとも、一緒に行きますよ」

藤四郎が笑顔で返すと、氏王もまた満面で笑った。初冬に花を咲かせたような笑みは、相変わらず見惚れるほどに美しかった。それから頷き合うと、ふたりの青年は揃って粟田の社《やしろ》を拝した。

参道を下りる前に藤四郎は、いつも則国が立っていた場所から町を眺め遣った。鍛冶町から東海道筋の粟田口、そして岡崎。高くそびえる法勝寺の八角九重塔は、こうして高台から見ると作り物のようだった。その足もとに広がる五勝寺、そして院がおられた岡崎御所も、いまや火事に焼け落ちたまま黒い滲《し》みを晒すのみである。

かつて、院庁《いんのちょう》が置かれた岡崎も、このまま荒廃していくことは明らかだった。だが、その手前には、活気あふれる粟田口がある。朝の仕事に掛かった工人たちが立ち上らせる煙がある。古《いにしえ》の業《わざ》を守り、その業に新たな息吹《いぶき》を籠める者たちの暮らしが、藤四郎には妙に愛《いと》しかった。それは、院の引き立てがあったからこそ守られた息吹《いぶき》だった。

「あの男を」

いつのまにか並んで町を眺めていた氏王が、ぽつりと言った。

「ここに立たせてやりたかった」

その言葉に、藤四郎も頷いた。そうして、ふたりは粟田口を離れた。

道を東海道に取って、まず山科《やましな》へ。逢坂山《おうさかやま》の麓《ふもと》まで来ると、それまでかろうじて見えていた九重塔の先も見えなくなり、いよいよ京の外へ出ることが実感された。逢坂から下る坂には松並木が茂り、眼下には近江《おうみ》の淡海《あわうみ》が、冬晴れの陽光にきらきらとした輝きを返す。そのまま街道を進めば瀬田《せた》の唐橋《からはし》――承久の兵乱の激戦地のひとつにたどり着いた。

往時、院方を率いた山田重忠《やまだしげただ》は橋板を外して鎌倉方の軍勢を待ち受け、橋桁《はしげた》を渡りくる兵に矢雨を浴びせたと伝わる。桁はいまなお傷だらけで、食い込んだ鏃《やじり》を削りだした痕《あと》もあった。そこで多くの兵たちが散ったことを思い、ふたりは合掌して彼らの冥福《めいふく》を祈った。

「西蓮が受け取った遺詔は三つあった」

瀬田の橋を渡り、草津路《くさつじ》を歩きながら、氏王はそう切り出した。

「ひとつは、そなたら鍛冶に宛てたもの。もうひとつは私に宛てたものだ。隠岐に参ることができないならば、この冬にでも藤原宰相中将信成《のぶしげ》どのを後見に元服しろ、もし自分が果てたと聞けば出家しろ、とな」

相変わらず勝手なものだな、と氏王は寂しく笑った。

「氏王……」

「いや、私のことはいいんだ。それよりも、最後のひとつよ」

それは講式《こうしき》――仏の徳を讃《たた》えて唱える文の、草稿《そうこう》のようなものと思われた。

〝次第無く　法則無く　只無常《ただむじょう》を念じ　彌陀《みだ》の名を唱えよ〟の偈《げ》からはじまるその一文は、遠島に囚《とら》われた身の無常、俗世にあったころの盛事《せいじ》といまの侘《わ》び暮らしを重ね、乱に斃《たお》れた近臣たちの末路《まつろ》を哀れみ、人の命の無常を〝本の滴《しずく》、末の露よりも繁《しげ》し〟と喩《たと》えて締め括られていた。

その文中に、朱筆で傍線《ぼうせん》が引かれた箇所があった。

〝月卿雲客《げっけいうんかく》の身は生頸《いけくび》を他郷の雲に切られ、槐門棘路《かいもんきょくろ》の人は紅涙《こうるい》を征路《せいろ》の月に落とす〟

「西蓮によれば、あの男は、己の妄念《もうねん》に巻き込まれて横死《おうし》した近臣の往生《おうじょう》を願っているというのだ。せめて、張本《ちょうほん》とされた公卿《くぎょう》たちの弔いをしたい、とな」

承久の兵乱ののち、治天の御一人《ごいちにん》である後鳥羽院を遠島にしかできなかった鎌倉方は、乱の企《くわだ》てに深く参与したという近臣五人を、「張本公卿」として捕縛《ほばく》。有力御家人たちに預け、関東へ連行するとの名目で京外《けいがい》に連れ出すと、旅路の途次《とじ》で処刑した。

洛中での処刑は京の人心の動揺を招くとの配慮からだったが、そのために、張本公卿たちは野《の》辺《べ》に頓死《とんし》することとなった。事が済んだあと、鎌倉方は京の縁者に、張本公卿五人がどこでどのように死んだのかを知らせている。

藤原北家葉室《はむろ》流の按察使光親《あぜちみつちか》は、甲斐国加古坂《かいのくにかごさか》において斬首《ざんしゅ》。

同じく葉室流の権中納言宗行《むねゆき》は、駿河《するが》国藍沢《あいざわ》において斬首。

源二位有雅《ありまさ》は、甲斐国小瀬《こせ》において斬首。

藤原南家高倉《なんけたかくら》流の宰相中将範茂《のりもち》は、相模国足柄《さがみのくにあしがら》の清川《きよかわ》へ自ら望み入水《じゅすい》。

一条宰相信能《のぶよし》は、美濃国遠山《とおやま》において斬首。

皆、三位《さんみ》以上の公卿であり、身分だけでいえば、野辺に非業《ひごう》の死を遂げるはずもない人々だった。それが、院の謀略に加担した科《とが》で、このような末路をたどった。

「いまさら虫のよい話だと、私は笑ったよ。誰のせいでそうなったのかと問い詰めてやりたかった。少なくとも、按察使どのはずっと、あの男の軽挙を諌止《かんし》されていたのだから」

按察使どの、と口にしたとき、氏王は堪《こら》えるように眉根を寄せた。

葉室の按察使光親といえば、往時、院の年預別当《ねんよべっとう》として院庁を支えた才人と名高く、世事に疎《うと》い藤四郎でも、聞いたことがあった。

そのうえ、光親は清廉の人でもあった。鎌倉の軍勢を率いた北条泰時は、乱の根本《こんぽん》を調べるため院庁の文書などを検《あらた》めていた際に、光親が院の軽挙を止めるべく書いた複数の諫状《かんじよう》を見つけた。その見識の確かさと忠孝の篤《あつ》さに、泰時自身が彼の処刑を悔いたと伝わる。

「葉室さまと、関わりが？」

「ああ。私のことを気に掛けてくれたのは、あの人だけだった」

何故、院と上賀茂神主家の娘のあいだに生まれた子が捨て置かれたのか、それはもはや分からない。ただ少なくとも、院の家政《かせい》を預かる者として、氏王を真っ先に気遣《きづか》ったのは光親だった。

「母は、あの男のことばかりで私を構わなかった。賀茂の叔父は、あの男のご機嫌取りに夢中よ。そんななかで、按察使どのだけはいつも優しかった」

語りながら、氏王は不意に遠くを見るように目を細めた。藤四郎がその視線の先を追うと、田畑が広がる草津の平野の向こうに、近江富士との異名《いみよう》を持つ三上山《みかみやま》の整った稜線《りようせん》が見えた。野《や》洲川《すがわ》も近いのか、かすかな川のせせらぎが届くなかを、ふたりは歩きつづけた。

「忙しいだろうに、わざわざ上賀茂まで足を運んでくれてな。弓やら竹馬やらを持ってきてくれたり、ともに遊んでくれたりもした。あの男のことを知りたいだろうからと、何が好きだとか、いまはどんな政をされているとか。童にそんなことを言っても分からぬのにな。私は笑って聞いていたが、それはあの男の話を聞けたからではない。按察使どのが楽しそうに話してくれたからだ」

「本当にお優しい、清いかただったのですね。そして、院がお好きだった」

「たぶん、そうだったのだろうな」

だが、いつのころからか、光親の訪問は間遠《まどお》になった。

「いまにして思えば、内裏が焼けたあと、あの悪名高《あくみょうだか》い造内裏役《ぞうだいりやく》がはじまったころだ」

そのころになると、光親はいつも疲れた笑みを浮かべていたと、氏王は思い返す。酷《ひど》くなる一方の院の妄執を諫めつづけ、それでも院庁を総覧《そうらん》する者として、その政の全責任を負った。

そもそも光親が張本公卿となったのは、乱のきっかけとなった前執権・北条義時追討の院宣《いんぜん》を執筆したからである。その意味で、光親は院方としては最も重い罪を負っていた。

「なんで、そんな馬鹿なことをしたのかと思ったよ。あの男のどこに、そんな義理立てをするほどのことがあるのか、私には分からなかった。自ら無謀を犯して遠流《おんる》となった父親などどうでもよかったし、それでいまさら騒ぎ立てる母も叔父も鬱陶《うっとう》しかった。西蓮は、まあ、とばっちりだな。すまないことをしたよ」

氏王は、そこでようやく、淡く笑った。その笑みに、藤四郎は少しだけ安心する。

道は野洲川に沿って山間《やまあい》に入っていく。冬も深まる時節、ふたりは裘《かわごろも》を重ねて、身を寄せ合うように夕暮れのなかを進んだ。もう少しで、横田の渡しに着くはずだった。

「だから、私はお前たち鍛冶を見るのが嫌だったんだ。按察使どのと同じような目であの男のことを語る鍛冶たちが、どうしようもなく嫌だった。あんな男のために、また犠牲になる者が出たらと思うと、堪《たま》らなかった」

それが、備前からの船での出会いになったのだ、と。

「ありがとうございます」

藤四郎は自然にそう返していた。意想外の答えに、氏王は聞き返すように小首を傾《かし》げた。

「私たちのことを心配してくれたのでしょう」

「本当に、お前たちは、なんというか、鉄に向かう者は、皆そうなるのか」

藤四郎の澄んだ瞳に、氏王は呆れつつも笑うしかない。もちろん、当の藤四郎には、その笑いの意味が分からない。

「何を笑ってるんです」

「呆れた正直さよな。それだから、あの男はお前たちに剣を託したのだと信じられる。だったら私も、あの男を信じてみようと思ったんだ」

笑いを収めて、吹っ切るように言うと、氏王は藤四郎の目を覗き込んだ。

「そう思わせてくれたのは、お前と国吉どのだよ」

「私と師匠、ですか」

意外な言葉に、藤四郎は目を丸くした。

「ああ。こんなに不器用な親子がいるのだと呆れたよ。でも、それでも、ひとつの剣を鍛え上げることはできるんだ」

言われて藤四郎は、鍛治のあいだに氏王が物思いに耽っていた理由に思い至った。不器用にでも、父と子が歩み寄り、ひとつの事を成し遂げるさまを見届けながら、自身と父院を重ねていたのだと。

「だったら私も、あの男の心というやつを、亡くなられた按察使どのたちに届けてやってもよい、とな」

そう言う美しい瞳が、初冬の夕闇のなかで深い輝きを湛《たた》えていた。それに頷きながら、藤四郎はようやく見えはじめた横田の渡しへと急ぐ。遠くで船頭が、その日最後の船が出ることを告げていた。

旅は順調に進んだ。藤四郎と氏王は横田の渡しから進んで甲賀《こうか》に宿り、翌日には鈴鹿峠《すずかとうげ》を抜けて伊勢《いせ》国へ入った。そして尾張《おわり》、三河《みかわ》、遠江《とおとおみ》、駿河。途中、広瀬《ひろせ》川や大井《おおい》川、小夜《さよ》の中山などの難所を抜けて、ひたすら東へ。

そして、ふたりが黄瀬川《きせがわ》の宿に着いたのは、月も変わった十一月二日のことだった。この宿は、富士の裾野《すその》を下ってきた黄瀬川と、伊豆から流れくる狩野川《かのがわ》の合流点にある。さらにここは、険しい峠道が待つ東の箱根路《はこねじ》と、緩やかな道で箱根の北を迂回《うかい》する足柄路《あしがらじ》との分岐点でもあり、駿河や伊豆のあたりでは大きな宿場となっていた。

ここから足柄路を進めば、半日で権中納言宗行が処断された藍沢に、一日で按察使光親が斃《たお》れた加古坂に着く。このころになると、氏王の口数が次第に減っていることに、藤四郎は気づいていた。

「なあ、吉光」

夜、明かりも絶えた宿の暗闇に、氏王のくぐもった声が聞こえた。横になったまま藤四郎が振り返ると、臥《ふ》せた氏王の背が暗がりにうっすらと見えた。

「京を出てからここまで、彼《か》の人たちは何日を過ごしたのだろうな」

そんな問いに、藤四郎は答える術《すべ》を持たない。

「明日殺されるかもしれない、今日かもしれないと思いながら、どう旅路を過ごしたのだろう。私は、そう思いながら、歩いてきた」

ここまで、旅は十日ほど。そのなかで藤四郎と氏王は、五卿の遺したものを見ている。駿河の菊川《きくがわ》では、権中納言宗行が遺した漢詩を。ここ黄瀬川では、光親の死の報に接した宗行の歌を。

「私はずっと、彼の人たちがあの男を恨んでいると思っていた。あの男の妄念に巻き込まれ、罪を着せられて、命をいつ奪われるかも分からぬ境涯《きょうがい》に貶《おとし》められた。それほどの仕打ちを受けたのだから、きっと恨んでいるにちがいない、と」

語る彼の声は、いつしか濡れていた。

「さっきな、権中納言どのの歌を見てきた」

黄瀬川まで連行されてきた権中納言宗行は、ここで按察使光親の遺骨を抱えた童僕《どうぼく》に出会い、同輩の死と己の運命を受け入れた。そして、その心情を旅籠《はたご》の柱に書き付けたという。

今日すぐる　身を浮嶋《うきしま》の　原にても
終《つい》の道をば　聞き定めつる

——この憂き身の最期が、友と同じとついに定まったものだ。今日行き着いた、この黄瀬川の浮嶋ヶ原で。

「恨み言のひとつもないんだ。ただ按察使どのの死を悼《いた》み、己の終の道が定まったと詠《うた》うだけで。菊川の詩だって、同じようなものだ。もはや筆に表すのも厭《いと》うほどだったのか、それともあの男のことなど諦めたのか」

静かにつづく独白を、藤四郎は黙って聞いていた。

「私は、あの男の真心《まごころ》を信じて、代わりに来たつもりだった。だが、分からなくなった。もし、彼の人たちが、もはやあの男のことを、何とすら思わぬほど唾棄《だき》しているのだとしたら、私はどうすればいい」

氏王が身体を丸める衣擦《きぬず》れの音がした。膝を抱えて泣いているのだと、藤四郎には分かる。

「教えてくれ、吉光」

夜の闇のなかで、風の音とすすり泣く声が混ざり合い、藤四郎は目を閉じた。

一度は信じた父院の思い。それが、光親や宗行たちの末路を知るほどに、氏王のなかで揺らいでいったのだろう。彼らの御魂《みたま》を慰めることができると、信じられなくなったのだろう。

藤四郎自身もかつて、院に冷淡に扱われ、空《むな》しく水無瀬から追い払われたことがあった。それでも院を信じつづけられた。それは、何故か。

「理想の姿を信じては、いかがですか」

「理想の、姿？」

鍛冶はいつも、目の前の鉄のなかに、己の理想の神剣を見ている。そして、そうあれかしと祈りながら、鎚を振るう。人も同じだった。

「その人の良いところ、その人らしい姿を信じるんです。何に歪《ゆが》もうと、妄念のうちにいようと、必ずその姿がどこかにあるのだと」

だから、番鍛冶たちは院の理想の姿を信じて、理想の姿に立ち返ることを祈りながら剣を打ちつづけてきたのだ。

「私は、あの男のことを何も知らぬ」

「いいえ、按察使どののことです」

返した瞬間、氏王が身体を起こして藤四郎を振り返る気配があった。

「王《きみ》が知っている按察使どのは、あなたの祈りを無碍《むげ》にしますか」

問いに、青年は必死にかぶりを振った。

「院宣を書いたことを後悔して、悲憤《ひふん》のまま逝《い》かれたと」

「そんなことは、絶対にないっ」

抑えた叫び声が聞こえて、藤四郎は目を開いた。夜のなかに、氏王の白い顔がぼんやりと浮かんでいた。闇は優しく、その頰を流れる涙を隠していた。

「私は按察使どのを知りません。でも、王の話す按察使どののならばと、信じることはできます」

それは都合の良い夢想なのかもしれない。だがそれでいいと、藤四郎は思う。

その人がなろうとした理想の姿を思い描き、その尊きところを信じて、頭《こうべ》を垂れる。剣のなかに理を見るように、その人の御魂のなかにある純粋な姿を見て、そうあり給《たま》えと祈る。いつかでいい、そうあってくれと、願うのだ。

「権中納言どのも、きっとそうでした。もちろん、さまざまな葛藤《かっとう》はあったでしょう。それでも、最後には己を鎮めておられたと、信じます」

藤四郎の思いが氏王に伝わったのか、それは分からない。彼の白い顔は、ふたたび闇にまぎれた。

「明日の道中、按察使どのの話を、聞かせるからな」

顔を裘《かわごろも》に押し付けているのか、くぐもった氏王の声がした。

「はい、是非」

答えると、藤四郎は目を閉じた。

翌、十一月三日。ふたりは未明に黄瀬川の宿を発つと、川に沿って北へと上った。富士のなだらかな裾野の端を下る黄瀬川には、多くの滝が点在する。飛沫《しぶき》を上げるその姿に目を楽しませながら、藤四郎と氏王は緩やかな上り道を歩んでいく。

ふたりは藍沢を過ぎて、先に加古坂へ向かうことにした。藍沢原を抜けて甲斐路に道を取り、険しい加古坂の峠に向かう。急坂を登るころには、もう陽《ひ》は西の山に掛かろうとしていた。斜陽が空を朱に染めるなか、木々もまばらな峠の頂《いただき》で、鎮守らしいこぢんまりとした社がふたりを迎えた。そのほど近く、森の少し開けたところで、藤四郎と氏王はそれを見つけた。

小さな、子どもの頭ほどしかない石の塚だった。

ただ、塚はしっかりと掃き清められて、土地の者の心づくしなのだろう、ひと群の野菊が手向《たむ》けられていた。

氏王は静かに、祠《ほこら》の前にしゃがみ込んだ。

「見ず知らずとも、按察使どのを、悼《いた》んでくれたのだな」

つぶやく氏王を、藤四郎はただ見守っていた。いま、氏王が光親と向き合うのを、邪魔してはいけない気がした。それはきっと、光親を通して彼が父院と向かい合うことでもあるから。

しばらくのあいだ、氏王は小さな塚を見つめていた。その足もとにぽたぽたと落ちる雫《しずく》が、斜陽の色に瞬いた。彼は身体を震わせることもなければ、嗚咽《おえつ》を漏らすこともない。ただ静かに、噛み締めるように、佇《たたず》んでいた。

やがて手を合わせると、澄んだ声で経を上げはじめた。『無量寿経《むりようじゆきよう》』讃仏偈《さんぶつげ》。のちに阿弥陀《あみだ》仏《ぶつ》となる法蔵菩薩《ほうぞうぼさつ》が、世自在王仏《せじざいおうぶつ》の仏徳を讃えるとともに、すべての衆生《しゆじよう》を救い、己の浄土へ往生させるという誓願を、高らかに宣言する偈頌《げじゆ》である。

そして、菩薩は言う。〝十方世界の御仏《みほとけ》よ、その無碍《むげ》なる智慧《ちえ》を以て、常に我が心と行《ぎよう》とを知り給え。たとえこの身はあらゆる苦毒に苛《さいな》まれようとも、我は精進忍辱《しようじんにんにく》してついに悔ゆることなし〟と。

その声を聞きながら藤四郎は、最期まで院を信じ抜いた男に向かい、手を合わせた。藍沢の宿でひと晩を過ごしたふたりは、日の出とともに宿場にある権中納言宗行の墓所を訪ねた。ここにもまた碑が建てられており、亡き人の御魂を慰めようとする土地の者の心遣いが感じられるようで、藤四郎は胸に温かいものを覚えた。

つづいて訪ねたのは、藤原宰相中将範茂の終焉地《しゆうえんち》とされる清川だった。足柄峠を抜けた関本《せきもと》宿《しゆく》の近くを流れるその川は、幅こそ狭いものの淵《ふち》は深い。ここに範茂は、五体満足でなければ極楽往生できないと、梟首《きようしゆ》を拒否して自ら水に入ったという。そんな彼を悼んでなのだろう、淵の近くには宝篋印塔《ほうきよういんとう》が建てられていた。

藍沢で、関本で、氏王は偈頌を唱え、彼の父とともにあった者たちの冥福を祈った。

関本宿から山を下りれば、そこはすでに相模の海。遥《はる》か海原から吹く風は暖かく、穏やかな日差しとともに藤四郎と氏王を迎えた。鎌倉はもう目の前だった。

藤四郎と氏王が武家の都にたどり着いたのは、十一月六日。鎌倉を囲む山々が、冬の寒さに霜をまとうころだった。

「待っておったぞ、吉光」

鎌倉の東側、大倉《おおくら》から金沢《かなざわ》街道を下ったところに足利義氏の邸はある。さすが河内源氏の流れを汲み、かつては源氏将軍家の一門たる御門葉《ごもんよう》だった足利氏の邸宅は、狭隘《きようあい》な谷のさなかにありながらもゆったりとした構え。近ごろ盛んになっている禅宗《ぜんしゆう》の設えを取り入れているのか、枯淡《こたん》な気配を醸《かも》していた。

藤四郎が招き入れられた広間には、すでに義氏の姿があった。顔に喜色を湛え、そのうえ白鞘に納まった四振りの剣――三振りの太刀とひと振りの短刀まで並べている。その有りさまを見れば、義氏が長刀の到着をどれほど待ち望んでいたかが知れようものだった。

「とはいえ、わしも将軍家とともにこちらにもどったのは先月の末でな。九月《くづき》の長きにわたって留守にしていたゆえ、いろいろと片付けねばならぬ務めも多い」

将軍・藤原頼経の一行が鎌倉に帰着したのは十月二十九日の宵《よい》。今日は十一月八日だから、まだ十日ほどしか経っていない。

「ご多忙のなかのお招き、恐縮に存じます」

「何、待ちに待った吉光の剣だ。無理を言うたが、これもお主を見込んでのこと。このたびの出来によっては、将軍家や執権どのにも紹介してもよい」

「それほどに非才を買っていただきありがたく存じまするが、わたくしはなお修業が足りませぬ。また、天下に上手は数多おりますゆえ、どうぞ、それら先達《せんだつ》をお引き立てくださいませ」

「謙遜するものではないぞ、吉光。そなたの剣は源氏御重代《おじゆうだい》の宝刀、髭切《ひげきり》、膝丸《ひざまる》にも劣らぬものと、わしは思うておる。いずれ、お主の銘は天下に名にし負うものとなろう」

手放しの褒詞《ほうし》を与えつつも、義氏の目は、藤四郎と脇に置いた刀袋のあいだを忙《せわ》しなく行き来した。それだけ見れば、ただ刀剣を愛顧する武家としか見えない男だが、欲《ほっ》するものを手に入れるための手管《てくだ》も厭わないことは、先の武田邸でのやり取りで身に沁みている藤四郎である。わずかに身を引くと、頭を低くした。

「過分なお言葉に恐懼するばかりにございます。どうぞご容赦《ようしゃ》くださいませ」

「確かに、そう急くものではないな。では、早速にも見分させてもらおう」

義氏の声に、わずかなはにかみが混じる。そこに作為はなく、ただ前のめりになった自分を恥じただけのように聞こえた。

「こちらにございます。どうぞお確かめくださいませ」

藤四郎は、袋に収めたままの長刀を取って義氏に献じた。簡素な刀袋の紐《ひも》を解き、白鞘に納められたそれを両手で捧げ持つと、義氏は一礼する。そうしてから、長い白柄を腕で押さえ、その鞘を払った。

「おおっ、これは」

ほとんど口を半開きにして、義氏は感嘆の息を漏らした。そのまま、吸い寄せられるように長刀に見入る。

その姿は伸びやかで軽やか。刀身はすっきりとした冠落造りながらも、重ね厚く身幅も広く、優美さと力強さが同居する。清廉な直刃の刃中にはさまざまに働きが現れて、凛《りん》としつつも闊達《かったつ》自在な明るさに満ちていた。

だが、それらに増して、見る者の目を引くものがある。

「この、地鉄……」

義氏の声は、半ばうめくようであった。

一見しただけでは、むしろ平板にさえ見えかねない地鉄は、あまりにも細密な鉄が凝《こご》ったように詰まり、濡れた砂地に似た潤いと輝きに満ちている。見るほどに玄妙《げんみょう》、見るほどに静謐《せいひつ》。そして、それらすべてを目に収めたとき、見る者の心に立ち上がってくる何かがある。

義氏は、ほとんど放心したように長刀を見つめつづけた。刃文や地鉄を細かく確かめつつも、次第に腕を伸ばして全体を見るようになり、やがて刀架に据え、離れた位置からそれと正対した。

どれほど時が経ったか。義氏は、長刀に向けて低頭した。

「出色《しゅつしょく》とはこのことよ、吉光」

感に堪えぬように言いながら、彼は藤四郎に目を向けた。

「古今《ここん》、これほどの剣はそうあるまい。骨に徹するほどに、剣とは、武とは何かと、問われているようだ」

さすがと言うべきか、義氏は長刀を見るうちに、それを感得していた。

「これもまた、自然《じねん》のものか」

問いに、藤四郎はどう答えたものか、一瞬だけ考えた。

「自然であり、そうでない、ということになりましょうか」

「ほう、何ゆえだ」

「この剣を打つにあたりましては、師の国吉や我が友の手を借りました。また、わたくしの鍛冶としての来《こ》し方を顧《かえり》みるところがあり、それを念じてもおりました。その意味では自然とは言えませぬ」

「無心とは言い難い、と」

「しかし、人は生きておれば、何がしかを背負うものにございます。その背負ったものが鎚に、鞴に表れるのもまた自然のこと。鉄が剣となるには、火、風、水、土、天地神明《てんちしんめい》の働きがあってこそでございますが、その働きを現《うつつ》に顕《あらわ》すのは人の命ではないかと」

「人の生もまた、自然のものか」

「はい。そして、そこにこそ剣の徳はあるかと存じます」

藤四郎の弁に、義氏は口を閉ざすと考えこむように顎《あご》に手をやった。しばらくそうしたのち、上目遣《うわめづか》いに年若い鍛冶を見た。

「その徳は、隠岐院に通じておるか」

瞬間、藤四郎は心《しん》の臓《ぞう》を鷲摑《わしづか》まれたように息を詰めた。

驚きのまま見返すと、義氏の顔はすでにただの刀剣好きでも、無茶を吹っ掛ける権力者のものでもない。執権の右腕たる武人の顔となっていた。

「鎌倉はつねに隠岐院を、院の遣いである西蓮の動きを見ておる。特にこの秋の申し入れは、行宮《あんぐう》の近侍《きんじ》の入れ替えを伴うものだったからな。それ自体は沙汰止《さたや》みになったが、調べてみれば、院の御落胤《おとしだね》がいまだ野放しでおるというではないか。そのうえ、彼《か》の御子《みこ》は粟田口に出入りしており、番鍛冶に所縁《ゆかり》のある者も御所焼きを集めてまわっている」

坦々と話しながら、義氏の視線は緩まない。

「無論、加冠もしておらぬ童と、ただの鍛冶のしていることゆえ、捨て置いてもよかった。たかが数振りの剣で、何ができるものでもなかろう。が、事は隠岐院に絡む。またふたたび世の乱れにつながるのであれば、その芽は早々に摘《つ》まねばならぬ」

言うと、今度こそこの武人は、背筋を伸ばして藤四郎を見下ろした。

「何故、そなたらは御所焼きを求めておる」

藤四郎は知らず、奥歯を嚙み締めた。心得ちがいの神剣を始末したいという、院のささやかな願いについて話すことは簡単だし、誤解もすぐに解けよう。が、それは決して口外できなかった。言えば、院の恥を上塗《うわぬ》りすることになる。このうえ、院の沽券《こけん》を汚していいはずがなかった。

「それほどまでに、院を恐れておられるのですか」

窮した藤四郎は、そう問うた。

「院ではない。わしが恐れるのは争いよ」

答えは、意想外のものだった。兵《つわもの》を司り、武を振るって争いを征するのが武家ではないか。そう藤四郎は疑ったが、当の義氏の眼差しは真剣そのもの。並べた御所焼きの剣を見遣り、そして、ひとつ嘆息した。

「源平合戦ののち、我ら東国の武家は身内で争いすぎた。梶原《かじわら》、比企《ひき》、畠山《はたけやま》、平賀《ひらが》、宇都宮《うつのみや》、和田《わだ》……。かつて、ともに将軍家を助けた者同士が、血で血を洗う争いを繰り返してきたのだ。権力とは、これほどまでに血と争いを求めるものだと、わしも執権どのも、よう身に沁みておる。

だからこそ我らは、その屍《しかばね》に誓って平らかな世を作らねばならぬと、念じてきた。鎌倉が育ち、京と並び立つほどになっては、朝廷とのあいだに争いを生まぬよう慮《おもんぱか》ってきたつもりだ」

藤四郎にも、義氏の言い分は分かる。確かに承久以前、鎌倉はあくまでも朝廷が与える権限によってのみ武家の統率をし、鎌倉の理屈を振りかざして国の政に割り込んだことはなかった。好んで朝廷に政争を仕掛けたこともなかった。

「だが、ほかならぬ治天が、それを侵《おか》したのだ。天下を静謐に治めるはずの御方が、それを為したことこそが、あの乱で我らが正すべきことだった。少なくとも、わしや執権どのはそう思うておる」

言葉の重さに身体をたわませると、義氏は不意に立ち上がった。そして並べた四振りのうち、三つの太刀をそれぞれ鞘から抜いていく。

「番鍛冶らも、そうだったのであろう。剣を見れば分かる」

ひとつは、大らかな太刀である。直刃に焼いた刀身の地鉄が、まるで星辰《せいしん》が瞬く冬の夜空のような蒼《あお》さと黒さを成している。緩みもなく、かといって行き過ぎた厳しさもなく、天地を貫く柱のように自然の働きの太さを顕す剣だった。茎《なかご》には〝備前国則宗〟、はじまりの番鍛冶・則宗が鍛え上げたものである。

ひとつは、静かなる太刀である。長大かつ厚い刀身を持ちながら細身、反りといい体配といい、何ひとつ暴威《ぼうい》を感じさせない流麗な姿だった。その地鉄は深みを湛えた止水、明鏡《めいきょう》さながらの様相で世を映している。茎を見ずとも、藤四郎には分かる。銘は〝則国〟。大師匠・則国が院とともに打った剣である。

最後のひとつは、和《やわ》らいだ太刀である。小烏丸造《こがらすまるづく》りの切先《きっさき》から、浅く緩やかな反りを描いた一風変わった姿。そこに、躍動するような刃文が天真爛漫《てんしんらんまん》に顔を見せ、虹《にじ》にも似た地鉄が彩りを添えていた。それらを別々に見れば突飛《とっぴ》だが、全体を見れば何とも落ち着いて優美な剣である。これも藤四郎が知る剣、最後の番鍛冶である〝吉房〟銘が入ったものだった。

ここにあるのは、神剣とは何かと、後鳥羽院に問いつづけた番鍛冶たちの理想、その物実《ものざね》だった。そして義氏がふたたび目を向けた、藤四郎の長刀も同じだった。

「いま、お主の打った剣を見れば、彼の鍛冶たちの心と同じことは分かる。だからこそ吉光、お主に確かめたい。隠岐院はいま、剣に何を求めておる」

問いに、藤四郎は目を閉じた。答えは、すでにある。その答えを発しているのは、藤四郎のうちにある院の真心だった。

「蒙《くら》きを断ち、正しき道を立て、この国平らかに民和らぐことを」

それは、『日本書紀』に残された初代天皇・神武帝《じんむてい》の言葉だった。それこそが原初からつづく

〝すめらぎ〟の願い、院が剣と菊に見た理だったと、藤四郎は信じた。

人はときに、己の蒙さに迷うこともある。迷いに駆られ、己らしさを見失うこともある。だからこそ剣は、まといつく妄執を断ち切って、本性を取りもどすために振るわれ、その真っ直ぐに立つ姿を、確たる己の璽《しるし》とするのだ。

そうやって人が命の限りに咲き誇り、それがいくつも重なって花となり、幸《さきわ》う国とならんことを、祈るのだ。

「同時に剣は問いつづけまする。その理に正しく向かえているか、と」

その祈りが歪まぬように、独善に曲がらぬように。それが、厳しく、優しく、番鍛冶たちが剣を通して院に伝えようとしたことだった。

だからこそ院は、己の妄執が露《あらわ》となった神剣を恥と思い、その始末を望んだ。

藤四郎は静かに目を開くと、正面から義氏の目を見返した。すると、この武人はふと目もとを和らげて、ゆっくりと頷いた。

「であれば、わしの杞憂《きゆう》というものよ。すまなかったな」

言って頭を下げるさまは、悠揚《ゆうよう》迫らぬ堂々としたもので、さすが執権の右腕というに相応しい佇まいだった。そこに藤四郎は、確かに武の徳を見る。そして義氏は、骨ばった面をわずかに緩めると、最後に残ったひと振り、白鞘の短刀を手に取り、そのまま藤四郎に渡した。

「これが、件《くだん》の短刀だ。隠岐院には申し訳ないが、ここで確かめてもらってよいか」

その言い振りは、すでに院の願いを察した者のそれだった。察したうえで院の矜持《きょうじ》を慮っているのが分かり、藤四郎は剣を受け取りながら、心中で義氏に感謝した。

「はい、院もお許しになると存じます」

両手に捧げ持ったそれに一礼すると、藤四郎は鯉口《こいぐち》を切り白鞘を払った。

現れたのは、燃え上がる刃である。重花丁子乱れの刃文は猛《たけ》り狂う焔《ほむら》のように躍《おど》り、燎原《りょうげん》の火の如く刀身を舐《な》める。切先もまた、尖《とが》った火炎鋩子《ぼうし》。身幅広く重ね厚く、反り浅く鎬を立てた豪壮な造りは、いかにも威力の剣である。

ただ、地鉄に目を移せば、鍛冶の焦りが見えるようだった。鉄には潤いがなく、何より冴えがない。鍛錬が足りていないために肌目《はだめ》が荒く、板目には大肌が混じっている。武張《ぶば》ってはいるが、実際に物を打てば折れる脆さがあった。

確かに、その姿は、鬱屈《うっくつ》に歪んだ院そのものだった。

(ようやく、見つかりましたよ、院)

白柄を取り払い、鋼も抜いた。そこにひっそりと咲く八つ菊の紋が、藤四郎には切なかった。より多くの花びらが咲くことを望みながら、その花を散らす剣を打つしかなかった、往時の院の心が思われた。

「まちがいございません。これぞ、我らが求める剣にございます」

藤四郎は、短刀をふたたび白鞘に納めると、義氏に平伏した。

「隠岐院は、近ごろ御悩が深いと聞く。それで少しでもお心安くなるよう、祈っておる」

「はい。足利さまにいただきました情け、決して忘れませぬ」

額《ぬか》づいて礼をすると、藤四郎は短刀を胸に抱くようにして、足利邸を後にした。

十一月九日、藤四郎と氏王は鎌倉を発《た》った。向かうは甲斐、そこから諏訪《すわ》路を経由して東山道に入り、美濃へ、そして京へと雪のなかを帰る旅である。

甲斐の小瀬では、源二位有雅のために建立された塚に額づいた。聞けば、有雅は尼将軍・北条政子と縁があり、その政子から助命の指示が下されたという。しかし、その助命の書状は間に合わず、有雅は斬刑に処せられた。塚は、そんな有雅を不憫《ふびん》に思った者たちにより、建てられたものだった。

さらにそこから八日を掛けて向かった美濃国遠山では、一条宰相信能を祀《まつ》る社《やしろ》に頭《こうべ》を垂れた。信能は、京で刑に処せられるところを北条義時に猶予され、この地で斬られた。最期は、『阿弥陀経』の偈を口にしながらの、従容《しょうよう》としたものと伝わっていた。その姿に感得するものがあったのか、信能を護送した御家人の手によって社が構えられたという。

結局、五人の公卿すべてが、御家人や土地の民に供養《くよう》され、大事に扱われていた。

「皆が、得心していたと思ってよいのだな」

遠山から東山道にもどり、美濃を経て近江へ。伊吹山《いぶきやま》の麓を抜けて、ほぼひと月ぶりに見る淡海は、鉛色《なまりいろ》の空を映して暗かった。雪が掻き分けられた街道筋が黒く延び、それ以外は山も森も、田畑も家も、すべてが真っ白に染め上げられている。

「皆、それぞれにあの男に思いを掛け、果たせずとも恨まず、従容として終《つい》の道を進んだと。そのさまは、人に情けを掛けられてしかるべきものだったと」

旅の終わりも見えたからか、氏王は訥々《とつとつ》と話しはじめた。吐く息が白くまつわり、整った顔はさらに凍《い》てついて見えた。

「あの男が、隠岐に渡ったときもそうだったと、信じてよいのだな」

どこか、己に言い聞かせる口調でつづける氏王に、藤四郎は力強く頷いた。

「神器なく、神剣に見放された帝と謗《そし》られつづけたことも呑み込んで、遠海の孤島に渡ったのだな」

「ええ、きっと」

今度は声に出して応えると、旅をともにしてきた青年の顔を見た。

「あんなに、あがいていたのだな。陰に日向《ひなた》に揶揄《やゆ》され、正しき治天ではないのだと言われつづけて、それでもあの男は」

氏王は頬を涙に凍らせながら、言い募った。

五卿すべての弔《とむら》いを終えた遠山で、氏王はそれまで見ようとしなかった心得ちがいの神剣を、初めて目にした。藤四郎とともに在って、彼は剣を打つということが何を表すのかを、すでに知っていた。だからこそ、剣に映る父院の苦しみを、それに抗《あらが》おうと必死にもがく姿を観たのだろう、氏王は声を上げて泣いた。

以来、この青年の顔からは少しだけ険が取れ、その分、物静かになった。笑顔は少なくなったが、話し方は穏やかになった。相変わらずの澄んだ明るい声で、思うところを話した。あるいは、口に出さなくとも伝わるものがあった。

「父は、正しくあろうとしたのだな」

旅もまた、鎚と鞴と同じように、人を鍛え正すものかもしれないと、藤四郎は思う。氏王は旅のなかで、父院へのわだかまりや自身の鬱屈《うっくつ》を、自ら正していったのだ。

そしていま、初めて院を〝父〟と呼ぶまでになった。

「はい。私も、大師匠も、番鍛冶の皆も、そういう院が好きでした」

それは、藤四郎自身も同じことだった。鍛冶を離れて世の有りさまを、天地自然の働きを、人の命の哀しみを知った。それらを何ひとつ無駄にせず、鎚に籠め、鞴の息吹《いぶき》として活かす。そうしてできた剣にこそ、理は宿る。その理は時を超えて、剣とともに伝わっていくのだ。

藤四郎は今度こそ、氏王に笑い掛けた。氏王もまた、涙を拭って笑い返すと、

「なあ、吉光。その剣はどうするんだ」

不意に、話の矛先《ほこさき》を変えた。

「父は、恥を雪《すす》いでくれとしか言っておらぬのだろう。折るのか」

「卸して、打ち直そうかと思っております」

それは、この旅路のなかで考えついたことだった。

院は、確かに過《あやま》ちを犯した。正しき〝すめらぎ〟であろうとしたあまりに、自らの理想に囚《とら》われた。心得ちがいも誤りもあっただろう。だが、その発心《ほっしん》はまちがっていなかったと、藤四郎は思う。

何より、志《こころざし》に誠実であろうとする院の姿は、幼い藤四郎にとってまぶしいものであった。その姿を理にまで昇華《しょうか》し、剣として残したい。

「そうか。姿はどうするんだ」

「本来の神剣と同じく、上古《じょうこ》の剣の姿を借りようかと思います。それでこそ、院に相応しいと思いますから」

「確かに、父にはそれがよいか」

吹っ切るように言い、氏王は雪のなかを走って藤四郎の前へ出ると、

「吉光。もしお前が私に剣を打ってくれるなら、太刀を頼みたいな」

悪戯《いたずら》っぽく言った。その声には、長年のわだかまりが解けた、晴れ晴れとした響きがある。

「知ってるでしょう、私は長い剣に慣れていないのです」

「いつかでいいんだ。そのときは私も、とっ」

後ろ向きに歩こうとした拍子に、氏王は雪に足を滑《すべ》らせて仰向《あおむ》けに倒れた。白い花が盛大に散って、藤四郎は積雪に埋まる青年に駆け寄った。

雪のなかに埋まりながら、氏王は満面の笑みを浮かべていた。

「藤四郎」

氏王は、たぶん初めてその名を呼んだ。

「ありがとう」

どこか幼く子どものような笑みは、往時の院そっくりだった。

「お前がいたから、私は父に出会えた」

藤四郎もまた、静かに頷いた。

「私も、ですよ」

氏王との出会いがあったから、国吉の本心を知ることができた。何より、藤四郎自身が抱く院への思いを、もう一度噛み締める日々をくれた。

「私たち親子は揃ってお前の恩人、ということになるな」

そう言って立ち上がると、氏王は先を歩き出した。それを、藤四郎は追い掛ける。

「藤四郎、じつはもうひとつだけ、寄りたいところがある」

「どちらでしょうか」

「この先、醒ヶ井《さめがい》を過ぎたところに名超寺《みょうちょうじ》という寺がある。父が帰依《きえ》した、叡山《えいざん》の禅行《ぜんぎょう》師というかたがおられたそうでな。譲位して間もないころ、そこを訪れて師と語らい、自らの木像を彫って置いていったそうだ」

後鳥羽院が第一皇子の土御門《つちみかど》帝に譲位したのは、建久《けんきゅう》九年（一一九八）一月十一日。御歳《おんとし》十九のときである。

「まだ若く、治天となったばかりのころだ。どんな顔をしているのか、見てみたい」

そして、わずかに恐れるように、

「ついてきてくれるか」

そう尋ねた。

「もちろん。訊かずとも、一緒に行くのが友でしょう」

藤四郎は頷くと、友の横に並び立った。雪は降りつづいていたが、遠く淡海の空は雲が割れてやわらかな陽差しを水面《みなも》に注ぐ。その淡い輝きを目に入れながら、ふたりは街道を下っていった。

京に入った藤四郎は氏王と別れ、粟田口の国綱に、己の帰京と神剣の発見を報告した。持ち帰った短刀を確認した老鍛冶は、これこそ院の心得ちがいの神剣であることを確かめ、末弟子の労をねぎらった。報《しら》せは京に滞在している西蓮へも伝えられ、彼は主の願いが叶えられたことに、人目も憚《はばか》らず涙した。

十一月二十六日。京も真冬を迎えたころのことである。

旅の疲れをわずかに癒した藤四郎だったが、翌日にはもう鍛冶の支度《したく》に取り掛かった。

——心得ちがいの神剣を卸し、新たな剣とする。

その考えに、国綱をはじめとした粟田口の鍛冶、また報せを聞いた備前の鍛冶たちも皆賛同したうえで、作刀をすべて藤四郎にゆだねた。

ひと月ぶりに開いた鍛冶場は、国吉が折に触れて世話をしてくれていたらしく、鎚や鉄敷はしっかりと磨き上げられて、煤も念入りに拭われていた。卸し用の火床を改めれば、すぐにでも鍛冶をはじめられそうだった。奥の炭切り場には、氏王が切ってくれた小炭が置かれたままだった。

火床の修繕には粘土も必要だったし、砥石《といし》も買い足さねばならない。それで、藤四郎は洛中の市《いち》、東山や北山などで、ようすの良い土や石を手に入れてまわった。

洛中は、鎌倉将軍が去った後も変わらずに賑々しい。去る二十三日に改元のことがあり、嘉禎から暦仁《りやくにん》に変わったためである。立てつづく天変によるものではあったが、公家たちは改元に伴う除目《じもく》などの宮中行事に忙しく、寺社でもさまざまな祈禱《きとう》が行われて、そのための費えが町を潤し、人々は浮足立ったように京洛《きようらく》を行き交った。

そんななか、藤四郎はひとり、水無瀬殿にも寄った。久しぶりに立ち入ったそこは閑散《かんさん》として、かつての盛事を思い起こすこともできないほど荒れ果てていた。承久以来二十年近く、主を失った離宮は管理を引き継ぐ者もなく、建具《たてぐ》や設えもすべて取り外されて、がらんどうの殿舎《でんしや》が残るばかりだった。

藤四郎の足は自然と馬場《うまば》へ、その隅《すみ》にあった鍛冶場へと向かった。すでに道具は持ち去られて、箱鞴も打ち壊されている。ただ、火床の底に少しばかりの鉄が溜まっており、藤四郎はそれを持ち帰って卸すことにした。

結局、鍛冶をはじめたのは十二月に入ってからとなった。

藤四郎は、鍛冶烏帽子に水干、指貫という正装で横座についた。そして、心得ちがいの神剣を鉄敷に据えると、小鎚を振り上げた。その鎚頭《つちがしら》が美しい弧《こ》を描き、高い金音を響かせて、短刀を折り砕いた。

さらに刀身を細かく砕きながら、藤四郎は少年のころ、水無瀬殿の鍛冶場で見た院の顔を思い出していた。必死に神剣を求め、己の鬱屈に歪み切った顔。菊を愛し、大らかで気持ちの良い男ぶりの顔。どちらも院自身であったことに、藤四郎は疑いを持たない。

いまにして思えば、前者の顔さえも、藤四郎は嫌いではなかった。それもまた、〝すめらぎ〟が持つ誠実さの裏返しだったからだ。

そんな〝すめらぎ〟の誠実さを、いま一度生かしたい。だから、藤四郎は心得ちがいの神剣を卸して得たわずかな鉄に、水無瀬殿の古鉄《ふるがね》を加え、新たな剣を鍛えはじめた。

そこに、氏王の姿はない。

旅のあと、氏王は正式に加冠を迎えることとなった。院の皇子ではなく、血縁上は叔父にあたる能久の子として、いずれは賀茂家を継ぐことになるという。いまは、院の寵臣であった藤原宰相中将信成を後見に、加冠の儀に向けた準備と、上賀茂社の神主となる備えとして、精進潔斎《しょうじんけっさい》のさなかにあった。

「父の志を、頼んだぞ」

厳しい潔斎を前に、氏王は藤四郎にそう託してくれた。

無二の友の思いもまた、藤四郎は鎚に、鞴で送る風に、籠めていく。

いま、この鍛冶場には、確かにあの父子《おやこ》の気配がある。それだけではない、則国、吉房、国綱、久国、延房、則宗……歴代の番鍛冶も皆ここに居た。そして、張本五卿も、あるいは伊賀光季も、足利義氏も。

院のうちに確かにあった〝すめらぎ〟の心。それに触れた者たちの思いが、鎚を導いてくれた。鎚を振るうたび、火花のなかで輝く小さき者たちが菊を咲かせて、藤四郎が打つべき姿を教えてくれた。

その描き出された姿を、藤四郎は正確になぞっていく。

姿は、鎬造りの諸刃《もろは》の直剣。古《いにしえ》の剣の形が顕すその心は、国の柱石《ちゆうせき》として真っ直ぐに理想へと立つ軸である。断つべきものを断つ刃は、同時にそれが自身へと向けられる覚悟と畏れを顕す。そこへ焼かれたのは緩みなき直刃――直向きに理想を求める姿勢である。

それが院の神器の剣となることを祈り、藤四郎は鎚を振るった。

できたのは、刃長わずか七寸(約二十一センチ)余りの小さな剣だった。

この後、賀茂の氏王は藤原宰相中将信成を後見として加冠し、名を賀茂氏久《うじひさ》と改めた。やがて上賀茂社の神主を継いで従三位《じゆさんみ》という高位に昇り、七十八歳という長寿を保った。晩年は、大覚寺統《だいかくじとう》を立てた亀山院《かめやま》とも親交があったという。

氏久と刀匠・粟田口藤四郎吉光の交友は、終生にわたってつづいた。氏久還暦《かんれき》の祝いに、藤四郎は若き日の約束として太刀を献上。その太刀は、藤四郎が生涯のうちで唯一打った太刀となり、後世に「一期一振《いちごひとふり》」と呼ばれることになる。

そして藤四郎は、後鳥羽院の心得ちがいの神剣をもとに鍛えた剣を、自身の生まれ故郷である越前の平泉寺《へいせんじ》に奉納し、院の供養とした。やがて剣は、徳川将軍家から加賀前田《かがまえだ》家を経て、白山《しらやま》比咩《ひめ》神社に伝来。いまの世に、国宝「白山吉光《はくさんよしみつ》」として伝わっている。

終　〝すめらぎ〟の菊

夢を、見ていた。

あの逆輿《さかごし》に乗せられて、水無瀬《みなせ》を過ぎたときの光景だ。

視界を塞《ふさ》がれたとて、なお克明《こくめい》に思い浮かべることができる。水無瀬。私が作った、私だけの神仙郷《しんせんきょう》。俗事を離れ、余計な世評さえも忘れて、闊達自在《かったつじざい》にいられた場所だった。真《まこと》のところは我が独善に過ぎなかったが、いまとなってはそれさえ懐かしい。

だが、そこにはもう二度と帰ることはなかった。

京から隠岐《おき》への道程で、心が乱れなかったかといえば嘘になる。逆輿で伯耆《ほうき》の山中を進む不快さに喚《わめ》き、やっと大浜浦《おおはまうら》に着いたと思えば、粗末《そまつ》な船旅を数日強《し》いられ、もはや身体《からだ》さえも萎《な》え衰《おと》えた。己《おのれ》を神代《かみよ》の英雄神に見立てたとて、神ならぬ身には限りがある。

しかも、ようやく着いた隠岐は、まさに絶海の孤島だった。切り立った岩肌の断崖《だんがい》に囲まれ、容赦《ようしゃ》なく吹き寄せる海原《うなばら》の波と風は収まることを知らず、急拵《きゅうごしら》えの行在所《あんざいしょ》はあまりにも侘《わび》しいものだった。

隠岐島、島前中ノ島《どうぜんなかのしま》、阿摩郡苅田郷《あまぐんかったごう》。それがこの場所の名だったが、当初の私にはさしたる意味もなかった。

日がな何をすることもない侘《わ》び住まい。着ることを許されたのは、墨染《すみぞ》めの僧衣のみ。

無論、蹴鞠《しゅうきく》や武芸が許されるはずもない。遠島には管弦《かんげん》もなく、話す相手はともに出家させられた妃《きさき》の修明門院《しゅめいもんいん》と後宮《こうきゅう》の亀菊《かめぎく》、そして西蓮《さいれん》のみ。そのうえ、鎌倉の手の者がつねに目を光らせていれば、堪《た》えがたさに叫んだことも一度に二度では済まない。ときに悲憤《ひふん》に身をよじり、傷心に打ちのめされ、恨みと憎しみに心を焦《こ》がしたこともある。

そんなとき、私の心に浮かぶのは番鍛冶《ばんかじ》たちの剣だった。則宗《のりむね》の、あるいは則国《のりくに》の、あるいは吉房《よしふさ》の。数多《あまた》の剣が、鬱屈《うつくつ》に歪《ゆが》もうとする我が魂に問い掛けた。

あるべき〝すめらぎ〟の姿とは何か。私に相応《ふさわ》しき場所とはどこか。

島での日々は、何度も私を剣と対峙《たいじ》させた。そのたびに、心にまつわりつく不要なものを斬《き》り捨てられ、己《おのれ》の本性《ほんしょう》を問われた。

問い掛けは、つねに厳しかった。剣が顕《あらわ》す理《ことわり》が、鎚《つち》のように、火床《ほど》の炎のように、私にあるべき姿を顧《かえり》みさせた。

その末に、私に残ったのは、和歌だった。

何はなくとも、言葉を紡《つむ》ぐことはできる。歌うべきものは、あらゆるところにあった。この行在所の侘び住まいも、峻厳《しゅんげん》な隠岐の自然も、そしてこの島で暮らす人々も。

私がかつて治天《ちてん》であったからであろう、はじめ島の民《たみ》は畏《おそ》れて近づいてこなかったが、遠く往来する彼らの姿が、私を新たな詩情に誘《いざな》った。夕暮れに田を見まわる姿、五月雨《さみだれ》に袖を濡らす早《さ》乙女《おとめ》。民の姿が、私の目を外へと向けてくれた。

行在所から望む入江には藻塩《もしお》を焼く煙がたなびき、遠く漁《すなど》りの船影が青々とした海原に誇らしげに浮かぶ。辺りの森から柴を刈り木を伐《き》り出す樵人《きこり》の歌声が響き、川には衣を洗う人々の笑い声があった。

取り立てるところもない、健《すこ》やかな民の暮らしがあった。小さき者たちが小さきままに和《やわ》らぐ姿が、鬱屈《うっくつ》に沈もうとする私の心をすくい上げてくれた。何よりも彼らは、この憐《あわ》れな囚人《めしゅうど》を殊《こと》更《さら》に憐れむこともなく、ただ遠くから思いを寄せてくれた。

それが、どれだけありがたかったことか。

私は思うままに歌を詠《よ》んだ。もちろん、見苦しい悲憤の歌も、恨みがましい、憐れみを誘うような歌もある。その見苦しさもまた、嘘偽りない私自身だと認められた。

歌には、阿諛《あゆ》もなければ誹謗《ひぼう》もない。詠むのは自分、聞くのも自分だけだ。自分を偽ったところで空《むな》しく、そこに忖度《そんたく》もなければ手加減もない、ただ抜き身の言葉だけがあった。

その意味で、歌は剣に似ていた。

それで、思い出したことがあった。神語《かんがた》りにある誓約《うけい》の逸話。そのなかで天照大御神《あまてらすおおみかみ》は剣を嚙《か》み砕き、吹き出した息のなから美しき女神を生んだという。

威力の剣刃《つるぎば》も、いずれ美しき言《こと》の葉《は》へと生まれ変わるときがくる。ならば、私のなかで荒れ狂った暴威も、やがて歌として昇華《しょうか》できるのではないか。そう思えた。

歌こそ剣。その思いで、私は残りの生を歌道に捧げた。

何より、若かりしころにまとめ上げた『新古今和歌集《しんこきん》』の切り継ぎは、必ず果たさねばならなかった。三十年余り前の自身の至らぬ歌が、そこには残っていたからである。

切り継ぎのために『新古今和歌集』に目を通せば、懐かしい顔ぶれがそこにいた。何より、若く血気盛《けっきさか》んで畏れを知らぬ、私自身の姿があった。神器《かんだから》なき即位と嘲《あざけ》られ、神剣に見放された帝《みかど》と誹《そし》られ、ただ闇雲《やみくも》に正しさを求めてあがいていた己の姿が哀れで、愛《いと》しかった。

――私が正しき〝すめらぎ〟でないというなら、我が正しさの証《あかし》を立ててくれようぞ。

そう息巻いていた自分が、いまは懐かしかった。ただ鋭さだけを求め、やがて自《みずか》ら砕け散ってしまう太刀《たち》に似て、脆《もろ》いものである。その純粋さと脆さが、かえって愛しく思えた。

もしかすれば、番鍛冶たちにも、そう見えていたのかもしれない。だからこそ彼らは厳しく、剣という物実《ものざね》を以《もっ》て、私を鍛えようとしてくれたのかもしれない。

私が〝すめらぎ〟であるために。

もしかすれば、そのためにこそ神剣はあったのかもしれない。

己が思い描く理想を守り、直向《ひたむ》きに目指しつづける。剣の理を自らに問いつづけて、たゆまず歩みつづける。これで正しいのかと畏れを抱《いだ》きながら、それでも一歩でも理想へ向けて進むために、神剣はあった。

では、その理想とは何なのか、なお答えは出ない。

ただ、熊野《くまの》に向かう道々で、延喜《えんぎ》・天暦《てんりやく》の御聖代《ごせいだい》を学ぶなかで、そして剣を鍛えるなかで、答えは確かにあったのだと、己に敗れたからこそ分かる気がした。

それが菊ではないかと、いまなら思える。

私が鬱屈のなかで思い描いた花とはちがう。ただ私ひとりが、多くの花びらを開くのではない。いや、むしろ私は開かなくてよい。

花として咲くべきは、皆だ。

番鍛冶、院司《いんし》の皆、歌人の皆、熊野参道の皆、隠岐の皆……この国に生きる皆、国民《くにたみ》こそが、菊の花びらなのだ。そこには京も鎌倉もない、公家《くげ》も武家もない。皆が、ただその者らしく花を咲かせ、それが集《つど》いて開くものこそが、菊なのだ。

己は咲かずともよい。皆がただ、らしく花開くようにと祈る。その花弁が美しい円環を描いて、ひとつの大輪《たいりん》の菊になることを、祈る。

きっとそれが〝すめらぎ〟の心だと、私は信じる。


目を開ければ、うっすらと光が差し込んでいた。

薄く開いた視界には、二十年近く見てきた梁《はり》と屋根裏があった。

「お目覚めにございますか、院」

「ああ、西蓮か」

耳に馴染《なじ》んだ声に、私は瞼《まぶた》を開いた。声を出すのも億劫《おっくう》だったが、私には訊かねばならぬことがあった。

「剣のことは、いかがか」

まずは、それだった。あの厳しくも優しく、身体に堅い芯《しん》を持った男たちならば、必ずや我が願いを果たしてくれるはず。そう信じてはいるものの、やはり事の成否は気に掛かった。

「はい、首尾よく。粟田口《あわたぐち》の吉光《よしみつ》、藤四郎《とうしろう》どのが砕き、新たな剣に仕立てた由《よし》にございます」

「そうか、ありがたい」

藤四郎。そう聞いた途端に、あの童《わらべ》と過ごした水無瀬での鍛冶の日々が脳裏《のうり》に甦《よみがえ》った。気の優しい、素直な童だった。はにかみながら野菊を献じてくれた、幼い眼差《まなざ》しを向けられていたとき、私はあの童にとっての〝すめらぎ〟であれたのだと、いまは信じることができた。

「藤四郎なら、まかせられる」

「御意《ぎよい》」

「五卿《ごきよう》のことは」

「賀茂《かも》の御子《みこ》が、見事名代《みようだい》を果たされましてございます」

思えば、賀茂の子には不憫《ふびん》なことをした。私の目が狭かったゆえに世間からこぼれ、親として為《な》すべきことは何もしてやれなかった。

それでも彼《か》の子は、我が心残りを果たしてくれた。まだ見ぬ子へ、私は心中で頭を下げた。

「御子は信成《のぶしげ》どのを後見に元服《げんぷく》し、賀茂家をお継ぎになられるそうにございます」

「そうか。あの子を、よろしく頼んだぞ、信成、石丸《いしまる》」

わずかに顔を傾けて、西蓮の後ろに控えた男たちへ声を掛けた。

藤原宰相中将《ふじわらのさいしようちゆうじよう》信成、そして石丸頼継《よりつぐ》。この主従にもつらい役目をさせた。それを計らった坊門忠信《ぼうもんただのぶ》も、いまは病《やまい》の床《とこ》に臥《ふ》しているという。

「いいえ、わたくしどもは、院にお引き立ていただいた身。そのご恩に比べれば、何ほどのことがありましょう」

信成の声は震えを抑えようとしてか、ひどく硬い。もうよくは見えないが、泣いてくれているのだろうか。それならば、もうひとつくらい私の我儘《わがまま》に付き合ってくれるかもしれぬ。

「なお、そう思ってくれておるなら、あの置文《おきぶみ》も、無駄にはならぬ」

言って、目で西蓮に頷《うなず》いてみせた。

「それはそなたの子、親成《ちかしげ》に、水無瀬を相続させるよう書き置いたものじゃ。手形も遺《のこ》したゆえ、公卿《くぎよう》どもも朕《ちん》の遺勅《いちよく》と認めよう。殿舎《でんしや》は残さずとも構わぬ。ただ、朕の供養《くよう》と思うて、菊の紋だけは残してくれ」

「は、はっ、必ず」

信成の返答は、嗚咽《おえつ》にまぎれて不明瞭《ふめいりょう》だった。こやつは昔からそうだった。情が深く涙もろい。そんな素直な男だからこそ、後をまかせられた。

「信成、石丸。水無瀬の菊を、守ってくれ」

もはや、ふたりの返答は言葉を成していなかったが、その思いは伝わった。これで、私は安心して逝《い》くことができる。

藤四郎の剣、番鍛冶たちと打った菊造り、そして水無瀬の菊。それらがきっと時代を経ても、この国に菊の理を伝えつづける物実となるだろう。

そう思えば、私は満足だった。

「石丸よ」

「はっ、これに」

「そなたの声で、この歌を詠んでくれぬか」

私は言って、懐《ふところ》に抱いていた紙片を石丸へ渡した。石丸はそれを丁寧《ていねい》に開くと、あの美しく豊かな声で、朗々《ろうろう》と歌い上げた。

呉竹《くれたけ》の　葉ずゑかたより　降る雨に
　暑さひまある　水無月《みなづき》のころ

あの空は、もう二十年も昔に、ともに鎚を振るった鍛冶たちのもとに置いてきた。

いまは、往時を懐かしく思うばかりだった。

ただ、私は信じたい。

水無月の空のもとで、豊かに咲いていた菊の花を。

そして、その花の幸《さきわ》う国であれと、私は祈る。

＊

延応《えんおう》元年（一二三九）二月二十二日、隠岐院崩御《おきのいんほうぎょ》。宝算《ほうさん》六十。藤原宰相中将信成が隠岐を訪ねた、十三日後のことであった。亡骸《なきがら》は配所にて荼毘《だび》に付され、すぐ近くに築かれたささやかな墳丘《ふんきゅう》に埋葬された。

同年五月、朝廷は「顕徳院《けんとくいん》」との諡号《しごう》を贈り、院の菩提《ぼだい》を弔《とむら》った。九条道家《くじょうみちいえ》の献策により、追号を「後鳥羽院《ごとばいん》」と改められるのは、のちのことになる。

京にもどった信成は、置文により、子の親成とともに院の遺領である水無瀬を相続。本御所の跡に御影堂《みえいどう》を建て、院の後世の弔いとした。そして、その地の名を取って家名を〝水無瀬〟に改め、新たに十六葉《よう》の菊紋を家の紋とした。

この御影堂が、水無瀬神宮の興《おこ》りである。

その後、菊紋は亀山院《かめやまいん》にはじまる大覚寺統《だいかくじとう》に引き継がれ、同じく隠岐に流された後醍醐《ごだいご》天皇を経て、皇室の御紋として継承されたのだった。

後鳥羽院に仕《つか》えた番鍛冶の後裔《こうえい》たちは、以後も直向《ひたむ》きに剣を鍛えつづけた。その業《わざ》は鎌倉へ、美濃《みの》へと広がり、各地の鍛冶の業と融合しながら、さらなる高みへと鍛え上げられていった。彼らの鍛えた刀剣は優れた武器として、また理の象徴として、天皇や武士、貴族たちはもちろん、

終

庶民にまで尊ばれるようになった。
そして、後鳥羽院が番鍛冶とともに鍛えた剣の数々は、「菊御作《きくごさく》」と呼ばれて現代にまで伝世《でんせい》し、その願いを伝えている。

終

参考文献

目崎徳衛『史伝　後鳥羽院〈新装版〉』吉川弘文館
京都国立博物館・読売新聞社編『図録　特別展　京のかたな　匠のわざと雅のこころ』読売新聞社、ＮＨＫ京都放送局、ＮＨＫプラネット近畿
坂井孝一『承久の乱　真の「武者の世」を告げる大乱』中公新書
日本史史料研究会監修／細川重男編『鎌倉将軍・執権・連署列伝』吉川弘文館
山本幸司『日本の歴史09　頼朝の天下草創』講談社学術文庫
慈円／大隅和雄訳『愚管抄　全現代語訳』講談社学術文庫
黒滝哲哉『美鋼変幻「たたら製鉄」と日本人』日刊工業新聞社
窪田蔵郎『鉄から読む日本の歴史』講談社学術文庫
坂本太郎・家永三郎・井上光貞・大野　晋校注『日本書紀』岩波文庫
倉野憲司校注『古事記』岩波文庫
日本歴史大辞典編集委員会編『日本歴史大辞典』河出書房新社

本書は「わいわい歴史通信」第六号〈二〇二二年四月〉～第九号〈二〇二三年一月〉（発行・わいわい歴史通信編集委員会）に掲載した作品に、大幅に加筆・修正をしたものです。

本文中、現在は不適切と思われる表現がありますが、差別的な意図を持って書かれたものではないこと、また作品が歴史的時代を舞台としていることなどを鑑み、そのまま掲載したことをお断りいたします。

〈著者略歴〉
天津佳之（あまつ　よしゆき）
1979年生まれ。静岡県伊東市出身。大阪府茨木市在住。大正大学文学部日本語・日本文学科卒業。書店員、編集プロダクションのライターを経て、現在は業界新聞記者。『利生の人 尊氏と正成』で第12回日経小説大賞を受賞し、作家デビュー。その他の著書に『和らぎの国 小説・推古天皇』『あるじなしとて』がある。

菊の剣《つるぎ》

2025年１月８日　第１版第１刷発行

著　者　天　津　佳　之
発行者　永　田　貴　之
発行所　株式会社ＰＨＰ研究所
東京本部　〒135-8137　江東区豊洲5-6-52
文化事業部　☎03-3520-9620（編集）
普及部　☎03-3520-9630（販売）
京都本部　〒601-8411　京都市南区西九条北ノ内町11
PHP INTERFACE　https://www.php.co.jp/
組　版　株式会社PHPエディターズ・グループ
印刷所　大日本印刷株式会社
製本所　東京美術紙工協業組合

ISBN978-4-569-85821-0